La Espada Sagrada

LA ESPADA SAGRADA
BLANCA SHIROI

© 2011 Blanca Alonso. Todos los derechos reservados.

© 2016 Blanca Shiroi. Todos los derechos reservados.

PROHIBIDA LA REPRODUCCIÓN TOTAL O PARCIAL DE LA OBRA SIN EL EXPRESO PERMISO DEL AUTOR.

Esta es una obra de ficción, los nombres, eventos son producto de la imaginación de la autora.

ISBN: 9781726886536

Edición: Artemisa Pacheco

ÍNDICE

I EL MISMO BOSQUE LEJANO

II AYUDA PROFESIONAL

III LA CASCADA DEL BOSQUE

IV LA CABAÑA

V EL JARDÍN DE LAS FLORES

VI LA VILLA DEL SOL

VII EL VESTIDO VERDE

VIII LA UNIÓN

IX EL GRAN BOSQUE

X EL PASEO CON NUBE

XI LA ESPADA DE LA LEALTAD

XII EL PRÍNCIPE LAND

XIII EL MURMULLO DEL ABISMO

XIV LAS MASCARAS

XV LA PROFECÍA

XVI LOS LAZOS

XVII EL RAPTO DEL SOL

XVIII LA PRINCESA DE LAS FLORES

XIX LA PRIMERA JOYA

XX LA SOSPECHA

XXI LOS SENTIMIENTOS

XXII EL BOSQUE AZUL

XXIII LA PRINCESA ZIRCONIA

XXIV LA FORTUNA

XXV LA FLOR CON ALAS

XXVI UNA MÍSTICA AMIGA

XXVII EL SECRETO DEL PRÍNCIPE

XXVIII EL REINO DE LAS NUBES

XXIX POLVO DE ESTRELLAS

XXX EL CABALLERO ELEGIDO

XXXI LOS GUARDIANES

XXXI LA MELODÍA DEL CORAZÓN

XXXIII LA OSCURIDAD

La Espada Sagrada

Libro 1

La Cascada del Bosque

Las Promesas están hechas con polvo de estrellas

Blanca Shiroi

Agradecimientos por siempre:

A mis favoritos por existir.

A ti estimado lector por permitirme compartirte esta historia.

A Dios por todo y por tanto.

La Espada Sagrada
Blanca Shiroi

Las promesas están hechas con polvo de estrellas

La Espada Sagrada

Romantasy

Libro 1: La Cascada del Bosque

Libro 2: Las Promesas

Dedicado a todos aquellos que aún creen en la magia, el romance y la fantasía

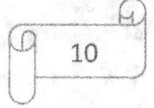

I

El mismo Bosque lejano

El bosque guardaba el aliento tras la tormenta. El césped, aún empapado, conservaba las pisadas lentas y profundas de Zangrid. Cada una era un eco de la tempestad que, aunque había abandonado el cielo, rugía sin tregua en el centro de su pecho, en esa herida que no cicatrizaba.

La lluvia, por fin, callaba. Gotas de rocío pendían de las hojas como lágrimas de diamante, capturando la luz del sol que se filtraba entre las ramas. Este no era un bosque cualquiera: era un lugar donde la realidad se desdibujaba, donde la magia latía bajo la corteza de los árboles y el musgo olvidaba su edad.

Zangrid alargó la mano, rozando con los dedos las hojas lacrimosas de un sauce llorón. Se detuvo. El cielo se desangraba en un crepúsculo carmesí, tan hermoso como desgarrador. La brisa jugueteó con su cabello largo y rubio, pero sus ojos verdes —el color de los bosques antiguos— no se apartaban del horizonte. Allí, el sol se despedía con una gala de oro y púrpura, tiñendo el mundo de una belleza que le resultaba ajena. Y entonces, como una traición, una lágrima solitaria se escapó de su rincón más profundo. Justo en el momento en que las primeras estrellas parpadearon en la penumbra, frías e indiferentes.

La brisa, compasiva, enjugó el rastro húmedo en su mejilla. Reanudó la marcha hacia la cabaña al borde del valle, su refugio y su celda. En el camino, algo lo detuvo: una flor de lila, tumbada en el suelo, aún aferrada a la tierra por unas raíces débiles. Sus pétalos lucían mustios, descoloridos, una versión marchita de su propio esplendor.

— Lila-, susurró, y el nombre sonó a elegía.

Se arrodilló. Con la delicadeza de quien maneja una reliquia, hundió los dedos en la tierra fría, liberó las raíces y levantó la planta moribunda. *Como yo*, pensó, sin necesidad de articularlo. *Tal vez no sobreviva a este invierno del alma.*

Mientras se incorporaba, el sonido lejano de risas y música llegó desde el valle. Una celebración. Una fiesta de la que se sentía eternamente excluido. Observó las luces titilantes un instante, con una nostalgia que sabía amarga, y volvió la espalda.

Dentro de la cabaña, el silencio era absoluto. Encontró una pequeña maceta, la llenó de tierra húmeda y trasplantó la lila con manos expertas. La colocó en el alféizar de la ventana. A través del cristal, la luna lo observaba, fría y radiante. Las estrellas, ahora en pleno ejército, brillaban como si el dolor no existiera, como si su corazón no llevara la marca de un filo fantasma.

Porque aún la sentía. La herida no era un recuerdo; era una presencia. La sensación de una hoja de acero, poderosa y traicionera, hundiéndose en su corazón y retirándose, dejándolo desangrarse en una soledad infinita. Era una herida que no sanaba. *Ni lo haría.* Era el precio de un amor que ni el tiempo, ni la oscuridad, ni el olvido mismo, podrían extinguir.

******

El bosque respiraba bajo el sol cenital, un diamante de luz que atravesaba las hojas e incendiaba el polvo de hadas en el aire. En el centro de un riachuelo de plata, con el agua helada ceñida a su cintura, una joven permanecía inmóvil. Su largo cabello, oscuro y pesado por la humedad, se adhería a su espalda como una capa de algas. Sus ojos, del color de la tierra húmeda, miraban el agua sin verla. No estaba allí, no del todo. Era una espectadora de su propio cuerpo, un alma recién arrancada de un sueño tan profundo que la realidad se sentía falsa, fría y burda.

Con la lentitud de quien se mueve a través de la miel, inició el trayecto hacia la orilla. Cada paso era un esfuerzo de voluntad, un intento de anclarse a un mundo que parecía resbalarse entre sus dedos. Al alcanzar la ribera, encontró sus zapatos esperándola, un detalle ordinario que acentuó lo extraordinario de su situación. Se calzó mecánicamente, y al alzar la vista hacia la bóveda verde infinita, una punzada la atravesó.

No fue un recuerdo. Fue un destello: brillos cegadores y un estruendo sordo que vibró en sus huesos. El eco de algo perdido.

Se volvió, lentamente, hacia el riachuelo. El agua serpenteaba, indiferente y brillante. Y entonces, sin motivo, sin advertencia, un dolor antiguo y profundo brotó de un lugar que no sabía que tenía. Las lágrimas surcaron sus mejillas, saladas y calientes, un contraste brutal con la frialdad del río. No lloraba por tristeza; lloraba por pérdida. Una pérdida de algo que ni siquiera podía nombrar.

Al enjugar las lágrimas con los dedos temblorosos, lo vio. En cada muñeca, una línea plateada y perfecta, una cicatriz impecable que no recordaba haberse hecho. Al tocarlas, un latigazo de sensaciones contradictorias le golpeó el pecho: un éxtasis fugaz, seguido de una melancolía tan vasta como el cielo nocturno. Era el sabor de un paraíso del que había sido exiliada.

Y entonces, el bosque le habló. No con palabras, sino con una visión: un jardín de flores lunares, una mujer de cabellos de plata alzando los brazos hacia la luna… y una vibración. Un pulso secreto que recorrió la tierra, los árboles, el aire, y resonó dentro de su propio corazón, como si una cuerda dormida en su alma hubiera sido tañida. El sabor fue dulce (hogar) y amargo (ausencia).

Una energía desconocida, un anhelo ciego, la impulsó a echar a correr. Corrió entre los árboles como una sombra perseguida por su propio vacío, hasta que un gigante frondoso la detuvo en seco. Era un árbol anciano, y ante él, sus ojos brillaron con un reconocimiento instintivo. Se acercó y apoyó la frente en la corteza rugosa, buscando un consuelo que el mundo humano no le ofrecía. Por un milagro efímero, la paz descendió sobre ella.

La paz fue el umbral. La siguiente imagen fue un cataclismo de luz: infinidad de joyas, cada una un sol en miniatura, girando en una danza cósmica. Abrió los ojos sobresaltada… y la visión de luz fue reemplazada por una de muerte. Junto al árbol anciano, el tocón de otro, cortado brutalmente. Un ser sagrado, truncado. El dolor fue tan agudo y personal como si le hubieran arrancado una parte de sí misma. Las lágrimas volvieron, silenciosas y pesadas, mientras se arrodillaba junto al tocón, vencida por un duelo que no comprendía.

El sol, implacable, secaba su ropa y revelaba destellos cobrizos en su cabello. Y de la penumbra de su olvido, emergió lo más doloroso: un par de ojos. Verdes como el musgo a la luz del amanecer. Luminosos. Acompañados por el eco de una voz masculina, una armonía que le desgarraba el pecho de nostalgia.

Las preguntas, por fin, encontraron voz, saliendo entre sollozos ahogados:

— ¿Qué es este horrible dolor en el pecho? ¿Qué he perdido que duele tanto? ¿Por qué el bosque me habla y mi memoria guarda silencio?

Con el alma hecha añicos y un peso de plomo en el corazón, una fuerza la llevó a la cabaña al borde del bosque. Entró. El lugar estaba en silencio, impregnado de una calma que le resultaba ajena. Recorrió la estancia con la mirada, buscando un rastro, una pista de sí misma en aquel refugio ajeno. No hubo nada. Solo el eco de su propia confusión.

Empacó sus cosas, un acto automático, y se refugió en la cáscara de metal de su automóvil. Pero a medida que la distancia se tragaba el bosque, la melancolía no se disipaba. **Creció.** Se transformó en una angustia feroz, un pánico claustrofóbico que gritaba que se alejaba de lo único importante. Tuvo que detener el coche, el volante apretado entre sus manos blancas, y allí, al borde del camino del mundo real, se deshizo.

El llanto fue un torrente que limpia una herida infectada. No eran solo lágrimas de tristeza; eran de añoranza por un reino invisible, de amor por una sombra, de furia por un olvido impuesto. Se sentía al borde de un precipicio mágico, rozándolo con las yemas de los dedos, pero condenada a caer de espaldas hacia la realidad gris.

— ¿Qué me está pasando? —sollozó, su voz quebrada contra el estrépito de su corazón—. ¿Por qué lloro por un sueño? ¿Por qué anhelo lo que no puedo recordar?

Era el primer, desgarrador, capítulo de una pregunta que solo el bosque—y el caballero de los ojos verdes—podrían responder.

II
Ayuda Profesional

La mañana siguiente no trajo alivio, sino una condena. Al despertar, la joven encontró que la sensación dolorosa no había amainado con la luz del día; por el contrario, se había intensificado, arraigándose en su pecho como una planta venenosa cuyo fruto era el llanto constante. Intentó ahogarla en un baño de agua caliente, distraerse con tareas mecánicas, sumergirse en pantallas brillantes. Nada funcionaba. La tristeza no era un estado de ánimo; era una fuerza geológica, un peso que aplastaba cualquier intento de normalidad, creciendo con cada latido de su corazón herido.

Desesperada, con la racionalidad como último clavo ardiente al que aferrarse, tomó una decisión terrenal: buscar ayuda profesional. Recordó, entre brumas de memoria cotidiana, el hospital donde su familia acudía. Y junto al consultorio del médico de cabecera, la placa discreta de un psicoanalista. Una llamada, una voz longeva y amable al otro lado de la línea, y una cita obtenida para dos días después. Dos días que se extendieron como un desierto de sal, donde cada grano era una lágrima.

Cuando finalmente llegó el día, ella acudió con una puntualidad automática. El consultorio olía a libros viejos y a un desinfectante neutro. Sentada en el sillón frente al doctor, mientras los rayos del sol de la tarde —tan común, tan vulgar— se colaban por la ventana y encendían el rojo oculto en su cabello, expuso su caso. Sus dedos acariciaron inconscientemente las cicatrices en sus muñecas, líneas plateadas que brillaban bajo la luz como señales de un naufragio invisible.

— Necesito que me ayude, doctor —dijo su voz, un hilo quebrado por el esfuerzo de contener el llanto—. Este dolor… no es metafórico. Es físico. Me aprieta el pecho hasta dejarme sin aire. Y esta tristeza… no tiene principio ni final. Lloro y no sé por qué. Ya no soporto vivir así. —Hizo una pausa, tragando un nudo de angustia— . Y mi cabeza… está llena de imágenes rotas. Un jardín, joyas, unos ojos... Y el vacío. Un vacío enorme donde debería estar el recuerdo de por qué estaba en ese río. Solo recuerdo el frío. Un frío que me llegó al alma. Y luego, el agua.

El doctor, un hombre de gestos calmados y mirada analítica, apoyó la barbilla en sus manos entrelazadas.

— Hábleme una vez más sobre todo lo que recuerda de ese viaje —pidió, su voz un contrapunto sereno a su tormenta interior.

— Lo que le he contado es todo —insistió la joven, con un dejo de frustración—. He pasado estos días en silencio, buscando la calma, esperando a que algún fragmento más cayera del cielo de mi memoria. Pero no hay nada. Solo el mismo círculo: bosque, río, frío, llanto.

— Cuéntemelo otra vez. A veces, en la repetición, emerge un detalle que se nos escapa —sugirió el médico, su mirada pasando de sus ojos afligidos a las cicatrices de sus muñecas, una y otra vez, como si fueran la clave de un jeroglífico.

La joven respiró hondo, cerró los ojos un instante contra el sol que le daba en la cara, y comenzó el ritual del relato, una letanía que ya sentía estéril.

— Desde hace meses programé mis vacaciones. Tenía un deseo... un anhelo muy claro de ir al bosque. Eso lo recuerdo con precisión.

— ¿Por qué precisamente al bosque? —preguntó el doctor, tomando notas breves.

— Porque siempre... desde que era una niña pequeña —dijo, y por primera vez su voz tuvo un destello de calidez, rápidamente apagado—, los bosques me han fascinado. Me han llamado. Esta vez, por fin, tuve la oportunidad de pasar unas semanas ahí, simplemente... disfrutando de su belleza. Sintiéndome en casa.

— ¿Comió o bebió algo del bosque? Setas, bayas, agua de algún manantial… —la interrumpió, buscando una causa terrenal, un hongo alucinógeno, una intoxicación.

— No —negó ella con firmeza—. Nada que yo recuerde. Solo lo que llevé.

— ¿Cuándo llegó exactamente?

— El 6 de octubre. Por la tarde. El sol empezaba a caer.

— ¿Y qué hizo al llegar?

— Desempaqué… comí algo ligero. Pan, un poco de queso, jugo. Luego… —su voz se suavizó, los ojos se le perdieron un momento por la ventana, más allá del consultorio, hacia un lugar que él no podía ver—, luego salí. Apenas el crepúsculo. Di una caminata corta. El aire olía a tierra húmeda y a libertad. Y me sentí… tan abrumadoramente feliz, que comencé a cantar. —Una lágrima solitaria escapó, recorriendo la misma ruta que tantas otras—. Era como estar, por fin, en casa.

El doctor asintió lentamente, su pluma suspendida sobre el papel. Su mirada era comprensiva, pero ella podía verlo: la lógica de su mundo se estrellaba contra el muro de su dolor. Él buscaba traumas, represiones, desequilibrios químicos. Ella sabía, en lo más profundo de su ser que aún recordaba la vibración del bosque, que su herida era de otra naturaleza. No había nacido en su infancia ni en sus conflictos. Había llegado desde fuera, desde un lugar de jardines lunares y árboles sagrados cortados, y se había instalado en su pecho como un huésped eterno.

La sesión continuaría, con más preguntas, más repeticiones. Pero en ese instante, bajo la luz mundana del sol de la tarde, la joven comprendió algo terrible y liberador: ninguna palabra de ese consultorio, por sabia que fuera, podría nunca arrancar la raíz de esa melancolía. Porque no era una enfermedad.

Era una memoria.

Y la memoria, especialmente la de un amor y un reino perdidos, es un fantasma contra el que la ciencia no tiene armas.

— Después... ¿qué hizo? —preguntó el doctor, su voz un hilo conductor que intentaba ordenar el caos.

Ella cerró los ojos, buscando en la niebla.

— Regresé a la cabaña. Encendí la lámpara... y leí un rato —dijo, las palabras saliendo a tientas. Él hizo un gesto sutil con la mano, invitándola a seguir. Un largo silencio se extendió, roto solo por el tictac de un reloj en la estantería.— Ya no puedo recordar más. Solo que... cuando entré al bosque esa tarde, creo que había una luz... una luz que no venía del sol. Y las hojas... se agitaban todas a la vez, como si una mano gigante las acariciara, pero no había viento. Yo no sentí ni una brisa.

Hizo una pausa, tragando saliva. La memoria era como un sueño del que solo conservaba sensaciones.

— En la cabaña, mientras leía, no podía concentrarme. Dejaba el libro una y otra vez para mirar por la ventana... porque el bosque... brillaba. No sé si era la luna, pero era una claridad plateada que lo bañaba todo. Podrías haber leído un libro ahí fuera. Y sentí... un deseo feroz de salir y caminar en esa luz. Un tirón aquí —se llevó la mano al estómago—. Pero no recuerdo haberlo hecho. Sin embargo...

— ¿Sin embargo? —la animó el doctor, inclinándose ligeramente hacia adelante.

— Estoy segura —dijo la joven, con una convicción que sorprendió incluso a ella misma— de que si hoy regresara, no me perdería. Conozco cada sendero, cada raíz, como si tuviera un mapa grabado a fuego en la mente. No sé si caminé dormida, o si algo me... guio. Solo recuerdo la lectura, la ventana, el bosque llamándome... y luego, el choque del agua fría en la mañana. Me encontré dentro del riachuelo, doctor. Y cuando salí, mis zapatos estaban ahí, en la orilla, perfectamente alineados... como si me estuvieran esperando. Y mi reloj... desapareció. No está ni en la cabaña ni en el río.

— ¿Qué hizo cuando salió del agua? —preguntó él, tomando notas más rápidas.

— Me arrastré hacia dos árboles. Uno, enorme y vivo. Otro, solo un tronco cortado... —su voz se quebró al recordar el dolor punzante—. Me quedé allí un largo rato. Y cuando decidí volver a casa... no quería. Cada fibra de mi ser gritaba por quedarse en el bosque. Esa es otra parte de esta locura: extraño un lugar que me hizo esto. Y lo que más me aterra —añadió, extendiendo los brazos con las palmas hacia arriba, exhibiendo las líneas plateadas— es esto. Ya estaban ahí. Sin dolor, sin sangre en la ropa. Como si me las hubieran dibujado con plata fundida mientras dormía.

El doctor observó las cicatrices, su mirada clínica pero intrigada.

— Por ahora, no se concentre en eso. Ya averiguaremos cómo sucedió. Nuestro foco es su bienestar presente.

— Pero para mí, el presente es este dolor —replicó Lefky, con una urgencia desesperada—. Esta tristeza que no tiene origen. Se lo he dicho: tengo una familia que me apoya, un trabajo que me encanta, amigos... No hay un porqué lógico. Y sin embargo, crece. Me sofoca. Es como si... como si tuviera una misión urgente, una deuda que saldar, y cada segundo que paso aquí, lejos de ese bosque, me ahoga en la angustia. Siento que me estoy desvaneciendo de este mundo.

El médico se quitó los lentes con un gesto cansado, frotándose el puente de la nariz. Era el gesto de un hombre que intentaba encajar una pieza cuadrada en un agujero redondo.

— Ante todo, quiero que respire. Estamos aquí para ayudarla —dijo, con una calma que a ella le sonó a distancia infinita—. Lo primero

son análisis. Descartaremos cualquier sustancia, alguna toxina ambiental o incluso una reacción a algo que pudo haber ingerido sin darse cuenta. Con los resultados en mano, sabremos cómo proceder.

Hizo una pausa, eligiendo las palabras con cuidado.

— Me aventuro a pensar, por lo que me describe, en un episodio disociativo severo, quizá desencadenado por un pico de estrés o un trauma que su mente ha bloqueado. Su cerebro pudo 'evadirse' para protegerse, y usted actuó en un estado de automatismo. Es más común de lo que cree. No adelantemos juicios. Confíe en el proceso. Descartemos lo físico, y después podremos abordar lo psicológico con más claridad.

Ella no se dejó convencer. Señaló sus muñecas nuevamente.

— ¿Y esto? ¿Cómo encaja en su… episodio disociativo?

El médico suspiró, contemplando la posibilidad más incómoda.

— Tal vez —dijo, midiendo cada palabra—, solo tal vez, no es la primera vez. Y su mente, en su lucha por traerla de vuelta a la realidad, ha hecho que usted repare en estas marcas, que podrían ser antiguas. El cerebro guarda muchos misterios. A veces, nos cuenta historias en símbolos y en carne.

Ella lo miró, y en sus ojos castaños ya no había solo tristeza, sino un destello de recelo profundo. Él hablaba de su cerebro como de una máquina defectuosa. Pero ella sentía, con cada latido, que la falla no estaba en su mente, sino en el tejido mismo de su realidad. Que las cicatrices no eran un grito de su psique, sino una inscripción de otro mundo. Un mensaje que aún no podía descifrar, escrito en el lenguaje de un dolor que ningún análisis de sangre podría medir.

— Sí… es una posibilidad. ¿Por qué no? —musitó la joven, la voz cargada de una resignación amarga—. Tal vez yo misma me hice estas heridas en otra crisis que no recuerdo… Si mi mente puede borrar una noche entera en el bosque, ¿qué más habré olvidado? —

Alzó la mirada hacia el doctor, y en sus ojos ya no había confusión, sino un dolor lúcido y afilado—. Pero dígame, doctor… ¿por qué el dolor es el único recuerdo que no se desvanece? ¿Por qué este olvido duele más que cualquier memoria? Y esta tristeza… no es un estado de ánimo. Es un océano en el que me ahogo. —Llevó una mano al pecho, y con la otra acarició el pequeño dije de unicornio dorado que colgaba de su cuello—. Y hay una melodía… una melodía hermosa y profunda que no cesa. Ronda mis pensamientos, se cuela en mis sueños. Es la banda sonora de esta melancolía, y no sé de dónde viene.

El doctor asintió, reconociendo la complejidad, pero aferrado a su protocolo.

— Eso, y mucho más, es lo que iremos descubriendo. Pero para empezar con tranquilidad, le recomiendo que se interne unos días en la clínica. Al menos, mientras esperamos los resultados.

Ella se levantó como movida por un resorte. Se acercó a la ventana, observando el flujo gris e indiferente de la ciudad.

— Esta tristeza crece a cada momento —dijo, más para las nubes que para él—. Es una cascada que me arrastra. Pero… en las noches, cuando miro las estrellas… siento que me hablan. Que mi corazón conoce un lenguaje secreto con ellas. Y el no entenderlo… hace que la melancolía sea aún más cruel, más profunda.

El doctor, absorto en llenar formularios, apenas alzó la vista.

— Necesito su respuesta para avisar a la clínica. ¿Acepta internarse?

Ella negó con la cabeza, un movimiento lento pero definitivo, mientras se envolvía en su abrigo como en una armadura.

— Gracias, doctor. Pero me siento… más anclada en mi casa.

— De acuerdo. No dude en llamar si cambia de opinión —concluyó, entregándole los volantes para los análisis—. Confirme su próxima cita con la recepcionista, por favor.

Al salir, el mundo del consultorio pareció desvanecerse. En el escritorio de recepción, la misma señora mayor de mirada amable la esperaba. Pero esta vez, su expresión no era solo de cortesía. Había en sus ojos un destello de reconocimiento asombrado, rápido como un relámpago, que detuvo a la joven en seco.

— Quería agradecerle su amabilidad al conseguirme la cita —dijo ella, forzando una sonrisa.

— No hay de qué, hija. Fue un gusto. Su próxima cita es para el martes.

— Sí, gracias... aunque... —vaciló, el corazón apretándose—. Creo que no debo volver.

La recepcionista inclinó la cabeza con dulzura.

— No se preocupe. Si lo desea, puedo llamarla por la mañana para confirmar.

— Sería... amable, gracias.

Un silencio incómodo se instaló. La recepcionista no apartaba la mirada de ella. Finalmente, habló, con la suavidad de quien desentierra un tesoro frágil.

— Disculpe mi indiscreción... pero ¿le han dicho alguna vez que es el retrato vivo de su abuela?

La joven sintió que el aire le faltaba.

— ¿Mi... abuela? ¿Usted la conoció?

— Como si fuera ayer. Era una dama de una belleza serena. Muy dulce. Solía consultar al padre del doctor, hace mucho, mucho tiempo.

— No llegué a conocerla —confesó, la voz un hilo—. Falleció al día siguiente de que yo naciera.

Mientras hablaba, sus dedos encontraron el dije del unicornio, acariciando el hueco donde faltaba una piedra cerca del cuerno.

La anciana sonrió, con una nostalgia que iluminó su rostro.

— Ella le regaló ese dije, ¿verdad? ¡Oh, veo que se perdió la esmeralda! Qué lástima… brillaba tan bonito.

Lefky contuvo la respiración.

— ¿Cómo… cómo lo sabe?

— Siempre lo llevaba puesto. Decía que era su llave a la felicidad —la recepcionista bajó la voz, como compartiendo un secreto—. Aunque cuando lo decía, una tristeza infinita le nublaba los ojos. Era una pena muy antigua, la suya.

Las palabras resonaron como un campanazo en el alma de la joven. *Una llave a la felicidad. Una tristeza infinita.*

— Mi madre me dijo algo similar —murmuró—. Que, a pesar de sus sonrisas, mi abuela vivía sumida en una melancolía profunda, como si su mente estuviera siempre en otro lugar. ¿Era por eso por lo que consultaba?

— De eso, no puedo hablar —dijo la recepcionista con suavidad profesional, pero su mirada lo decía todo—. Solo puedo decirle que su abuela era un alma amable. Y que siempre soñaba con regresar al bosque. Al bosque donde, según decía, todo había comenzado… y donde se había enamorado perdidamente.

Al bosque.

Las dos palabras cayeron en el espíritu de la joven como una semilla en tierra fértil. Todo encajaba con un estremecimiento que le recorrió la espalda: la llamada del bosque, la melodía desconocida, el dolor sin origen, la herencia de una tristeza que traspasaba generaciones.

— Este dije es lo único que tengo de ella —dijo Lefky, apretando el metal dorado contra su palma. Y entonces, la comprensión llegó, clara y deslumbrante—. Es una llave. Tiene que serlo. Muchas gracias, de verdad. Ha sido un gusto.

— Igualmente. Entonces… ¿la llamo mañana?

— No se moleste —respondió, ya dando media vuelta, impulsada por una urgencia recién descubierta—. Yo la llamaré.

Al salir a la calle, el aire le golpeó el rostro, cargado de humo y ruido. Pero el mundo gris ya no podía con ella. Cada paso por las aceras frías era un latido más de esa verdad nueva: su dolor no era solo suyo. Era un eco, un legado. Cada vez que pensaba en el bosque, sentía un alivio fugaz, como si una parte de su alma, la parte que había heredado de aquella abuela de ojos tristes, por fin respirara.

No había más deliberación. No había más miedo. Una certeza tan vasta como la noche estrellada la inundó: su lugar no estaba en esta ciudad, ni en un consultorio, ni esperando resultados de análisis.

Su lugar estaba allí.

En su casa, los preparativos fueron rápidos, metódicos, impulsados por un instinto ancestral.

No empacó para unas vacaciones; empacó para una peregrinación. Cuando cerró la puerta de su automóvil y puso rumbo a la carretera que llevaba fuera de la ciudad, no miró atrás.

Miraba hacia adelante, hacia el horizonte donde se alzaba la silueta oscura y prometedora del bosque. La melodía en su mente se volvió más clara, el dolor en su pecho se transformó en una brújula feroz, y el pequeño unicornio sin esmeralda colgó de su cuello, no como un recuerdo, sino como una promesa.

Iba a regresar. Iba a encontrar lo que su abuela no pudo. Iba a descifrar el lenguaje de las estrellas y a sanar la herida que llevaba en la sangre. Iba, por fin, a recordar.

III
La Cascada del Bosque

El camino hacia el bosque dejó de ser un trayecto en coche para convertirse en un viaje a través de capas de sí misma. Con cada kilómetro que la separaba de la ciudad, el aire parecía vibrar de otra manera. Y entonces, una imagen irrumpió en su mente, nítida y liberadora: ella misma, volando. No en un avión, sino con los brazos extendidos, surcando nubes teñidas de amatista y oro al atardecer. Fue un recuerdo-sueño, un destello de una libertad tan absoluta que le apretó el corazón de añoranza.

Al estacionar frente a la vieja cabaña, el silencio no era vacío. Era expectante. Como si el bosque hubiera estado aguardando su regreso.

Dejó sus pertenencias y cruzó el umbral de los árboles. Una sensación agridulce, como el reencuentro con un amor perdido que duele al recordar, la inundó. No necesitaba pensar; sus pies recordaban. La guiaron por el sendero familiar hasta el riachuelo. Allí, se descalzó, tomó los zapatos con una mano y, tras una respiración profunda que sabía a coraje, entró en el agua helada.

Siguió la corriente, y fue el sonido el que la llamó primero: un murmullo que creció hasta convertirse en el rugido sordo de una cascada escondida. Al doblar un recodo, la encontró. Un velo de agua plateada cayendo en una poza de obsidiana, rodeada de helechos que brillaban con gotas atrapadas. No la recordaba con la mente, pero su alma sí. Era como abrazar a una vieja amiga cuyo nombre se había olvidado, pero no su esencia. La melodía del agua cayendo fue un bálsamo, una canción de cuna para su espíritu atormentado.

Pero la paz fue un instante, un parpadeo. De sus profundidades, la soledad estalló. Una soledad tan vasta y antigua como las propias raíces del bosque. No era su soledad de ahora, sino una heredada, acumulada, la de alguien que esperó aquí durante eones.

Y entonces, lo recordó. O más bien, su cuerpo actuó antes que su mente. Salió del agua con una urgencia repentina, se calzó con manos temblorosas y echó a correr. El bosque se convirtió en un borrón verde a su alrededor, hasta que los dos gigantes aparecieron ante ella: el árbol frondoso, su guardián vivo, y a su lado, la tumba vertical del tronco cortado.

Sin vacilar, se abrazó a una de las ramas bajas del árbol vivo, enterrando el rostro en la corteza áspera. Fue el contacto.

Un cataclismo de memoria la golpeó.

No fueron recuerdos ordenados, sino una tormenta de sensaciones y fragmentos: el chasquido de espadas de luz cruzándose, el frío abisal de aguas mágicas, el fulgor cegador de joyas girando, la fragancia embriagadora de flores lunares... Y luz, mucha luz, dorada y plateada, que envolvía todo.

Pero entre el caos, un rostro se clavó en su alma con la precisión de una daga: un joven. Cabellos del color de los rayos del sol. Y unos ojos... unos ojos verdes como los bosques a primera luz, llenos de una valentía feroz y una tristeza que reflejaba la suya. La imagen le atravesó el pecho, no con dolor, sino con una verdad tan enorme que no había espacio para contenerla.

La sobrecarga fue insoportable. Un grito ahogado surgió de lo más hondo de ella, y sus piernas cedieron. Cayó de rodillas entre el árbol vivo y el muerto, sus manos clavándose en la tierra húmeda. Y entonces, sin pensarlo, comenzó a cavar. No era un acto consciente; era un ritual dictado por un instinto más profundo que la razón. Sus dedos se hundían en la tierra con una certeza febril. *Aquí. Tiene que estar aquí.*

A unos centímetros de profundidad, sus uñas rasparon algo duro y liso. Un hormigueo de anticipación le recorrió los brazos. Con redoblada urgencia, apartó la tierra hasta que sus dedos cerraron alrededor del objeto. Lo desenterró y, con un gesto reverente, lo depositó sobre sus piernas cubiertas de lodo.

Quedó sin aliento.

Era un cofre. Pequeño, del tamaño de un libro grueso. Su material era extraño: una madera oscura que parecía beberse la luz, pero con vetas que brillaban con un tenue destillo dorado, como polvo de estrellas incrustado. Sus formas eran elegantes, sinuosas, como si hubiera sido tallado por el agua y el tiempo. Parecía increíblemente antiguo, emanando una quietud de siglos, y al mismo tiempo, estaba impecable, como si el tiempo no se hubiera atrevido a tocarlo. No tenía cerradura visible, solo una leve depresión en el centro de la tapa, con la forma... con la forma de algo que le resultaba vagamente familiar.

Lo sostuvo en sus manos, y el bosque alrededor enmudeció. El viento calló. El único sonido era el latido de su propio corazón, golpeando contra sus costillas como si quisiera escapar y fundirse con el misterio que ahora descansaba, pesado y prometedor, en su regazo.

Su mirada se posó en el pequeño candado que cerraba el cofre. Era una pieza intrincada, de metal oscuro. Al mirarla fijamente, otra imagen surgió de las sombras de su memoria: una mano pálida y delicada, cerrando con ternura ese mismo candado. Un gesto de protección, de ocultamiento sagrado.

Entonces lo supo.

Con manos que apenas temblaban, se llevó los dedos al cuello y desabrochó la cadena. El dije del unicornio dorado cayó en su palma, tibio por el contacto con su piel. No era solo un recuerdo de su abuela. Era la llave.

En ese preciso instante, un trueno desgarró el cielo, un rugido profundo que pareció sacudir la tierra misma, anunciando la llegada de una lluvia torrencial. Lefky se encogió instintivamente, abrazando el cofre contra su pecho. El aguacero cayó con furia, pero las ramas del frondoso árbol se extendieron sobre ella como un dosel protector. Entre el velo de agua, su mirada se desvió hacia el tronco cortado, y su corazón dio un vuelco.

¡Había brotes! Del borde de la madera muerta, pequeños y valientes retoños verdes emergían, como gemas de vida en un ataúd de corteza. Era un milagro silencioso, una resurrección que parecía responder a la presencia del cofre... o a la suya propia. Una sonrisa de asombro, la primera verdadera en días, iluminó su rostro. La magia no solo estaba en los recuerdos; estaba aquí, ahora, renaciendo.

Sabía que no era prudente quedarse bajo el árbol con la tormenta rugiendo. Con el cofre bajo su abrigo, corrió de vuelta a la cabaña, sintiendo las gotas frías como besos del cielo en su cabello y su nuca.

Dentro, el mundo volvía a ser de madera y silencio. Se acomodó en el sillón junto a la ventana, donde la luz gris de la tormenta creaba un círculo íntimo. Contuvo la respiración. Acercó el pequeño unicornio dorado al candado. No hubo un *clic* mecánico. Al unirlos, el metal oscuro del candado absorbió suavemente la figura del unicornio, como si reconociera su esencia. Hubo un tenue destello dorado que recorrió las vetas del cofre, y el mecanismo se abrió en un susurro de siglos.

Era verdad. La llave mágica abría el secreto. Con un temor reverente mezclado con una esperanza desesperada —la esperanza de que dentro estuviera el antídoto para su dolor—, levantó la tapa.

El interior estaba forrado de una tela aterciopelada del color de la noche. Sobre ella descansaban dos objetos.

El primero, un libro. No era un libro cualquiera. Sus tapas eran de un dorado profundo, como el ocaso eterno, y parecían estar hechas de luz solidificada. No tenía título, solo un intrincado relieve que representaba un unicornio enroscado alrededor de un árbol floreciente.

El segundo, un pequeño saquito de seda color perla, atado con un cordón de plata. Al tocarlo con suavidad, Lefky sintió que contenía un fino polvo que emitía un brillo tenue, como si hubiera atrapado fragmentos de estrellas en su interior.

Con el corazón ahora latiendo a un ritmo frenético, tomó el libro. Era sorprendentemente liviano. Al abrirlo, el aire a su alrededor pareció cargarse de electricidad estática. Las páginas no eran de papel, sino de un material suave y translúcido, como piel de luna. Y sobre ellas, fluía una escritura.

No era tinta. Era luz.

Una caligrafía refinada y elegante, hecha con el mismo polvo de estrellas del saquito, brillaba con una luz propia, blanca y plateada, que se intensificaba al contacto de sus dedos. Las letras danzaban ligeramente, como vivas. Al pasar la yema de sus dedos sobre ellas, no sintió relieve, sino un calor suave, una vibración que le recorrió el brazo y resonó en el centro de su pecho.

Y entonces, comprendió. No con la mente, sino con el alma. Este libro no era para ser leído con los ojos de la cara. Era para ser sentido con los ojos del corazón. Una lágrima, pesada y caliente, se desprendió de su mejilla y cayó sobre la página abierta. No empañó la escritura de luz; al contrario, la lágrima brilló por un instante antes de absorberse en la página, como si fuera una ofrenda aceptada.

El libro, abierto en su regazo, comenzó a revelarle su historia. No a través de palabras que su mente racional procesara, sino a través de destellos de verdad, de emociones puras, de memorias selladas en luz. La primera revelación no fue una imagen, sino una sensación total: el amor más profundo y devastador que un ser podía albergar, entretejido con el destino de un reino, y la sombra de una pérdida tan colosal que había rajado el mundo en dos.

El secreto, al fin, comenzaba a desplegar sus alas ante ella:

Todo comenzó en la cascada del bosque...

No en cualquier bosque, sino en el Bosque Antiguo, aquel cuyos senderos rara vez se marcaban con huellas humanas, y cuyo silencio guardaba ecos de un tiempo anterior al tiempo.

Un día —un día que podría haber sido hace un siglo o un milenio—, una joven de cabellera como llamas otoñales huía. No huía de un peligro, sino del bullicio del mundo, de su ruido hueco y de sus preguntas sin respuesta.

Buscaba, sin saberlo con claridad, un silencio que fuera profundo, una paz que tuviera raíces. Y el bosque, en su callada sabiduría, la llamaba.

Era de noche, pero una luz plateada, que no parecía emanar ni de la luna ni de las estrellas, bañaba el camino. Era una luz de consentimiento, que la guiaba más allá de los límites conocidos, hacia el corazón secreto del bosque, un lugar olvidado, protegido, que solo los espíritus más afines podían encontrar.

Ella sabía, en un rincón práctico de su mente, que estaba perdida. Pero en el centro de su alma, una certeza mayor florecía: no estaba perdida; estaba siendo encontrada. Una fuerza enigmática, tan atrayente como misteriosa, pulsaba en el aire, en la tierra bajo sus pies. Era una promesa tácita, un susurro que decía que aquí, en este santuario verde, estaban las respuestas a los anhelos que había llevado en el pecho desde niña. Una curiosidad imparable y una calidez que le envolvía el corazón, como un abrazo de bienvenida, la impulsaron a adentrarse más.

Hasta que se detuvo ante un Gigante Verde. Un árbol tan frondoso y anciano que parecía sostener el cielo con sus ramas. Sin pensarlo, con una sonrisa instintiva, se acercó y abrazó su tronco rugoso. La corteza era áspera y vital bajo sus manos, y por un momento, sintió el lento y poderoso latido de la tierra.

Reanudó su caminar, ahora guiada por el sonido de un arroyo cantarín. Sus aguas eran tan cristalinas que parecían hechas de luz líquida. No se atrevió a cruzarlo, pero lo siguió como a un guía fiel, su murmullo creciendo en volumen y magia con cada paso.

Y entonces, el bosque le reveló su tesoro.

La Cascada Escondida.

No era solo una caída de agua. Era una sinfonía hecha líquido, una cortina de sonido puro que envolvía el claro en una atmósfera de encantamiento. Pero cuando fijó la vista, el aliento se le cortó. Su mente, educada en las leyes del mundo exterior, luchó por comprender.

El agua no caía.

Subía.

Desde el río serpenteante a sus pies, un caudal plateado se elevaba en un arco maravilloso e imposible, remontando la roca para desaparecer en la boca de una gruta oculta en lo alto. Era una cascada invertida, un río desafiando la gravedad, un milagro en perpetuo movimiento.

Sus ojos castaños, amplios de asombro, no podían apartarse del espectáculo. Y fue entonces cuando, en el velo centelleante de agua ascendente, vio algo.

Un destello de oro puro: la punta de un sable o una espada, erguida como un desafío. Y justo detrás, la noble y serena cara de un caballo blanco, con ojos profundos que, estaba segura, la observaban a ella con una inteligencia antiquísima.

La joven de cabello rojo contuvo la respiración. No hubo miedo, solo un asombro reverente que le heló la sangre y le incendió el alma al mismo tiempo. Miró fijamente a aquel ser de leyenda atrapado en el agua mágica.

Y entonces, como si su mirada hubiera sido un permiso o una clave, el caballo blanco retrocedió. Se fundió con la cortina de agua ascendente, y el destello dorado de la espada se desvaneció, llevándose consigo el vislumbre del misterio de vuelta al corazón de la cascada invertida, dejándola sola en el claro, con el corazón galopando y la certeza absoluta de que su vida, a partir de ese instante, ya no le pertenecía por completo.

La curiosidad que ardía en su pecho era más fuerte que el miedo. Aunque no sabía nadar, un valor antiguo, como recordado de otro sueño, la invadió. Dejó sus zapatos en la orilla, como una ofrenda al mundo que abandonaba. Al introducir un pie en el agua helada y cristalina, todo el bosque destelló con un pulso de luz dorada. Ella giró sobre sí misma, el corazón en un puño, pero la luz ya se había desvanecido, absorbida por las hojas y la tierra. El bosque guardaba el secreto.

El agua le llegaba poco más arriba de la cintura, un frío que despertaba cada célula de su cuerpo. Con determinación, avanzó hacia la cortina plateada de la cascada invertida. Se detuvo justo frente a ella, buscando entre el tumulto ascendente de agua la silueta del caballo blanco, el destello del cuerno dorado. No había nada. Solo el milagro del agua desobedeciendo a la gravedad.

Extendió la mano. Sus dedos, delgados y pálidos, traspasaron el velo líquido. Esperaba una fuerza brutal, pero en su lugar sintió una caricia. El agua que subía envolvía sus dedos con una fuerza magistral y a la vez tierna, como si la estuviera examinando, limpiándola de la opaca realidad del mundo exterior. Un hormigueo de poder ancestral le recorrió el brazo, despertando algo dormido en lo más profundo de su alma.

Respiró hondo, llenando sus pulmones de aire cargado de ozono y magia, y cruzó.

Del otro lado, el sonido se amortiguó. Estaba en una pequeña gruta iluminada por una luz propia, azulada y serena, que emanaba de las propias rocas. A su derecha, solo la pared de la cueva. Pero al volverse a la izquierda, el aire le fue arrebatado de los pulmones.

Allí estaba.

No era un dibujo. Era una presencia capturada en la piedra.

La imagen de un hombre ocupaba la pared lisa, tallada o quizá nacida de la roca con una perfección sobrehumana. Era alto, de una complexión noble, con largos cabellos del color del trigo maduro bajo el sol. Pero eran sus ojos los que la detuvieron. Ojos verdes como el musgo más profundo del bosque a la primera luz, tallados con una profundidad que parecía contener bosques enteros, estrellas y una tristeza antigua. Y esos ojos la miraban. No era una ilusión. La miraban a ella, directamente, con una intensidad que le hizo palpitar el corazón de una manera salvaje y desconocida.

Era la belleza hecha forma, el ideal soñado en noches de luna llena, hecho tangible. Un hechizo poderoso y dulce se cerró a su alrededor, no para aprisionarla, sino para reconocerla.

Hipnotizada, caminó hacia la imagen. Lucía tan vívida, tan real, que esperaba ver su pecho subir y bajar con la respiración. Una atracción irresistible, un imán en el centro de su ser, la empujaba. Se acercó hasta quedar a un palmo de distancia. Con un temor reverente, alargó la mano y posó la yema de sus dedos sobre la mano de piedra del caballero.

Y sintió calor.

No el calor del sol en la roca, sino una tibieza suave y pulsátil, como el eco de un latido muy lejano. Fue una caricia fantasmal que le recorrió el brazo y se instaló en su pecho. En ese instante, un dejà vu abrumador la golpeó. Lo conocía. No de su vida, sino de un lugar anterior a la vida. Su corazón no solo latía por él; sentía que le pertenecía desde una eternidad olvidada. Él era el príncipe de todos sus sueños dormidos, el anhelo que había dado forma a su soledad.

Al mirar fijamente aquellos ojos verdes esculpidos, un rubor intenso le quemó las mejillas. Bajó la vista, avergonzada por la intensidad de su propia emoción y por la sensación, descabellada y certera, de que él la estaba mirando a ella con la misma fascinación. No pudo resistirse. Alzó la mirada de nuevo y se hundió en esa esmeralda petrificada.

La confusión la asaltó entonces. Su mente racional forcejeaba, gritando sobre imposibilidades, sobre sueños y locuras. ¿Cómo había llegado ahí? ¿Era él quien la había llamado con esa melancolía que siempre había llevado dentro? ¿O era su propia imaginación, hambrienta de belleza, jugándole la broma más cruel y maravillosa?

«Debo irme», pensó, con el último vestigio de cordura. Cerró los ojos, rompiendo el contacto visual que la ataba, y se dio media vuelta. Caminó de vuelta hacia la cortina de agua, su corazón clamando en protesta silenciosa.

Al llegar al umbral, volvió a tocar el agua ascendente. Su frío vital le recordó la verdad: esto no era un sueño. Su mente no podía inventar la física invertida, el calor en la piedra, la mirada que la seguía. Había traspasado un umbral. No solo el de la cascada, sino el de un mundo donde la magia respiraba y los amores de leyenda esperaban ser reencontrados.

Suspiró, y en ese suspiro, dejó ir la última cadena de la duda. Se permitió, por primera vez de manera consciente y valiente, creer en lo imposible. Y al hacerlo, al rendirse a la maravilla, toda la cueva destelló de nuevo, no con un pulso fugaz, sino con una luz dorada y sostenida que emanó de la propia imagen del caballero, bañándola a ella, al agua, a todo, en una promesa de algo que apenas comenzaba.

Ella miró nuevamente la imagen imponente del caballero. Una sonrisa, la primera completamente libre de duda, floreció en sus labios. Se acercó, y con un susurro que era a la vez súplica y declaración, habló para aquel que sentía escuchar:

— Un secreto de siglos grita en mi corazón. Te amo desde una eternidad que mi memoria no alcanza. Ven a mí, príncipe de todos mis sueños.

Se elevó de puntillas, cerró los ojos y, con una fe que era en sí misma un hechizo, besó los labios de piedra.

No fue el frío de la roca lo que sintió. Fue una tibieza eléctrica. Y entre sus labios y la imagen, una tenue luz nació, un puente de brillo tembloroso.

Y entonces, la piedra cedió. O más bien, se transformó. Los brazos esculpidos que colgaban a los lados se cerraron a su alrededor, sólidos, cálidos, reales, atrayéndola contra un pecho que ahora latía con fuerza. Ella separó sus labios, sobresaltada, y alzó la vista.

Él sonreía. No como un ángel distante, sino como un hombre que acaba de recibir el mayor de los milagros. Su cabello no era solo rubio; era una cascada de hilos de sol y plata entretejidos. Sus ojos ya no eran de esmeralda estática; eran lagunas profundas donde nadaban destellos de estrellas lejanas. Y de su boca, ahora suave y viva, surgió una voz que era música hecha palabra, que resonó en lo más hondo de su ser:

— ¡Lefky! ¡Al fin!

El nombre, en sus labios, sonó a verdad absoluta, a un hogar encontrado. La sobrecarga de magia, emoción y milagro fue demasiado. Un velo negro cubrió su visión y desfalleció, no hacia el frío suelo, sino hacia la seguridad de aquellos brazos que la sostuvieron como algo infinitamente precioso.

Con sumo cuidado, Zangrid la cargó, se sentó apoyando la espalda en la roca que antes era su prisión, y la acomodó en su regazo. Mientras acariciaba su cabellera roja, un fuego suave entre sus dedos, esperó. Observó cada pestaña, cada curva de su rostro, grabándoselo en el alma.

Al poco tiempo, ella parpadeó, y sus ojos castaños, confusos y maravillados, se encontraron con los suyos.

— No duermas otra vez —rogó él, su voz un susurro melodioso.

— ¿Qué sucedió...? —murmuró ella, alzando una mano para tocar, temerosa, su mejilla. La piel era cálida, firme—. ¿Estoy soñando? ¿Eres un sueño?

— Tú eres mi sueño —confesó él, atrapando su mano y apretándola contra su pecho, donde el corazón latía con un ritmo rápido y alegre.

— ¿Quién eres tú? ¿Cómo es posible esto?

— Soy Zangrid —dijo, y su nombre, en el aire de la cueva, sonó a juramento antiguo.

— ¿Zangrid...? —repitió ella, buscando en su memoria un eco que no estaba.

— Sí, Lefky —respondió él, mientras su pulgar acariciaba su pómulo con una ternura devastadora.

— ¿Cómo me llamaste? ¿Lefky? ¡Qué encuentro tan extraño...!

— ... tan hermoso —la corrigió él, y en su tono no había duda.

— ¿Cómo ha podido suceder esto? —insistió ella, anclándose a la pregunta para no perder el sentido de la realidad.

Zangrid suspiró, una sonrisa jugando en sus labios.

— Me hice la misma pregunta —confesó—. Pero al verte, todas las preguntas se desvanecieron. Del otro lado, en mi mundo, hay una cueva gemela. Una luz poderosa resplandeció en su interior. La seguí, y encontré una pared con una puerta de cristal. Y a través de ella... te vi a ti. —Hizo una pausa, permitiendo que la imagen se fijara—. Tú, Lefky, eres la visión más hermosa que mis ojos han contemplado. —Ella sonrió, porque eran las palabras exactas que guardaba para él—. Y tú... parecías verme. Toqué el cristal, y tú también tocaste del otro lado. Y te sentí. Pero luego, cerraste los ojos y te diste la vuelta. Te llamé, con todo lo que soy, para que no te fueras. Y regresaste. Me besaste... y yo te besé. En ese instante, el cristal se deshizo. Te tuve entre mis brazos... y dormiste. —Una risa leve, como el sonido de un arroyo, escapó de Lefky al recordar su desmayo—. Bella Lefky, he esperado por ti durante un tiempo que sintió como una eternidad.

Ella lo escuchaba, fascinada, no solo por el relato de cuento de hadas, sino por la forma en que la miraba: como si fuera la constelación entera, la respuesta a todas sus preguntas. Zangrid se puso de pie con elegancia y luego le tendió la mano. Ella la tomó, y al contacto, una chispa de reconocimiento perfecto les recorrió a ambos el brazo.

— Esto es un sueño —musitó ella, casi para sí—. Y no quiero despertar jamás.

Dicho esto, se abrazó a él, enterrando el rostro en su túnica. Él la rodeó con sus brazos, y ella pudo sentir, nítidamente, el fuerte y acelerado latir de su corazón, un tambor que marcaba el compás de este nuevo mundo. Él inclinó la cabeza para hablar cerca de su oído, su aliento cálido en su piel.

— *Ven conmigo, mi bella Lefky. Permíteme llevarte a mi mundo.*

Ella siguió su mirada. Donde antes estaba su imagen esculpida, ahora brillaba una puerta de luz pura, un portal que destellaba con promesas. Al volver a mirarlo, sintió una plenitud que le inundó el pecho, una dicha tan completa que borraba cualquier rastro de la tristeza que antes cargaba.

Sumergida en el más poderoso de los hechizos —el hechizo de un amor que sentía más antiguo que ella misma—, respondió:

— *Sí. Quiero ir contigo. Quiero estar a tu lado.*

— *Estaremos juntos, mi bella Lefky* —aseguró él con una sonrisa que podría haber rivalizado con el sol.

— *Ya no volveré a ser la misma nunca más...*

— *El amor es así* —dijo Zangrid, su voz tomando un tono solemne y profundo—. *Nos busca a través de los mundos. Nos llama a través de la distancia. Nos coloca, alma frente a alma, para que recordemos quiénes somos en verdad y hacia dónde debemos ir.* — Extendió de nuevo su mano hacia la puerta luminosa—. *Ven.*

— *¡Oh, Zangrid! Esto es tan hermoso que me da miedo* —confesó ella, tomando su mano con suavidad, sintiendo la fuerza y la calma en su agarre.

— *¿Qué es lo que temes?*

— *Que solo sea un sueño. Y si lo es... por favor, no me dejes despertar. Porque si despierto y no estás a mi lado, sé que mi corazón moriría de añoranza.*

Zangrid levantó su mano unida a la de ella y la apretó contra su propio corazón.

— *¿Crees que el destino, después de habernos unido de esta manera, querría separarnos? Yo solo sigo una felicidad tan grande que apenas puedo contenerla. Ven conmigo. No temas.*

Ella vio la certeza, el amor puro y la valentía destellar en sus ojos verdes. Y en ese reflejo, encontró su propio valor. Asintió.

— *Sí. Iré contigo, Zangrid.*

Una sonrisa encantadora, llena de un gozo puro, iluminó el rostro de él.

— *En mi mundo —dijo, guiándola suavemente hacia el umbral de luz—, serás recibida no como una forastera, sino como la parte de mí que siempre estuvo perdida. Como una reina que por fin vuelve a casa.*

Y juntos, mano a mano, dieron el paso a través del portal, dejando atrás la cueva vacía para entrar en la leyenda viva.

IV

La Cabaña

Los dos contemplaban el umbral, un arco de luz plateada que palpitaba con promesas silenciosas. Lefky no tenía idea de lo que hallaría al otro lado, solo una certeza: donde fuera que Zangrid estuviera, ahí quería estar. Un pellizco de duda susurraba que todo podría desvanecerse como un sueño al amanecer, pero ella lo ahogó aferrándose con fuerza a la mano cálida que sostenía la suya. Aquello era real. Tenía que serlo.

Antes de dar el paso decisivo, una idea brilló en su mente.

— ¡Espera...! —exclamó, soltándolo por un instante. Con dedos ligeros, se desabrochó el reloj de su muñeca y lo colocó con cuidado en el suelo de la cueva, justo al borde del resplandor plateado—. Lo detendré. Para grabar este instante en el tiempo, aunque nadie más lo encuentre jamás. —Alzó la vista hacia él, sus ojos castaños brillando con una emoción pura—. Será el símbolo del momento en que el sueño más profundo y maravilloso de mi vida se hizo realidad, y partí con él. Hoy marca... 6 de octubre, 10:32 de la noche.

Tomó de nuevo las manos de Zangrid, y él las envolvió con una delicada firmeza que le infundió valor.

— Esta noche —declaró, su voz un susurro cargado de destino—, atravieso este umbral mágico. No hacia los sueños, Zangrid. Contigo. Para vivir en el mundo donde los sueños son reales.

Zangrid la miró, visiblemente conmovido por el gesto, por la poesía de su corazón. Llevó sus manos a sus labios y depositó en cada nudillo un beso suave como el aleteo de una mariposa.

— *No sueltes mi mano. Y no temas* —musitó contra su piel, y el calor de su aliento le erizó el vello de los brazos. Ella asintió, sin poder articular palabra—. *Me siento... lleno de una dicha que desconocía, mi bella Lefky.*

Tomados de la mano, se colocaron frente al velo de luz. Él le sonrió, un destello de complicidad y aventura en sus ojos verdes, y dio el primer paso. Lefky sintió un escalofrío de anticipación y un punto de miedo al cruzar la energía vibrante del umbral, pero en lugar de mirar la luz cegadora, giró la cabeza hacia él. Encontró su perfil sereno, su sonrisa confiada, y al instante, el miedo se transformó en una oleada de seguridad y felicidad tan intensa que casi la hizo reír. Lo siguió.

Hubo un instante de ingravidez, un susurro de cantos lejanos en los oídos, y entonces, sus pies pisaron suelo firme. Estaban en otra cueva, pero esta irradiaba una luminosidad suave desde las mismas paredes de roca, que parecían impregnadas de polvo de luna.

Lefky miró hacia atrás. El umbral plateado se había solidificado en una puerta de cristal iridiscente. Con curiosidad, extendió la mano y tocó la superficie fría y lisa. Era sólida. Inquebrantable. Un latigazo de comprensión: el camino de regreso estaba sellado. Pero en lugar de pánico, una calma extraña la invadió. No quería volver. Al otro lado del cristal, podía ver con perfecta claridad su reloj detenido en el suelo y, más allá, el fantasma plateado de la cascada que desafiaba la gravedad.

— *El agua de tu cascada* —explicó Zangrid, señalando un hilo de líquido brillante que se filtraba entre las rocas al fondo de la gruta y desaparecía en un canal—. *Se une al Gran Río Aethel, la arteria de vida de mi mundo.*

Juntos, caminaron hacia la salida de la cueva, una abertura bañada por una luz dorada y verde. Y cuando Lefky traspuso el arco de piedra, el aliento le fue arrebatado.

No era un jardín. Era una sinfonía de vida.

Ante ella se extendía un vergel de colores tan vibrantes que parecían recién pintados por los dioses. Las flores no solo florecían; cantaban en silencio con sus tonos de azul cobalto, púrpura real y rojo pasión. Los árboles, con hojas en forma de lira y estrellas, se mecían en una danza grácil al compás de una brisa perfumada. Y los animales... un zorro de pelaje plateado jugueteaba con un cervatillo moteado bajo la atenta mirada de un gran felino con ojos de ámbar, que ronroneaba como un gato doméstico. Unos pájaros con plumas de joya bebían de un estanque junto a un lobo gris, que meneaba la cola con placidez.

— *Es... imposible* —logró decir Lefky, su voz cargada de asombro.

Zangrid la observaba, disfrutando de su reacción con una sonrisa de profunda satisfacción.

— *Bienvenida* —dijo, su voz mezclándose con el susurro del viento en las hojas-lira—. *Al Reino de Lumen. Donde la magia no es una rareza, sino la esencia misma de la vida. Y donde tú, Lefky, has sido esperada por más tiempo del que los árboles más ancianos pueden recordar.*

Ella se volvió hacia él, y en sus ojos ya no había rastro del miedo o la duda de la chica que había dejado un reloj en una cueva. Solo había asombro, alegría... y el primer destello de un amor que prometía ser tan vasto y mágico como el mundo que acababa de abrazarla.

— *Zangrid, esto es... es como si el corazón del mundo latiera aquí* —musitó Lefky, con los ojos brillantes—. *La felicidad no es solo un sentimiento; es el aire que respiro. ¡Es un bosque vivo, cantante, bellísimo!*

Mientras hablaba, se inclinaba para acariciar el lomo plateado de un zorro que se frotaba contra sus piernas, y un colibrí con plumas de turquesa se posó, confiado, en su dedo extendido. En su mundo, estos animales habrían huido. Aquí, parecían reconocerla, saludar a una amiga que por fin llegaba a casa.

— ¿Vives cerca de aquí, Zangrid? —preguntó, alzando la vista hacia él.

— No —respondió él, con una misteriosa sonrisa—. Pero llegaremos pronto.

Zangrid miró hacia el cielo infinito y cerró los ojos, concentrado. Lefky lo observó, intrigada. Un momento después, las nubes se rizaron y se apartaron. De su oquedad blanca surgió, majestuoso y veloz, un caballo dorado con alas inmaculadas que parecían tejidas con hilos de sol. El Pegaso aterrizó frente a ellos con una gracia etérea, relinchando una bienvenida que sonó a música.

— ¡Un Pegaso! —gritó Lefky, la emoción desbordándose en una carcajada de puro asombro—. ¡Es increíble!

— Sube, mi bella Lefky —la invitó Zangrid, con un gesto galante.

El noble animal se inclinó, facilitando que ella montara. Al sentir la suave pero firme musculatura bajo sus piernas, Lefky contuvo la respiración. Zangrid se acomodó detrás de ella, rodeándola con sus brazos para tomar las riendas, o más bien, para abrazar a su mundo y a ella al mismo tiempo.

— ¿Lista? —susurró su voz cerca de su oído.

Antes de que pudiera responder, el Pegaso batió sus poderosas alas y se elevó.

El mundo se expandió bajo ellos. Lefky vio, diminuto y perfecto, el jardín encantado y la boca de la cueva que marcaba el umbral entre realidades. Alzó la vista. El sol de Lumen no era una bola de fuego distante; era una entidad cercana, dorada y vibrante, una presencia tan poderosa que su luz era casi tangible. Entre los destellos y las nubes doradas, creyó vislumbrar —¿o lo imaginó?— las siluetas de torres y cúpulas, un reino suspendido en el cielo.

Mirando hacia abajo, un vasto y espeso bosque —el Gran Bosque, intuyó— cubría la tierra como un manto verde oscuro. En sus cuatro extremos, como guardianes, se alzaban cuatro aldeas, cada una con una arquitectura y jardines tan distintos entre sí como los cuatro elementos. Más allá, el bosque daba paso a un valle esmeralda de una belleza que le dio punzadas en el corazón. El Pegaso inició un suave descenso, pero no antes de que Lefky atisbara, en el horizonte, sobre una colina bañada por la luz perpetua, la silueta de un castillo dorado. Brillaba con una luz propia, serena y majestuosa, como un sueño coronando el mundo.

— Es... —no encontró las palabras.

Zangrid la apretó suavemente contra su pecho, como si entendiera.

— Más tarde —prometió en un susurro.

Aterrizaron con suavidad en el valle, cerca de una cabaña de madera cálida y techo de musgo, que parecía haber crecido del suelo, no construida.

— Es aquí donde vivo —dijo Zangrid, ayudándola a bajar. Su mano en la de ella fue un ancla de realidad en medio del prodigio.

— ¡Me encanta! —exclamó Lefky, girando sobre sí misma para absorberlo todo—. ¡Tu casa está en el vientre mismo de la belleza, Zangrid!

El Pegaso relinchó una despedida, inclinó su cabeza dorada en una reverencia hacia ellos, y emprendió el vuelo de regreso a su reino de nubes. Al verlo partir, Lefky volvió a mirar al sol y al reino en las nubes. La luz era tan intensa, tan viva, que le hizo entrecerrar los ojos.

— ¿Hay... alguien ahí? —preguntó, con una curiosidad discreta pero punzante.

Zangrid la miró, y una sonrisa llena de secretos jugueteó en sus labios.

— Sí —respondió, sencillamente—. El Sol.

Ella lo miró, esperando una explicación que no llegó. Él solo sostuvo su mirada, dejando que la maravilla se instalara en ella como una semilla.

En ese momento, el cansancio de días acumulados, del viaje entre mundos y del torbellino emocional, la alcanzó por fin. Un bostezo discreto, pero incontrolable, escapó de sus labios.

— Disculpa. Creo que el sueño me está ganando.

Zangrid le tomó la cara entre sus manos, sus pulgares acariciando sus pómulos.

— Duerme todo lo que necesites, mi bella Lefky. Yo traeré la oscuridad para ti cuando lo desees —dijo, y por primera vez Lefky comprendió: en aquel valle bajo la mirada del Sol, nunca anochecía.

— Gracias... —musitó ella, resistiéndose al peso de sus párpados—. Pero no quiero dormir. No todavía.

— ¿Por qué no?

— Porque quiero aprovechar cada instante a tu lado —confesó, su voz somnolienta pero llena de anhelo.

La sonrisa de Zangrid se volvió tan cálida como la luz que los rodeaba.

— Yo también deseo eso. Pero incluso la magia necesita descansar. Cuando despiertes, te llevaré a un lugar muy especial, en el corazón del Gran Bosque. Un sitio que guardo para lo más preciado.

— Me encantaría ir ahora —insistió ella, con un último destello de entusiasmo.

— Prefiero que descanses. La magia del bosque esperará. Prometido.

Sin más discusión, Zangrid alzó la vista, buscó una nube esponjosa y extendió la mano, como llamándola. La nube, dócil, descendió y se desplegó sobre el valle, proyectando una fresca y suave sombra sobre la cabaña, creando una noche privada y acogedora solo para ellos.

Dentro de la cabaña, el ambiente era sencillo pero imbuido de la misma calidez vital del valle. Zangrid la condujo a su alcoba, donde una cama cubierta de suaves telas brillantes parecía un nido. Lefky se dejó caer en ella, y antes de que pudiera decir otra palabra, el sueño la envolvió como un abrazo más, profundo y reparador. Zangrid se sentó a su lado, observando cómo su rostro se relajaba, y acarició su cabello rojo, ahora suave como la seda bajo sus dedos.

— *Descansa, amor mío —susurró, a la luz filtrada por la nube-invitada—. Los sueños aquí también son reales. Y mañana... mañana comenzará nuestra leyenda.*

V
El Jardín de las Flores

Al despertar, Lefky encontró solo silencio y una oscuridad cálida y acogedora dentro de la cabaña. Zangrid no estaba. Después de asearse, salió y se encontró con una escena inolvidable: la nube que había traído la noche aún cubría el claro, y en su centro, dos formaciones esponjosas se habían organizado en lo que parecían dos ojos grandes y curiosos, que la observaban. Lefky sonrió, una sonrisa tímida y cómplice.

— Gracias... Nube —susurró.

La nube pareció alegrarse; sus "ojos" se curvaron en una sonrisa vaporosa antes de disolverse y ascender suavemente, dejando que la luz dorada perpetua del valle volviera a bañar el hogar de Zangrid. Pero él no aparecía.

Con el corazón un poco acelerado por la ausencia, pero llena de ilusión, Lefky se adentró en el Gran Bosque. Cada paso era un descubrimiento: plantas que emitían suaves brillos, árboles con cortezas que parecían talladas con constelaciones, y una fauna amistosa que la seguía o se cruzaba en su camino sin el menor asomo de miedo, regalándole momentos de pura alegría.

Tras un largo paseo, el bosque cambió. La luz se volvió más difusa, plateada, como filtrada a través de un velo de duendecillos. Guiada por una curiosidad que parecía emanar del propio sendero, llegó a un sitio maravilloso: un arco triunfal natural, tejido completamente por enredaderas de glicinias en flor, cuyos racimos violetas y azules colgaban como cortinas de terciopelo vivo. Al cruzarlo, entró en un túnel perfumado, donde la luz era una neblina luminosa.

Al final del túnel, el aire estalló en color y fragancia.

Era un jardín colosal y onírico. Un mar de flores de todos los tamaños imaginables: algunas diminutas como estrellas en el musgo, otras tan altas y majestuosas como árboles jóvenes, con pétalos del tamaño de mantas. Los colores eran tan intensos que parecían recién inventados, y los aromas se entrelazaban en una sinfonía olfativa que le mareaba los sentidos de placer.

En el centro de aquel paraíso, Lefky se detuvo, girando sobre sí misma con la boca ligeramente abierta. Y entonces, comenzó a oírlos. No eran el susurro del viento. Eran murmullos. Conversaciones.

— *¡Oh, no! Mi pétalo central está desalineado. ¡Luzco fatal!*

— *A mí me parece que te estás palideciendo, querida. ¿Estás bien?*

— *¡Palideciendo! ¡Ese es mi tono natural de lirio! ¡Qué falta de sensibilidad!*

Lefky se quedó paralizada. Las voces venían... de las flores.

— *¡Schhh! —hizo una enorme margarita—. ¡Tenemos visita!*

Todas las flores parecieron contener la respiración. Un girasol gigante, cuyo disco dorado era más ancho que sus hombros, se inclinó hacia ella con un crujido suave de su tallo.

— *Disculpa la interrupción. ¿Quién... quién eres tú? —preguntó, su voz un bajo profundo y amable.*

Lefky estaba atónita.

— *Yo... ah... yo soy...*

— *Me resulta familiar —musitó el Girasol, acercando aún más su rostro floral, como si la estudiara—. Yo soy Girasol. Para servirte.*

— *Soy... Lefky —logró balbucear.*

— *¡Ah, Lefky! —exclamó Girasol, como si hubiera resuelto un misterio—. ¡Mucho gusto!*

— El… el gusto es mío —respondió Lefky, haciendo una pequeña reverencia instintiva.

Un coro de voces agudas y dulces estalló a su alrededor:

— ¡El placer es totalmente nuestro! —cantaron unas violetas apiñadas, sus pequeños rostros morados brillando de emoción.

— ¡Qué cabellera tan extraordinaria! —observó un jacinto azul, extendiendo una hoja delicada para acariciar una hebra de su pelo rojo—. Es del color del atardecer en el Mar de Ámbar.

— ¡Es cierto! ¡Un rojo pasión! —afirmó un clavel escarlata, inflándose de orgullo.

Lefky, recuperándose un poco, sonrió con genuino deleite.

— Gracias… Todas ustedes son… indescriptiblemente hermosas.

Un tulipán alto y esbelto, de pétalos perfectos en un degradé de oro a blanco, se irguió con aire de autoridad.

— Una pregunta, visitante Lefky. ¿Sabes… cantar?

— ¡Me encanta cantar! —confesó ella, recordando con alegría cómo lo había hecho en el bosque de su mundo.

— Excelente —dijo el Tulipán con un movimiento de aprobación—. Nos agradaría mucho que nos acompañaras.

Antes de que pudiera responder, una rosa magnífica, cuyos pétalos parecían de seda roja, se inclinó hacia su oído y murmuró con una voz que era pura miel:

— Tulipán es… selectivo. Debes poseer una belleza excepcional para que te conceda este honor. Considera que tu voz podría armonizar con la nuestra.

Lefky sintió un rubor de placer y asombro.

— ¡Oh...!

— ¡Atención, coro! —ordenó Tulipán, su voz tomando un tono directoral.

Lo que sucedió entonces fue un espectáculo de pura magia. Los girasoles comenzaron a oscilar rítmicamente, sus discos dorados creando formas y ondas de luz con cada movimiento. Las lilas, con voces suaves como campanillas de plata, entonaron la melodía inicial. Las margaritas se unieron con armonías brillantes, seguidas por las hortensias con sus coros profundos. Luego, una voz solista, clara y emotiva, se elevó: era la Rosa. Y finalmente, todo el jardín —cientos de flores— estalló en un canto polifónico perfecto. No eran palabras, sino sonidos puros, emociones convertidas en música que resonaba en el aire y hacía vibrar los pétalos.

Lefky lo escuchó con los ojos anegados de lágrimas silenciosas. Era la música más sublime que jamás hubiera escuchado, una sinfonía de pura belleza que hacía que las composiciones más líricas y poéticas de su mundo sonaran a meros ecos desteñidos. Aquí, la armonía era completa, viva, un latido compartido del mundo mágico.

Cuando la última nota se desvaneció en el aire perfumado, Lefky, conmovida hasta la médula, aplaudió con entusiasmo.

— ¡Es maravilloso! ¡Magnífico!

Pero Tulipán, en lugar de aceptar los aplausos, se inclinó hacia ella de nuevo. Su gesto no era de agradecimiento, sino de un leve reproche educado.

— Querida Lefky —dijo, su voz meliflua pero firme—. En el Jardín de los Susurros Florales, la belleza no se celebra con palmas. Se responde... con más belleza. ¿Te atreverías a corresponder nuestro canto?

El jardín entero guardó silencio, expectante. Todos los rostros florales —los alegres, los curiosos, los orgullosos— estaban vueltos hacia ella. La habían puesto a prueba.

Lefky, aturdida por la belleza y la presión, se quedó en silencio.

> *— ¡No cantaste! —exclamó Tulipán, enderezándose con un movimiento brusco que hizo temblar sus pétalos.*

> *— Oh... lo siento —balbuceó Lefky, sintiendo cómo el rubor le subía por el cuello—. Era todo tan divino que... me quedé sin palabras.*

Tulipán desvió la mirada, un claro gesto de desaprobación floral.

> *— Uy... creo que ya se enojó —susurró una camelia a su vecina begonia.*

> *— En verdad lo siento —insistió Lefky, desolada.*

> *— No servirá de mucho —murmuró la begonia, con aire de experta—. Una vez que se ofende, es difícil contentarlo.*

Un suave roce en su brazo la hizo volverse. Era un crisantemo dorado.

> *— Canta —le susurró, dándole un empujoncito alentador con un pétalo.*

> *— Con eso, te perdonará —añadió una azucena desde atrás, su voz como un hilo de plata.*

Tomando aire para calmar los nervios, Lefky cerró los ojos un instante. No pensó en las notas, solo en la felicidad que el jardín le había regalado. Y entonces, comenzó a cantar.

Su voz no era poderosa, pero era clara, dulce y llena de una emoción genuina que vibraba en el aire tranquilo. Al principio, Tulipán fingió ignorarla, observándola solo de reojo. Pero a medida que la melodía se entrelazaba con la brisa y el perfume del jardín, su actitud cambió. Con un movimiento imperceptiblemente más suave, comenzó a dirigir a las otras flores, invitándolas con un leve balanceo a unirse.

Una a una, las flores retomaron su canto, pero esta vez, armonizaron con la voz de Lefky. No repitieron su canción; crearon una nueva. Una composición espontánea donde la frescura de su tono humano se fundía con la magia antigua de sus coros, resultando en algo aún más conmovedor y bello.

Al terminar, un silencio reverente llenó el jardín por un segundo. Luego, estalló la celebración. Aplausos de hojas, risas que sonaban como campanillas, y pétalos que se agitaban con júbilo.

Tulipán se inclinó ante ella de nuevo, pero esta vez con gracia y respeto.

— *Me agrada tu voz. Tiene... alma.*

— *Eso fue verdaderamente maravilloso —reconoció Rosa, con una elegante inclinación.*

— *¡Casi puedes cantar como una rosa! —agregó Clavel, con alegre exageración.*

— *Muchas gracias... —dijo Lefky, con el corazón desbordado—. Me he divertido más de lo que creí posible.*

— *¡Se me ha ocurrido algo! —exclamó una orquídea de formas intrincadas—. ¿No sería estupendo que nuestra amiga Lefky viniera muchas veces a visitarnos para cantar con nosotras?*

— *¡Sí! ¡Nos encantaría! —corearon las flores, formando un mosaico de colores que asentía.*

— *¡Por supuesto que sí! ¡Así lo haré! —prometió Lefky, llena de júbilo.*

— *Espero que cuando vuelvas —murmuró un arbusto cuyas flores parecían pequeños pompones blancos, un «Arbusto Nube»—, ya esté aquí nuestra Princesa.*

— *¿Una Princesa? —preguntó Lefky, su curiosidad despierta.*

— *Así es. Esperamos a la Princesa Ceda —explicó un narciso, erguido y solemne—. Desde hace mucho tiempo debió llegar. La esperamos con ansia.*

— ¿No la conocen? —volvió a preguntar Lefky, intrigada.

— No —admitió un gladiolo—. Pero cuando venga, sabremos reconocerla.

— Porque tendrá el aroma de todas las flores —completó un nardo con orgullo—. El perfume del jardín entero en un solo ser.

La idea de una princesa esperada, un aroma de leyenda, se quedó girando en la mente de Lefky.

— Me encantaría conocerla... Ahora debo irme. Ha sido un placer inmenso conocerlas a todas.

— Ven a visitarnos seguido —le pidió Tulipán, guiñándole un «ojo» que era en realidad un destello en uno de sus pétalos.

Mientras salía del jardín entre risas y despedidas («¡Vuelve pronto!», «¡Regresa cuando quieras!»), las flores le arrojaban besos agitando sus hojas, y ella les respondía con besitos lanzados al aire, sintiéndose parte de un secreto maravilloso.

Emocionada, con el corazón más ligero que nunca, Lefky recorrió el túnel de glicinias y salió a la parte plateada del bosque. Siguió caminando hasta que la luz se volvió más dorada y cálida, indicando que se acercaba al valle de Zangrid.

Justo antes de salir del bosque, una figura blanca y luminosa emergió entre los árboles. Era un unicornio, majestuoso, con un cuerno dorado que parecía capturar toda la luz del mundo. Inclinó su noble cabeza ante ella en un saludo silencioso. Lefky, recordándolo de la cascada invertida, hizo una reverencia instintiva, el corazón latiéndole con fuerza. La criatura la observó un momento con ojos profundos como pozos estelares, y luego se dio la vuelta, desapareciendo entre la espesura como un fantasma de luz.

Al poco rato, Lefky salió del bosque y vio la cabaña a lo lejos. Y allí, esperándola en el umbral, estaba Zangrid. En cuanto sus miradas se encontraron, una sonrisa simultánea iluminó sus rostros. Sin mediar *palabra, corrieron el uno hacia el otro y se fundieron en un abrazo tan fuerte y necesario como el primer aliento después de sumergirse.*

Él la levantó del suelo ligeramente, haciéndola girar en un remolino de alegría, su risa mezclándose con la de ella en el aire del valle.

— *Te extrañé —confesó, su voz un susurro áspero de alivio contra su cabello.*

— *Yo también —respondió ella, enterrando el rostro en el hueco de su cuello, inhalando su esencia a bosque y luz—. Siento que por fin... he llegado a casa.—¡Zangrid! —exclamó, separándose solo lo necesario para ver su rostro.*

— *¡Lefky! ¿Cómo te sientes? —preguntó él, sus manos recorriendo su espalda como para asegurarse de que era real, de que no se desvanecería.*

Ella cerró los ojos, derritiéndose en su abrazo.

— *A tu lado, me siento invencible. Y tan feliz que casi duele.*

— *Quiero llevarte a conocer el corazón del Gran Bosque. ¿Me acompañas?*

— *A cualquier lugar —susurró ella, sus labios rozando su mandíbula.*

Pero la emoción burbujeaba dentro de ella y necesitaba compartirla.

— *¡Zangrid! Cuando desperté y no te vi, salí a buscarte... y encontré un jardín. Con flores, Zangrid. ¡Flores que hablan, que cantan! ¡Y canté con ellas! ¿Puedes creerlo? —Su rostro estaba iluminado por una felicidad pura e ingenua.*

La reacción de Zangrid fue instantánea. La apartó lo justo para mirarla a los ojos, y su sonrisa se congeló, luego se desvaneció por completo.

— *¿Flores...? —repitió, su voz perdiendo toda su calidez anterior, volviéndose plana y cuidadosa.*

— Sí, de todos los colores, enormes, amistosas... ¿Las conoces? —preguntó Lefky, su entusiasmo empezando a empañarse ante la nube que velaba su mirada.

Zangrid no respondió de inmediato. Su expresión se ensombreció, sus cejas se fruncieron levemente.

— ¿Cómo llegaste a su jardín, Lefky? —La pregunta no era de curiosidad, sino de alerta.

— No lo sé... Caminaba y el bosque me guio. Fueron tan dulces... —Su voz decayó al ver cómo la seriedad esculpía el rostro de Zangrid, cómo sus ojos, clavados en la lejana espesura del Gran Bosque, parecían ver una amenaza donde ella solo había visto maravilla.

— ¿Y cómo encontraste el camino de regreso? —insistió él, su mirada volviendo a ella, penetrante, buscando algo en lo profundo de sus ojos castaños.

— Pues... salí, caminé y llegué —dijo, un nudo de inquietud apretándole el estómago—. ¿Por qué? Zangrid, ¿ocurre algo malo?

Él no respondió. La miraba fijamente, y en sus ojos verdes, usualmente llenos de luz, Lefky vio un torbellino de emociones encontradas: preocupación, sorpresa, una sombra de... ¿temor? Sus labios, sin embargo, permanecieron sellados, guardando un secreto que su mirada delataba a gritos.

Después de un silencio que se hizo eterno y opresivo, Zangrid forzó una sonrisa. No llegó a sus ojos. Tomó su mano con una firmeza que no admitía discusión.

— Ven —dijo, y su voz había recuperado una calma artificial.

Comenzó a caminar, tirando de ella con suavidad pero con determinación, no hacia el Gran Bosque, sino en dirección opuesta, hacia una arboleda más pequeña en el extremo del valle.

— Zangrid, pensé que iríamos al Gran Bosque...

— Por ahora, no —fue su única respuesta, cortante. Caminaba en silencio, su mirada fija en un punto lejano, su mano envolviendo la de ella con una presión que era a la vez un ancla y una jaula.

Lefky lo siguió, la felicidad del jardín floral se evaporaba, reemplazada por una confusión helada. Algo estaba muy mal.

Pronto llegaron a un bosquecillo cuyos árboles estaban cargados de frutas de colores imposibles. Uno se alzaba sobre todos, tan alto que su copa se perdía entre jirones de nube, un gigante con el tronco del color de la miel al atardecer.

— Qué árbol tan majestuoso —musitó Lefky, intentando romper el hielo—. Y ese color es divino.

— Da la fruta más dulce de todo Lumen —dijo Zangrid, su voz todavía distante.

— Con razón la esconde tan alto —bromeó ella, débilmente—. Para que no se la roben.

Zangrid la miró, y por un instante, la extrañeza en sus ojos fue tan profunda que pareció venir de otro tiempo.

— No. El Árbol Dadivoso es generoso. Pero exige astucia a quien quiera probar su don. No es cuestión de altura, sino de mérito.

Antes de que Lefky pudiera responder, o incluso parpadear, Zangrid extendió la mano. No hubo un movimiento brusco, no saltó. Simplemente, apareció en su palma una fruta perfecta, redonda y brillante como una pequeña luna ámbar, con un aroma que hacía agua la boca.

— Pero... ¿cómo...? —tartamudeó Lefky, mirando alternativamente la fruta y la copa inalcanzable. La magia, antes maravillosa, ahora tenía un regusto inquietante.

— Para ti —dijo él, colocándosela en la mano con una ternura que contrastaba brutalmente con su frialdad de momentos antes.

Lefky la mordió. El sabor fue un estallido de éxtasis en su boca, tan intenso que por un segundo borró toda preocupación.

— ¡Es increíble! —Una sonrisa genuina, aunque breve, asomó a los labios de Zangrid.

— Ven. Ya estamos cerca—. Caminando del brazo, con el dulzor aún en los labios, Lefky preguntó:

— ¿Cerca de qué?

— De la Villa del Sol. La ciudad que rige las cuatro aldeas del Gran Bosque. Y junto a ella... —hizo una pausa, y su voz bajó a un tono de reverencia y advertencia— está el Castillo Dorado del Príncipe.

— ¿Hay un príncipe? —preguntó Lefky, el corazón dándole un vuelco.

Princesa Ceda.

El nombre resonó en su mente como un eco de las flores parlantes, acompañado por una sonrisa fugaz e íntima que solo ella conocía.

— Sí —afirmó Zangrid, y en esa palabra simple había un peso de siglos.

Mientras avanzaban, Lefky alzó la vista inconscientemente. No hacia el camino, sino hacia el Sol mismo. Aquella entidad dorada y vibrante que coronaba el cielo de Lumen. Y esta vez, estuvo segura. No era una ilusión. Entre la brillantez abrumadora, vio una silueta. Una figura alta y regia, de contornos difuminados por la luz, observándolos desde las alturas eternas.

Desvió la mirada, aturdida, hacia las nubes diáfanas. Y allí, también, las formas se organizaron por un instante en torres y puentes espectrales, un reino suspendido en el aire, un espejismo de poder y misterio.

Una sensación desgarradora la atravesó. No de miedo, sino de una pérdida terrible que aún no había ocurrido. Este mundo era un sueño hecho realidad, pero cada paso más profundo que daba en él, cada maravilla que descubría, parecía alejarla irremediablemente de algo... o acercarla a un *precio que aún no podía ver, pero que su alma, de pronto, empezaba a temer.*

Y la mano de Zangrid, fuerte y cálida en la suya, ya no solo la guiaba hacia la Villa del Sol. La guiaba, silenciosamente, hacia el corazón de un secreto tan grandioso y peligroso, que su felicidad de apenas unos minutos antes parecía ahora el frágil preludio de una tempestad.

VI
La Villa del Sol

Se detuvieron en el umbral de la Villa, y a Lefky se le contuvo el aliento. No era solo antigua o mágica; era como si una calma alegre, tallada en roca y adornada con flores, hubiera respirado durante siglos esperando este momento. Las casas de piedra clara, con sus balcones reventando de color, se alineaban junto a una calle empedrada que parecía llevar directamente al corazón de la felicidad. Lo más conmovedor eran los habitantes: se saludaban con risas y palabras que sonaban a bendiciones.

— ¡Felicidad, Zangrid! —gritó un hombre de barba canosa.

— ¡Alegría, Maestro Orin! —respondió él, y su voz sonaba genuinamente ligera allí, como si un peso se le hubiera levantado.

— ¡Hey, Sueños Hermosos! —los saludó un joven al pasar, guiñándoles un ojo.

— Qué gente tan agradable —musitó Lefky, sintiendo cómo su propio espíritu se aligeraba—. Me gusta cómo su felicidad... es contagiosa.

Al final de la calle, se abrió una gran plaza circular, un remanso de paz rodeado de bancas de madera luminosa y árboles cuyas hojas susurraban melodías suaves. En el centro, un pozo ancho y profundo llamó su atención. Pero no era un pozo de agua. La gente se acercaba a su borde y, con gestos de serenidad, arrojaba algo brillante y etéreo a su interior, como si alimentaran su profundidad con destellos. Antes de que Lefky pudiera distinguir qué era, Zangrid la guio hacia un edificio contiguo a la plaza.

Entraron por una puerta metálica adornada con soles en espiral, y el mundo exterior se apagó. Dentro, una sala amplia y acogedora los recibió, impregnada del olor a papel antiguo y a madera de cedro. Era una biblioteca, pero como ninguna que Lefky hubiera soñado. Los libros, con *lomos de cuero y telas brillantes, estaban acomodados con un cuidado que hablaba de amor.*

Zangrid la llevó a un rincón junto a un ventanal que enmarcaba la plaza como un cuadro vivo. Allí, le sirvió una bebida en un vaso alto: un líquido en capas de color rosa, dorado y azul celeste, con una pajilla plateada.

— *Prueba —dijo, con una sonrisa que invitaba a compartir un secreto.*

Lefky sorbió. Cada capa era un sabor distinto y sublime: fresas de verano, miel de flores lunares, brisa marina. Una felicidad simple y perfecta le inundó el pecho.

— *«Dulces Momentos» es el nombre de este néctar —explicó Zangrid, observando cómo sus ojos se cerraban de placer.*

— *Y así lo siento yo también en este instante.*

Emocionada, Lefky se levantó y se acercó a los estantes, atraída por la belleza de las encuadernaciones. Tomó un volumen cuya tapa parecía hecha de lapislázuli con vetas de plata. Al abrirlo, el asombro la sobrecogió de nuevo. Las páginas no eran de papel; eran suaves y flexibles como seda, pero con una textura granulada y cálida. Despedían un aroma sutil a arena caliente y a cielo nocturno. Y la escritura... era una caligrafía de una elegancia sobrenatural, cuyas letras brillaban con una luz tenue y perpetua.

— *Las hojas están hechas con arena solidificada del Río del Tiempo —dijo la voz de Zangrid, suave, justo detrás de ella. Él se había acercado en silencio—. Y la tinta es polvo de estrellas, molido en los yunques de los herreros celestes.*

Lefky giró para mirarlo, el libro aún entre sus manos.

— *¿Arena del tiempo? ¿Polvo de estrellas? ¿Cómo es posible...?*

— *La arena se cosecha en las playas del Reino de las Nubes —explicó él, su mirada verde atrapando la suya—. Y el polvo de estrellas... es el material más preciado. Es difícil de obtener, pero nunca se desvanece. Con él —añadió, bajando la voz hasta convertirla en una* confidencia que erizó la piel de Lefky— se escriben las historias que deben perdurar. Y también... se sellan las promesas que están destinadas a durar más que la memoria misma.

Lefky lo escuchaba, hechizada, mientras sus dedos acariciaban las letras luminosas. Y entonces, sucedió. Al pasar la yema del índice sobre una palabra brillante, sintió un cosquilleo eléctrico y dulce que le recorrió el brazo, se le instaló en el pecho y le arrancó una risa baja y sorprendida.

— ¡Hace cosquillas! —exclamó, mirándolo entre avergonzada y encantada.

Zangrid rio, un sonido cálido que llenó la sala. Tomó su mano, la que había tocado la palabra, y la envolvió entre las suyas.

— No son cosquillas, mi bella Lefky —dijo, su pulgar dibujando círculos en su palma—. Es la magia del libro... reconociéndote. Sintiendo el latido de tu alma a través de tu tacto. —Su sonrisa se suavizó, volviéndose más íntima, y una sombra de esa melancolía eterna pasó como una nube fugaz por sus ojos—. Quizás esta historia, escrita con luz de estrellas, lleva tanto tiempo esperando a que alguien como tú pasara sus páginas, que no pudo contener su alegría.

En ese instante, bajo la luz tranquila de la biblioteca, con la risa aún en los labios y el eco de una promesa de polvo de estrellas en el aire, Lefky sintió que la felicidad y la melancolía no eran opuestos, sino las dos caras de la misma moneda antigua y preciosa que su corazón, al fin, empezaba a entender.

— Este es mi taller, mi bella Lefky —confesó Zangrid, haciendo un gesto que abarcaba la sala—. Yo hago estos libros. Y en ellos... se escriben las historias, los sueños y las verdades de los habitantes de Lumen.

Mientras él hablaba, Lefky no podía apartar los ojos de él. No solo por sus palabras, sino porque le parecía que una tenue luz interna emanaba de su ser, una calidez dorada que no iluminaba la habitación, sino que penetraba directamente en su pecho, arraigándose en su alma con la constancia y firmeza de una raíz que busca su tierra. Era como si su mera presencia estuviera sanando una parte de ella que ni siquiera sabía que estaba herida.

En ese momento íntimo, la puerta se abrió. Un joven apuesto, de cabello negro como el azabache y ojos del color del cielo al mediodía, entró con una sonrisa despreocupada.

— ¡Dicha! —saludó, con una voz clara y alegre.

— ¡Sonrisas, Relle! —respondió Zangrid, y al ver que su amigo fijaba su mirada en Lefky, añadió—: No, no te vayas. Ven. Quiero que conozcas a Lefky.

El orgullo en la voz de Zangrid hizo que a Lefky le diera un vuelco el corazón.

El joven, Relle, se acercó con una elegancia natural.

— Yo soy Relle. Un amigo que ha tenido que aguantar a este caballero durante... bueno, mucho tiempo —dijo, con una sonrisa pícara que hacía juego con sus ojos azules.

— Es un placer conocerte, Relle —respondió Lefky.

Relle la miró, y por un instante, su expresión desenfadada se transformó en puro asombro.

— Pero... qué hermosa eres —musitó, casi para sí, antes de recuperar la compostura—. De manera que tú eres Lefky... Teníamos grandes deseos de conocerte. ¡Bienvenida a la Villa del Sol!

Una ola de calor le subió por el cuello a Lefky. ¿Todos tenían deseos de conocerme? La idea de que Zangrid hubiera hablado de ella, que la hubiera esperado y anunciado, era a la vez abrumadora y maravillosamente dulce.

— Muchas gracias, Relle —logró decir.

Fue entonces cuando la mirada de Relle se posó en el dije de unicornio que colgaba de su cuello. Su sonrisa se desvaneció, reemplazada por una expresión de reconocimiento agudo y serio. Sin preámbulos, señaló la joya.

— *Disculpa mi franqueza, pero... ¿quién te dio eso?*

La pregunta, tan directa, la tomó por sorpresa.

— *Era de mi abuela —explicó, llevándose instintivamente la mano al colgante—. Mis padres me dijeron que me lo dio cuando nací... poco antes de que ella muriera.*

Relle parpadeó, y sus ojos azules parecieron captar un destello de la esmeralda.

— *¡Increíble...! —exhaló, y en esa palabra había más que sorpresa; había una pieza de un rompecabezas cayendo en su lugar. De pronto, como recordando el motivo de su visita, se volvió hacia Zangrid, su rostro recuperando una urgencia contenida—. Zangrid, lamento la intrusión, pero hay algo importante. Muy importante.*

Zangrid asintió, comprendiendo al instante la gravedad tras la mirada de su amigo. Se volvió hacia Lefky con una mezcla de disculpa y preocupación.

— *¿Nos disculpas por unos minutos, mi bella Lefky?*

— *Por supuesto —respondió ella, intentando sonreír para ocultar el pequeño pinchazo de inquietud que la pregunta de Relle había dejado.*

Con una inclinación de cabeza, los dos caballeros se dirigieron a una habitación más pequeña en la parte trasera, cerrando la puerta tras de sí.

Quedando sola, Lefky se acercó a la ventana. Observó a la gente pasar, iluminada por esa felicidad serena que parecía impregnar la Villa. Pero por primera vez, se preguntó si detrás de esas sonrisas también habría secretos, historias guardadas en libros de polvo de estrellas.

Necesitando distraerse, volvió a los estantes. Tomó libros al azar, abriéndolos como quien busca respuestas en un oráculo. Sus dedos encontraron fragmentos que la conmovieron profundamente:

"... y aun cuando él no podía reconocer el corazón joven de su alma, ella permanecía en la esperanza y el deber de apoyar a su gran amor... aun cuando él continuara con una venda en los ojos, sin lograr discernir lo que ocultaba el rostro de la mujer que tanto lo amaba..."

Cerró el libro verde, con el corazón apretado. Abrió otro, de lomo negro como la noche.

"... y en las tinieblas más profundas, brillaba su corazón resplandeciente y firme, una fortaleza interior que no permitía a las criaturas y sombras del mal corromper su luz, ni extinguir el amor que guardaba como un tesoro..."

Eran historias de amor y sacrificio, de luz que luchaba contra la oscuridad. Un romanticismo épico y doloroso que resonaba con una extraña familiaridad en su propio pecho.

Mientras ella se perdía en esas páginas, a pocos pasos de distancia, tras la puerta cerrada, Zangrid la observaba a través de una rendija. Su rostro reflejaba una admiración tan profunda que rayaba en la devoción, pero también una sombra de temor. Sin apartar los ojos de ella, le preguntó a Relle en un susurro tenso:

— *¿Qué ha sucedido? Dime rápido. ¿Está relacionado con... el dije?*

La escena quedó suspendida: Lefky, absorta en las historias de un amor que intuía propio, y Zangrid, atrapado entre la maravilla de tenerla cerca y el pavor de lo que su amigo pudiera revelar sobre el secreto que pendía, literalmente, sobre el corazón de ella.

— *¿Qué sucede, Relle?* —*preguntó Zangrid en un susurro urgente, cerrando la puerta con un leve click.*

— *Tuve un sueño* —*confesó Relle, su voz perdiendo toda su alegría anterior*—. *Una visión clara. La espada... ha revelado su ubicación.*

En el sueño, resplandecía con una luz agonizante y me llamaba a gritos silenciosos.

El aire en la pequeña habitación se enfrió.

— ¿Quién más lo sabe?

— La Anciana del Susurro. Ella sintió la perturbación en el Sueño Eterno.

— ¿Dónde está?

— En la Aldea de los Pintores. Oculta donde los colores se mezclan con la sombra.

Zangrid cerró los ojos por un segundo, como si absorbiera un golpe.

— Entonces no hay tiempo. Debemos ir por ella. Ahora.

— ¿Vendrás conmigo? —preguntó Relle, aunque ya conocía la respuesta.

— Por supuesto —afirmó Zangrid, con la sobriedad de un soldado que ve acercarse la batalla. Pero sus ojos, a través de la rendija de la puerta, no se apartaban de Lefky, que acariciaba las páginas de un libro con dedos reverentes. Relle siguió su mirada.

— Zangrid... —dijo, con una curiosidad teñida de preocupación—. ¿De dónde viene ella?

— De tierras muy lejanas —respondió él, evasivo.

— ¿Del Monte del Sol? —insistió Relle, nombrando el lugar más remoto que conocía.

— Más lejos aún —murmuró Zangrid, y en su tono había un universo de distancia y misterio.

— Es muy hermosa... —observó Relle, sin poder evitarlo.

— Sí —asintió Zangrid, y por primera vez en la conversación, una sonrisa auténtica, soñadora y llena de asombro, le iluminó el rostro—. Mucho más de lo que jamás pude imaginar, incluso en mis sueños más osados.

— Zangrid —la voz de Relle se volvió grave, un recordatorio necesario—. Esto está sucediendo ya. No lo olvides. Tienes una misión. Y sólo una joya está incrustada en la empuñadura de la...

— No lo he olvidado, Relle —lo interrumpió Zangrid, con una brusquedad inusual. Su mirada, aún clavada en Lefky, se nubló con una tristeza tan profunda y mal disimulada que parecía una herida abierta—. Pero me pregunto... ante los dioses, me pregunto si el destino podría concederme un poco más de tiempo. Solo un respiro.

Relle comprendió. No era desobediencia; era el desgarro de un hombre que, tras una espera infinita, encuentra su razón para vivir justo cuando debe prepararse para posiblemente perderlo todo. Apretó el hombro de su amigo con fuerza.

— Ya están despertando —dijo, con una compasión que era a la vez una advertencia.

Zangrid asintió, con un gesto de pesar que lo envejeció por un instante.

— Ahora, vayamos con Parle.

Relle salió primero. Al pasar frente a Lefky, se detuvo. Sus ojos azules, ahora serios, se posaron en el dije del unicornio. Una lucha interna se reflejó en su rostro antes de que las palabras escaparan, bajas y cargadas de un pesar genuino:

— Lamento... tanto... que tengas que llevar eso.

Lefky, instintivamente, cubrió el dije con la mano, como protegiéndolo... o protegiéndose.

— ¿Por qué? —preguntó, su voz un hilo de confusión y súbita vulnerabilidad.

Pero no hubo respuesta. Zangrid se acercó, interponiéndose suavemente entre ellos. En sus manos sostenía un libro cuya tapa era de oro puro y vivo, que parecía respirar con una luz tenue. Y un pequeño saco de seda del que se filtran destellos de luz azulada y plateada.

— Mi bella Lefky —dijo, su melodiosa voz varonil arrastrando toda la ternura del mundo—, deseo darte esto.

Le entregó los objetos. El libro era sorprendentemente ligero, sus páginas de una suavidad celestial aún vírgenes. El saco de polvo de estrellas brillaba en sus manos como si contuviera un pedazo de la Vía Láctea.

— ¡Muchas gracias, Zangrid! ¡Es precioso! —exclamó, el asombro ahuyentando momentáneamente la inquietud.

— Este libro escribirá tus memorias —explicó él, tomando su mano con infinita delicadeza—. Solo coloca un poco de este polvo sobre la página... y deja que tu corazón hable.

Volcó una pizca del polvo estelar en la palma de ella. Luego, guio sus dedos para que rozaran la primera página en blanco.

— Al contacto, el polvo cobró vida. Se organizó en un remolino de luz y, como si una pluma invisible la guiara, comenzó a trazar palabras con una caligrafía elegante y brillante. Eran *sus palabras*. El relato de su llegada al bosque, de la cascada invertida, de la confusión y la maravilla. Su historia, escrita con luz de estrellas.

— ¡Es increíble...! —susurró Lefky, con lágrimas de emoción asomándose a sus ojos—. ¡Es magia pura! ¡Gracias!

— Guárdalo donde quieras —dijo Zangrid, su sonrisa era un faro en su propio mar de preocupaciones—. Jamás se perderá. Siempre encontrará el camino de regreso a ti.

Por un instante, todo lo demás —la extraña pena de Relle, la urgencia contenida— se desvaneció. Lefky se perdió en el brillo hipnótico de los ojos verdes de Zangrid, en esa sonrisa suya que *prometía eternidades*.

— ¿Me acompañas? —preguntó él, extendiendo la mano—. Debemos ir con Parle.

Ella no necesitó palabras. Con una certeza que nacía de lo más profundo de su alma, tomó su brazo. Y juntos, seguidos por un Relle que observaba la escena con una mezcla de admiración y profunda tristeza, salieron del taller, dirigiéndose hacia la siguiente incógnita, con el peso de un destino épico y un amor recién nacido cargando sus espaldas.

VII

El Vestido Verde

Tocaron la puerta de una casa de piedra cuya fachada parecía cansada, con enredaderas creciendo con más libertad que jardín. La abrió una anciana de cabello blanco como la nieve de los picos lejanos y ojos del color del crepúsculo. Al ver a Zangrid, su mirada no reflejó alegría, sino una tristeza profunda y antigua.

— ¡Dulzura! —saludó Zangrid, inclinando la cabeza con respeto.

— ¡Luz, caballero. Luz para todos ustedes —respondió ella, haciendo un gesto para que entraran. Su voz era como el crujir de hojas secas, pero con una autoridad natural.

Dentro, la casa era austera, llena de objetos curiosos y el olor a hierbas secas y tiempo detenido.

— Parle, deseo que conozcas a Lefky —dijo Zangrid, presentándola con un orgullo que chocaba con la solemnidad del lugar.

— Mucho gusto, señora —saludó Lefky, ofreciendo una sonrisa que buscaba calidez.

La anciana, Parle, la escrutó de arriba abajo sin devolver el saludo.

— Ya sé quién es —declaró, y sus palabras sonaron a sentencia, no a bienvenida. Luego, desvió la mirada como si el asunto estuviera zanjado—. Hoy es la Unión del hermano de Relle. ¿Asistirán?

— Sí, no podríamos faltar —respondió Relle con rapidez, rompiendo la tensión momentánea.

— ¿Qué es una Unión? —preguntó Lefky a Zangrid en un susurro, intrigada por la palabra.

Fue Parle quien respondió, clavando de nuevo sus ojos crepusculares en ella.

— Es cuando dos almas, tras reconocerse como espejos y refugios, eligen fundir sus destinos en uno solo, ante la bendición del Sol. Una luz sagrada desciende entonces, un secreto que solo ellos dos pueden atestiguar. —Su explicación era poética, pero su tono, plano y distante.

— ¡Ah, es como una boda! ¡Qué hermoso! Me encantaría ver una —exclamó Lefky, dejándose llevar por la ilusión romántica de la descripción.

— ¡Silencio! —cortó Parle, con un gesto adusto y una voz que no admitía réplica—. La energía sagrada no se alimenta de gritos, sino de respeto.

Lefky se encogió, avergonzada.

— Lo siento...

Zangrid le apretó suavemente la mano, un gesto de defensa y consuelo.

— Haremos lo que tú quieras, mi bella Lefky —murmuró solo para ella, su voz un bálsamo contra la sequedad de Parle.

— Gracias... —susurró Lefky.

Parle observó el intercambio, y algo se endureció aún más en su rostro.

— *Acompáñame, Lefky. Quiero que uses algo para la Unión* —ordenó, sin dar opción a rechazo.

En silencio, la condujo a una habitación posterior, más oscura y sobria, donde el aire era más denso. Hizo que Lefky se sentara en un sillón que parecía de cuero gastado, desde donde podía sentirse observada por cada sombra. Pasaron largos minutos en un silencio opresivo mientras la anciana rebuscaba en un armario alto. Finalmente, extrajo un vestido. Era de un verde oscuro, casi negro, como las hojas de los árboles en la noche más profunda. Un color solemne, casi lúgubre.

A Lefky no le gustó. Le recordaba a la tierra mojada y a la ausencia de luz. Pero, con educación, dijo:

— *Muchas gracias. Es muy amable. ¿Era... suyo?*

Parle se volvió, sosteniendo el vestido como si fuera una armadura. Sus ojos, ahora completamente fijos en Lefky, eran inquisitivos, penetrantes.

— *¡A mí no me engañas!* —espetó, y la frase cayó como un latigazo.

Lefky se sobresaltó.

— *Oh, lo siento, la verdad es que... el color... Pero no importa, no es que no se lo agradezca, me gusta, es... lindo. Solo que no estoy acostumbrada...* —balbuceó, sintiéndose cada vez más pequeña bajo aquella mirada implacable.

Parle se acercó, dejando el vestido a un lado. Ahora no miraba el color, miraba a través de Lefky.

— *Ya estás aquí* —dijo, y su voz sonó a profecía, no a conversación—. *Tu llegada no es un accidente. Traerá ráfagas de alegría... y montañas de tristeza. Semillas de esperanza... y cosechas de dolor. Mucho dolor. Y habrá destrucción, Lefky. La que renace y la que se lleva todo por delante.*

Lefky parpadeó, desconcertada.

— ¿Disculpe...? No entiendo.

La anciana ignoró su confusión. Su expresión se suavizó un ápice, pero solo para dejar paso a una lástima aún más punzante.

— Él es un hombre de una sensibilidad extraordinaria, ¿sabes? —dijo, y por primera vez, su tono tuvo un dejo de calidez, pero era una calidez triste—. Hablaba de ti mucho antes de que supiera que existías. Soñaba con un rostro de pelo rojo como el atardecer en el Mar de Ámbar. Y cuando por fin te encontró... su felicidad fue tan grande que iluminó hasta los rincones más oscuros de este reino.

Al escuchar eso, el corazón de Lefky dio un brinco. Una sonrisa de pura felicidad se dibujó en sus labios.

— ¿Soñaba... conmigo? —susurró, y por un segundo, todo lo demás —el vestido, la advertencia— se desvaneció, reemplazado por la imagen de Zangrid esperándola desde siempre.

— ¡No me interrumpas! —la regañó Parle, endureciendo de nuevo su semblante. Lefky se calló de golpe, la sonrisa congelada—. Yo solo puedo decirte cosas buenas de él —continuó la anciana, enumerando con los dedos como si repasara una lista sagrada—. Es profundamente respetuoso. De modales tan finos como los de los antiguos príncipes. Su corazón es un manantial de generosidad. Su mente, un arsenal de inteligencia. Y su valor... bueno, ese lo irás descubriendo por ti misma. —Hizo una pausa, y sus ojos brillaron con algo que podría haber sido orgullo—. Y claro, no puedo omitir lo deslumbrantemente apuesto que es.

Lefky no pudo evitar sonrojarse, una mezcla de placer y timidez. Pero entonces, Parle se inclinó hacia ella. La distancia entre sus rostros se redujo a centímetros, y en los ojos de la anciana, la lástima se transformó en una advertencia feroz y protectora.

— Por supuesto —susurró Parle, con una voz que ahora era filo de obsidiana—, todo ese conjunto deleita y obsesiona. No solo a tu corazón, sino a los de todas las doncellas que han tenido la *desgracia de cruzarse en su camino. Sus corazones laten por él, algunos con esperanza, otros con despecho. ¿Comprendes ahora el terreno en el que pisas, niña del pelo de fuego?*

Lefky se quedó sin aliento. No era solo una advertencia sobre el futuro. Era un mapa de los peligros del presente. El vestido verde oscuro ya no parecía solo un color feo; parecía el color de los celos, de la vigilancia, del amor que podía volverse veneno. Y por primera vez, sintió el verdadero peso de haber llegado a un mundo donde su sueño de amor estaba tejido con hilos de luz, de deber y de sombras muy, muy largas.

— *No... en realidad no comprendo —logró articular, defendiéndose de un golpe que aún no terminaba de asimilar.*

— *¡Calla y escucha! —ordenó Parle, con una severidad que no admitía réplica—. Muchas han querido lo que tú ahora tienes. Jamás lo vimos tan feliz como desde que llegaste. —Hizo una pausa, y en sus ojos crepusculares brilló un destello de piedad genuina, lo que hacía sus siguientes palabras aún más terribles—. Pero mucho me temo... que tú, precisamente tú, serás quien lo haga sufrir más que ninguna otra. Y será un sufrimiento sin medida.*

El corazón de Lefky recibió un pinchazo de indignación pura, tan agudo que le dolió físicamente.

— *¡Eso no es posible! —exclamó, su voz temblorosa por la emoción.*

— *Llevo demasiado tiempo en este lugar, niña. Sé reconocer los hilos del destino cuando se tensan. Y los tuyos... están a punto de romperse.*

— *¿Hacer sufrir a Zangrid? —La voz de Lefky se volvió firme, clara, cargada de la certeza absoluta de su amor—. ¡Es imposible! Sería como clavarme una daga a mí misma. Le juro, le juro por todo lo que soy, que yo jamás podría herirlo.*

Parle la miró, y por un instante, pareció ver no a la joven enamorada, sino al instrumento de un designio mayor. Su expresión se volvió de una tranquilidad aterradora.

— Un día, sin embargo —dijo, con una calma que heló la sangre en las venas de Lefky—, tú misma le clavarás una espada en el corazón. Y no habrá metáfora que valga.

Las palabras flotaron en el aire denso de la habitación, pesadas como lápidas.

— ¡Y ya basta! —cortó Parle, secándose las manos en el delantal como si hubiera tocado algo sucio—. No quiero hablar más de esto. Ahora, vístete. Y date prisa. El tiempo, para algunos, se está agotando.

Sin añadir una palabra más, la anciana salió de la habitación, cerrando la puerta con un golpe seco que resonó como un portazo en el alma de Lefky.

Quedó petrificada. La acusación era tan monstruosa, tan ajena a todo lo que sentía, que su mente luchaba por aceptarla. ¿Herir a Zangrid? ¿Clavarle una espada? Era una blasfemia. Un delirio de una anciana amargada. Pero el tono de Parle no había sido de odio, sino de lamentable certeza. Una certeza que sembró una semilla de hielo en su felicidad, haciéndola sentirse, de repente, como una intrusa, una portadora de calamidad en un lugar donde creyó haber encontrado su hogar.

Haciendo un esfuerzo sobrehumano, contuvo las lágrimas que ardían en sus ojos. No podía dejar que Zangrid la viera así. Respiró hondo, una y otra vez, hasta que el temblor de sus manos cesó. Con movimientos automáticos, se cambió el vestido. La tela verde oscuro, antes lúgubre, ahora parecía una armadura. Estaba tan concentrada en contener su turbación interior, que no se percató de un milagro silencioso: el color sombrío hacía resaltar la palidez de su piel y el fuego vivo de su cabellera roja de una manera casi sobrenatural, como un rubí engastado en obsidiana.

Mientras se ajustaba el último doblez, un destello la distrajo. No era un reflejo común. Era un brillo espectacular, puro y multicolor, que se filtró por el borde de una puerta lateral en la habitación, una que no había notado antes. La luz bailaba, invitándola.

Guiada por una curiosidad más fuerte que su turbación, se acercó y abrió la puerta con cuidado.

El aliento le fue arrebatado por segunda vez en pocos minutos, pero esta vez por un éxtasis visual absoluto.

Era un jardín de joyas vivas. No eran gemas engarzadas, sino que crecían: árboles cuyas hojas eran esmeraldas temblorosas, flores cuyos pétalos eran rubíes, zafiros y topacios en plena floración. El suelo brillaba con un musgo de diamantes en bruto, y enredaderas de amatista trepaban por columnas de cuarzo rosa. La luz en ese lugar no tenía fuente; emanaba de cada gema, creando un caleidoscopio de colores puros que se mezclaban en el aire. Y había sonido: un murmullo cristalino, como el tintineo de miles de campanillas de hielo, que se entrelazaba formando una melodía etérea y frágil. Era la música de la tierra misma, hecha de pura luz solidificada.

Lefky dio un paso adelante, hechizada, olvidando por completo a Parle, a la profecía, al miedo. Extendió la mano para tocar una rosa de ópalo...

— ¿Te gusta?

La voz seca de Parle la hizo dar un salto. La anciana estaba en el umbral, observándola sin expresión. Lefky se sintió invadida por una vergüenza abrasadora, como una niña sorprendida robando un tesoro.

— Lo lamento —musitó, retrocediendo de inmediato, su voz un hilo—. No debí entrar. Me... me dejé llevar por el brillo.

Parle no respondió de inmediato. Solo la observaba, y su mirada ya no era de reproche, sino de una evaluación profunda, casi calculadora. Finalmente, habló, pero no sobre la intrusión.

— Este jardín —dijo, con un gesto que abarcaba el esplendor— es un secreto. Y como todos los secretos aquí, tiene un precio. El brillo que admiras es el mismo que, en las manos equivocadas, puede cegar y cortar. —Sus ojos se posaron en el dije del unicornio de

Lefky, y luego en su rostro—. Vamos. Los demás esperan. Y tú... tienes una Unión que presenciar. Aprende de lo que veas hoy, niña del pelo de fuego. Aprende el precio de unir dos destinos en un mundo donde el destino es la moneda más traicionera.

Y con eso, dio media vuelta, dejando a Lefky entre el resplandor del jardín prohibido y la oscura certeza de que, en este mundo de maravillas, cada belleza escondía una advertencia, y cada advertencia, una verdad que su corazón aún no estaba listo para aceptar.

VIII
La Unión

Al reunirse con los demás, Lefky buscó inmediatamente el brazo de Zangrid. Al sentir su firmeza bajo su mano, la tormenta interior que Parle había desatado se calmó en un instante. Él, a su vez, no podía apartar los ojos de ella. La transformación era asombrosa: el vestido verde oscuro, que parecía una sombra, enmarcaba su palidez y hacía arder su cabello rojo como una brasa viva en la noche. En su mirada, la admiración se mezclaba con algo más profundo, un reconocimiento tan intenso que a Lefky le faltó el aliento. A su lado, volvió a sentirse a salvo, anclada a la felicidad.

Parle apareció momentos después, su rostro impasible, sin rastro del conflicto reciente, como si la conversación en la habitación oscura hubiera sido un sueño. Juntos, los cuatro se dirigieron al bosquecillo colorido que servía de puente entre el valle solitario de Zangrid y la vibrante Villa del Sol.

El claro del bosque estaba convertido en un remolino de alegría. El aire olía a fruta dulce, pan recién horneado y el humo fragante de las antorchas. La gente bailaba, reía y cantaba con una libertad que era contagiosa. Entre la multitud, un joven destacaba como una llama dorada. Era rubio, de ojos del color de la miel, vestía un atuendo de un dorado tan intenso que parecía hecho de la luz misma del sol. Su porte era regio, arrogante. El príncipe, pensó Lefky al instante. Sus ojos, afilados y curiosos, se encontraron con los de ella. Él le dedicó una sonrisa cautivadora, calculada. Lefky, sintiendo un rubor involuntario pero también una cautela instintiva, desvió rápidamente la mirada hacia el centro de la celebración.

Allí estaban los prometidos. Eti, una joven de cabello negro como el azabache y ojos castaños llenos de luz, vestía un sencillo pero hermoso traje plateado que brillaba con cada movimiento. Su alegría era radiante, pura. Frente a ella, Reim, gallardo y serio, con cabello negro y unos ojos verdes que solo tenían ojos para ella, lucía un atuendo dorado más discreto. Se contemplaban como si el mundo a su alrededor se hubiera desvanecido.

Zangrid se inclinó hacia el oído de Lefky, su voz un susurro íntimo que le erizó la piel:

— Solo ellos podrán ver la Luz. Una luz que nace del consentimiento mutuo de sus almas. Los tocará, los envolverá, pero será invisible para todos los demás. Y cuando se retire, habrá dejado un lazo indestructible. Una Unión para siempre.

Mientras él hablaba, Lefky alzó la vista instintivamente hacia el cielo. Allí, entre el manto de estrellas errantes, dos luceros fijos destellaban con una claridad y un tamaño mayores que todos los demás. Eran constantes, inamovibles, un faro en el cosmos cambiante. Sin darse cuenta, su imaginación voló: se vio a sí misma y a Zangrid en el centro del claro, bañados por una luz aún más hermosa, eterna.

Junto al árbol más frondoso del claro, con la mirada del Sol-testigo posada sobre ellos, Eti y Reim se tomaron de las manos. Un silencio expectante cayó sobre la multitud. Se sonrieron, un gesto pequeño y privado lleno de un universo de entendimiento. Y luego, se besaron.

No hubo un rayo de luz visible, no hubo un estallido mágico para los espectadores. Pero en el instante en que sus labios se encontraron, las dos estrellas fijas en el cielo parpadearon con una intensidad cegadora, solo por un segundo, como un latido del universo.

— Ya la han visto —murmuró Zangrid, su alborozo en su cuello—. La luz que acaba de unir sus caminos para siempre.

— ¡Qué hermoso...! —suspiró Lefky, con el corazón tan lleno que le dolía. Zangrid sonrió, y en sus ojos verdes brilló un destello que rivalizaba con las estrellas fijas.

La celebración estalló entonces con renovado vigor, llena de regalos, bendiciones y risas para la nueva pareja Unida. Zangrid le apretó suavemente la mano a Lefky.

— *Disculpa un momento, mi bella Lefky. Debo saludar a...* —siguió la dirección de su mirada hacia el joven dorado, cuyo rostro ahora era serio—. *A un viejo amigo.*

Lefky asintió, y mientras Zangrid se abría paso entre la multitud hacia el misterioso príncipe, ella se sintió impulsada a acercarse a Eti. La joven Unida brillaba con una paz y una felicidad tan completas que era imposible no sentirse atraída por su luz. Tal vez, pensó Lefky, en sus ojos podría encontrar un reflejo de la respuesta a la pregunta que ahora ardía en su alma con más fuerza que nunca: ¿Cómo se ve, realmente, el destino de un amor que promete ser para siempre en un mundo de estrellas fijas y profecías de espadas?

— *¡Felicidades! Luces absolutamente radiante, y tu vestido es precioso* —dijo Lefky, acercándose a Eti con una sonrisa genuina.

— *¡Gracias!* —respondió la recién Unida, su rostro iluminado por una felicidad sin fisuras—. *Y tú... debes ser Lefky. ¿Verdad?*

— *Sí. Me alegra muchísimo conocerte en un día tan especial.*

— *¡A mí también! Y me da un gusto enorme que estés aquí* —confesó Eti, bajando la voz en un tono de complicidad—. *He de confesarte que estaba aterrorizada. Pero en el momento en que vi la luz... esa luz que era solo para nosotros... todas las dudas se desvanecieron.* —Había un brillo de asombro puro en sus ojos—. *Primero solo veía sus ojos, esperando, y nada pasaba. ¡Empecé a pensar: '¿Cuánto dura esto? ¿Y si parpadeo y me la pierdo?'!* —Lefky no pudo evitar reír con ella, contagiada por su alegría nerviosa—. *Pero entonces... apareció. Una luz perfecta, intensa y tan cálida que sentí que nacía de mi propio corazón. Es... indescriptible. Cuando llegue tu momento, lo entenderás por completo.*

Lefky asintió, su risa suave mezclándose con un anhelo profundo. Mientras charlaba con Eti, sintiendo la calidez de una amistad naciente, no podía evitar ser consciente de la tensa conversación que tenía lugar a unos metros de distancia.

Zangrid estaba frente al Príncipe Dorado, cuyo nombre, Lefky alcanzó a oír, era Land. La frivolidad había desaparecido del rostro de Land, reemplazada por una severidad regia.

— Bien. Tú ya estás listo, y Relle pronto lo estará —decía Land, su voz baja pero cargada de autoridad—. Pero aún faltan cinco. Y no sabemos quién más ha tenido los sueños reveladores. ¿Tienes noticias, Zangrid?

— Ninguna —respondió Zangrid, su tono solemne, sus ojos verdes fijos en el príncipe pero con la atención puesta, Lefky lo sabía, en ella.

— Entonces no nos queda más que esperar a que las espadas restantes elijan a sus portadores —concluyó Land. Luego, su mirada se desvió, atravesando la multitud para posarse en Lefky con una curiosidad intensa—. Dime, Zangrid... ¿Quién es esa doncella que brilla más que cualquier joya en tu jardín secreto?

— Es Lefky —respondió Zangrid, y el simple nombre sonó como una declaración y una advertencia.

Land se quedó quieto por un segundo.

— ¿Es ella? —exhaló, con un asombro que rayaba en la incredulidad—. ¡No lo puedo creer!

Relle, que se había acercado en silencio, intervino con brusquedad, su fastidio apenas disimulado:

— ¿Y por qué no? ¿Acaso su belleza la hace menos real?

— Es que es... demasiado hermosa —murmuró Land, sin poder apartar los ojos de ella—. Es como un sueño hecho realidad.

— ¡Pero no es tu sueño! —replicó Relle con un arrebato de protección que sorprendió incluso a Zangrid.

Este último le lanzó una mirada rápida, un gesto casi imperceptible de advertencia. No digas más. Land, por su parte, dirigió a Relle una mirada de altivez helada, recordándole su lugar con solo un fruncimiento de cejas.

Después de despedirse de Eti con un abrazo cálido, Lefky buscó un momento de tranquilidad. Encontró una banca apartada, bajo las ramas de un árbol cuyas hojas brillaban suavemente. Necesitaba procesar todo: la belleza de la Unión, las palabras de Parle, la tensión palpable entre Zangrid, Relle y el enigmático príncipe.

Alzó la vista hacia el cielo, y una observación extraña la detuvo. El firmamento no era uniforme. Estaba dividido. Sobre el claro del bosque y la Villa del Sol, el cielo era una bóveda dorada y diurna. Pero en el horizonte lejano, más allá de la Villa del Sol, la oscuridad era absoluta. En ese lado nocturno, la Luna colgaba, fría y plateada, rodeada de un ejército de estrellas que centelleaban con un fulgor fascinante pero distante.

Y entonces lo notó: las estrellas se movían. No con la lentitud pausada de su mundo, sino con una velocidad vertiginosa, cruzando el cielo oscuro como si fueran jugueteando en una danza frenética. Excepto dos. Las dos estrellas fijas, las que habían brillado para Eti y Reim, permanecían ancladas en su lugar, serenas e inmutables en medio del caos celestial.

Era una metáfora demasiado clara. Su mundo ahora tenía un lado luminoso y uno oscuro. Y su amor, representado por esas estrellas fijas, prometía eternidad... pero ¿podría mantenerse firme en medio de la tormenta que se avecinaba, de las espadas soñadas y los secretos que los rodeaban?

Sus pensamientos fueron interrumpidos por una presencia familiar. La anciana Parle se acercó a la banca, su silueta recortándose contra el cielo dividido. Su voz, cuando habló, no era áspera, sino cargada de un significado profundo:

> *— ¿Lo ves? —preguntó, siguiendo la mirada de Lefky hacia el horizonte oscuro—. Incluso aquí, en la Villa del Sol, la noche acecha. Y las estrellas que corren... no están jugando. Están huyendo de algo. ¿Estás lista para escuchar lo que realmente significa que hayas llegado en este momento, justo cuando las*

espadas empiezan a despertar? — Asintió Lefky —¿Observas a la Luna? —preguntó entonces, señalando el disco plateado en el cielo nocturno distante.

— Sí —respondió Lefky—. Pero parece... inalcanzable. Triste, incluso.

Parle se sentó a su lado en la banca, con un suspiro que pareció venir de los cimientos del mundo. Su mirada se perdió en el horizonte dividido, y cuando comenzó a hablar, su voz tomó el ritmo grave de una crónica ancestral.

— ¿Observas a la Luna? —preguntó entonces, señalando el disco plateado en el cielo nocturno distante.

— Sí —respondió Lefky, su voz apenas un susurro cargado de un nuevo entendimiento—. Pero ahora la veo diferente. No es solo lejana... es una prisionera... Y nosotros... estamos en la otra orilla.

Parle asintió lentamente, una sombra de aprobación en su mirada cansada.

— Hace eones, una guerra cósmica desgarró la realidad. No fue una batalla de hombres, sino de dioses. Los de la Luz contra los de la Oscuridad, iguales en poder, opuestos en esencia. El cataclismo fue tal... que la tierra misma se partió en dos. El Sol, con su calor y su vida, se quedó con esta tierra, la nuestra. La Luna, con su luz fría y sus secretos, se retiró a la otra. Las Nubes eligieron servir al día; las Estrellas, guardar la noche. Y en el centro del cielo, como un puente roto, queda un Reino Luminoso que ya nadie habita, solo para recordarnos lo que una vez fue uno.

Lefky escuchaba, hipnotizada, sus ojos recorriendo el cielo, intentando visualizar la magnitud de aquella tragedia primigenia.

— Desde el Castillo Dorado del Príncipe Land —continuó Parle—, aún puede vislumbrarse, como un fantasma de plata, el Castillo Plateado de la Tierra Lunar. Pero es una visión cruel. Porque entre ambas tierras se abre el Abismo. No es un vacío cualquiera. Es la herida misma del mundo, llena de una oscuridad tan antigua y voraz que devora la luz y la esperanza. Nadie puede cruzarlo.

Lefky observó, con nuevos ojos, la división del cielo. La luz de su lado era cálida, pero la oscuridad del otro no carecía de belleza; era una belleza fría, melancólica, peligrosa.

— *¡Oh, cómo me ha gustado siempre observar el cielo!* —musitó, casi para sí—. *Desde niña, me perdía en él...*

— *¡No!* —la interrumpió Parle con brusquedad, girando hacia ella. Su mirada ya no era de la narradora, sino de la instructora implacable—. *¡Deja de lado tus ensoñaciones infantiles! Es hora de que entiendas de una vez. Tu llegada no es un capricho del destino. Tienes un deber.*

Lefky se sobresaltó, el corazón dándole un vuelco.

— *¿Mi deber? ¿De qué está hablando?*

Parle ignoró la pregunta, sumergiéndose de nuevo en el relato, pero ahora cada palabra parecía dirigida directamente al corazón de Lefky.

— *Antes de la Separación final, en el clímax de la batalla, los dioses de la Luz, sabiendo que su victoria tendría un costo mortal, forjaron unas armas con lo último de su esencia. Espadas de pura luz. Con ellas, lograron encerrar a los dioses de la Oscuridad en lo más profundo del Abismo que su propia lucha había creado. La prisión fue tan poderosa... que requirió el sacrificio último: la ruptura del mundo. ¿Comprendes la magnitud? Todo esto* —hizo un gesto amplio que abarcaba el cielo partido— *es el precio de contener a la oscuridad.*

Lefky asintió lentamente, una pena inmensa apretándole el pecho.

— *¿Y los dioses de la Luz?* —preguntó, casi temiendo la respuesta.

— ¡No me interrumpas! —espetó Parle, pero continuó inmediatamente, su voz cargada de un dolor milenario—. Murieron. Agotaron su luz en la forja y en el encarcelamiento. Pero antes de apagarse, esparcieron las espadas por nuestro mundo, ocultándolas. Porque profetizaron que los dioses oscuros, con el tiempo, acumularían fuerza suficiente para intentar liberarse. Y cuando ese momento llegara, las espadas despertarían. Revelarían su ubicación en sueños a aquellos elegidos para empuñarlas, los únicos que podrían volver a enfrentar la oscuridad.

— ¿Y... ese momento ha llegado? —preguntó Lefky, su voz un hilo—. ¿Se han liberado?

Parle la miró, y esta vez, el reproche en sus ojos se mezcló con un miedo genuino y cansado.

— No... Aún no. Pero las espadas están despertando. Los sueños han comenzado. La oscuridad en el Abismo se agita. Y pronto... muy pronto... todo lo que conocemos estará en peligro.

Hizo una larga pausa, observando el horror y la comprensión que se pintaban en el rostro de Lefky. La anciana parecía agotada por el peso de la verdad. Lefky, sintiendo que el silencio se volvía insoportable y que Parle quizás no continuaría, no pudo contenerse. El miedo y la necesidad de saber fueron más fuertes.

— Pero... ¿qué tengo que ver yo con todo esto? —preguntó, su voz temblorosa pero clara en la quietud de la noche festiva—. ¿Por qué mi llegada importa? ¿Qué debo hacer?

Parle la observó, y por fin, una sombra de algo que no era dureza, sino lástima resignada, cruzó su rostro.

— Todo —susurró la anciana, su mirada bajándose al dije del unicornio que brillaba débilmente en el pecho de Lefky—. Tienes que ver con todo, niña del pelo de fuego. Porque tú no eres una simple visitante. Eres la llave. Y las llaves no solo abren puertas... también desatan cerrojos. Y el cerrojo que llevas en tu cuello podría *ser el que libere la tormenta final, o el único que pueda sellar el Abismo para siempre. El deber que cargas... es elegir cuál.*

Las palabras de Parle resonaron en el aire como un eco metálico, demasiado grandes, demasiado pesadas para caber en la mente de una joven que solo había buscado un sueño de amor. Lefky sintió que el mundo se inclinaba. La llave. El cerrojo. El Abismo. Una elección de consecuencias cósmicas, posada sobre sus hombros como una corona de espinas.

El pánico, frío y claro, comenzó a trepar por su espina dorsal. Necesitaba aferrarse a algo concreto, a un cuándo, a un cómo.

— *¿Y pronto... se liberarán?* —*logró preguntar, su voz un hilo tenso por el esfuerzo de no quebrarse*—. *¿Cómo pueden estar tan seguros de que ese momento ha llegado?*

Parle la miró, y en sus ojos ya no había lugar para las medias tintas, ni para los cuentos velados. Solo la cruda y desgarradora verdad.

— *¡Porque tú estás aquí!* —*declaró, y esa simple afirmación cayó sobre Lefky no como una losa de piedra, sino como el derrumbe completo del cielo que tenía sobre su cabeza.*

Lefky sintió que el suelo se movía bajo sus pies.

— *¿Porque yo... estoy aquí? ¡No entiendo! ¿Qué quiere decir?*

— *Cuando los encarcelaron en las entrañas del Abismo* —*continuó Parle, su voz reducida a un susurro cargado de presagio*—, *los dioses oscuros no solo juraron venganza. Con su odio, tejiendo la misma oscuridad, forjaron una profecía. Una que anunciaría el momento de su retorno...*

— *¿Qué profecía?* —*exigió Lefky, inclinándose hacia adelante, totalmente cautivada y aterrada.*

Pero en ese preciso instante, una presencia se interpuso entre ellas como una sombra veloz. Era Zangrid. Había cruzado el claro con una velocidad sobrenatural, y sin una palabra, tomó a Lefky de la mano con firmeza.

— Ven conmigo —dijo, y su tono no admitía discusión.

La levantó de la banca y comenzó a caminar, arrastrándola consigo. Sus pasos eran largos y rápidos; Lefky casi tenía que correr para seguirlo.

— Zangrid, ¡espera! Parle me estaba contando algo importante, una profecía...

— No le prestes atención a lo que te diga —replicó él, sin aminorar la marcha, su mirada fija en la distancia.

— ¿Por qué no? ¿Qué pasa? ¡Dime!

— No es necesario que cargues con eso —dijo, y en su voz había un dejo de angustia que la detuvo por dentro.

Finalmente, Zangrid se detuvo. Se volvió hacia ella y tomó sus manos entre las suyas, con una ternura que contrastaba brutalmente con su brusquedad de momentos antes. Sus ojos verdes, llenos de chispas de luz y de una preocupación profunda, buscaron los suyos.

— Lefky, no quiero que escuches esas leyendas antiguas. No ahora.

— Pero, ¿por qué?

— ¿Confías en mí? —preguntó, su voz un susurro íntimo y urgente.

Ella miró hacia el fondo de aquellos ojos que ya eran su hogar, y una sonrisa suave, llena de fe absoluta, iluminó su rostro.

— ¡Por supuesto que confío en ti, Zangrid!

— Entonces —rogó, apretando sus manos—, haz esto por mí. No busques esa historia. No aún.

En ese momento, Relle se acercó, su expresión tensa.

— *El Príncipe se acerca* —*anunció en voz baja.*

Y allí estaba Land, avanzando hacia ellos con la gracia segura de un depredador dorado. Su mirada, del color de la miel pero sin su dulzura, se clavó de inmediato en Lefky, ignorando por completo a los otros dos hombres.

— *Pero... ¿quién eres tú, pequeña joya perdida en mi reino?* —*preguntó, con una sonrisa que mostraba demasiados dientes perfectos*—. *Yo soy el Príncipe Land, del Castillo Dorado que corona esta tierra.*

— *Yo soy Lefky* —*respondió ella, manteniendo la compostura con una sonrisa gentil pero distante.*

— *Me han dicho que vienes de tierras muy, muy lejanas...* —*musitó, como si saboreara el misterio*—. *Bienvenida, entonces, a mi tierra, Lefky. Que encuentres en ella... todo lo que buscas.*

— *¡Ay, por favor...!* —*murmuró Relle con disgusto, apenas audible.*

Land lo ignoró.

— *Pronto habrá una celebración de gran importancia en mi Castillo. Todos asistirán* —*dijo, haciendo un gesto amplio, pero sus ojos no se apartaban de Lefky*—. *Será un honor infinito contar con tu... hermosa presencia. Por ahora, me retiro. Ha sido un placer, Lefky.*

Pronunció su nombre lentamente, con una deliberación que hizo que un escalofrío le recorriera la espalda a Lefky. Y luego, al despedirse de Zangrid con una leve inclinación de cabeza, lo hizo con una actitud que no era de camaradería, sino de desafío sutil, como recordándole quién ostentaba el poder terrenal.

Relle, furioso, se acercó a Zangrid en cuanto Land se alejó.

— ¿Qué le sucede? ¿Ha olvidado el respeto? —susurró con ira contenida.

— Relle, es un príncipe —respondió Zangrid con una calma que parecía tallada en hielo.

— ¡Pero tú eres...! —comenzó a decir Relle, pero Zangrid le puso una mano en el hombro, una presión firme y discreta, al tiempo que negaba con la cabeza. Contra su voluntad, Relle se calló, pero sus puños seguían apretados.

Horas más tarde, agotada por la montaña rusa de emociones, Lefky no podía disimular su cansancio en el camino de regreso a la cabaña. Los bostezos la traicionaban una y otra vez.

— Luces exhausta, mi bella Lefky —observó Zangrid con ternura.

— ¿Ustedes... nunca duermen? —preguntó ella, con los párpados pesados.

— Casi nunca. Solo cuando algo de gran importancia está a punto de ser revelado... o cuando el cuerpo simplemente no puede más —confesó, con un atisbo de sonrisa.

Una vez dentro de la cabaña, la calidez del hogar los envolvió. Se sentaron en el cómodo sillón frente a la chimenea, donde las ramas secas, un regalo respetuoso de los árboles, crepitaban enviando danzas de sombras a las paredes. Zangrid la rodeó con sus brazos, y Lefky, con la cabeza apoyada en su pecho, escuchando el ritmo constante de su corazón, se dejó llevar. La fatiga, la confusión, la maravilla y el leve temor se fundieron en una paz profunda. En cuestión de segundos, se quedó dormida, completamente entregada, segura en el círculo de sus brazos, mientras él la observaba, su rostro iluminado por el fuego y por una expresión de amor tan profundo que rayaba en el dolor, vigilando su sueño como el único tesoro que le importaba en un mundo al borde del despertar de la oscuridad.

IX

El Gran Bosque

Lefky abrió los ojos, y el mundo se compuso alrededor de una única imagen: los ojos verdes de Zangrid, luminosos y llenos de una ternura tan profunda que le detuvo el aliento. Seguía entre sus brazos, en el sillón frente a la chimenea ya apagada.

— *Mi bella Lefky —susurró él, su voz ronca por la quietud de la madrugada—. Me gusta verte dormir. Luces tan en paz, tan entregada... Y al despertar, traes con tus ojos toda la alegría del amanecer a mi corazón.*

Ella sonrió, un rubor cálido tiñendo sus mejillas.

— *Espero que tu alegría sea la mitad de inmensa que la mía al despertar y encontrarte aquí —confesó, su voz aún cargada de sueño.*

Él la ayudó a levantarse con suavidad. Al hacerlo, su mirada se posó en un objeto sobre el respaldo del sillón: unas plumas de un rojo intenso y vibrante, como gotas de sangre de fénix solidificadas. Al tocarlas, descubrió que no estaban sueltas; estaban tejidas con una maestría invisible en la tela más suave, formando un vestido de una belleza salvaje y elegante. Un aroma sutil a canela y bosque lluvioso emanaba de ellas.

— *¿Qué es esto, Zangrid?*

— *Mientras dormías —explicó él, observando su reacción—, vino una gran amiga. Una dama de los aires que deseaba conocerte. Y te dejó este regalo.*

— ¿Para... mí? —La sorpresa de Lefky fue genuina. Acarició el tejido de plumas, sintiendo su calidez viva—. ¡Es magnífico! De una belleza... que duele. Pero... —su voz decayó— no puedo aceptarlo.

Zangrid frunció el ceño, una sombra de genuina confusión en su rostro.

— ¿No puedes? ¿Por qué?

— Porque —dijo Lefky, apretando el vestido contra su pecho como para protegerlo de su propio rechazo—, en mi mundo, la belleza como esta tiene un precio terrible. Se le hace daño a criaturas inocentes, se les arranca el plumaje... Solo pensarlo me llena de tristeza.

La expresión de Zangrid cambió. La confusión se transformó en una comprensión dulce y un poco dolorosa. Se acercó y le tomó el rostro entre sus manos.

— Lefky, mi bella Lefky... En estos Reinos, no tomamos lo que no se nos da libremente. La Dama de los Aires no sufre; celebra. Este vestido no es un trofeo, es una bendición. Un honor. —Su pulgar acarició su pómulo—. Pero ella sí sabría lo que es el dolor del rechazo, si supiera que has desdeñado un gesto tejido con la intención más pura.

Lefky sintió que un nudo se deshacía en su pecho, mezclado con vergüenza.

— Oh, Zangrid, lo siento... No era mi intención ofender. Es solo el fantasma de mi mundo, acechándome. El vestido es... maravilloso. Lo acepto, con todo mi agradecimiento.

— No hay nada que perdonar —dijo él, y su sonrisa fue un sol después de la lluvia—. Solo hay un nuevo modo de ver las cosas que aprender. Y hablando de cosas hermosas... —añadió, tomándole la mano—, me gustaría llevarte a un lugar muy especial para mí. Un secreto del bosque. ¿Te gustaría acompañarme?

— ¡A cualquier lugar contigo! —respondió ella, y por un momento, todo volvió a ser perfecto.

Tomados de la mano, salieron de la cabaña y se adentraron en el Gran Bosque. Pero mientras caminaba, el incidente del vestido resonaba en la mente de Lefky. Era un recordatorio cruel: ella era una forastera. No solo en geografía, sino en alma. Este mundo de armonía y generosidad instintiva tenía reglas que ella no entendía, sensibilidades que podía pisotear sin querer.

"No debo decepcionarlo", pensó, con un pánico súbito que le heló la sangre. "No debo decir lo incorrecto, no debo ver con los ojos equivocados. No puedo permitir que esta magia entre nosotros... se desvanezca."

El miedo a perderlo —no a una traición o a un accidente, sino a la lenta erosión de su incomprensión— se enroscó en su corazón como una enredadera de hielo. Tan inmersa estaba en este torbellino silencioso, que no se dio cuenta de cómo una sombra de tristeza había nublado sus ojos castaños, una expresión que no pasó desapercibida para Zangrid, quien la observaba con una mirada cada vez más preocupada y llena de preguntas.

— ¿Estás bien, Lefky? —preguntó Zangrid, su voz teñida de una inquietud que no lograba ocultar.

— Sí —respondió ella, forzando una sonrisa tímida que no llegó a sus ojos.

Zangrid no se dejó engañar. Con esa luz de estrellas que siempre brillaba en su mirada, la envolvió entre sus brazos. Su voz fue un susurro cálido contra su cabello:

— Lefky, eres... inmensamente especial para mí. Tan importante, que quiero presentarte a dos seres cuya amistad es un pilar de mi vida. Dos seres que, estoy seguro, te querrán tanto como yo, y a quienes tú también amarás.

Sus palabras, como un bálsamo, calmaron un poco el nudo en su pecho.

— Gracias, Zangrid —susurró, enterrando el rostro en su túnica.

Él la abrazó con más fuerza, y en ese apretón, Lefky sintió algo nuevo: una urgencia desesperada, como si él también sintiera el fantasma de una pérdida posible y se aferrara a ella para conjurarla. Luego, la soltó con suavidad, tomó su mano y la guio unos pasos más entre los árboles gigantes.

— Hemos llegado —anunció, con una voz llena de reverencia.

Estaban en el corazón vivo del Gran Bosque. Altas enredaderas de glicinias, cuyos racimos violetas brillaban con luz propia, se abrieron como cortinas para revelar un claro sagrado. Allí, decenas de árboles con rostro observaban. Sus troncos mostraban sabias y sonrientes expresiones talladas por el tiempo y la magia, y sus ramas se inclinaban en un saludo susurrante, acariciando el aire con hojas que cantaban suavemente.

Lefky caminó entre ellos, atónita, con los ojos anegados de lágrimas no derramadas.

— Toda mi vida... soñé con que un lugar así existiera —confesó, su voz quebrada por la emoción.

En el centro del claro, dos ahuehuetes colosales se elevaban, sus troncos entrelazados en un abrazo milenario. Las ramas de uno se enroscaban alrededor del otro con una ternura infinita, y sus hojas se mezclaban en un susurro constante de amor antiguo. Lefky sintió que su corazón se expandía al verlos.

— ¡Zangrid! Qué alegría nos da tu visita —dijo uno de los árboles, su voz un profundo rumor que parecía surgir de la tierra misma.

— ¡Y qué hermosa es la compañía que traes! —exclamó la otra, con una voz más melodiosa, como el viento entre las hojas altas. Sus «ojos» de corteza se posaron en Lefky con una calidez que la hizo sentirse instantáneamente acogida.

— Amigos míos —dijo Zangrid, y el orgullo en su voz era tan tangible como la luz del sol—, ella es Lefky.

— Por supuesto que lo es —asintió el primer árbol, al que Zangrid llamó Ahuehuete, con una serenidad señorial—. La reconocemos.

— Bienvenida, querida niña —dijo la segunda voz, dulce y maternal—. Yo soy Ahui. Este claro es nuestro hogar, y ahora también el tuyo cuando lo desees.

Lefky, conmovida hasta los huesos por la bondad pura en sus miradas, no pudo contenerlo:

— ¡Son ustedes... lo más hermoso que he visto! —gritó, y luego, mirando a Ahuehuete, añadió—: Y a ti... creo que te he visto antes. En un sueño, tal vez.

— Es muy posible que así sea —respondió el árbol anciano, y en sus palabras había un eco de infinitos secretos compartidos con el viento y los siglos.

— ¡Oh, deben quererse muchísimo! —exclamó Lefky, contemplando su abrazo entrelazado.

— Con toda la fuerza de nuestras raíces —afirmó Ahui—. Y por eso reconocemos el amor verdadero en otros. Lo vemos brillar como un sol entre ustedes dos.

Lefky se sonrojó, una felicidad pura inundándola. Pero Zangrid, en ese instante de perfecta dicha, interrumpió con un tono que volvió a poner el mundo en su eje de urgencia.

— Se ha encontrado la segunda espada —anunció, y su voz era grave, de negocios—. El sueño ha llegado a otro. Debemos ir por ella.

Lefky parpadeó. ¿La segunda espada? Las palabras de Parle sobre las armas de los dioses resonaron en su mente. Pero no tuvo tiempo de preguntar. Zangrid continuó, dirigiéndose a los árboles:

— Queridos amigos, con la confianza que solo la lealtad de siglos puede dar, vengo a pedirles un favor. En mi ausencia... cuiden de Lefky. Protéjanla.

— Por supuesto, Zangrid —respondió Ahuehuete sin vacilar—. Ve y cumple con tu deber. Ella estará a salvo aquí, en el corazón del bosque.

Al escuchar esas palabras, una sensación extraña y fría se deslizó por el corazón de Lefky. No era miedo a los árboles; era algo más profundo, un presentimiento de hielo. Esa petición no sonaba a un simple «cuídala mientras voy de compras». Sonaba a un testamento, a una despedida que ocultaba un peligro que él no quería nombrar. Algo no estaba bien. Algo terrible se cernía sobre ese viaje.

Intentando con todas sus fuerzas parecer serena, ahogando el temblor en su voz, preguntó, mirando directamente a los ojos verdes que amaba:

— Zangrid... ¿a qué espada te refieres? ¿Y por qué... suenas como si no fueras a volver?

— Mis amigos son los seres más sabios y bondadosos que existen. No temas, estarás a salvo con ellos —respondió Zangrid, rodeándola con sus brazos en un abrazo que pretendía ser consuelo, pero que a Lefky le pareció un intento de guardar su calor para el viaje.

Ella se aferró a él.

— No te vayas. Por favor, no te alejes de mí —suplicó, su voz un murmullo contra su pecho.

— Confía en mí —fue su única respuesta, una plegaria más que una orden.

— Sí... confío en ti —logró decir ella, pero las palabras se quebraron. Las lágrimas, por fin, se desbordaron, dibujando senderos plateados en sus mejillas.

— *Entonces, no temas.*

— *Pero sí temo, Zangrid* —confesó, alzando hacia él un rostro devastado por un presentimiento que no podía nombrar—. *Ha llegado hasta mí... una sombra fría. Un mal presentimiento que se enrosca en el corazón.*

Zangrid enmudeció por un instante. Luego, con una dulzura que le partía el alma, alzó su rostro con la mano derecha. Su sonrisa, esa que podía iluminar la oscuridad más profunda, se dibujó en sus labios.

— *Confía en mí, Lefky* —repitió, y en sus ojos verdes había una promesa, un juramento silencioso que iba más allá de las palabras.

Ella tragó saliva, ahogando un sollozo.

— *Yo confío en ti.*

Sabía que era inútil retenerlo. Con un esfuerzo sobrehumano, enjugó sus lágrimas y esbozó la sonrisa más valiente que pudo reunir, una sonrisa solo para él, para que se fuera con esa imagen en la mente. Zangrid asintió, con los ojos brillantes, y dio las gracias a sus amigos los árboles con una inclinación de cabeza.

Al darse la vuelta para partir, se detuvo. Volvió la mirada hacia ella una última vez. Fue entonces cuando Lefky, impulsada por un amor que ya no cabía en su pecho, llevó los dedos a sus propios labios y depositó en ellos un beso silencioso. Luego, extendió la mano hacia él, ofreciéndole ese beso a través de la distancia.

Zangrid comprendió al instante. Una sonrisa leve, tan dulce como dolorida, curvó sus labios. Repitió el gesto: besó sus dedos y los extendió hacia los de ella. No hubo contacto físico, pero en el aire entre sus manos, un hilo de calor dorado parpadeó por un segundo, el eco de un beso compartido, de una promesa hecha de aliento y anhelo.

Con ese último y desgarrador adiós, Zangrid se volvió y se adentró en la espesura. Los expresivos ojos castaños de Lefky lo siguieron hasta que la vegetación se lo tragó, y entonces, las lágrimas regresaron, silenciosas e implacables.

Pasados unos momentos, ahogando la tristeza con curiosidad, preguntó con voz aún temblorosa:

— ¿Hacia dónde se dirige?

— A la Aldea de los Pintores —respondió Ahui, su voz como un arrullo de hojas—. Un lugar donde capturan sonrisas, susurros del alma y los colores de los sueños para plasmarlos.

— ¿Y qué hacen con esas pinturas? —preguntó Lefky, intentando distraerse.

— Las envían a otro mundo —explicó el árbol—. A un lugar donde el gris domina y las almas han olvidado cómo ver la magia. Allí, nuestras pinturas se convierten en destellos de esperanza, en recuerdos de que la belleza existe.

A pesar del nudo en la garganta, Lefky no pudo evitar una sonrisa débil. Alrededor, los árboles menores jugueteaban con las brisas, y los pájaros tejían canciones entre sus ramas. La magia del lugar, serena y persistente, comenzaba a actuar como un bálsamo.

— Me gustaría poder conocer toda esta tierra —musitó—. Es tan... abrumadoramente hermosa. Creo que en mis sueños más profundos, vislumbraba lugares así...

— ¿Solo en sueños? —preguntó Ahuehuete, su tono cargado de un saber antiguo, como si ya conociera la respuesta.

Antes de que Lefky pudiera reflexionar, una voz alegre y familiar descendió del cielo:

— ¡Si quieres, Lefky, yo puedo llevarte a ver un poco más! —Era la pequeña Nube que le había traído la noche privada a la cabaña.

Flotaba sobre ellos, sus contornos esponjosos temblando de excitación.

Lefky miró a los árboles, buscando permiso.

— *¿Puedo ir?*

— *¡Desde luego!* —exclamó Ahui—. *Nube, cuídala, por favor.*

— *¡Así lo haré! ¡Ven, Lefky, súbete!*

La nube descendió hasta rozar el musgo del suelo. Lefky, con un destello de su antigua curiosidad, se subió a ella. Para su sorpresa, la superficie era firme y mullida, como el mejor de los colchones de plumas. Pero cuando la nube comenzó a elevarse, un instinto de temor la hizo tratar de agarrarse de las volutas blancas que la rodeaban. Sus dedos se hundían en la niebla sin encontrar asidero, lo que provocó un sonido inesperado: risas.

— *¡Prometo no dejarte caer!* —dijo Nube entre carcajadas—. *Pero, ¡por favor, para! ¡Me estás haciendo demasiadas cosquillas!*

Lefky soltó de inmediato, riendo también a pesar de sí misma.

— *¡Oh, lo siento, Nube!*

— *No hay problema* —dijo la nube, recuperando el aliento—. *Ahora, saluda. Se están despidiendo.*

Lefky miró hacia abajo. El claro se alejaba, y todos los árboles —los grandes ahuehuetes y sus alegres vecinos— agitaban sus ramas y hojas en una despedida silenciosa y majestuosa. Con el corazón más ligero, Lefky les devolvió el saludo, agitando la mano con una sonrisa genuina mientras ascendía hacia el cielo abierto, alejándose por un rato de la sombra del presentimiento, llevada por la amistad esponjosa de una nube parlante.

X
El Paseo con Nube

Nube sobrevoló el Gran Bosque con la suavidad de un pensamiento. Desde las alturas, Lefky pudo apreciar el diseño perfecto: en cada uno de los cuatro puntos cardinales del bosque, como guardianes en sus puestos, se erguía una **aldea**. Aunque la distancia las empequeñecía, distinguía sus formas distintas: una con techos de cúpulas azules, otra con torres puntiagudas, una tercera que parecía esculpida en la roca misma, y una última entretejida con los árboles más altos. Todas, sin embargo, compartían un cinturón de jardines deslumbrantes, manchas de color ordenado contra el verde salvaje.

— Algunas veces —comentó Nube, señalando con un mechón de vapor—, el Sol descansa justo ahí.

Siguiendo su «gesto», Lefky vio de nuevo el Jardín de los Animales, un tapiz de vida en miniatura, y más allá, la silueta familiar del Monte del Sol. El corazón le dio un vuelco de nostalgia dulce. Allí, tras la cascada invertida, todo había comenzado. La sonrisa que invadió su rostro fue tan instantánea y profunda, que la pregunta que Nube insinuaba se perdió en el remolino de ese recuerdo.

Cambiando de rumbo, Nube se dirigió hacia el otro extremo. Al pasar sobre el valle esmeralda, con la cabaña de Zangrid como un punto minúsculo y querido, los ojos de Lefky se anegaron de nuevo. El viento se llevó las lágrimas casi tan rápido como brotaban.

— ¿Recuerdas la Villa del Sol? —preguntó Nube, volando en círculos sobre la plaza y las calles empedradas que ahora parecían un juguete.

— Oh, sí —susurró Lefky, enjugándose el rostro con la manga—. Y me robó el corazón.

— *Al final de la Villa, casi rozando el vacío, está el Castillo Dorado del Príncipe Land* —explicó Nube, su voz adoptando un tono más formal—. *Todo lo que has visto, Lefky, desde el Monte del Sol hasta este castillo, pertenece al Reino del Este. La Tierra donde la luz, por ahora, aún reina.*

Luego, Nube cambió. Su vuelo se volvió lento, cauteloso. Dejaron atrás el brillo del castillo y se aproximaron a lo que parecía el fin del mundo.

El Abismo. No era un acantilado. Era una cesación. La tierra simplemente se terminaba, y más allá no había nada. O más bien, había una oscuridad absoluta y vasta, un mar de negrura que se extendía hasta donde la vista podía alcanzar, tragándose el horizonte. No era un color; era una ausencia. Lefky lo contempló con un temor instintivo y primordial.

— *Parle me contó* —murmuró, casi para sí— *que este es el precio de la guerra de los dioses. La cicatriz del mundo.*

— *Así es* —confirmó Nube, y Lefky notó que los contornos de la nube se tensaban, reflejando una desconfianza profunda—. *Y en las profundidades de este precipicio, donde la luz muere, se encuentra el Reino del Sur.*

Lefky giró la cabeza, incrédula. ¿Un reino dentro de eso?

— *No se puede ver el fondo* —continuó Nube—. *Lo cubre una niebla eterna y corrosiva. Pero ahí abajo hay aldeas... aunque no como las nuestras. Son lugares peligrosos, caminos tortuosos que conducen a la Villa del Abismo. Y en su corazón, el Castillo Negro.*

— *Ese castillo...* —la voz de Lefky era un hilo—. *¿Es la prisión?*

— *Sí* —afirmó Nube, y la palabra sonó a sentencia—. *La prisión de los dioses de la oscuridad. Debes entenderlo, Lefky: ellos, y todos los que habitan ese reino invertido, no pueden soportar la luz. Les quema, les desintegra. Pero su único propósito, el fuego que los mantiene vivos en las tinieblas, es extinguir nuestra luz. Apagar el*

Sol, devorar la Luna, sumir todo en una noche eterna bajo su dominio. Por eso cada espada que despierta, cada caballero que es elegido... es una barrera más entre nosotros y el fin de todo.

— Comprendo.

Esta vez, las palabras de Lefky no fueron un susurro. Fueron una verdad que se asentó en su espíritu con el peso de una montaña. La inquietud que la consumía, el dolor por la ausencia de Zangrid, el presentimiento aciago... de pronto, todo encajó en un marco terrible y majestuoso. Él no se había ido por un capricho o un deber menor. Se había ido a buscar un arma para salvar la luz. Para salvar su luz, el mundo que le había mostrado, la posibilidad de su futuro.

El consuelo que sintió no fue dulce. Fue agridulce y desgarrador. Ahora entendía el motivo, y eso dignificaba su dolor. Pero también lo hacía infinitamente más pesado. Porque si la misión era tan colosal, el peligro que él corría era proporcional. Y ese presentimiento de hielo que crecía dentro de ella ya no era una sombra vaga; era el eco del abismo mismo, llamando al hombre que amaba.

— Ahora —continuó Nube, su voz adoptando un tono de guía—, quiero que veas más allá. Levanta la mirada de la oscuridad.

Lefky obedeció, y su vista recorrió el horizonte de negrura hasta topar con un destello distante, tenue como un suspiro de plata. Era otra tierra, tan lejana que parecía un espejismo.

— Esa es la Tierra de la Luna. El Reino del Oeste —explicó Nube—. Allí está el hermoso Castillo Plateado, luego la Villa de la Luna, y cuatro Aldeas escondidas en el vasto Bosque Azul. Y se dice... que dentro de ese bosque, hay un tesoro escondido.

— ¿Un tesoro? ¿Qué tesoro? —preguntó Lefky, el interés avivando su espíritu.

— Eso... no lo sé —admitió Nube—. Es un secreto que el Bosque Azul guarda para sí.

Lefky contempló el fulgor plateado, un imán de melancolía y belleza.

— ¿Y cómo se cruza? ¿Hay un puente, un camino?

— No se puede, Lefky —respondió Nube, y su voz sonó definitiva—. Nadie lo ha logrado.

— ¿Nadie? ¿En absoluto?

— Solo los del Reino del Norte —dijo Nube, y antes de que la curiosidad de Lefky explotara en mil preguntas más, añadió con una sonrisa nerviosa—: Ven, amiga mía. Sube. No es seguro permanecer tanto tiempo en el borde. El Abismo... tiene oídos.

El vuelo de regreso fue silencioso, la mente de Lefky atrapada entre la imagen del Castillo Plateado y el misterio de un reino inalcanzable. Al aterrizar en el claro, agradeció a Nube con un abrazo a su esponjosa forma, y la nube, tras una risita de despedida, se evaporó hacia las alturas.

— Veo que el paseo te ha hecho bien —observó Ahui, sus hojas susurrando con afecto.

— Sí... fue maravilloso —admitió Lefky—. Solo que... ahora tengo más preguntas que antes.

— Pregunta con toda libertad, raíz querida —dijo Ahuehuete, su voz un rumor grave y acogedor—. Para eso están los amigos viejos: para guardar respuestas.

— Nube habló de un tesoro. En el Bosque Azul, del lado de la Luna.

— Ah, sí —asintió Ahui, intercambiando una mirada cómplice con su compañero—. El tesoro no es oro ni gemas, al menos no como las entiendes. Es un árbol. Un árbol antiguo del que cuelgan amuletos tallados, cada uno con un espíritu guardián fiel adormecido en su interior.

— ¿Guardianes? —murmuró Lefky, más para sí misma.

— Los amuletos de ese árbol —continuó Ahuehuete, señalando con una rama delicada el dije del unicornio que brillaba en su pecho— son parientes lejanos del que tú portas. Aunque las Doncellas Joya, no los portan.

El nombre hizo que Lefky contuviera el aliento.

— ¿Las Doncellas Joya? ¿Quiénes son?

— Esa es la pregunta que todos esperan que el destino responda —dijo Ahuehuete—. No sabemos sus nombres ni sus rostros. Pero la leyenda dice que, en el momento preciso, cada una hallará la piedra preciosa que le está destinada. Y esa joya... deberá ser entregada al Caballero que, a su vez, haya encontrado y sea digno de empuñar una de las Espadas Luminosas.

Ahui se inclinó, sus hojas rozando el suelo cerca de Lefky, como para contar un secreto.

— Cuando todas las espadas estén forjadas con su joya correspondiente, cuando el lazo entre caballero y doncella sea perfecto... entonces, y solo entonces, se revelará la ubicación de la Espada Sagrada.

— La Espada de la Luz Pura —prosiguió Ahuehuete, su voz tomando un tono de himno—. La hoja de la Verdad y el Amor irrevocable. Solo ella, en manos del Caballero de corazón más puro y propósito más firme, podrá desatar la fuerza necesaria para devolver a los dioses de la oscuridad a su prisión eterna.

Las palabras flotaron en el aire del claro, cargadas de destino. Lefky alzó entonces la mirada, instintivamente, hacia el cielo diurno y las nubes doradas.

— Y arriba... ¿también hay un reino?

Los dos árboles se miraron, y una sonrisa de savia antigua se dibujó en sus rostros de corteza.

— *Sí —confirmó Ahui con dulzura—. El Reino del Norte. El puente suspendido. De un lado tiene al Sol y a las Nubes como súbditos; del otro, a la Luna y a las Estrellas como guardianas. Habita sobre las nubes y entre las estrellas... el lugar más cercano a ambos mundos, y por eso, el más solitario.*

— *Es todo tan... apasionante —musitó Lefky, sintiéndose de pronto pequeña y abrumada—. Entonces... Zangrid está ayudando a encontrar a esos caballeros, ¿verdad? A reunir las espadas.*

— *Así es —asintió Ahuehuete—. Es una de sus misiones más sagradas.*

— *Mi amado Zangrid... —dijo ella, cerrando los ojos y viendo su rostro—. Él es tan inteligente, tan fuerte, tan decidido... y pertenece a este mundo mágico. Es un caballero de luz. —Abrió los ojos, y en ellos brilló una duda nueva, más personal y punzante—. ¿Cómo entonces... alguien como yo...?*

La pregunta quedó suspendida, incompleta, pero su significado era claro: ¿Cómo alguien ordinaria como yo podría tener un lugar a su lado en una guerra de dioses?

Un silencio comprensivo llenó el claro. Fue Ahui quien, con la suavidad de una brisa de verano, lo rompió.

— *¿Cómo entonces... qué, raíz querida? A veces, las preguntas más importantes son las que nos hacemos a nosotros mismos en voz baja. ¿Quieres compartir la tuya con viejos amigos que solo saben escuchar... y, a veces, recordar? —preguntó Ahui, sus hojas susurrando con preocupación.*

Lefky bajó la mirada, jugando con los pliegues de su vestido de plumas.

— *Perdón, amigos... Es que al pensar en la misión de Zangrid, siento un deseo imperioso de ayudarlo, de estar a su altura. Pero...*

¿cómo? Yo no vengo de un mundo de magia. No tengo ningún poder especial. ¿Qué puedo ofrecer en una guerra de dioses?

— No subestimes el propósito —dijo Ahuehuete, su voz un eco profundo de la tierra misma—. En tu mundo y en el nuestro, nada, y nadie, está aquí por azar. Todo tiene un lugar en el tejido del destino.

— Y tú, querida Lefky —agregó Ahui, inclinándose—, posees una fortaleza que aún no ves. Una que no se mide en magia, sino en fibra del alma.

— ¿Cómo puedes saberlo? —preguntó Lefky, buscando en los ojos de corteza una respuesta.

— Lo sé —respondió Ahui con sencillez—. Como sé que el roble es fuerte y el sauce flexible. Ahora, escucha: se avecinan días de prueba. Y te pido que en todo momento te mantengas alerta.

— ¿Alerta? ¿Contra qué?

— Contra las sombras que codician la luz —intervino Ahuehuete, su tono grave—. El amor que tú y Zangrid comparten es un faro en este mundo y en otros. Brilla con una pureza que atrae... pero también despierta envidias voraces. Hay quienes, al carecer de ella, no querrán construir la suya, sino robar la vuestra. Arrebatar esa felicidad, aunque al hacerlo la destruyan para siempre.

— Amor... —suspiró Lefky, el corazón apretándose—. ¿Es tan... evidente?

— Como la luz del Sol al mediodía —afirmó Ahuehuete—. Y el de él por ti, como la Luna en la noche más oscura. No temas por su partida. Fue el amor lo que le dio la fuerza para cruzar el umbral hacia ti. Él te esperaba, saboreando la esperanza de tu llegada como la tierra espera la lluvia. Y solo floreció por completo cuando te encontró. Recuérdalo. Ese amor es tu escudo y tu espada. Defiéndelo.

Ahui la envolvió con una rama en un abrazo de madera y hojas.

— Lo haré —prometió Lefky, con una determinación nueva que secó las últimas lágrimas—. Defenderé nuestro amor con todo lo que soy.

— Hay algo más —añadió Ahuehuete, su voz tomando un tono de advertencia solemne—. Muchos, con buenas intenciones, te dirán que tu lugar es quedarte en la Tierra, a salvo. Y tendrán razón. Pero tú, Lefky, debes guiarte por los dictámenes de tu corazón. No importa lo que diga la lógica o el miedo. ¡Recuérdalo siempre!

— Eso... me gusta —dijo Lefky, una sonrisa asomando—. Generalmente, es mi corazón quien lleva la batuta. Y hablando del corazón... el mío saltó de alegría cuando todos esos árboles sonrientes nos dieron la bienvenida. Pero... —su sonrisa se desvaneció— ¿por qué los que están más allá de este claro, en las afueras del bosque, parecen... dormidos? Tan quietos, tan silenciosos...

La pregunta cayó en un silencio repentino. Los dos árboles ancianos se miraron, y en su intercambio de miradas hubo una preocupación profunda y compartida. Lefky se dio cuenta al instante.

— Lo lamento —balbuceó, retrocediendo—. No quise ser indiscreta. Olviden mi pregunta.

— No, no lo lamentes —dijo Ahui, y su voz estaba cargada de una tristeza tan antigua como sus anillos—. Nos sorprendió, sí... porque es una verdad dolorosa que no queríamos cargarte tan pronto. Pero tu corazón ya la ha visto. El mal del que hablamos... se filtra del otro lado. De tu mundo, Lefky. —Lefky contuvo la respiración.

— Tu gente —continuó Ahuehuete, con pesar— ha ido olvidando su propia magia. La magia de creer. Al perder la fe, se vacían de esperanza. Y los pocos que aún mantienen una chispa viva... son acallados, rodeados por un desaliento que se extiende como una niebla gris. Esa niega, ese olvido... es un veneno que atraviesa el velo entre mundos.

— La fe y la esperanza —explicó Ahui, sus hojas marchitándose ligeramente al decirlo— son el agua y el sol de nuestra esencia. Sin ese alimento, los árboles se debilitan. Pierden la conexión con la vida que los sostiene. Y uno a uno... se duermen. Si la corriente de creencia se seca del todo, los perderemos para siempre. Primero su voz... luego su conciencia... al final, su vida.

Lágrimas gruesas y calientes rodaron por las mejillas de Lefky. Ahora lo entendía. La quietud de aquellos árboles no era paz; era un letargo mortal.

— ¡Es terrible! ¡Para ambos mundos! —exclamó—. ¿Qué podemos hacer?

— Mantener viva la fe. Alimentar la esperanza —dijo Ahui, recuperando un destello de luz en sus ojos—. Y cuando la Espada Sagrada sea encontrada, el Caballero del corazón más puro no solo vencerá a los dioses oscuros... sanará esta herida entre los mundos. Restaurará el flujo.

— Pero hasta que ese momento llegue... —imploró Lefky, levantándose— ¿hay algo que yo pueda hacer? ¡Tengo que hacer algo! —Ahuehuete se inclinó hasta que su «rostro» quedó a la altura del suyo.

— Ya te lo hemos dicho, raíz valiente: sigue los dictados de tu corazón. No dejes de escucharlo, incluso cuando te grite en la dirección opuesta a la seguridad. Es tu brújula, no solo hacia Zangrid, sino hacia tu propio propósito.

— Así lo haré —juró Lefky, secándose las lágrimas con decisión—. Y sepan algo... yo nunca he dejado de creer. Ni en los sueños, ni en la magia, ni en el amor.

Una sonrisa amplia y cálida, como el sol filtrándose a través de un dosel frondoso, iluminó los rostros de los dos árboles ancianos.

— Querida Lefky —susurró Ahui—. Precisamente por eso llegaste hasta aquí. Porque tu fe fue un faro en la niebla del otro lado. Un hilo de luz lo suficientemente fuerte para que Zangrid lo siguiera, y para que el bosque la sintiera. Gracias.

Abrumada por una oleada de amor, tristeza y determinación, Lefky se puso de pie. Se acercó a los colosales troncos y, extendiendo los brazos lo más que pudo, intentó abrazarlos. Al instante, ramas tiernas y fuertes descendieron, envolviéndola en un abrazo de corteza, hojas y savia antigua. Un abrazo que no era solo de consuelo, sino de reconocimiento. En el corazón del Gran Bosque, la joven sin magia aparente había encontrado su primera y más importante misión: mantener viva, con su simple y obstinada creencia, la luz que alimentaba a ambos mundos.

XI
La Espada de la Lealtad

Mientras Lefky hallaba consuelo en el corazón del bosque, en la Villa del Sol, Relle se preparaba con un nerviosismo contenido. Su destino había sido llamado, y no podía demorarse. Antes de partir hacia la Aldea de los Pintores, donde la espada que había soñado lo aguardaba, sintió la necesidad de hacer una última parada.

Se detuvo frente a la puerta descuidada de Parle, dudando por unos instantes. Finalmente, llamó.

La anciana abrió, sus ojos crepusculares pareciendo ya esperarlo.

— Quise pasar —dijo Relle, con un respeto inusual— para recordarte que voy por la espada. La que se me reveló en el sueño. Zangrid irá conmigo. Solo... quería que lo supieras.

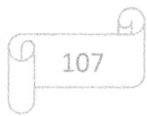

Parle lo observó, y por una vez, su mirada no tenía dureza, sino la gravedad de quien ve un engranaje del destino moverse.

— Una misión de peso cósmico ha sido depositada en tus hombros, Relle. No la llevas solo. La cumplirás en unión de los otros seis Caballeros que las Espadas Luminosas elijan. Juntos seréis el crisol donde se forje la voluntad para cumplir la profecía. —Hizo una de sus pausas elocuentes, cargadas de presagio—. El corazón más puro tomará la Espada Sagrada. Esa, y solo esa, será la llave para el encierro final, cuando los dioses oscuros se liberen de su prisión en el Abismo... porque ya han comenzado a agitarse. Las sombras pronto enviarán sus emisarios a sembrar el miedo. Pero no temas. A través de tu espada, las fuerzas de la luz ya te han jurado lealtad. Ve. Cumple tu parte. La Luz será tu guía.

Relle asintió, una sonrisa de determinación y humildad iluminando su rostro. En ese momento, Zangrid llegó. No venía con las manos vacías. En su espalda, despidiendo una suave lumbre que parecía respirar, portaba una espada imponente y bellísima, la Espada del Honor. Era la prueba tangible de su propio destino, un faro de responsabilidad.

Se despidieron de Parle con una inclinación de cabeza y partieron. Cruzaron la Villa del Sol, luego el pequeño bosque colorido y el valle esmeralda donde la cabaña de Zangrid parecía dormir. Al adentrarse en la espesura del Gran Bosque, Relle rompió el silencio pensativo.

— ¿Ella está con los árboles sabios?

— Sí —fue la breve respuesta de Zangrid.

— ¿Por qué no quieres que se entere de todo? De la verdad completa.

— Es mejor así —repitió Zangrid, y en su tono había una barrera de dolor que Relle no se atrevió a escalar.

— ¿Crees que... si todo esto no estuviera sucediendo, ella hubiera llegado hasta aquí de todas formas?

Zangrid se detuvo un instante, mirando hacia la dirección del corazón del bosque. Su voz, cuando habló, fue suave pero llena de una certeza absoluta:

— *Lo único que sé, Relle, es que si ella no hubiera venido... yo la seguiría amando. Y esperando. Hasta que los mismos árboles se convirtieran en polvo.*

Tras cruzar el Gran Bosque, el paisaje se transformó. Un espléndido jardín, una explosión de color y perfume, rodeaba una aldea cuyas construcciones se alzaban como pagodas de ensueño en rojo lacado y dorados brillantes. Pero lo más asombroso eran sus habitantes. Por las amplias calles, con una calma majestuosa, paseaban dragones. No bestias temibles, sino seres serenos de escamas irisadas, que se prestaban amablemente para llevar a los niños de la aldea en sus lomos.

Los aldeanos, de piel porcelana, cabello negro azabache y ojos almendrados y felinos que brillaban con inteligencia, vestían sedas estampadas de colores vibrantes. Su arte estaba por todas partes: pintaban con destreza sublime sobre lienzos, capturando no paisajes, sino gestos. Sonrisas, miradas de bondad, abrazos. Y cuando un cuadro estaba terminado, otro grupo lo tomaba con reverencia y lo arrojaba a un pozo ornamental en la plaza central, un portal que enviaba esas semillas de luz al mundo gris de Lefky.

El trabajo se detuvo cuando los dos caballeros aparecieron. Una corriente de respeto silencioso los siguió mientras avanzaban con paso firme hacia un majestuoso palacio rojo. Al pie de su escalinata, las puertas doradas se abrieron y apareció un anciano monje, cuyo señorío era tan palpable como la serenidad de los dragones.

Los caballeros ascendieron. Al llegar ante él, en un gesto sincronizado, inclinaron la cabeza y su voz resonó con fuerza ceremonial:

— *¡Honor!*

— *¡Honor! —respondió al unísono toda la aldea, una ola de respeto que estremeció el aire.*

El monje sonrió.

— Nos inunda de alegría su llegada. Les ruego me acompañen.

En el interior del palacio, la atmósfera cambió. La luz era tenue, hasta que llegaron a una cámara donde un solo objeto resplandecía con una luz propia, intensa y cálida. Sobre un pedestal de cristal descansaba una espada. Similar en esencia a la de Zangrid, pero con un diseño único, marcado por símbolos de fidelidad inquebrantable.

— "La Espada de la Lealtad" —anunció el anciano, su voz un susurro reverente—. Solo un caballero elegido por la Luz, cuyo corazón conozca el peso y la dicha de la fidelidad, puede tocarla sin que su brillo lo consuma.

Relle miró a Zangrid, buscando un último apoyo en los ojos de su amigo. Zangrid le respondió con una leve inclinación de cabeza. *Es tu momento.*

Con un temple que sorprendió incluso a él mismo, Relle se acercó. Su mano, callosa por el entrenamiento pero temblorosa por la emoción, se cerró alrededor de la empuñadura.

El palacio estalló en luz. No una luz cegadora, sino una luz que limpiaba, que afirmaba, que juraba. Era el reconocimiento. Cuando la luz se atenuó, Relle sostenía la espada, y en sus ojos azules había un nuevo fuego, una solemnidad recién nacida.

Al salir al balcón del palacio, Relle alzó la Espada de la Lealtad. La aldea entera —pintores, cuidadores de dragones, niños— estalló en una ovación emocionada. Hasta los dragones alzaron sus cabezas y lanzaron suaves rugidos que sonaron a salvas de honor.

— ¡Las Espadas del Honor y de la Lealtad se han unido! —exclamó el anciano monje, con lágrimas de alegría en sus ojos felinos—. Serán blandidas juntas contra la oscuridad. ¡Nuestros corazones están llenos de esperanza!

La celebración que siguió fue festiva pero elegante. Los pintores, en un gesto de profundo agradecimiento, le ofrecieron a Zangrid varios de sus

cuadros más bellos y, como un honor especial, un lienzo en blanco y un juego de pinceles de plumas de fénix.

> — *Pinta —le pidió el maestro pintor— lo que tu corazón te inspire en este momento.*

Zangrid no lo dudó. Con una concentración absoluta, sus manos, habituadas a la espada, guiaron los pinceles con una delicadeza sorprendente. No pintó una batalla ni un símbolo de poder. Pintó a Lefky. La retrató de pie frente al lago plateado del valle, su cabello rojo ondeando como una llama suave, su rostro vuelto hacia la luz con una expresión de paz y asombro que solo él había visto. Era un retrato no solo de su rostro, sino del refugio que ella representaba para su alma.

Los pintores rodearon la obra terminada, murmurando admirados.

> — *Has capturado no una imagen, sino una emoción pura —dijo el maestro—. Tu inspiración es un tesoro tan grande como tu valor.*

Zangrid enrolló el lienzo con sumo cuidado, guardándolo no como un simple recuerdo, sino como un talismán. Un recordatorio tangible de por qué luchaba, y de lo que tenía que proteger, ahora más que nunca, mientras la sombra del Abismo crecía y la segunda espada encontraba a su caballero.

XII
El Príncipe Land

Mientras tanto, Lefky vagaba por el Gran Bosque, su corazón un nudo de melancolía y añoranza. Cada sendero, cada rayo de sol filtrándose entre las hojas, le recordaba a Zangrid. Los animalitos que se acercaban a jugar lograban arrancarle risas breves, pero eran destellos fugaces en la penumbra de su ausencia. Así, perdida en sueños de ojos verdes, llegó sin darse cuenta al valle esmeralda.

Y allí, como materializado de uno de sus pensamientos más incómodos, estaba el Príncipe Land.

— *¡Alegría, hermosa Lefky!* —saludó, con una sonrisa que era demasiado perfecta, demasiado calculada para ser cálida.

— *Buenos días, Príncipe Land* —respondió ella, conteniendo un impulso de retroceder.

— *Nunca había escuchado ese saludo... me gusta. Es esperanzador. Lo recordaré* —dijo, y en su tono había un dejo de posesividad, como si ya catalogara algo de ella como suyo—. *Lefky, he venido a reclamar tu memoria. La invitación a mi Castillo sigue en pie.*

Ella sintió un escalofrío. Su intuición gritaba: este interés no es cortesía; es una red.

— *¿A su Castillo?*

— *¿Lo has olvidado?* —preguntó, con una ceja arqueada—. *Se presentará al segundo Caballero con su Espada Luminosa. Un evento de gran importancia... y de gran belleza. Merece un marco a la altura.*

— ¡Eso es maravilloso! —exclamó Lefky, la emoción por la noticia superando por un instante su desconfianza.

— Quiero que asistas —insistió Land, acortando la distancia—. Que seas mi invitada de honor.

— Gracias, Príncipe Land. En cuanto Zangrid regrese, se lo diré. Iremos juntos.

El nombre de Zangrid hizo que algo se enfriara en la mirada de Land. La observó con una intensidad desconcertante, hasta que Lefky bajó la vista, incómoda. Entonces, él hizo aparecer de la nada un estuche de ébano. Al abrirlo, un destello frío y azul cegó por un segundo. Dentro, sobre terciopelo negro, descansaba un collar con una gema del tamaño de un huevo de pájaro, de un azul profundo que parecía contener un océano de noche estrellada en su interior.

— Este collar es para ti —declaró, su voz suave pero firme—. Contiene una de las joyas más raras. Una lágrima de cielo solidificada. Coincide con tus ojos.

— Príncipe Land... es usted muy amable —dijo Lefky, buscando las palabras con cuidado—. Pero no puedo aceptarlo.

La sonrisa de Land se congeló.

— ¿Por qué no?

— Por respeto a Zangrid.

— No comprendo la relación —dijo él, con una frialdad que cortaba—. Un regalo es un regalo.

— Para mí no —respondió Lefky, alzando el mentón con una dignidad que sorprendió incluso a ella misma—. Llevar un regalo de otro caballero, mientras mi corazón pertenece a él, sería una ofensa. A su amor y al mío.

Land la miró como si examinara una ecuación compleja y fascinante.

— Sigo sin comprender... pero no importa —concedió al fin, cerrando el estuche con un clic definitivo—. Te espero en mi castillo, Lefky. No faltes. Zangrid... estará ahí.

Al oír eso, los ojos de Lefky se iluminaron de verdad, con una esperanza que nada tenía que ver con el príncipe. Land lo notó, y un destello de algo oscuro —¿frustración? ¿cólera?— cruzó su mirada dorada antes de darse la vuelta y marcharse.

Una vez sola, Lefky sintió que podía respirar. Corrió de vuelta a la cabaña, buscando refugio en el aroma a cedro que Zangrid había dejado impregnado, y se dejó caer en la cama, agotada por el encuentro. Durmió un sueño profundo y reparador.

Al despertar y ver el espacio vacío a su lado, la melancolía volvió a envolverla... hasta que recordó las palabras de Land. *Zangrid estará ahí.* La ilusión, como un sol interno, la revitalizó por completo.

Decidida a asistir, quiso honrar la ocasión. Sacó el vestido de plumas rojas, la bendición de la Dama de los Aires. Al ponérselo, sintió cómo la tela le infundía un calor y una confianza extraños, como si las propias plumas la animaran a brillar. Se arregló con esmero, y al mirarse en el reflejo del agua de un cuenco, vio a una mujer radiante, con el fuego de su cabello y su vestido desafiando cualquier sombra.

Cruzó el pequeño bosque y llegó a la Villa del Sol. Se detuvo frente al taller de libros de Zangrid, y una sonrisa tierna asomó a sus labios. Entró. El lugar estaba en silencio, pero su corazón latía fuerte. Encontró su libro dorado de memorias sobre la mesa junto a la ventana, como si la estuviera esperando. Sentada allí, comenzó a esparcir el polvo de estrellas. Maravillada, observó cómo las partículas de luz danzaban y se organizaban, escribiendo a gran velocidad la crónica de sus días, llegando hasta el instante mismo en que ella entraba al taller. Era como si el libro respirara con ella, documentando el latido de su alma. Sonrió, guardó el tesoro, y salió con paso firme.

Siguiendo el flujo de gente que se dirigía al Castillo, atravesó la Villa. Muchos se volvían a admirarla, susurrando, pero ella, absorta en su propósito, casi no los notó. Hasta que, al fin, lo vio: el Castillo Dorado, erguido sobre la colina como una corona de luz sobre el mundo, deslumbrante e intimidante.

Pero justo antes de cruzar sus puertas, algo tiró de su mirada, una llamada más fuerte que la festividad. No era un sonido, sino una presencia. Dejando atrás los jardines ornamentales, se acercó al verdadero borde, al lugar donde la tierra de Land terminaba.

Ahí estaba. El Abismo.

De cerca, su vasta oscuridad era aún más aterradora y a la vez, hipnótica. Parecía absorber la luz, el sonido, la esperanza. Pero Lefky, impulsada por una curiosidad profunda, escaneó la negrura. Y entonces, en la lejanía absoluta, como un fantasma de plata en la noche perpetua, lo distinguió: el Castillo Plateado de la Tierra de la Luna. Brillaba con una luz fría, pura y melancólica, un espejo distante del dorado esplendor a sus espaldas.

El contraste la dejó sin aliento. A sus pies, la tierra era cálida, dorada, llena de vida y color. Del otro lado, reinaba una gama de azules profundos, plateados y una belleza enigmática y serena. Y en ese cielo nocturno eterno, colgaba la Luna, redonda y solitaria, rodeada de un enjambre de estrellas que, efectivamente, parecían caminar con lentitud majestuosa por la bóveda celeste.

Fue entonces cuando le pareció verlo, con una claridad que le estrujó el corazón: la Luna no solo brillaba. Miraba. Su faz plateada parecía inclinarse, dirigiendo una mirada llena de una tristeza infinita y un anhelo milenario hacia el Sol que reinaba en el cielo de Land.

Y el Sol, cegador, radiante, triunfante en su esplendor diurno... parecía no notarla.

En ese instante, Lefky no solo vio la geografía de un mundo partido. Vio la metáfora desgarradora de una separación eterna. Vio dos amantes cósmicos, condenados a brillar en extremos opuestos de una herida abismal, incapaces de tocarse, de reconocerse, de unirse. Y sin saber por qué, un dolor agudo, antiguo y ajeno, se clavó en su pecho, haciéndole entender, en el nivel más profundo de su ser, el verdadero precio de la guerra de los dioses: no fue solo la división de la tierra.

Fue la condena al amor más grande a una eternidad de añoranza.

Después de la visión desgarradora de los astros, Lefky desvió su mirada hacia el Abismo mismo. La oscuridad no era estática; era un torbellino silencioso de negrura. Pero entonces, distinguió dos milagros gemelos: desde el borde de su mundo, una cascada de agua dorada se despeñaba hacia las profundidades, mientras que, del lado lejano de la Tierra de la Luna, una cascada plateada ascendía en un arco imposible, como si ambas fueran dos mitades de un mismo río roto. Y del fondo del precipicio, creyó oírlo... murmullos. Voces lejanas, entrecortadas, que susurraban en una lengua olvidada por la luz.

Se inclinó, tratando de captar algo, cualquier cosa, cuando una voz alegre y estridente cortó el hechizo:

— ¡Lefky! ¡Allí estás!

Era Land, asomado a un balcón del Castillo, saludándola con un gesto amplio. Las voces del Abismo se desvanecieron, ahogadas por la opulencia dorada. Con un último vistazo a la oscuridad, Lefky encaminó sus pasos hacia la entrada principal.

Dentro, el Castillo era un torbellino de elegancia y júbilo. Lefky se sintió abrumada por la variedad de invitados: algunos, de piel de porcelana y cabello azabache, vestían sedas que hablaban de dinastías antiguas de un Oriente mítico. Otros, con rostros rubicundos y elaborados ropajes brocados, parecían salidos de un cuadro centroeuropeo del siglo XVIII. Entre ellos, los habitantes de la Villa del Sol, con sus atuendos sencillos pero bellos, eran como notas de una melodía familiar en una sinfonía extraña.

Mientras observaba, absorta, una joven de movimientos gráciles se acercó bailando. Con una sonrisa, colocó sobre su cabellera roja una diadema dorada de filigrana delicada. Lefky sonrió, agradeciendo el gesto de bienvenida, pero su mente ya estaba en otra parte: buscaba a Zangrid.

No lo encontró. En cambio, sus ojos se toparon con los de una joven rubia de una belleza glacial. Estaba junto a Land, y sus ojos azules, fríos como lagos helados, escrutaron a Lefky con un desdén palpable. Cuando Land notó la llegada de Lefky, se excusó con la rubia y se acercó a recibirla.

— Lefky, bienvenida. Luces... deslumbrante —dijo Land, su mirada recorriéndola de arriba abajo.

— Gracias, Príncipe Land —respondió ella, manteniendo la distancia.

En ese momento, la rubia se acercó.

— Lefky, te presento a Jir —dijo Land—. Viene del Reino del Norte.

— Encantada —dijo Lefky, ofreciendo una sonrisa cortés. Jir la miró de arriba abajo, sin devolver el saludo.

— Así que... tú eres Lefky —murmuró, como si el nombre tuviera un sabor desagradable. Luego, sin añadir nada, se dio la vuelta y se perdió entre la multitud con un aire de superioridad hiriente.

— Ven, Lefky —insistió Land, ignorando o disfrutando la tensión—. Te mostraré el Castillo.

— Gracias, pero prefiero esperar aquí a Zangrid.

Un destello de irritación cruzó los ojos dorados de Land, tan rápido que Lefky casi lo atribuyó a un reflejo. Al instante, recuperó su encanto forzado.

— Ven, no te preocupes. Zangrid llegará pronto; debe presentar al nuevo Caballero. Acompáñame... por favor. Sería un honor personal para mí.

Ante la presión social y la súplica disfrazada de orden, Lefky no pudo negarse. Lo siguió mientras él mostraba con orgullo la opulencia de su reino: salones con techos abovedados, tapices que narraban batallas doradas, fuentes de vino que manaban de gárgolas de jade. Lefky asentía, pero su atención estaba en cada puerta, en cada rostro nuevo, esperando ver al rubio que anhelaba.

Hasta que, en la pared de un gran salón, una pintura la detuvo en seco.

Era el retrato de una mujer de una belleza etérea. Larga melena rubia, ojos claros, un semblante de melancolía serena. Pero los rasgos... los rasgos eran casi idénticos a los suyos. Era como mirar un reflejo de sí misma en otro espejo, en otro tiempo, con otro color de cabello. Una punzada de déjà vu y un frío inexplicable la recorrieron.

— ¡Lefky! Ven, quiero que veas esto desde el balcón —la llamó Land, que ya estaba asomado, impaciente.

Ella desvió la mirada del cuadro, guardando la inquietud para sí, y se unió a él. Desde allí, la vista era aún más sobrecogedora. El Castillo Plateado brillaba como un suspiro congelado en la lejanía, y la Luna colgaba, enorme y plateada, tan cerca que parecía poder tocarse. Lefky contuvo el aliento, creyendo oír un susurro, un lamento que venía de su luz fría... pero la voz de Land, constante y dominante, lo ahogaba.

— ...y ahí lo tienes —decía Land, señalando el vacío con desprecio—. El Abismo. Hogar y tumba de la oscuridad. Su maldad es tan voraz que podría succionar hasta el último destello de tu alma. Un recordatorio de por qué nuestro esplendor debe permanecer aquí, puro, separado.
— ¿Solo los del Reino del Norte han podido cruzarlo? —preguntó Lefky, recordando las palabras de Nube.

— Sí —espetó Land, con un rencor apenas disimulado—. Solo los arrogantes del Norte. Y su príncipe tendrá que cumplir con su deber: unirse a una doncella de su clase antes de que se complete la profecía de las espadas. —Se volvió hacia ella, y su sonrisa era una daga envainada en miel—. No querrás conocerlo... ¿o tal vez sí?

— ¿Qué quiere decir con eso? —preguntó Lefky, endureciendo la mirada.

— Nada que deba importarte aún —dijo él, desviándose. Luego, sacó de su túnica un objeto que brilló con luz propia: una pulsera de oro trenzado, engastada con pequeños rubíes que formaban una rosa perfecta y sangrante.— Tengo para ti un regalo. De las vetas más profundas y puras de mi tierra.

— Es muy hermosa, Príncipe Land —dijo Lefky, sin extender la mano—. Pero ya le he dicho que no puedo aceptar sus regalos.

La máscara de Land se resquebrajó. La altivez tomó el lugar del cortejo.

— Lefky, ya debes entenderlo. Por mí estás aquí. Fue mi tierra la que abriste. Y debes venir conmigo.

La audacia de la declaración la dejó sin aliento.

— ¿Cómo se atreve a decirme tal cosa?

— Esta es mi tierra —rugió en un susurro cargado de poder—. Zangrid vive un sueño prestado, un hermoso cuento de hadas... pero la historia, la verdadera historia, es mía. Tú lo descubrirás. Lo que él siente por ti pasará. Escogerá a una doncella de su clase, de su mundo... y entonces, cuando tu corazón esté roto y veas la realidad... tú vendrás a mí. Es el destino.

Cada palabra era un clavo en el corazón de Lefky. Sintió una punzada aguda, como si una gota de su propia sangre confirmara una verdad venenosa. Pero de las cenizas de ese dolor, surgió una llama de furia pura. Secó con la mente cualquier rastro de lágrima y alzó la vista para clavarla en Land, con una voz tan clara y fuerte que cortó el murmullo de la fiesta cercana:

— ¡Yo amo a Zangrid!

En ese preciso instante, como si sus palabras hubieran conjurado la llegada de la verdad, un fuerte barullo estalló en la gran sala del trono. Gritos de alegría, aplausos y el sonido metálico de pasos firmes resonaron en los mármoles.

Un heraldo anunció con voz atronadora:

— *¡Ya llegan el Caballero Elegido, portador de la Espada del Honor, y el Caballero Relle, con la Espada de la Lealtad!*

El corazón de Lefky dio un vuelco salvaje. Todo—la amenaza de Land, el cuadro inquietante, el desdén de Jir— se desvaneció ante esa noticia. Él estaba aquí.

XIII

El Murmullo del Abismo

Con las palabras de Land —escogerá a una doncella de su clase— resonando como un martilleo en su cráneo, Lefky se abrió paso entre la multitud hacia la gran escalinata que dominaba el salón del trono. Se detuvo en el peldaño más alto, buscando con la mirada.

Y allí, en el centro del esplendor dorado, estaba él.

Zangrid. Había llegado. Parecía tallado en luz misma, más apuesto y luminoso que cualquier memoria que ella hubiera atesorado. Con solo verlo, un alivio visceral la inundó, reconstituyéndola por dentro. Por un segundo, todo estuvo bien.

Él y Relle, ambos con sus imponentes Espadas Luminosas cruzadas a la espalda, intentaban avanzar, pero un enjambre de hermosas doncellas los había rodeado. Doncellas de cabellos de oro, plata y ébano, de ojos brillantes y vestidos que rivalizaban con las joyas del castillo. Sonreían, reían, hacían preguntas coquetas, alababan su valor con miradas admirativas. Zangrid sonreía, cortés, distante... pero sonreía.

Y entonces, las palabras de Land se clavaron, no como un susurro, sino como una estaca de hielo. "No será la única vez que sientas dolor provocado por él."

Un dolor tan físico y agudo le atravesó el alma que le cortó la respiración. El mundo giró. Los colores se fundieron. Tuvo que aferrarse con fuerza al pasamano de mármol, los nudillos blancos, para no desplomarse por la escalera.

— Míralo bien, Lefky —la voz de Land sonó a su lado, suave y venenosa—. Acostúmbrate a esa imagen. Es el precio de amar a un hombre como él. Dame tu mano. Bajemos.

Ella giró la cabeza. Sus ojos se encontraron con los suyos, del color de la miel envenenada. Por un instante, una extraña fuerza magnética, opresiva y seductora, emanó de él, queriendo arrastrarla. Pero de las profundidades de su ser, otra punzada, esta vez de rebeldía pura, le dio la fuerza para resistir.

— *No —dijo, y su voz, aunque débil, no tembló—. Me quedo aquí.*

Land sonrió, una sonrisa que no llegaba a sus ojos.

— *Como quieras. Pero recuerda, a mi lado... solo conocerías la felicidad. —Hizo una reverencia irónica y descendió.*

Lefky lo vio unirse a Zangrid y Relle. Y entonces, como si fuera parte del escenario que Land había previsto, Jir apareció. La rubia glacial del Reino del Norte se colocó junto a Zangrid con una naturalidad que hizo daño. Hablaban, y desde la distancia, formaban una imagen perfecta: dos seres de luz, de belleza extraordinaria, del mismo mundo inalcanzable. Hechos el uno para el otro.

El aire alrededor de Lefky se volvió espeso como melaza, cada inhalación una batalla. El corazón le latía con un ritmo salvaje y ahogado. Zangrid alzó la vista entonces, la encontró entre la multitud de arriba, y le dirigió una sonrisa, un rayo de sol genuino en medio de la tormenta de ella. Pero el dolor en su pecho era ya una barrera de cristal. Lo vio, pero no pudo responder. No pudo sonreír.

No podía respirar.

Aprovechando un momento en que todos se volvieron hacia el anciano monje que los acompañaba, Lefky se deslizó entre las columnas, escapando del salón, del ruido, de la imagen insoportable.

Una vez fuera, en los jardines perfumados, jadeó, inhalando el aire nocturno como si fuera la primera vez. Cada bocanada calmaba un poco el fuego en sus pulmones, pero no el frío en su alma. Caminó sin rumbo, guiada por un instinto doliente, hasta que el suelo cambió y el murmullo lejano del vacío le dijo que estaba, otra vez, en el borde del Abismo.

Aquí, en la soledad absoluta frente a la nada, la contención se quebró. Una lágrima cristalina, cargada de toda la confusión, el amor y el miedo, se desprendió de su mejilla. Cayó, brillando por un instante con un destello plateado propio, antes de ser tragada por la oscuridad absoluta del precipicio.

Otra lágrima siguió. Pero esta vez, casi por instinto, Lefky alzó la mano y la atrapó en su palma. La gota, perfecta y temblorosa, reposó sobre su piel. Y al mirarla fijamente, hechizada por su propio dolor hecho tangible, algo imposible sucedió.

En el microcosmos de esa lágrima, vio un reflejo. No el suyo. Era el rostro de una mujer de luz plateada, de facciones serenas y ojos profundos como pozos estelares. La mujer la observaba desde dentro de la lágrima, con una curiosidad triste y antigua.

Lefky alzó la vista bruscamente, escaneando la negrura del Abismo, buscando a la mujer de plata. No había nadie. Solo oscuridad.

Pero entonces, los murmullos regresaron. Más claros esta vez, susurrando desde las entrañas del mundo, y entre ellos, pudo distinguir palabras, una voz etérea y rota que parecía decir:

— *Ayuda… ilumina…* —*y otras palabras, destellos de un mensaje roto, se perdieron en el susurro del viento que ascendía del precipicio.*

Lefky no sabía con exactitud de dónde procedían, pero una angustia profunda y ajena se apoderó de su pecho al escuchar aquella voz dulce y lejana, cargada de una pena milenaria.

Los murmullos cesaron, dejando un silencio más pesado que el ruido. Desesperada, escudriñó la oscuridad, buscando inútilmente a la mujer plateada que había visto en su lágrima. Alzó la vista hacia el cielo de la Tierra de la Luna, clavando los ojos en el disco plateado. Pero sus propios ojos, nublados por las lágrimas, traicionaban su visión, difuminando los contornos.

Se secó las mejillas con el dorso de las manos, limpiando la sal de su dolor. Y al enfocar de nuevo, le pareció ver, dentro del círculo mismo de la luna, una silueta. Una mujer de largos ropajes plateados, inmóvil, observándola desde una distancia abismal. ¿Era real? ¿Un espejismo de su desesperación? No podía estar segura, y la duda era otra punzada.

En ese instante de máxima vulnerabilidad, un brazo fuerte y cálido rodeó su cintura, atrayéndola hacia atrás con firmeza protectora. Ella se volvió y se hundió en el rostro luminoso de Zangrid, un faro en su noche personal.

— ¡Ten cuidado, mi bella Lefky! —su voz era una mezcla de alivio y temor—. No te acerques tanto al borde. Podrías caer... y no hay retorno de esa caída.

Sus palabras la sacudieron. Solo entonces se dio cuenta de lo cerca que había estado. Un paso en falso, un momento de descuido, y la oscuridad se la habría tragado. Al ver el rastro húmedo en sus mejillas, la preocupación en los ojos de Zangrid se profundizó.

— ¿Qué pasa, Lefky? ¿Por qué lloras? —preguntó, su pulgar acariciando su piel para enjugarlas.

Ella no supo qué decir. ¿Cómo explicar el presentimiento, los celos, la mujer plateada, la voz suplicante? Todas las palabras se le anudaron en la garganta. Solo logró articular la verdad más simple y abrumadora:

— Te extrañé... mucho, Zangrid.

— Yo también te extrañé —susurró él, y en esas cuatro palabras hubo un océano de verdad que la envolvió—. Más de lo que las palabras pueden decir.

La encerró entre sus brazos, y Lefky, no queriendo ensombrecer su reencuentro con sus sombras, permitió que su sonrisa floreciera. Era un bálsamo, aunque supiera que era temporal. Para cambiar el rumbo de sus pensamientos, señaló el cielo.

— *Estuve observando... y me pregunto, ¿por qué no hay estrellas de este lado? Nuestro cielo está... vacío.*

Zangrid la miró, y una sonrisa de complicidad y tristeza se dibujó en sus labios.

— *La mayoría de las estrellas prefieren la compañía de la Luna —explicó, su voz tomando el tono de un narrador de leyendas—. Su luz fría las atrae. Solo esas dos —señaló hacia lo alto, donde las dos estrellas fijas brillaban con una constancia solemne— se niegan a abandonar su puesto. Hay una en esta tierra y otra en aquella. Son centinelas eternas, vigilando el Abismo. Las demás... son peregrinas. Viajan por el cielo de la Luna en una danza sin fin.*

Mientras Lefky miraba hacia arriba, hechizada por la poesía de sus palabras, Zangrid solo tenía ojos para ella.

— *¿Quieres que te cuente un secreto?* —preguntó en voz baja, como si compartiera un tesoro.

Ella asintió, su corazón latiendo más rápido.

— *Algunas estrellas... no son solo luces. Son mensajeras. Y a veces, en sus viajes, se pierden. Pero no en el vacío...* —hizo una pausa dramática—. *Se pierden ahí, en el resplandor de las dos estrellas que jamás se mueven. Como si encontraran, por fin, un hogar.*

Maravillada, Lefky dejó que la imagen la transportara. Pero entonces, del Abismo, como un eco que se negaba a ser silenciado, la voz regresó. Un susurro más claro, un hilo de sonido que se colaba entre la explicación de Zangrid y el latido de su propio corazón.

Zangrid, sintiendo su nueva tensión, le tomó las manos. Sus ojos verdes, brillando con una luz interna que parecía disipar cualquier sombra, buscaron los suyos.

— *¿Qué sucede, mi bella Lefky?* —preguntó, su dulzura una caricia auditiva.

— ... Escucho una voz —confesó ella, casi en un susurro.

Al mirarlo, los ojos de Zangrid resplandecían tanto que iluminaban los rincones más oscuros de su alma. Y sin embargo, en el mismo instante, su corazón fue atravesado por una sensación desgarradora: un doble filo de sentimientos colosales. La felicidad absoluta de tenerlo allí, de ser el centro de su universo. Y una tristeza profunda, un presagio de que esta felicidad, como las estrellas peregrinas, podría estar destinada a perderse.

No pudo soportar el peso de esa contradicción. Las lágrimas, traicioneras, volvieron a asomar. Para ocultarlas, para no debilitarse ante él, se soltó de sus manos y dio un paso hacia la negrura, un acto casi de desafío hacia su propio dolor.

Pero no llegó lejos. Zangrid la alcanzó al instante, su mano cerrándose alrededor de la suya con una fuerza que no era solo física, sino desesperada. La atrajo de vuelta, contra su pecho, y la rodeó con ambos brazos en un abrazo tan fuerte que le hizo perder el aliento. Luego, inclinó la cabeza y sus palabras, ya no un susurro sino una súplica ardiente y temblorosa, le llegaron al oído, calientes y urgentes:

— Por favor, Lefky —suplicó Zangrid, su voz cargada de una urgencia que iba más allá de la caída física—. No te acerques. El Abismo no es solo un vacío. Hay una fuerza en su corazón que succiona todo: la luz, la esperanza... la memoria. Es peligroso incluso escucharlo.
— Lo siento... es que... siento un llamado —confesó ella, su voz quebrada—. Lejano y triste.

Con el rostro marcado por la preocupación, Zangrid le tomó la mano con firmeza.

— Ven. Regresemos al Castillo.

Pero Lefky no se movió. El torrente de emociones que había contenido estalló por fin, impulsado por la seguridad de su abrazo.

— Zangrid... —él se detuvo, dándole toda su atención—. No sé por qué, pero presiento que nuestra felicidad... está acechada. Hay un *ladrón poderoso al acecho. Y lo conseguirá, Zangrid. Robará nuestro futuro y lo poseerá con avaricia, como si fuera un tesoro que nunca mereció.*

Zangrid sintió el frío de su presentimiento como un golpe en el estómago. Pero, disimulando su propio temor bajo una sonrisa de hierro forjado en amor, respondió:

— *Eso no sucederá, mi amada y bella Lefky. Porque aun si todos los temores del mundo fueran ciertos, mi corazón tiene un solo dueño. Es tuyo. Y nada, ni la distancia, ni el tiempo, ni la oscuridad misma, logrará que deje de amarte.* —*Hizo una pausa, sus ojos verdes atrapando los suyos en un vórtice de verdad absoluta*—. *Y tú, Lefky... ¿dejarías de amarme a mí?*

La pregunta, simple y devastadora, encontró su respuesta en lo más profundo de su ser.

— *¡Nunca!* —*exclamó, con una vehemencia que sorprendió incluso a ella*—. *Nada ni nadie en ningún mundo logrará eso. Yo... nací para amarte. Es el único hecho cierto en mi vida.*

Un alivio tan profundo como el dolor que lo precedió inundó a Zangrid. La atrajo contra su pecho en un abrazo que sellaba un pacto más fuerte que cualquier profecía.

— *Entonces no temas* —*murmuró contra su cabello*—. *Y recuerda esto siempre: nuestro amor no es nuestra debilidad. Es nuestra única y verdadera fuerza.*

— *Sí* —*susurró ella, fundiéndose en él*—. *Nuestra fuerza.*

Él se separó lo justo para ver su rostro. Sus ojos, aún brillantes por las lágrimas, le devolvieron la mirada.

— *Ahora* —*pidió, su voz un hechizo suave*—, *regálame tu sonrisa. Y cierra tus bellos ojos. Confía.*

Lefky obedeció. Una sonrisa tímida pero genuina curvó sus labios, y cerró los párpados. Al instante, sintió que Zangrid la abrazaba con más fuerza, y al mismo tiempo, una brisa fresca y reconfortante, que olía a lluvia limpia y a hojas nuevas, envolvió su cuerpo. Secó sus lágrimas, barrió la opresión de su pecho y la inundó de una tranquilidad sobrenatural. Sintió una ligera ingravidez, un susurro de hojas rozando su piel...

— Ya puedes abrirlos —dijo la voz de Zangrid, ahora llena de una alegría juguetona.

Lefky abrió los ojos. Y contuvo un grito de asombro. ¡Estaban en la copa del árbol más alto del jardín! Las luces del Castillo brillaban como joyas a sus pies, y el Abismo era solo una mancha oscura en el horizonte.

— Pero... ¿cómo? ¿Cómo llegamos hasta aquí? —preguntó, riendo entre dientes por la maravilla—. ¡Cada vez me sorprendes más, amado mío!

Zangrid le respondió con una sonrisa que podía haber rivalizado con el sol, y besó su frente con una ternura infinita. Para distraerla, para llenar ese momento de magia con normalidad encantada, comenzó a señalar a los invitados que deambulaban por los jardines, lejos ya de sus miradas.

— Mira, mi bella Lefky. Los que visten sedas bordadas como llamas son de la Aldea de los Pintores. Gente talentosa, cuya generosidad se mide en los cuadros que envían a mundos sin color.

— Se parecen a gente de la historia de mi mundo —comentó ella—. Y ellos, los que llevan máscaras...

— De la Aldea de las Máscaras —explicó él—. Artesanos sin igual. Crean máscaras que capturan esencias: valor, bondad, alegría. Las envían donde son necesarias. Cuando la máscara logra adherirse al alma del portador y le otorga esa cualidad... se desprende sola. Su trabajo está hecho.

— ¿Y ellos? —preguntó Lefky, señalando a un grupo de personas de porte serio, casi melancólico, vestidos con una elegancia sombría.

— *Habitantes de la Aldea de la Música* —dijo Zangrid, y en su tono había un dejo de respeto—. *Guardan las melodías del mundo. Las tristezas que necesitan ser cantadas, y las alegrías que merecen sinfonías.*

Abrazada a él, sintiendo el latido de su corazón contra su espalda, Lefky se sintió por fin en paz. Feliz. Qué lejos estaban de imaginar que, en ese mismo instante, eran el centro de una mirada muy distinta.

En un balcón alto del Castillo Dorado, alejado del bullicio, Land y Jir observaban la escena. La luz de la fiesta dibujaba sombras duras en sus rostros.

— La quiero —dijo Land, su voz un silbido frío y cargado de posesión—. Esa joven me vuelve loco. No me importa el precio, ni los obstáculos. Lefky será mi princesa. Tarde o temprano.

A su lado, Jir esbozó una sonrisa que no tenía nada de alegría y todo de complicidad maliciosa. Sus ojos azules, helados, reflejaron la imagen de la pareja abrazada en la copa del árbol, como si ya la estuvieran desmontando en su mente.

— Y así será, Land —respondió, su voz un susurro venenoso—. Así será.

XIV

Las Máscaras

Después de un largo rato de amena charla, una calma inusual se había instalado en el pecho de Lefky. Las palabras de Zangrid, más que sonidos, eran un bálsamo tejido con suavidad y una atención que la serenaba sin necesidad de nombrarlo. Se sentía anclada, por primera vez desde su llegada a Lumen, a algo que no era la melancolía.

Fue el murmullo menguante de la fiesta, el lento vaciarse de las salas, lo que los devolvió a la realidad. Era hora de retirarse. Sin soltar la cintura de Lefky, Zangrid inclinó la cabeza hasta que su aliento, cálido y cercano, rozó su oreja.

— Mi amada y bella Lefky —susurró, y su voz era como una caricia en la penumbra—, cierra los ojos.

Ella obedeció, confiada. Sintió el roce de sus labios en su mejilla, un beso suave como el aterrizaje de una luciérnaga. Cuando abrió los ojos, la música y el bullicio habían desaparecido. El aire olía a jazmín nocturno y tierra húmeda. Estaban en uno de los jardines secretos del Castillo, bajo un dosel de enredaderas que atrapaba la luz de las estrellas-lámpara. No hizo falta preguntar; sólo una sonrisa de asombro compartido floreció en sus labios.

Dentro, los últimos rezagados se despedían. Zangrid intercambió unas palabras con Land, cuyo amable escrutinio sobre Lefky era ahora una sonrisa de despedida. Ella, insegura ante la formalidad de la corte, respondió con una ligera reverencia, sintiendo el peso de ser observada.

Mientras caminaban hacia la gran puerta dorada, una nueva ilusión la envolvió. La voz de Zangrid, próxima y emocionada, le hablaba de la Aldea de la Música, un lugar de arroyos cantarines y flautas de cristal que, estaba seguro, le robaría el aliento. La promesa era un destello de alegría pura en el horizonte inmediato.

Pero la luz se quebró un paso antes del umbral.

— ¡Zangrid, espera!

Una figura esbelta y rubia se interpuso como un relámpago. Jir. Sus brazos, con una familiaridad que a Lefky le pareció un desafío, se enlazaron alrededor del cuello del caballero. Zangrid se tensó. Con una delicadeza que era en sí misma una negación, desprendió aquellos brazos. Su mirada buscó a Lefky, un destello verde de disculpa y alarma.

Lefky había desviado la vista, sintiendo el rubor subirle al rostro. La confianza excesiva de Jir era un espectáculo incómodo, íntimo, del que se sentía intrusa.

— ¡Déjanos a solas! —La orden de Jir, afilada y fría, no dejó espacio para la réplica.

— No, Lefky. Por favor, quédate conmigo. —La intervención de Zangrid fue rápida, firme, un ancla en la súbita corriente hostil.

Jir giró entonces hacia Lefky. Sus ojos, del color del hielo en un lago profundo, la escudriñaron con una insolencia que cortaba el aliento.

— Es muy urgente lo que tengo que decir, y no lo debe escuchar alguien como tú.

Las palabras cayeron como piedras. Alguien como tú. Lefky sintió que el suelo cedía. El rubor de la incomodidad se transformó en la quemazón de la humillación. El aire le faltó; el pecho se le agitó con latidos desbocados.

— No, Lefky, quédate —insistió Zangrid, y su tono ahora tenía el filo de la ira—. Lo que tengas que decir, dilo, Jir.

La rubia no cedió. Su postura era de triunfo amargo.

— No lo haré frente a ella. Y tú lo sabes. Se trata... de la Piedra Roja.

Al oír ese nombre, Zangrid palideció. Cerró los ojos con fuerza, como si un dolor antiguo y punzante lo hubiera atravesado. Un suspiro profundo, cargado de un desaliento que parecía arrastrar siglos, escapó de sus labios. En ese instante, Lefky vio más que oyó: vio el peso del destino, del secreto y del deber abatiéndose sobre los hombros del hombre que amaba.

Y su propio dolor, agudo y personal, se ahogó en un mar de compasión más grande. No importaba no entender. No importaba la afrenta. No sería ella quien añadiera otro grano de angustia a su carga.

Con una serenidad que le costó cada partícula de su ser, Lefky habló, y su voz sonó extrañamente tranquila en la tensión del vestíbulo:

— No te preocupes, Zangrid. Atiende tus asuntos. Nos vemos más tarde.

Él no respondió. Permaneció con los ojos cerrados, luchando contra demonios internos que ella no podía ver. Ese silencio fue la respuesta más elocuente y la herida más profunda.

Lefky giró sobre sus talones y cruzó el gran umbral dorado. La calma que había impuesto a su voz se resquebrajó con el primer paso en la noche fresca. Con el segundo, una lágrima cálida trazó un camino hasta su labio. Para el tercero, ya no pudo contener el temblor. Caminó, al principio con paso medido, luego más rápido, como si pudiera dejar atrás el nudo de humillación y dolor que le apretaba la garganta. Pero cuanto más se alejaba del Castillo, de la luz y de él, más libre e implacable se volvía el llanto. Ya no eran solo lágrimas silenciosas; eran sollozos que le sacudían el cuerpo, explosiones de una tristeza que no era solo suya, sino un eco de la melancolía ancestral que, ahora lo entendía, siempre los había unido, incluso en la separación.

No supo en qué momento sus pies, guiados por la memoria del dolor más que por la vista, encontraron el sendero familiar. De pronto, estaba allí, frente a la cabaña silenciosa. El refugio que anhelaba. Necesitaba la soledad como el aire, un espacio donde su corazón hecho añicos no tuviera testigos.

Rodeó la construcción y se detuvo en seco.

Allí, en el claro trasero, donde por la mañana sólo había hierba, se extendía ahora un amplio charco de agua quieta y brillante. Un espejo surgido de la nada. No había llovido; el cielo estaba despejado y luminoso. Su presencia era un fenómeno, una intrusión tan inexplicable como la tristeza que la inundaba.

Se acercó al borde. Su reflejo, quebrado por el temblor de sus hombros, la devolvía la imagen de una extraña con ojos rojos y un río de dolor en el rostro. Las lágrimas, que había contenido a duras penas durante la huida, cayeron entonces libres, impactando en el agua cristalina y rizando su propio semblante. Cada sollozo era una confesión de incomprensión, de humillación, de un amor que ya sabía estaba trenzado con espinas de deber ajeno.

— *¿Te encuentras bien, Lefky?*

La voz, dulce y leve como una brisa, vino de arriba. La pequeña nube, Nube, había descendido hasta flotar a su altura, su forma esponjosa teñida de plateado por la luz de las estrellas.

Lefky intentó una sonrisa, un gesto torpe entre el llanto.

— *Sí... gracias... por preguntar, amiga.*

— *No llores —susurró Nube, acercándose hasta rozar su mejilla con una frescura suave—. Tú tienes mucha luz. Yo la puedo ver desde arriba, incluso ahora. Brilla a través de las lágrimas.*

La simpleza y la certeza de esas palabras quebraron una última defensa. Lefky extendió los brazos, y aunque abrazar una nube era como abrazar la niebla, sintió un consuelo tangible, un peso de amistad etérea.

— *Gracias... —murmuró, intentando calmar el oleaje interior.*

— Por favor, no llores —insistió Nube, su voz tomando un tono de preocupación juguetona—. O tendré que llorar yo también para acompañarte, y me volveré tan pesada que no podré subir.

Un destello de genuina sonrisa asomó a los labios de Lefky. Era imposible no hacerlo.

— ¡Sonreíste! —exclamó Nube, dando un saltito de alegría—. Ya puedo volver a mi lugar... pero si necesitas algo, por favor, llámame. Recuerda que soy tu amiga.

— Gracias, Nube... yo también soy tu amiga.

Con un último y suave roce, la pequeña nube se elevó, disolviéndose en la claridad del cielo. El consuelo, sin embargo, había plantado una semilla de calma. Lefky enjugó sus lágrimas con la manga y caminó hacia el frente de la cabaña, buscando el aire fresco de la tarde.

Allí, en el límite donde la hierba se fundía con las primeras sombras del Gran Bosque, estaba él.

El Unicornio Blanco. Inmóvil, majestuoso, su pelaje era un fragmento de luna condensada, y su cuerno dorado brillaba con una luz propia, tenue y antigua. Sus ojos, profundos y sabios, la observaban con una calma que trascendía el tiempo. No era una aparición fugaz; era una presencia, un guardián.

Lefky contuvo el aliento. Se quedó quieta, devolviéndole la mirada, olvidando por un instante el dolor punzante en su pecho. ¿Cómo era posible? ¿Cómo había cruzado ese ser mítico el velo entre mundos para guiarla hasta aquí, hasta él, hasta este dolor y esta maravilla? En su mirada no había juicio, sólo un conocimiento profundo, una tristeza compartida que resonaba con la suya.

El momento de conexión silenciosa se quebró con un estallido de vitalidad.

— ¡Ternura, Lefky!

Ella giró. Relle se acercaba con su paso enérgico y su sonrisa amplia y franca. Cuando volvió la vista al bosque, el claro en la espesura estaba vacío. El unicornio se había desvanecido, como si nunca hubiera estado, dejando sólo un hormigueo de magia en el aire.

— ¡Buenos días, Relle! ¿Cómo estás? —logró decir, forzando un tono normal.

— ¡Lefky... me gusta mucho tu saludo! ¡Buenos Días! ¡Eso abarca todos los saludos! —exclamó él, su alegría contrastando brutalmente con su estado interior. Su sonrisa se suavizó al acercarse más—. No deseo molestarlos, pero necesito comunicarle algo importante a Zangrid. ¿Me permites?

El nombre, pronunciado con tanta naturalidad, le dio un vuelco al corazón.

— Tú nunca molestarás, Relle —dijo, y su voz sonó extrañamente distante—. Pero temo decirte que Zangrid no está aquí... Lo encontrarás en el Castillo Dorado.

Relle la estudió. Su mirada, usualmente despreocupada, se agudizó. Vio los ojos ligeramente hinchados, el rastro tenaz de la sal en sus mejillas, la sonrisa que no alcanzaba a iluminar la profunda tristeza que empañaba su mirada castaña.

— Lefky... —dijo, su voz bajando un tono, llena de genuina preocupación—. ¿Qué sucede? ¿Estás bien?

— Sí... estoy bien —mintió, y la debilidad de su sonrisa delató la frase—. Disculpa, Relle... debo irme.

Antes de que el temblor del labio inferior o una nueva oleada de llanto la traicionaran, dio media vuelta. Sin mirar atrás, con un aplomo que era pura resistencia, encaminó sus pasos hacia la oscura boca del Gran Bosque. A sus espaldas, le llegó la voz de Relle, ahora teñida de una perplejidad amable:

— Desde luego... adelante, Lefky.

El caballero se quedó unos minutos observando cómo la figura de rojo y melancolía era engullida por las sombras verdes. Una intuición poderosa, tan clara como la luz de su espada, le golpeó el pecho. Sin demora, cambió su rumbo y se dirigió al Castillo Dorado.

Allí, bajo los arcos aún brillantes, encontró la escena que temía. Zangrid, de espaldas rígidas y semblante serio, casi severo, escuchaba a una Jir que hablaba con una sonrisa de superioridad satisfecha.

— *¡Alegría!* —*anunció Relle, interrumpiendo con deliberada fuerza.*

Zangrid se volvió, y al ver a su amigo, una oleada de alivio genuino borró por un segundo la tensión de su rostro.

— *¡Fuerza, amigo Relle!*

Jir lanzó a Relle una mirada gélida y despectiva antes de volverse hacia Zangrid.

— *Pronto nos veremos otra vez* —*dijo, su voz dulce como veneno*—. *No olvides lo que te he dicho. Porque esto es muy importante, y tú lo sabes bien, Zangrid.*

Con un último y significativo vistazo, se apartó y se perdió en los corredores interiores. En cuanto se fue, la falsa relajación de Relle desapareció. Se plantó frente a su amigo.

— *¿Por qué no estás con Lefky?*

— *Se fue...* —*comenzó Zangrid, pero Relle no le dejó terminar.*

— *Recuerda todo el tiempo que esperaste por ella. No la pierdas, amigo.*

Vio cómo el dolor y la angustia se reflejaban en los ojos verdes de Zangrid, cómo su amigo asentía, vencido por un peso que Relle no alcanzaba a comprender del todo. Su tono se suavizó entonces, cambiando a un registro más práctico, pero no menos urgente.

— *Zangrid, te he estado buscando porque tenemos que ir...*

— *Lo sé, Relle* —cortó Zangrid, su voz cargada de un cansancio infinito—. *El hallazgo de la tercera Espada. En la Aldea de las Máscaras.*

— *Iré contigo, Zangrid.*

Zangrid asintió, pero en lugar de moverse, caminó hasta el umbral del Castillo. Se quedó allí, inmóvil, mirando el horizonte donde las nubes se enredaban con las cumbres lejanas. Su perfil era la estampa misma de la preocupación atrapada, del deber en conflicto con el deseo.

Relle se acercó y le puso una mano firme en el hombro, una conexión sólida y silenciosa.

— *Vamos, Zangrid. Debemos ir por mi hermano Reim.*

Mientras tanto, Lefky se adentraba en el Gran Bosque. A cada paso, su dolor personal, agudo e íntimo, comenzaba a mezclarse y a diluirse en una tristeza mayor, más antigua. La belleza que la rodeaba era un puñal de cristal: los árboles gigantes y silenciosos, las flores que no cantaban, la maleza que había olvidado cómo bailar. Su mundo, el mundo del que ella venía, era el responsable de este sueño forzado, de este silencio impuesto. La debilidad de los seres de Lumen al cruzar el velo era un triste reflejo de la ceguera voluntaria de la humanidad.

Pensó en su hogar, dejándose arrastrar por la corriente fría del egoísmo y el desamor, marchitándose en la aridez de la desconexión. Aquí, el bosque dormía, pero allí, su mundo caminaba despierto hacia su propia y lenta disolución en la maldad. Era un panorama de una desolación inmensa.

Cerró los ojos, dejando que la magia latente del lugar, esa energía de vida aletargada, la envolviera. Y entonces, en el silencio de su corazón magullado, escuchó algo. No era una voz, sino un saber, una certeza que surgía de lo más profundo: aún había esperanza. Porque así como en Lumen quedaba luz, en su mundo, pese a todo, seguían existiendo guardianes anónimos. Gente que se negaba a cerrar el corazón, que encontraba en la bondad no debilidad, sino la única fortaleza verdadera, la única felicidad perdurable. Y ella, ahora partícipe de ambos mundos, herida y confusa, era un puente entre esas dos esperanzas.

Un crujido de ramas secas la sobresaltó, un sonido discordante en el silencio mágico del bosque. Lefky abrió los ojos y se giró. Y allí, emergiendo de entre las sombras como un sueño hecho realidad, estaba él.

Zangrid.

No dijo una palabra. Solo se acercó, y con una urgencia contenida, tomó sus manos entre las suyas. Sus dedos, fuertes y cálidos, se cerraron alrededor de los suyos como un refugio. Por un instante que abarcó eternidades, la miró directamente a los ojos. En esa mirada verde y profunda, Lefky no vio excusas ni explicaciones. Vio un océano de paz y una verdad incontestable: un amor tan vasto y antiguo que hizo temblar el recuerdo de su dolor reciente. Sintió la luz que siempre lo rodeaba, una aureola sutil de integridad y fuerza.

Pero entonces, en las profundidades de esa paz, percibió la grieta. Un destello fugaz, un relámpago de angustia pura que cruzó sus ojos verdes antes de ser sofocado. Era una alarma silenciosa que le heló la sangre.

Sin soltarle las manos, Zangrid inclinó la cabeza. Sus labios se posaron con una reverencia infinita sobre sus nudillos, en un beso que era promesa, disculpa y despedida, todo a la vez. Luego, con una ligera reverencia que hablaba de un respeto casi ceremonial, liberó sus manos.

Antes de que Lefky pudiera articular una sílaba, antes de que el nombre atrapado en su garganta pudiera escapar, él se volvió. Su figura, alta y decidida, se adentró en el corazón del Gran Bosque con un paso que no admitía demora.

Las lágrimas, que se habían calmado con su llegada, volvieron a brotar, silenciosas y ardientes, mientras Lefky lo observaba desaparecer entre los troncos centelleantes. Un suspiro profundo y tembloroso se escapó de sus labios. La felicidad de su presencia se había enturbiado por una inquietud *punzante. Algo grave, algo sombrío, acechaba a su caballero de luz, y ella, atrapada entre mundos y emociones, no sabía cómo ayudarlo.*

Portando la Espada del Honor, cuya hoja ahora parecía brillar con una intensidad más fría y resuelta, Zangrid cruzó el bosque con la determinación de una tormenta. Se reunió con Relle, cuya Espada de la Lealtad vibraba en sintonía con la suya, y juntos se dirigieron hacia la Aldea de los Artesanos de Máscaras. Allí, en el jardín de topiarios perfectos, los esperaba Reim, el hermano de Relle. Caminaba de un lado a otro, su nerviosismo palpable como un campo de energía estática.

Sin intercambiar más que una mirada de entendimiento, los tres caballeros entraron en la aldea. La calle principal era un espectáculo de opulencia barroca: fachadas talladas con volutas y querubines, enmarcadas por jardines geométricos de una precisión inquietante. Los habitantes, los Artesanos, vestían trajes de brocado y seda tan complejos y rígidos que parecían extensiones de la arquitectura. Con dedos ágiles y miradas concentradas, creaban una infinidad de máscaras: algunas hermosas, otras grotescas, todas hipnóticamente expresivas. Cada máscara terminada era llevada con solemnidad y arrojada a un gran pozo circular en el centro de la plaza, un sumidero hacia lo desconocido.

Al ver pasar a los tres caballeros, dos con sus espadas desenvainadas y su aire de propósito imparable, los Artesanos suspendieron su labor en silencio. Formaron una procesión muda que los siguió hasta un palacio cuyos muros estaban revestidos de lapislázuli y plata.

En la gran sala del trono, bajo la mirada de máscaras monumentales que colgaban de las paredes, el Jerarca de los Artesanos los recibió. La máscara que llevaba era una obra maestra de melancolía y sabiduría tallada en madera de ébano. Con un gesto, los condujo más adentro, hasta una cámara donde, en una vitrina de cristal y filos dorados, descansaba una espada de aspecto noble, su empuñadura adornada con los símbolos de la concordia y la consideración.

Reim contuvo el aliento. Volteó hacia Zangrid, el Caballero del Honor, buscando no solo permiso, sino bendición. Zangrid asintió, una sola vez, con gravedad. Fue todo lo que Reim necesitó. Con mano firme, extendió el brazo y tomó la espada.

Una luz dorada y cálida, como el primer rayo de sol tras un largo invierno, estalló en la cámara, iluminando cada rincón y haciendo brillar las lágrimas en los ojos de algunos Artesanos.

— ¡La Espada del Respeto! —exclamó Zangrid, y su voz resonó con un eco de triunfo sombrío.

Como era tradición, Reim salió al balcón del palacio y alzó la espada recién despertada ante la multitud congregada. La ovación que recibió fue atronadora, un clamor de esperanza renovada. La aldea se sumió en una celebración fastuosa en honor de los caballeros, con obsequios de máscaras exquisitas y frágiles.

Mientras el festejo llegaba a su cénit, Zangrid se apartó con el Jerarca en un balcón privado que daba al pozo de las máscaras. La alegría del anciano se había esfumado, reemplazada por una angustia profunda.

— Algo maligno se cierne sobre nuestra labor, Caballero del Honor —confesó el Jerarca, su voz un hilo de preocupación—. Durante eones, hemos enviado nuestras máscaras a través del pozo. A través de los espejos de los Hechiceros, hemos observado su danza en el otro mundo: herramientas para el juego, el arte, la protección... o el engaño. Pero algo ha cambiado. Las máscaras ya no caen por voluntad propia cuando su propósito se cumple. Se adhieren. Se incrustan en la carne del alma. La gente de ese mundo ya no desea quitárselas; las usan tanto que olvidan el tacto de su propio rostro, el sonido de su risa verdadera.

Hizo una pausa, y su siguiente susurro estuvo cargado de horror.

— Lo peor son aquellos que apilan máscara sobre máscara, capas de falsedad tan densas que... que se transforman. Dejan de ser personas para convertirse en... en caricaturas hambrientas, en monstruos de vanidad y odio. Temo, oh, temo profundamente, que las Brujas de la Sombra hayan logrado envenenar el pozo. Han *tejido un maleficio que pervierte nuestro don, que convierte el disfraz en prisión y el juego en condena. La pregunta nos carcome, Zangrid: ¿debemos seguir enviando las máscaras, sabiendo el daño que ahora pueden hacer?*

Zangrid contempló el pozo oscuro, como si pudiera ver a través de él hasta el mundo de Lefky. Su expresión era de gran pesar.

— *Es más grave de lo que imaginas* —dijo al fin, su voz grave como el rumor de una losa—. *Quien olvida su rostro, olvida su esencia. Camina vacío, sin fe, sin fuerza, sin norte. Es el blanco perfecto, el campo fértil para que la Sombra arraigue. Pero a tu pregunta, Jerarca, mi respuesta es sí. Hoy más que nunca, deben continuar.*

El anciano lo miró, desconcertado.

— *¿Por qué?*

— *Por dos razones* —explicó Zangrid, y en sus ojos verdes brilló la luz de la Espada del Honor—. *La primera: porque aún hay almas en ese mundo con principios tan sólidos como la roca, que usarán una máscara sin dejarse poseer por ella, que recordarán quiénes son al quitársela. Para ellos, su arte es un refugio. Y la segunda...* —su voz se suavizó, pero no perdió fuerza—: *porque vale la pena intentar rescatar incluso a aquellos que la maldad ya ha tocado. Cada espada luminosa que despierta hace más fuertes a las que ya están en nuestras manos. La Espada Sagrada está cerca. Mientras tanto, nuestra labor no es dejar de crear luz, sino luchar con más ahínco para que esa luz penetre incluso en las máscaras más oscuras. La batalla se libra en ambos mundos, y nosotros somos la frontera.*

El Jerarca asintió lentamente, una nueva determinación endureciendo su mirada tras la máscara de ébano.

— *Cuenta con nosotros, Zangrid. Hasta el último aliento.*

XV

La Profecía

La tristeza era un manto pesado sobre sus hombros, tejido con los hilos de la ausencia de Zangrid y la angustia sorda de un presentimiento que no cesaba de punzarle el pecho. Caminaba sin rumbo por las calles empedradas de la Villa del Sol, donde la luz dorada del día parecía burlarse de su sombra interior. Fue entonces cuando la vio.

Parle. La anciana estaba inmóvil bajo el dintel de una puerta, sus ojos inquisitivos clavados en ella como dos puntas de hielo. Lefky intentó desviar la mirada, pero era tarde. La mujer se acercó con pasos silenciosos, y su voz, áspera como piedra de moler, cortó el aire sin preámbulos.

— Extrañas a Zangrid. ¿Verdad?

— Un poco —mintió Lefky, endureciendo el rostro para no delatar el torrente que sentía.

— ¡No me mientas! —espetó Parle, y su intensidad era escalofriante—. Sé lo que se arrastra en el corazón de los demás. Y además... —su voz bajó, cargada de una amargura milenaria— sé lo que es enamorarse de un imposible.

— Él no es un imposible. Él es...

— Él... no es para ti —la interrumpió la anciana, secamente—. Tú eres una flor, efímera y terrenal. Él necesita una estrella, fija y eterna. Alguien que pueda quemarse con él sin consumirse.

— ¿Por qué...? —la voz de Lefky tembló, herida— ¿Por qué siempre me dice cosas que me destrozan?

— ¡Porque la verdad suele destrozar antes de liberar! —Parle clavó en ella una mirada tan profunda que Lefky creyó ver, por un instante, un abismo de soledad y pérdida en esas pupilas veladas. Ante ese dolor ajeno, su propia confrontación se desinfló. Había otra pregunta, más urgente, latiendo entre ellas.

— Parle... —susurró, buscando un terreno menos personal— ¿Qué decía la profecía? La que todos murmuran y nadie me cuenta.

El rostro arrugado de la anciana se suavizó, como si la pregunta la transportara a un lugar de pura certidumbre.

— Habla de ti.

— ¿De mí? —el corazón de Lefky dio un vuelco— ¿Cómo...? ¿Qué dice?

— ¿Quieres oírla... o prefieres seguir ciega?

— Por supuesto que quiero oírla.

Parle cerró los ojos y, cuando habló, su voz no era la suya, sino el eco de algo antiguo y metálico, como si recitara de una lápida:

"De la Dinastía de las de Cabello de Sol y Ojos de Cielo,
vendrá la del Cabello de Fuego y Ojos de Tierra,
y el Portal se abrirá.
Al llegar la Extranjera... todo se quebrará."

El silencio que siguió fue más elocuente que las palabras. Lefky sintió un frío que le recorrió la espina dorsal.

— ¿Qué significa eso? —preguntó, casi sin aliento.

— Dime, niña —la anciana se inclinó, su voz ahora un susurro conspirativo—. Todas las mujeres de tu linaje son rubias. ¿No es así? En tu familia, la sangre ha pintado de oro el cabello por generaciones... todas.

— Sí... —admitió Lefky, sorprendida por el conocimiento preciso de la mujer.

— Y tú... tú eres la única cuya sangre pintó de llamas tu cabeza.

— S-sí... —tragó saliva—. Y soy... la única de ojos oscuros. Castaños, como la tierra.

— Lo sé —asintió Parle, y una chispa de algo parecido a la piedad brilló en su mirada—. Los dioses antiguos han despertado de su letargo porque sintieron tu pisada en este mundo. Ellos saben, como nosotros, que ya es tiempo.

— ¿Tiempo? —repitió Lefky, y el temor le cerró la garganta— ¿Tiempo para qué?

— Para que el mundo se enfrente a sí mismo otra vez. Para que lo que está roto... termine de romperse, o pueda, por fin, ser rehecho.

Antes de que Lefky pudiera articular otra pregunta, antes de que su mente pudiera asir las terribles implicaciones, Parle se dio la vuelta y se alejó calle abajo, su figura encorvada desapareciendo en la luz, como un fantasma llevándose todos los secretos.

Aturdida, con la cabeza zumbando con palabras de profecía y destinos rotos, Lefky se dejó llevar por los pies hasta la Gran Plaza de la Villa del Sol. Se dejó caer en una de las bancas de piedra, hundida en el césped esmeralda. Cerró los ojos con fuerza, intentando ordenar el caos. Cabello de Fuego. Ojos de Tierra. La Extranjera. Todo se quebrará.

Fue entonces cuando lo sintió. Un roce suave, cálido, inconfundible: unos labios posándose en los suyos.

Ella abrió los ojos de un salto, el corazón embistiéndole las costillas. El Príncipe Land se apartaba, una sonrisa traviesa y arrogante en su rostro.

— ¡Land! —exclamó, poniéndose de pie de un brinco, el asco y la furia lavándole la cara de palidez— ¿Cómo te atreves?

— La belleza irresistible a veces nubla el juicio, querida Lefky —dijo él, sin perder la sonrisa.

— ¡Yo amo a Zangrid! —declaró, temblando— ¡Soy fiel a él! ¿No lo entiendes?

— Lo entiendo perfectamente —asintió Land, y su tono se volvió curiosamente sombrío—. Es admirable, sin duda. Pero dime, flor de fuego... ¿estás tan segura de que él guarda la misma fidelidad hacia ti?

La pregunta fue otra puñalada, precisa y venenosa. No era solo la insinuación; era la semilla de la duda, regada por la angustia que había visto en los ojos de Zangrid, por la escena con Jir, por el peso de una profecía que la nombraba destructora. Un dolor agudo, más profundo que el de la ira, le atravesó el pecho. Sin poder articular palabra, sin poder mirarlo un segundo más, Lefky giró sobre sus talones y echó a correr.

— ¡Lefky, regresa! —oyó a sus espaldas, pero ya no escuchaba.

Corrió llorando, sin ver el camino, hasta que el aire fresco y el rumor de las hojas la anunciaron. Había llegado al Gran Bosque. Aminoró la marcha, jadeante, las mejillas empapadas. La confusión era un nudo en su garganta. La angustia de Zangrid, las palabras envenenadas de Parle, la actitud posesiva de Jir, la insolencia de Land... todo se agitaba dentro de ella, un torbellino de presagios y dolores pequeños.

Necesitaba paz. Necesitaba un lugar donde el corazón no fuera un campo de batalla.

Casi sin pensarlo, sus pies la guiaron hacia el Jardín de las Flores. Al atravesar el arco goteante de glicinias violetas, el mundo cambió. El aire se cargó de perfume puro, y una calma inmediata, como un bálsamo, descendió sobre su espíritu agrietado. Las flores, sus amigas de pétalos y susurros, se inclinaron hacia ella.

— ¡Querida Lefky! —cantó Clavel, sus pétalos escarlata vibrantes de alegría— ¡Tu visita perfuma nuestro día con felicidad!

— ¡Al fin llegaste! —exclamó Rosa, deslizándose elegantemente junto a un grupo de Margaritas que danzaban de emoción—. ¡Tenemos un obsequio muy especial para ti! Lo hemos tejido con todo nuestro cariño.

— Mira —dijeron las Margaritas al unísono, sus voces como un coro de campanillas—, todas colaboramos. Para ti.

Y de entre sus hojas, presentaron un vestido. No era un simple conjunto de pétalos; era una obra de arte viviente. Los tonos se fundían del blanco níveo de los lirios al rosa aurora de las rosas, del amarillo sol de los girasoles al violeta profundo de las iris. Parecía tejido con luz y aroma. Lefky lo tomó con manos reverentes y, al acercarlo, un perfume sublime la envolvió: era el aroma de la primavera eterna, de la pureza y de un consuelo tan profundo que, por un instante, olvidó todas sus penas.

— ¡Mil gracias! ¡Es bellísimo! ¡Me encantó! —exclamó Lefky, y por un instante la alegría pura del regalo iluminó su rostro, ahuyentando las sombras.

— Eso nos complace —dijo Tulipán, balanceándose con satisfacción— ¡Y merece que... cantemos!

La melodía surgió de los pétalos, una tonada antigua y dulce que hablaba de raíces profundas y lunas plateadas. Lefky se unió, su voz temblorosa al principio, fundiéndose con el coro floral. Pero la canción, en su belleza, era un espejo demasiado fiel de su propio corazón desgarrado. La emoción la embargó con una fuerza brusca. El canto se quebró en su garganta, convertido en un sollozo ahogado. Luego, en otro. Pronto, ya no pudo emitir sonido alguno; solo el temblor incontrolable de sus hombros y el río silencioso de sus lágrimas hablaban por ella.

Las flores se agitaron, afligidas, sus pétalos crispados de preocupación.

— ¿Qué duele, querida? ¿Qué sombra te muerde? —preguntó Rosa, su voz un susurro de terciopelo.

Lefky intentó hablar, pero las palabras eran nudos de angustia que no podía desatar. Solo podía sacudir la cabeza, ahogándose en un llanto que parecía lavar no solo su pena presente, sino eones de tristeza acumulada.

Entonces, Tulipán se inclinó. Con la punta de un pétalo suave como la seda, acarició la mejilla húmeda de Lefky, enjugando una lágrima salada. Fue una caricia tan tierna y silenciosa que caló hondo. Y luego, Tulipán comenzó a cantar de nuevo. Una a una, todas las flores se unieron, tejiendo la canción alrededor de ella como una cuna de aromas y sonidos. No era ya un canto de alegría, sino una nana, un arrullo melancólico y persistente que acunaba su dolor hasta adormecerlo.

Agotada por el llanto y mecida por la paz del jardín, Lefky se dejó vencer. Sus párpados, pesados como piedras pulidas por el río, se cerraron. Se hundió en un sueño profundo y sin sueños, acurrucada entre un lecho de pétalos que la cobijaban del mundo.

Cuando despertó, el sol ya había recorrido un buen tramo en el cielo. Un silencio reverente llenaba el jardín. Todas sus amigas florales también dormitaban, sus corolas ligeramente cerradas, conservando la paz que le habían brindado. Conmovida, Lefky se incorporó con suavidad. Tomó el precioso vestido de pétalos, lo dobló con un cuidado infinito, y salió del jardín en puntillas, llevándose consigo el perfume del consuelo.

Su camino la llevó, como un imán, de vuelta a la cabaña de Zangrid. Pero al salir del bosque y acercarse, algo la detuvo.

El charco. Había crecido, expandiéndose como un ojo oscuro y brillante abierto en la tierra. Sus aguas, inquietantemente quietas y cristalinas, reflejaban el cielo con una claridad antinatural. Una nueva oleada de tristeza, más suave pero persistente, la inundó. Unas lágrimas silenciosas trazaron caminos cálidos por sus mejillas. Miró hacia el cielo crepuscular y susurró, como una plegaria:

— *Mi amado Zangrid… te extraño tanto. Hay tanto, tanto que quisiera compartir contigo, que pesa aquí dentro…*

Se interrumpió en seco, conteniendo la respiración.

Estaba segura de haber escuchado algo. Un murmullo. No venía del viento ni del bosque. Parecía surgir de las mismas profundidades del charco, un susurro acuático y reptante. Se quedó paralizada, el corazón galopándole en el pecho.

Entonces, no solo lo oyó con claridad, sino que lo vio. En la superficie del agua, donde debía estar el reflejo del cielo, una imagen se formó: el rostro espectral de una mujer. Su piel tenía el tono verde pálido de los fondos de un lago olvidado, y sus ojos eran pozos de sombra líquida. Sus labios, delgados y amoratados, se movieron, y la voz que salió del agua fue un hilacho de sonido arrastrado por la corriente:

«... la del cabello de fuego... y la piel como la nieve recién caída...»

Un horror glacial le recorrió la espina dorsal. Iba a gritar, a huir, pero en ese instante, un relámpago de luz blanca irrumpió en su visión periférica.

El Unicornio Blanco. Había llegado en silencio majestuoso. Sin vacilar, avanzó y pisó con su casco brillante justo en el centro del charco, en el rostro acuático. La imagen verde se deshizo al instante, como tinta en el agua, con un siseo apenas audible. El unicornio levantó la cabeza, sus ojos sabios encontrando los de Lefky. Le hizo una reverencia profunda, un gesto de advertencia y protección, y luego se volvió, desapareciendo entre los árboles con la misma rapidez con la que había aparecido.

Lefky, con el pulso aún acelerado, miró de nuevo el charco. Solo agua clara y el cielo reflejado. Como si nada hubiera ocurrido.

Aturdida por el susto y el misterio, buscó refugio. Empujó la puerta de la cabaña y se detuvo en el umbral.

Él estaba allí.

Zangrid, sentado junto a la mesa de roble, se puso de pie de un salto al verla. En sus ojos, la preocupación borró cualquier otro pensamiento. Cruzó la habitación en dos zancadas y, sin mediar palabra, la envolvió en sus brazos. Fue un abrazo de una fuerza desesperada, como si temiera que el viento se la llevara, como si intentara fundirla contra su pecho para que nada más pudiera lastimarla.

— *Lefky* —*murmuró contra su cabello, su voz ronca por la tensión*—. *Te he buscado por todas partes. ¿Estás bien?*

— *Sí* —*logró decir ella, ahogándose en la mentira piadosa y en la dicha inmediata de sentirlo cerca. Se abandonó al abrazo, dejando que su calor disipara el frío del charco y la soledad del jardín.*

Él se separó lo justo para mirarla. Con dedos que temblaban ligeramente, le levantó el mentón. Sus ojos verdes, luminosos y profundos como estrellas atrapadas en un lago, escudriñaron su rostro.

— *Mi amada y bella Lefky* —*susurró, y su voz era una caricia dolorosa*—, *mírame. Has llorado... Tus ojos están cercados de sombras. Dime qué pasa. ¿Por qué no has dejado de llorar desde que te fuiste?*

La pregunta abría la compuerta. En su mente bullían todas las dudas: las palabras de Parle, la profecía, la insolencia de Land, la mujer verde en el agua. ¿Por qué dicen que no somos el uno para el otro? ¿Qué secreto llevas en la mirada que duele tanto? Necesitaba saber. Su corazón clamaba por la verdad.

Pero entonces recordó. Recordó el destello de angustia feroz que había visto en sus ojos en el bosque, el peso de los deberes no dichos, el nombre de la Piedra Roja pronunciado por Jir como una amenaza. No podía ser ella quien añadiera más peso a sus hombros. El amor, en ese instante, se disfrazó de protección.

Bajó la mirada, jugueteando con un doblez de su túnica.

— *Es solo que...* —*improvisó, buscando una verdad a medias*— *me entristece un poco no ver estrellas de este lado de la tierra. En mi mundo, al menos, teníamos eso.*

La respuesta, tan simple y tan lejos de su tormento interno, pareció conmoverlo profundamente. Una sonrisa tierna y aliviada iluminó el rostro

de Zangrid. Los ojos se le iluminaron con un brillo que no era de angustia, sino de pura magia.

— Eso tiene remedio —dijo suavemente, tomándola de la mano.

La condujo fuera de la cabaña, hasta un claro bajo el cielo que se teñía de añil. Allí, extendió su brazo hacia el firmamento. Con un gesto rápido y elegante, arrojó al aire un puñado de polvo que parecía hecho de luz molida.

Lo que ocurrió entonces le robó el aliento a Lefky. El polvo no cayó. Se expandió, multiplicándose, transformándose en una miríada de puntos brillantes que pendían del aire como diamantes suspendidos. Lentamente, comenzaron a descender, girando y centelleando, creando la ilusión perfecta de una lluvia de estrellas lentas y majestuosas. Era un trozo de cosmos capturado en su valle, un espectáculo de pura y desinteresada belleza.

Zangrid la rodeó con sus brazos, atrayéndola contra su pecho. Lefky recostó la cabeza en él, sintiendo el latido firme bajo su mejilla, y se dejó envolver por la fuerza de su abrazo. Contempló la lluvia de luz con los ojos muy abiertos, un asombro puro e infantil iluminando su rostro, mientras su corazón, herido y confuso, se encendía con una llama de gratitud y de un amor que, en ese momento, decidió ser más fuerte que el miedo.

— Es mágico, Zangrid —susurró, y su voz era apenas un hilo de sonido entre el crepitar de la luz artificial—. Gracias... gracias por todo.

Era un agradecimiento por las estrellas prestadas, por el abrazo, por el momento de paz. Y también, en secreto, por la deferencia de no preguntar más, por permitirle guardar sus propias sombras, igual que ella guardaba las suyas.

XVI

Los Lazos

Con Zangrid, todo era diferente. Su atención era un sol constante, su consideración, una brisa suave que acariciaba cada una de sus dudas. A su lado, Lefky se sentía no solo amada, sino custodiada, y una felicidad profunda, casi olvidada, echaba raíces en su pecho. El presentimiento de amenaza, esa nota grave y persistente en la sinfonía de sus emociones, se amortiguaba ante su presencia. Junto a él, en la burbuja dorada de sus momentos a solas, le parecía imposible —impensable— que algo o alguien pudiera empañar el sentimiento que los unía, o, mucho menos, arrancarlos el uno del otro.

Con esta certeza cálida en el corazón, estaba sentada al borde del ahora gran charco detrás de la cabaña. El agua, quieta y clara, había seguido expandiéndose, tomando la forma de un pequeño lago en ciernes, un espejo nuevo para el cielo de Lumen. Llevaba el vestido verde que Parle le diera, y su cabellera roja, encendida por los rayos del sol de la tarde, brillaba como una llama viva contra la tela esmeralda, haciendo de ella un retrato de belleza salvaje y serena.

Inmersa en la contemplación del agua y de sus propios pensamientos felices, un impulso súbito la recorrió: un deseo profundo de escribir, de grabar ese momento de plenitud en las páginas de su libro dorado, el obsequio de Zangrid. Pensó en ir a buscarlo a la Villa del Sol, y al instante, como si el mundo mismo obedeciera a la urgencia de su corazón, un destello dorado parpadeó a su lado. Volteó, y el aliento se le cortó. Allí estaba, apoyado contra el tronco de un sauce: el libro, con su lomo labrado y su pequeño saquito de polvo de estrellas atado con un cordón de seda.

Sonrió, maravillada una vez más por la magia intrínseca, responsiva, de aquel reino. Abrió el libro con reverencia y esparció una pizca del polvo plateado sobre una página en blanco. Como por arte de un escriba invisible, las palabras comenzaron a fluir, trazadas con esa caligrafía elegante y eterna que tanto amaba, narrando su historia hasta el mismo instante presente. Con el corazón latiendo de alegría, leyó las últimas líneas que aparecían ante sus ojos: «Y Zangrid ha llegado.»

En ese preciso momento, una sombra alta se interpuso al sol. Él se sentó frente a ella, su sonrisa radiante iluminando el claro. Extendió la mano y con los nudillos acarició su mejilla, un gesto de una ternura que la desarmaba.

— Polvo de estrellas —murmuró, su voz un rumor melodioso—. Y de esto, también están hechas las promesas.

Ella sonrió, no solo por sus palabras, sino por el simple milagro de tenerlo allí, mirándola como si fuera el centro de su universo.

— Mi bella Lefky —continuó, y su tono se cargó de una emoción solemne—, eres tan hermosa... y te amo con una fuerza que me asombra.

Las palabras actuaron como un hechizo tangible. Lefky sintió como si una manta de luz cálida la envolviera por completo, mientras una pócima de paz absoluta se filtrara en su ser, sanando las últimas grietas de viejos dolores y lavando las incrustaciones de la angustia reciente.

— Mi corazón te pertenece, mi amado Zangrid —respondió, y la declaración le salió fácil, natural, como la verdad más elemental.

Zangrid tomó entonces el saquito. Con cuidado, volcó un puñado del polvo centelleante en la palma abierta de Lefky. Los granos luminosos eran fríos y leves como el aliento de un espíritu.

— Siempre te amaré, Lefky —dijo, y mientras hablaba, las mismas palabras se inscribían en la página del libro abierto, grabadas en polvo de estrella.

Ella sonrió, feliz. Aunque aún no comprendía todas las reglas de aquel mundo, en su interior resonaba un saber profundo: aquello no era una simple declaración; era un voto, una promesa sagrada. Reía, sintiendo el cosquilleo del polvo en su piel y viendo cómo algunos granos se fugaban entre sus dedos como tiempo luminoso que se escapaba.

— Aun cuando no esté contigo —leyó en el libro, al mismo tiempo que la voz de Zangrid, baja y grave, pronunciaba la frase.

El corazón de Lefky dio un vuelco en seco. La alegría se congeló. Lo miró, alarmada, buscando en sus ojos verdes una explicación, una corrección. ¿A qué se refería? ¿Por qué plantear una ausencia en medio de una promesa eterna?

— Mi amada Lefky —dijo él rápidamente, captando su turbación. Tomó su mano, la que sostenía el polvo, y la llevó hacia su propio pecho, colocando su palma contra el lugar donde latía su corazón—. No quiero que te preocupes por nada. Tú estás... aquí. Siempre. Aquí dentro.

La certeza del gesto, la calidez de su piel a través de la tela, calmó un poco la súbita sacudida de miedo. Pero la frase había quedado suspendida en el aire, una nota discordante.

Zangrid, como si buscara cambiar la energía, se recostó en el césped, entrelazando las manos detrás de su nuca. Ella, recogiendo sus dudas y su temor incipiente, guardándolos en un rincón secreto de su alma, hizo lo mismo. Se tumbó a su lado, sus hombros rozándose.

Recostados uno junto al otro, mirando el cielo azul donde las nubes modelaban formas pasajeras sobre el pequeño lago, Lefky rompió el silencio. Su voz era un hilo suave, un intento de anclarse a la normalidad que el peso de la promesa había alterado.

— Me gusta este lago que se formó... es tan transparente, y brilla con una luz propia... aunque es misterioso. No tengo idea de por qué apareció aquí. Hay tantas cosas que aún no sé... —Hizo una pausa, girando ligeramente la cabeza hacia él—. ¿Tú sabes por qué se formó, Zangrid?

— Sí.

— Claro... —sonrió, un poco avergonzada—. ¡Qué preguntas las mías! ¡Tú lo sabes todo!

Zangrid permaneció en silencio, contemplando el cielo, una sonrisa tranquila en sus labios pero una lejanía en sus ojos verdes. Lefky, picada por la curiosidad, insistió:

— Y bien... ¿no me vas a contar el secreto de este lago precioso que adorna tu hogar?

— Por ti.

— ¿Por... mí? —El corazón le dio un leve vuelco.

— Sí.

— ¿Cómo que por mí? No lo entiendo...

Zangrid finalmente giró la cabeza para mirarla directamente. Su expresión era seria, casi grave.

— Este lago se formó con tus lágrimas, Lefky. Y no debe crecer más.

Las palabras cayeron como piedras en el agua quieta de su alegría. La sonrisa se apagó en sus labios. Miró hacia el lago, ahora con otros ojos. Cada centímetro de esa superficie cristalina era una pena derramada, una angustia solidificada en belleza. Por un extraño giro, la idea la conmovió profundamente. Si sus lágrimas podían crear algo así, tal vez llevaba dentro un poder mágico, una conexión con el mundo más íntima de lo que creía. Un nuevo tipo de sonrisa, menos alegre pero más sabia, regresó a su rostro.

Ella siempre había sido observadora. Percibía cosas de las que nadie hablaba, verdades que resonaban en el fondo de su ser como un latido secreto. Estaba casi segura, por ejemplo, de que dentro del aro solar moraba un caballero de oro puro, y en el círculo de la luna, una dama de *plata líquida.* De pronto, impulsada por esa certeza interna, se incorporó sobre los codos y exclamó, casi sin pensar:

— ¡Yo creo que hay un reino en las nubes!

Zangrid se enderezó de golpe, sorprendido.

— ¿Lo crees?

— Sí —afirmó, su mirada perdida en las formaciones algodonosas—. Mis ojos no han logrado verlo con claridad, pero a veces... cuando observo las nubes y dejo volar la imaginación, casi distingo torres y puentes, un reino luminoso suspendido... un reino que brilla como tus ojos.

Zangrid sonrió entonces, una sonrisa que no solo era de los labios, sino que emanaba de un lugar profundo, y la miró con esa luz interior que siempre la hechizaba. Ella suspiró, hechizada a su vez, sintiendo que por fin compartía una visión de su alma.

Él abrió la boca para decirle algo, una confidencia que se leía en la intensidad de su mirada, pero las palabras nunca llegaron.

— ¡Energía!

La voz, vibrante y rotunda, cortó el momento como un cristal. Land se acercaba con su sonrisa radiante y su paso seguro.

— ¡Sueños! —respondió Zangrid, recuperando rápidamente su compostura, aunque un destello de algo que pudo ser frustración cruzó sus ojos.

— ¡Hola! —agregó Lefky, instintivamente.

Ambos hombres la miraron. Land arqueó una ceja, divertido.

— ¿Ola? —preguntó, y luego rio con franqueza—. Bien... ¡Ola! Eres muy original, Lefky. —Su mirada se volvió entonces hacia Zangrid, adoptando un tono más formal—. Zangrid, he venido porque los presagios son claros: la cuarta Espada despierta en la Aldea de los Lazos. ¿Me acompañarás a reclamarla?

— Por supuesto, Land. Irán también Relle y Reim.

— Bien —asintió Land, aunque su mirada volvió a deslizarse hacia Lefky, quien ahora eludía sus ojos, concentrándose en una brizna de hierba—. ¿Te gustaría venir con nosotros, Lefky? —preguntó, bajando la voz en un tono casi conspirativo, tratando de captar su atención. La pregunta la electrizó.

— ¿Puedo ir con ustedes? —exclamó, el entusiasmo brotando en su voz—. ¡Me encantaría!

Inmediatamente giró hacia Zangrid, buscando en su rostro el reflejo de su alegría. Lo que vio la dejó helada. Lejos de parecer feliz o siquiera complacido, una sombra nubló sus ojos verdes. No fue un gesto evidente, pero Lefky, ya tan afinada a él, captó el destello de algo que se parecía mucho al fastidio, una tensión repentina en la línea de su mandíbula. Fue como si una cubeta de agua helada le hubiera caído en el pecho.

— Bien... ¡Vayamos! —anunció Land, aparentemente ajeno a la corriente subterránea que acababa de generarse—. Zangrid, yo iré a buscar a los otros dos caballeros. Nos vemos allá.

Antes de que pudiera haber más intercambios, Land se alejó con su paso enérgico. Zangrid se levantó y, con un movimiento que era a la vez gentil y distante, ofreció la mano a Lefky para ayudarla a incorporarse.

— ¿Está todo bien, Zangrid? —preguntó ella, su voz ahora pequeña, sin muchos deseos de escuchar la respuesta que su intuición ya le gritaba.

Él se limitó a mirarla por un momento, sus ojos escudriñando los suyos como si buscara algo. La seriedad en su rostro era palpable. Luego, como obligándose, una sonrisa afloró en sus labios, pero no llegó a iluminar por completo su mirada.

— Vamos, mi bella Lefky —dijo, y su tono era suave, aunque un poco forzado—. Estoy seguro de que te gustará la Aldea de los Lazos.

Lefky asintió, haciendo regresar su propia sonrisa, un gesto frágil que trataba de creer en sus palabras. Zangrid tomó su mano, y juntos entraron en la penumbra fresca de la cabaña. Su destino inmediato era recoger la Espada del Honor, que descansaba sobre la repisa de la chimenea, pero el aire entre ellos, antes tan ligero, ahora se cargaba con el peso de lo no dicho y el presagio de una misión que, para Lefky, empezaba a saber a despedida.

— ¿Qué hay en esa aldea? —preguntó Lefky, buscando romper el silencio tenso mientras él tomaba la espada.

— Sus habitantes tejen lazos que unen a las personas —explicó Zangrid, su voz recuperando algo de su calma habitual—. Hay de toda clase: de amistad, de compromiso, de valor, de simpatía, de cariño, de familia... —Hizo una pausa deliberada y, al mirarla, su tono se suavizó— ...y de amor.

— ¡Entonces me encantará! —exclamó ella, y por un momento, la promesa de ver algo tan hermoso logró desplazar la sombra de su preocupación.

Mientras caminaba de la mano de Zangrid a través del Gran Bosque, Lefky sentía que su fuerza y su felicidad renacían. Su presencia era un talismán contra la duda.

Pero al llegar a la entrada de la Aldea de los Lazos, el aire mismo vibraba con una energía distinta: gritos y algarabía, no de angustia, sino de una fiesta desbordante. Tras atravesar jardines empedrados y meticulosamente ornamentados, el espectáculo se desplegó ante ellos. Los habitantes, vestidos con trajes de colores profundos —índigo, granate, verde oscuro— adornados con elaborados bordados plateados y dorados, danzaban con una gallardía imponente. Grandes sombreros de ala ancha, bordados con hilos metálicos, giraban con ellos, mientras hacían serpentear enormes lazos por el aire como si fueran extensiones de sus brazos.

Las mujeres eran una visión de gracia y color, con largos vestidos de amplias faldas que revelaban capas de encajes finísimos al girar. Llevaban el cabello trenzado y recogido con listones que ondeaban como banderas de alegría. La familiaridad del cuadro golpeó a Lefky.

— *¡Parecen charros!* —exclamó, sorprendida.

— *¿Charros?* —preguntó Zangrid, desconcentrado.

— *Sí, de mi mundo. Se parecen mucho…*

Entre risas y la música contagiosa, Zangrid observaba a Lefky con una ternura que mitigaba su propia tensión interna. Ella volvía la cabeza de un lado a otro, asombrada no solo por la danza, sino por la arquitectura: las construcciones blancas con detalles de ladrillo rojo, los grandes patios arbolados con fuentes y esculturas de piedra… todo le resultaba inquietantemente familiar, un eco de su tierra natal transformado por la magia de Lumen.

Pronto se reunieron con Land, Relle y Reim, y el grupo se dirigió hacia el corazón de la aldea: el Palacio, que ante los ojos de Lefky no era más que una espléndida y antigua hacienda, con sus jardines centrales perfumados de jazmín. Un joven atractivo, de modales impecables y una sonrisa carismática, se presentó como Nok y los condujo al patio principal. Allí, en el centro de un jardín interior, una fuente de agua cristalina brillaba bajo la luz. Y en su fondo, descansando sobre guijarros blancos, había una espada de aspecto noble y poderoso.

Land se adelantó sin vacilar. Volteó hacia Zangrid, buscando y recibiendo una leve inclinación de cabeza que era tanto permiso como bendición. Introdujo el brazo en el agua fría, y al cerrar sus dedos alrededor de la empuñadura, una luz dorada y vibrante estalló desde la hoja, iluminando el rostro de todos los presentes.

— *¡La Espada de la Valentía!* —anunció Zangrid, su voz resonando con autoridad y un triunfo contenido.

Como era tradición, Land salió al balcón principal a mostrar la espada recién despertada. La ovación de la multitud fue un torrente de alegría pura, un sonido que parecía sacudir los cimientos de la aldea.

La fiesta que siguió fue la más animada que Lefky había presenciado. Los cuatro caballeros, ahora portadores de las Espadas Luminosas, eran el centro de una celebración desbordante. Entre el bullicio, Lefky y Zangrid se buscaban con la mirada, arrobados el uno por el otro, comunicándose en un silencio elocuente que las palabras no podían mejorar.

Fue Nok, quien los había observado con una sonrisa perspicaz, quien se acercó con un cofre de madera tallada.

— *Deseamos hacerles un obsequio muy especial —dijo, su voz cálida—. Ustedes dos irradian una luz y un amor tan puros, que hemos decidido ofrecerles esto: un Lazo de Amor.*

Con manos que temblaban ligeramente de emoción, Lefky tomó un extremo del lazo. Era de un rojo intenso y brillante, y parecía tejido con hilos de seda y algo más... tal vez hebras de luz solidificada. Volteó hacia Zangrid. Él la miró, y en sus ojos verdes había una promesa tan profunda que le detuvo el aliento. Luego, tomó el otro extremo.

— *¡Muchas gracias, es un honor recibir tan bello obsequio! —logró decir Lefky, abrazando a Nok con efusión.*
— *El honor es nuestro —respondió el joven, sonriendo.*

Lefky, intrigada por el gran pozo en el centro de la plaza donde la gente arrojaba lazos sin cesar, se acercó a Nok.

— *¿Por qué los arrojan allí? —preguntó, observando cómo las cintas de colores desaparecían en la oscuridad absoluta.*

— *Zangrid, si me lo permites —dijo Nok con respeto—, llevaré a Lefky para que vea el pozo de cerca.*

Zangrid asintió, manteniendo una vigilancia discreta pero constante. Al asomarse, Lefky vio que el interior del pozo era una oscuridad absoluta, sin fondo visible. Los lazos, al ser lanzados, desaparecían al instante, absorbidos por esa negrura. Pero lo que más la conmovió fue el sonido: con cada lazo que caía, un estallido de risas felices, claras y luminosas, surgía de las profundidades, como un eco de gratitud que trascendía los mundos.

> — *Este pozo conecta con otro mundo* —explicó Nok en voz baja—. *Un mundo mágico que necesita desesperadamente de nuestras artes para no desmoronarse en el olvido. Sabemos que nuestros lazos llegan y funcionan... cuando recibimos ese hermoso regalo.* — Señaló el pozo, de donde aún brotaban ecos de alegría—. *Lefky... ¿te gustaría arrojar uno?*

> — *¡Sí, me encantaría!*

> — *Escoge. ¿Cuál quieres enviar?*

Frente a una canasta adornada con listones, Lefky dudó solo un momento.

> — *Uno de familia.*

Nok le entregó un lazo multicolor, tejido con los tonos del arcoíris. Al soltarlo sobre el pozo, el lazo fue engullido en un abrir y cerrar de ojos. Inmediatamente, una cacofonía de risas, tiernas y alegres, subió hasta ellos. Lefky sintió una felicidad expansiva y cálida en el pecho. En algún lugar, en algún mundo, una familia se había fortalecido, su vínculo renovado por un acto de bondad tejido a millones de leguas de distancia. La generosidad de aquel lugar le parecía divina.

De regreso al lado de Zangrid, Lefky alzó la vista al cielo. El sol brillaba en su cenit, y por un momento, creyó distinguir de nuevo la figura del caballero dorado en su interior, caminando con inquietud de un lado a otro del aro solar. Pero algo había cambiado. La luna, pálida y redonda en el cielo diurno, parecía haberse acercado. Y no dejaba de mirar fijamente al sol, con una atención que a Lefky le resultó... voraz. Una inquietud creciente se apoderó de ella. ¿Era la única que lo veía?

Hasta que, de pronto, algo cambió. No fue un sonido, sino una cualidad de la luz, una sutil desviación de los colores, un frío repentino que recorrió la plaza. La música se apagó. Las risas se congelaron. Todos, como uno solo, alzaron la vista al cielo.

> — ¿Es... un eclipse? —preguntó Lefky, su voz un hilo en el silencio súbito.

La respuesta de Zangrid no fue verbal. Su mano se cerró con fuerza firme y protectora alrededor de la de ella, sus dedos entrelazándose en un gesto de alarma absoluta. Sus ojos, fijos en el cielo, brillaban con la luz fría de la Espada del Honor, ya desenvainada.

Con una lentitud hipnótica y una audacia que violaba todas las leyes cósmicas, la Luna comenzó a avanzar. Se deslizó por el firmamento como un predador, ignorando la frontera celeste que la separaba del reino solar. El Sol, distraído o confiado, no pareció notar el peligro hasta que fue demasiado tarde.

Con un movimiento rápido y brutal, la Luna envolvió al Sol en un manto de plateado frío y lóbrego, y... se lo robó. Lo arrebató de su trono celestial y, en un segundo de terror silencioso, lo arrastró consigo, hundiéndolo bajo el horizonte, bajo la tierra misma.

> — ¡El Sol! —La exclamación de Zangrid fue un rugido de impotencia y furia.

Sin soltar la mano de Lefky, se lanzó hacia el borde de la aldea, siguiendo unas tenues gotas de luz dorada que caían del cielo como lágrimas de un dios herido —el último rastro del astro raptado. Una oscuridad prematura, más profunda y fría que cualquier noche, comenzó a descender sobre la Tierra del Sol. Sin embargo, un tenue resplandor, el fantasma de la luz robada, aún permitía ver los contornos del mundo, una penumbra irreal y aterradora.

Lefky miró al cielo. La Luna, ahora única soberana del firmamento, brillaba con una luz fría y arrogante. Desde su nuevo trono, parecía mirarlos con desdén.

— *¿Qué haremos?* —*el grito de los aldeanos era un coro de pánico. El aro dorado del sol, ahora vacío y apagado, colgaba en el cielo como un ojo ciego, iluminando apenas los caminos que, de repente, parecían conducir a la nada.*

XVII
El Rapto del Sol

Zangrid y Land cruzaron una mirada. No hubo necesidad de palabras; el entendimiento fue instantáneo y feroz. Irían. Inmediatamente. A rescatar al Sol.

El Caballero del Honor no soltó la mano de Lefky. Era un punto de anclaje en el caos que se avecinaba. Junto con Land, lideraron la salida de la Aldea de los Lazos, una marea humana teñida de determinación y miedo. Relle, Reim y la mayoría de los aldeanos los siguieron, una procesión silenciosa que avanzó más allá del Castillo Dorado, hacia el límite mismo del mundo conocido.

El aire se enrareció, volviéndose frío y delgado. Ante ellos se abrió el Abismo: una grieta colosal en la realidad, un vacío que separaba las Tierras del Sol y de la Luna. Y allí, en el lado opuesto, bajo la superficie de una tierra que parecía de ceniza y sombras, un resplandor dorado latía con fuerza cautiva. Era un corazón de fuego enterrado, la prueba irrefutable de que el Sol había sido secuestrado.

La gente se agolpó en el borde, un clamor sordo de indignación y desesperación llenando el aire. «¡Hay que ir por él! ¡Debemos traerlo de vuelta!» Pero el cómo era un obstáculo insuperable. Todos los ojos, cargados de esperanza y pánico, se volvieron hacia Zangrid. Él era el faro, la clave.

En ese momento de tensión máxima, Jir llegó corriendo, su rostro pálido, la respiración entrecortada.

— ¡La Luna lo robó! —gritó, clavando sus ojos en Zangrid—. ¡Rompió el Pacto Ancestral y se lo llevó! La traición está consumada.

— Entonces no hay un segundo que perder —declaró Land, su mano ya en la empuñadura de la Espada de la Valentía.—Pero, Zangrid —preguntó Relle, mirando el abismo insondable—, ¿cómo llegamos hasta allí?

Zangrid no respondió de inmediato. Se apartó de ellos, elevando su mirada hacia el cielo entristecido, donde las nubes, como si compartieran el duelo, lloraban una lluvia fina y fría. Su postura se erguía, imbuyéndose de una autoridad antigua. Invocó, no con gritos, sino con una voluntad que vibraba en el aire:

— ¡Nubes del llanto! ¡Escuchadme!

Las formaciones nebulosas parecieron contener su llanto por un instante, pendientes de su voz.

— ¡Formad un puente! —ordenó, y su tono no admitía súplica, era el de un general que moviliza a sus últimas tropas—. ¡Unid vuestros cuerpos y resistid! Debemos cruzar este Abismo. Es vuestra hora.

Las nubes, con un suspiro colectivo que agitó el viento, obedecieron. Cesó la lluvia. Descendieron en masas densas y algodonosas, comprimiéndose, entrelazándose con un esfuerzo visible, hasta tender un puente frágil y tembloroso sobre el vacío. Conectaba dos mundos en guerra.

Zangrid se volvió hacia la multitud, su rostro era una máscara de gravedad absoluta.

— Cruzad de dos en dos —instruyó, su voz cortando la expectativa—. Ayudaos mutuamente. Y corred. Corred con toda la velocidad que vuestras piernas y vuestro valor os den, porque ni siquiera sobre las nubes estáis a salvo. El Abismo hambrea. Su fuerza succionadora os sentirá.

— ¡Ya lo oísteis! —rugió Relle, tomando la delantera—. ¡Movéos!

El puente comenzó a vibrar con los pasos apresurados. Parejas de aldeanos y caballeros se lanzaron a la pasarela de vapor y sombra.

— ¡Rápido! ¡No miréis abajo, no os detengáis! —gritaba Land, arrastrando a una Jir inusualmente callada, mientras su voz se perdía en el rumor del vacío.

Era una carrera contra la gravedad y la desintegración. Las nubes gemían bajo el peso, sus bordes se deshilachaban, absorbidos lentamente por la nada de abajo.

Lefky, con el corazón golpeándole las costillas, se preparaba para dar el paso cuando una mano fuerte la sujetó del brazo.

— ¡Quédate aquí! —la voz de Zangrid era un muro.

— Quiero ir —suplicó ella, mirándolo a los ojos.

— ¡No!

— Zangrid, voy a ir contigo. A tu lado.

— ¡No, no irás! —La negativa fue un mandato, brotado de un pozo de puro terror.

— No tengo miedo —insistió Lefky, aunque su temblor la delataba.

— ¡No quiero que vengas! —explotó él, y en su ira había tanta angustia que a Lefky le dolió físicamente, como una puñalada en el pecho.

Ella respiró hondo. El puente a sus pies se estremecía, desvaneciéndose.

— Voy a ir —declaró, y su voz encontró una firmeza nueva, surgida de lo más profundo—. Y será mejor que me dejes, porque el tiempo que le queda a este puente se agota.

Zangrid la miró, y en sus ojos verdes se libró una batalla feroz entre el amor protector y la comprensión de que no podría detenerla. El puente crujió, un sonido ominoso.

— Lefky, por favor... es muy peligroso —murmuró, derrotado.

Ella le tomó la cara entre sus manos, obligándolo a verla.

— A donde quiera que tú vayas, yo iré. No me importa el peligro. Nada en este mundo o en cualquier otro podrá detenerme. —Sus palabras eran un juramento, luminoso e irrevocable—. Y si algo me pasa en esta vida… he de volver a encontrarte. En la siguiente, o en la que le siga. Te lo prometo.

Las palabras la transfiguraron. Zangrid sintió que el mundo se detenía, que el aire le era arrebatado de los pulmones. Esa promesa era más antigua que ambos, un eco de un destino ya escrito. Con un gruñido que era a la vez rendición y determinación, cerró su mano con fuerza brutal alrededor de la de ella.

— ¡Entonces no te separes de mí! ¡Ni por un instante!

Fueron los últimos. Sus pies pisaron la niebla solidificada justo cuando el puente empezaba a desintegrarse en serio. Corrieron, no sobre tierra, sino sobre la voluntad prestada de las nubes, con el rugido del Abismo ascendiendo a su alrededor como el ansia de un dios oscuro.

A mitad del camino, el esfuerzo cósmico cedió.

Con un gemido desgarrador, las nubes no pudieron resistir más. El lazo que las unía se quebró. No fue un colapso lento, sino una explosión hacia arriba, un rebote violento de la materia vaporal liberada de su tortura.

La sacudida fue brutal. En el caos instantáneo de aire, vapor y fuerza centrífuga, el agarre de sus manos, por firme que fuera, se rompió. La mano de Lefky fue arrancada de la de Zangrid. Él gritó su nombre, un sonido devorado por el vacío, mientras ambos eran lanzados en direcciones opuestas, proyectados hacia el cielo traicionero por el súbito y catastrófico fin del puente.

Cuando la fuerza que la había lanzado al cielo se extinguió y la ingravidez se tornó en una caída irrevocable, el pensamiento de Lefky se volvió cristalino, purgado por la proximidad de la muerte. No pensó en su miedo, ni siquiera en su propia vida que se desgarraba. Su mente, en un acto de *amor puro y desesperado, se aferró a una sola imagen: Zangrid. Su corazón no deseaba otra cosa sino la certeza de que él se hubiera aferrado a alguna nube, que estuviera a salvo. No solo porque era el hombre a quien amaría por siempre, a través de todas las vidas posibles, sino porque en ese momento de catástrofe cósmica, comprendió con total claridad: él era el eje, el único capaz de dirigir las fuerzas dispersas del mundo mágico para salvar no uno, sino dos mundos al borde del abismo.*

Mientras el viento helado del vacío le azotaba el rostro y agitaba su cabello rojo como una llama a punto de apagarse, repitió en silencio la promesa recién hecha. «He de volver a encontrarte.» Luego, cerrando los ojos, se abandonó al destino, ya fuera la nada del Abismo o su poder corruptor.

Fue entonces cuando la caída cesó. No con un impacto brutal, sino con una suavidad sobrenatural, como si el aire mismo se hubiera solidificado en una cuna para recibirla. Convencida de que las garras de la oscuridad la habían atrapado, abrió los ojos aterrorizada. Con manos que temblaban de manera incontrolable, apartó los mechones de cabello que se le pegaban al rostro.

Y entonces, su corazón no estalló de alegría: estalló de asombro, de alivio y de una devoción absoluta.

Allí estaba Zangrid. Sus brazos, fuertes y seguros, la sostenían contra su pecho. Pero no era el Zangrid que conocía. De su espalda, extendiéndose con majestuosidad, brotaban dos enormes alas de luz pura. No eran de plumas, sino de energía condensada, de destellos de amanecer y relámpagos domesticados, que iluminaban la penumbra con una calidez milagrosa.

— *No temas, mi amada y bella Lefky —su voz llegó a sus oídos, armoniosa y profunda como un canto de fondo marino—. Estás a salvo.*

Las palabras la inundaron. Quiso responder, quería articular el torbellino de gratitud, admiración y amor que la sacudía, pero el lenguaje había abandonado su boca. Temblorosa aún, enterró el rostro en el hueco de su cuello, inhalando su esencia a la vez terrenal y divina. Él la atrajo más cerca, si era posible, y sus labios se posaron en su frente en un beso que fue más que un gesto de cariño; fue un sello, una bendición, una transferencia de calma que le recorrió todo el cuerpo.

Mientras volaban, surcando el cielo enfermo de la Tierra de la Luna, la luz que emanaba de Zangrid —de sus alas, de su ser— la fue fortaleciendo, disipando el frío del susto. Desde las alturas, Lefky pudo ver, con un suspiro de alivio, que los demás habían logrado cruzar. Estaban agrupados cerca de la silueta gélida del Castillo Plateado, pequeñas figuras de esperanza en un paisaje hostil.

Al descender, ya cerca del Castillo, las espléndidas alas de luz comenzaron a desvanecerse, disolviéndose en un millar de chispas doradas que se elevaron como luciérnagas antes de apagarse. Zangrid la depositó con sumo cuidado sobre el suelo frío y plateado, pero no soltó su contacto. Tomó sus manos entre las suyas, y al mirarla, su rostro estaba desgarrado por una preocupación que iba más allá del miedo.

— ¿Estás bien? —preguntó, su voz ahora ronca por la tensión—. ¿Te lastimaste? Dime la verdad. ¿El susto fue... muy grande?

— Amor mío... —susurró ella, y en esa palabra había un universo de comprensión nueva—. Tranquilo. No te preocupes por mí. Ya estoy bien. Mejor que bien.

— No podré perdonarme el haberte expuesto a ese peligro, el no haber sido más fuerte para...

— ¡Tú no me expusiste a nada! —lo interrumpió, apretándole las manos—. Fue mi elección. Y cuando te vi... con esas alas de luz... olvidé todo lo demás. Solo...

— ¿Cómo estás, Lefky? —La voz angustiada de Relle cortó el momento. Llegaba corriendo, seguido de cerca por Land, cuya expresión habitual de confianza estaba teñida de genuino temor.

— ¡Querida Lefky! ¿Te hiciste daño? —preguntó el príncipe, escudriñándola.

Al ver que el grupo se cerraba a su alrededor, Lefky sintió que no podía permitir que se centraran en ella. El tiempo era un recurso que se agotaba. Con una sonrisa dulce y serena que les sorprendió por su fuerza, se dirigió a todos:

— Estoy bien, de verdad. Gracias por su preocupación. Afortunadamente, solo fue un susto. Nada más.

Zangrid, tras un último y profundo vistazo que parecía buscar cualquier señal de dolor oculto, asintió. Volvió a tomar su mano, entrelazando sus dedos con los de ella en un gesto posesivo y protector. Reanudaron la marcha, flanqueados por los demás caballeros y los valientes aldeanos, cuyos rostros reflejaban una mezcla de alivio y de una ansiedad renovada.

Lefky ardía por dentro con mil preguntas. ¿Las alas? ¿Era eso parte de su naturaleza? ¿Un secreto guardado? ¿Un poder que el peligro extremo despertaba? Pero una vez más, el momento no era oportuno. La urgencia de la misión pesaba más que su curiosidad.

Mientras avanzaban, no pudieron evitar notar la extraña belleza de la Tierra de la Luna. Era hermosa, sí, pero de una manera fría y distante, como un diamante perfecto y sin alma. Todo estaba bañado en una paleta de azules profundos, grises perla y plateados relucientes que emitían su propia luz fantasma. No había calor, solo una claridad gélida.

— Aquí se siente un frío que cala los huesos... —comentó Relle, frotándose los brazos.

Lefky asintió, inhalando profundamente.

— Y el aroma es diferente... no a tierra o a bosque, sino a perfume de flores... pero de flores de hielo, de pétalos que nunca sintieron el sol.

Al escuchar su observación, Land la miró con una expresión de curiosidad intensa, casi de triunfo, como si ella hubiera descifrado un código secreto.

Zangrid, por su parte, apretó su mano con más fuerza aún, y con un movimiento instintivo, dio un paso para colocarse ligeramente delante de ella, su cuerpo erigido como un escudo viviente.

Cuando dejaron atrás la imponente y silenciosa fachada del Castillo Plateado y llegaron a la Villa de la Luna, la quietud se volvió opresiva. No había movimiento, no había luces en las ventanas, no había rastro de vida. Las calles, pavimentadas con losas azules, estaban vacías. Las puertas, cerradas. Era una ciudad fantasma, un caparazón deshabitado.

Registraron con cautela, llamando en voz baja al principio, luego con más fuerza. Solo el eco de sus propias voces les respondió, rebotando en los muros fríos. La ausencia total de habitantes era más aterradora que cualquier encuentro hostil.

Con los sentidos alerta y el presentimiento de una trampa cerrándose a su alrededor, el grupo, unido por un silencio cargado de presagio, decidió no detenerse más. Extremando las precauciones, ajustaron el paso y se adentraron en el umbral del siguiente misterio: la espesura oscura y azulada del Bosque Azul.

— No te separes de mí, Lefky —ordenó Zangrid, sin soltar en ningún momento su mano, su voz un susurro de acero.

— No lo haré —respondió ella, apretando sus dedos en señal de promesa.

El bosque que se alzaba ante la Villa desierta era una visión inquietante. Los árboles, de cortezas plateadas y follaje en mil tonos de zafiro y añil, brillaban con una luz fría y propia, como si hubieran atrapado fragmentos de la luna en sus ramas.

— Ese lugar exhala peligro —murmuró Land, su mirada escrutando las sombras que se movían entre los troncos.

— Místico y hermoso también —añadió Lefky en voz baja, fascinada y aterrada a partes iguales.

— ¡Zangrid! ¡Mira...! —el grito de alarma de Relle cortó el aire.

Todos siguieron su mirada. Del corazón mismo del Bosque Azul, algo se movía. No eran sombras, eran formas sólidas, oscuras y veloces.

— ¡Rápido! —rugió Zangrid, su voz recuperando el tono de mando del campo de batalla—. ¡Formen un círculo!

La orden se ejecutó en segundos. Con la precisión de quienes han entrenado para lo peor, el grupo se cerró en una formación defensiva, colocando a Lefky en el centro, el punto más protegido. No fue un momento demasiado pronto.

De entre los árboles azules irrumpieron, con un estruendo de ramas quebradas y alaridos guturales, unas criaturas de pesadilla. Eran pura oscuridad materializada, con fauces desgarradas que brillaban con un violeta enfermizo y garras que arañaban el aire. Se lanzaron contra el círculo con furia ciega.

El aire se iluminó con destellos violentos. Las Espadas Luminosas de los caballeros se convirtieron en extensiones de su voluntad, trazando arcos de fuego blanco y dorado. Cada contacto con las hojas benditas hacía estallar a las bestias en nubes de chispas negras y polvo de sombra, con un sonido seco como cristal quebrado. Junto a ellos, los valientes aldeanos de los Lazos no se quedaban atrás. Sus lazos mágicos, lanzados con destreza, se enroscaban alrededor de los miembros de las criaturas, no para sujetarlas, sino para quemarlas. Las cuerdas brillaban con un fuego azul frío al contacto con la oscuridad, haciendo aullar a los monstruos con un dolor que parecía provenir de sus mismas entrañas.

— ¡Deben ser los sirvientes menores de los Dioses Oscuros! —gritó Relle entre el fragor, derribando a una bestia que se abalanzaba sobre Nok.

— ¿Cómo lograron salir del Abismo? —preguntó el joven aldeano, lanzando otro lazo.

— ¡Con hechizos de las Brujas de la Sombra, no cabe duda! —respondió Land, su espada trazando un tajo limpio que despachó a dos criaturas a la vez.

Lefky, desde su refugio en el centro, veía la batalla con el corazón en un puño. Pero algo en el horizonte, hacia el Abismo, llamó su atención. Extrañas luces, de colores antinaturales —verdes ácidos, violetas eléctricos— comenzaron a surgir de la grieta, como burbujas de energía corrupta ascendiendo a la superficie.

Fue en ese momento de distracción colectiva cuando ocurrió el desastre. Una de las bestias, más astuta y veloz que las demás, se deslizó entre dos defensores. Con un brazo largo y tentacular, se abalanzó y atrapó a Jir, enredándola con una fuerza brutal. Antes de que nadie pudiera reaccionar, la criatura dio un salto descomunal, alejándose del círculo a toda velocidad, dirigiéndose en línea recta hacia el Abismo.

— ¡Jir! —gritó Zangrid—. ¡Extiende tus alas!

Pero la rubia, paralizada por el pánico y la presión del brazo monstruoso, gritó entre lágrimas:

— ¡No puedo! ¡Sálvame, Zangrid! ¡Ayúdame!

La bestia saltaba sobre los techos de la Villa desierta, cada brinco la acercaba más al borde del vacío. Zangrid no dudó.

— ¡Relle, cuida de Lefky! —ordenó, y salió del círculo protector.

Con un gesto que parecía desgarrar la realidad, sus magníficas alas de luz irrumpieron de su espalda otra vez. Un poderoso aleteo lo impulsó hacia el cielo, volando como un meteoro en dirección a Jir. La bestia, al verlo acercarse, gruñó. En un acto de maldad final, con toda su fuerza, arrojó a Jir directamente hacia la boca del Abismo.

Zangrid se lanzó en picada. Fue un descenso imposible, una carrera contra la gravedad y la nada. Logró atraparla en el aire, a solo metros del borde del precipicio, y Jir se aferró a su cuello con desesperación.

Lefky, conteniendo la respiración, seguía la escena a la distancia, un nudo de terror y alivio en la garganta. Tan concentrada estaba, que no sintió la sombra que cayó sobre ella hasta que fue demasiado tarde.

Otro de los monstruos, aprovechando la brecha abierta por la distracción y la salida de Zangrid, saltó por encima de los defensores. Relle gritó y se lanzó hacia Lefky, pero la criatura era un relámpago de oscuridad. La atrapó por la cintura con un grito ahogado de ella y, antes de que Relle pudiera alcanzarla, desapareció entre los árboles del Bosque Azul, tragado por las sombras azuladas.

Sin ser consciente aún de la nueva tragedia, Zangrid regresó volando a toda velocidad. Depositó a una Jir temblorosa y sollozante dentro del círculo, que se había replegado pero mantenía la lucha. Sus alas se desvanecieron al tocar tierra, y de inmediato volvió a empuñar su espada, sumándose al combate con una furia renovada, derribando bestias a diestra y siniestra.

Fue en medio de ese caos cuando vio a Relle. Su amigo no combatía; corría como un poseso hacia la espesura del Bosque Azul, gritando algo que el estruendo ahogaba. El corazón de Zangrid dio un vuelco salvaje. Sus ojos barrieron el círculo, buscando, negándose a creer...

Lefky... No estaba.

Un frío mil veces peor que el de la Tierra de la Luna le heló la sangre. Abriéndose paso a espadazos, sin importarle nada más, corrió tras Relle.

— ¡Relle! —*lo alcanzó, agarrando su hombro*—. ¿Dónde está Lefky?

Relle se detuvo, y en su rostro había una mezcla de furia e impotencia devastadoras.

— ¡Se la llevaron! —*gritó, su voz quebrada*—. ¡Perdóname, Zangrid! Lo lamento... ¡Fue más rápido que yo!

Zangrid vio el verdadero dolor en los ojos de su amigo. No era el momento para recriminaciones. Con una serenidad forjada en el desespero, asintió.

— *Tranquilo. La recuperaremos. ¿Por dónde?*

— *Por aquí. No nos lleva mucha ventaja.*

Con la angustia tallada a fuego en cada facción de su rostro, Zangrid se lanzó a la carrera, seguido de cerca por un Relle decidido a enmendar su error. La persecución los adentró en el Bosque Azul, donde la luz escaseaba y las sombras parecían respirar.

La criatura que llevaba a Lefky era un maestro del sigilo y la velocidad. Se movía entre los árboles como una mancha de tinta en agua, escurriéndose por pasadizos invisibles, perdiendo una y otra vez a sus perseguidores. Zangrid y Relle no solo tenían que seguir un rastro casi imperceptible, sino defenderse de emboscadas. Otras bestias, apostadas entre la maleza azul, saltaban sobre ellos. Las Espadas de la Lealtad y del Honor centelleaban, fulminando a los atacantes, pero cada combate era un segundo precioso perdido.

En un momento de relativa claridad, al salir de un parche de sombras particularmente denso, Lefky logró ver por fin el rostro de su captor. Era una pesadilla: ojos como pozos de brea, una boca desproporcionada llena de colmillos irregulares, y una piel que parecía humear oscuridad. Un grito se le escapó, pero lo ahogó de inmediato. El pánico no la salvaría.

Se obligó a respirar, a observar. El bosque... había algo en la disposición de los árboles, en la forma de ciertas ramas... Le resultaba conocido. No era idéntico, pero resonaba con la memoria del Gran Bosque del lado del Sol. Y en ese bosque, ella había aprendido a moverse.

Un plan desesperado tomó forma. La bestia corría hacia otro matorral oscuro, buscando esconderse de nuevo. En el instante preciso, cuando pasaron bajo la rama baja y retorcida de un enorme árbol azul, Lefky estiró los brazos con toda su fuerza.

No fue la rama la que la sostuvo. Fue como si el árbol mismo reconociera su intención, su voluntad de sobrevivir. La rama se curvó ligeramente hacia ella, permitiéndole asirse con firmeza. Sintió un jalón brutal en los hombros cuando su peso completo se transfirió al árbol. La criatura, ajena a todo menos a su carrera, siguió su camino y desapareció entre el follaje, sin notar que su cautiva ahora colgaba, balanceándose suavemente, de las garras vivientes del Bosque Azul.

No estaba a gran altura, por lo que bajó del árbol con relativa facilidad. El suelo azulado y frío recibió sus pies con una sacudida de realidad. Un silencio denso y vigilante colgaba en el aire. Miró hacia atrás, hacia la rama que la había salvado. No había sido solo suerte; el árbol se había inclinado para ayudarla, como si la reconociera. En un gesto instintivo de gratitud, acarició la corteza plateada, sintiendo un leve zumbido de energía bajo sus dedos.

Con el corazón martillándole en los oídos, escudriñó el entorno. Nada. La bestia no había regresado. Confiando en esa extraña sensación de familiaridad que el bosque le inspiraba, se adentró entre los árboles azules, caminando lo más rápido y sigilosamente que pudo. No sabía a dónde iba, pero sus pies parecían recordar un camino.

Hasta que lo vio: un arco de glicinias, idéntico al de su Jardín de las Flores, pero aquí las flores colgaban en un violeta tan profundo que parecía negro a la luz lunar. Sin pensarlo dos veces, lo atravesó corriendo.

Y se detuvo en seco, el aliento cortado.

Era su Jardín. Pero no. Las mismas flores estaban allí: Tulipán, Rosa, Girasol, las Margaritas. Pero su belleza era espectral, como si estuvieran talladas en cristal azulado. Y todas, sin excepción, tenían los pétalos cerrados, apuntando hacia el suelo, en una postura de duelo o letargo. Era un jardín dormido, un sueño congelado.

Con el corazón encogido, avanzó sigilosamente hacia Girasol, cuyo rostro dorado estaba vuelto hacia la tierra. Extendió una mano temblorosa.

De repente, como un sol que estalla en la noche, los enormes pétalos de Girasol se abrieron con un *swish* sutil y la envolvieron por completo, atrapándola en una cálida oscuridad dorada.

— ¿Qué pasa? —susurró Lefky, aterrorizada—. ¿Vas a... comerme?

— *Cállate, Lefky* —la voz de Girasol era un susurro áspero, urgente, proveniente de todas partes—. *No hagas ruido.*

Confundida pero obediente, Lefky contuvo el aliento. Con sumo cuidado, levantó el borde de un pétalo, creando una diminuta rendija. La sangre se le heló en las venas.

Varias de las criaturas del Abismo, aquellas bestias oscuras y de movimientos espasmódicos, estaban en el jardín. Olfateaban el aire, raspaban la tierra con sus garras.

— *Te lo dije* —gruñó una con voz como piedras que chocan—. *Aquí todo está muerto. Vámonos.*

— *Pero... yo vi entrar a la princesa por aquí* —refunfuñó otra, escudriñando precisamente hacia donde se ocultaba Girasol.

— *Ya debió salir. Busquemos en otro lugar.*

Las criaturas, con reluctancia, se alejaron arrastrando los pies, desapareciendo entre los árboles azules. Solo después de que el silencio se asentó de nuevo, los pétalos de Girasol se abrieron lentamente, liberándola.

Lefky salió tambaleándose, la cara bañada en lágrimas de alivio y vergüenza.

— *Perdón si te ofendí, Girasol... por pensar que...*

— *No me ofendiste* —interrumpió la flor, su tono ahora más suave, melancólico—. *Solo estabas asustada. Y tenías razón para estarlo.*

Agradecida más allá de las palabras, Lefky abrazó el tallo robusto de Girasol, quien la rodeó con sus grandes hojas en un abrazo vegetal y protector. Luego, se volvió hacia Tulipán, cuyos pétalos ahora se habían abierto un poco, mostrando un rostro grave.

— ¿Qué... qué es lo que está pasando? —preguntó Lefky, su voz aún temblorosa.

Tulipán se irguió, y cuando habló, lo hizo con una tristeza antigua.

— Como ves, esta tierra vive bajo una luz prestada y fría. La oscuridad del Abismo la acecha. Hemos sufrido... ataques. Criaturas como esas que viste. Por eso nuestra Dama Luna le suplicó al Sol, una y otra vez, que enviara un poco de su fuego, solo un rayo, para purgar estas sombras y darnos un verdadero día. Pero él... permaneció indiferente. Ensuciado en su esplendor, sordo a nuestro dolor. —La voz de Tulipán se endureció—. Ella se vio obligada a tomarlo por la fuerza. Ahora es su prisionero, hasta que entienda que la luz no es solo para unos, y acceda a ayudarnos.

Las palabras eran un golpe. Lefky veía el Jardín con nuevos ojos. No era un lugar de ensueño, sino un bastión sitiado.

— ¿Reciben muchos ataques?

— Esta es la tercera vez. La primera... fue la peor. Se llevaron algo muy valioso. A una princesa. —Un suspiro colectivo recorrió el jardín, un sonido como de brisa a través de hojas secas—. Los dioses oscuros del Abismo se fortalecen. Envían a sus siervos a robar, a corromper, a destruir toda luz que encuentren.

— Entonces... —conectó los hilos con un escalofrío— ¿la verdadera luz del Sol, su fuego... los destruye?

— Así es. Por eso la Tierra del Sol está a salvo. —Tulipán se inclinó hacia ella—. Si puedes, pequeña llama... vete de esta tierra. Quédate en la tuya. Es más segura.

La confusión de Lefky fue absoluta.

— Pero, Tulipán... yo vengo de la otra Tierra. De la Tierra del Sol. Y yo creía... creía que ustedes vivían allá, en mi jardín.

Un silencio cargado de asombro se apoderó del lugar. Todas las flores abrieron un poco más sus corolas, mirándola con una curiosidad renovada.

— ¿Tú vienes de allá? —preguntó Rosa, sus pétalos temblando—. ¿Del lado del Sol? Entonces... ¿cómo es posible que hayas llegado hasta nuestro jardín?

— Un puente... un puente de nubes. Cruzamos el Abismo.

— ¿Siempre llegas por un puente de nubes? —indagó Girasol.

— No... es la primera vez. Las otras veces... solo caminaba por el Gran Bosque y llegaba al jardín. A mi jardín.

Tulipán se quedó inmóvil, sus pétalos mostrando una profunda reflexión. Luego, una sonrisa lenta, llena de un conocimiento antiguo, se esbozó en su rostro floral.

— Creo que ya entiendo. Aunque no estoy del todo seguro... Este jardín, y el tuyo, no son lugares distintos, Lefky. Son el mismo lugar. Un punto donde los dos mundos se tocan, se reflejan. Como dos lados de una misma hoja. Tú, con tu corazón partido entre dos tierras, puedes transitarlo. Eres un puente viviente.

La revelación estaba a punto de asentarse cuando una voz, cargada de una urgencia y un alivio tan vastos que hizo temblar los pétalos, resonó en la entrada:

— ¡Lefky!

— ¡Zangrid!

Ella se giró. Allí estaba él, emergiendo entre las glicinias, su figura iluminada por una luz propia que contrastaba brutalmente con la penumbra azul del jardín. Corrieron el uno hacia el otro, y su abrazo fue una colisión de mundos, de alivio, de promesas tácitas renovadas. Al separarse, Zangrid miró a las flores, comprendiendo al instante la escena: los pétalos protectores, la quietud vigilante.

— Gracias —dijo, y su voz era grave y solemne—. Gracias por protegerla.

Con gratitud y una despedida rápida, tomó la mano de Lefky y la guio fuera del jardín. Apenas a unos metros del arco, una silueta oscura y retorcida se movió entre los árboles: otra de las bestias buscando presas.

— No te sueltes —ordenó Zangrid, su agarre se volvió de hierro.

Se lanzaron a correr. Para su asombro, Lefky descubrió que sus pies la llevaban a una velocidad que nunca antes había conocido, como si el miedo y la proximidad de Zangrid la infundieran con una gracia sobrenatural. No eran dos personas corriendo, sino una sola estela de determinación.

A cierta distancia, Zangrid se detuvo. Sin previo aviso, las gloriosas alas de luz irrumpieron de su espalda. La envolvió en sus brazos y, con un poderoso aleteo, se elevaron hasta la copa de un árbol azul gigante, posándose en una rama tan ancha como un sendero.

Desde su escondite elevado, vieron pasar justo debajo a un grupo de criaturas, olfateando el suelo, frustradas. Zangrid, con Lefky a salvo contra su pecho, murmuró en un susurro que era a la vez una maldición y una constatación:

— Ya sabemos que el Sol está en el Monte de la Luna.

— Zangrid —susurró ella, su voz cargada de la revelación reciente—, el Sol tiene que ayudar a los habitantes de esta tierra. Las Flores me informaron. La Luna no lo raptó por maldad... lo tomó para obligarlo a ayudarlos. Sus rayos pueden fulminar a las criaturas del Abismo, que cada vez atacan con más fuerza. Esta tierra se está muriendo.

Zangrid escuchó, sus ojos verdes reflejando el conflicto entre el deber de rescatar y la comprensión de una injusticia. Asintió lentamente, el peso de una verdad compleja añadiéndose a su carga.

— Ven conmigo, Lefky. Debemos reunirnos con los demás.

Tomándola de la mano, Zangrid no descendió. En lugar de eso, comenzó a correr sobre las copas de los árboles azules, como si la superficie de las hojas fuera un sendero sólido. Y Lefky, simplemente al contacto de su mano, sentía que la gravedad perdía su poder sobre ella. Corría a su lado, ágil y ligera como una sombra, sintiéndose parte del viento que gemía entre las ramas.

Finalmente descendieron donde el resto del grupo los esperaba. Los otros Caballeros y los valientes Artesanos de los Lazos habían vencido a las criaturas, pero el costo se veía en sus rostros cansados y en algunos vendajes improvisados. No hubo tiempo para más que miradas de alivio. La misión continuaba.

Se adentraron más en el corazón del Bosque Azul, hasta que la espesura dio paso a los límites de la Aldea de los Flechadores. Era el único camino hacia el Monte de la Luna. La aldea, construida con madera oscura y techos de pizarra azul, parecía sumida en el mismo silencio fantasmal que la Villa. Atravesaron un jardín de flores metálicas y estáticas sin ver un alma. Caminaron por la calle principal vacía, sus pasos resonando ominosamente en el silencio.

Fue en la Gran Plaza, un círculo empedrado bajo la luz pálida del cielo lunar, donde la trampa se cerró.

De las puertas, de las ventanas, de las sombras de los arcos, surgieron ellos. Los Flechadores. Vestían túnicas grises y plateadas que los mimetizaban con el entorno, y en sus manos llevaban arcos curvos y elegantes, con flechas cuyas puntas brillaban con un filo frío. Decenas de ellas se tensaron al unísono, apuntando al grupo intruso.

— No os llevaréis al Sol —declaró una voz femenina, fría como el hielo, proveniente de una joven arquera en el balcón del ayuntamiento. Su belleza era gélida y precisa, como un copo de nieve tallado.

Pero la escena tomó un giro personal. Una de las arqueras, apostada más cerca, tenía su arco apuntando directamente a Nok. El joven Artesano, en lugar de levantar su lazo, se quedó paralizado, no por el miedo, sino por la *impactante belleza de la mujer que lo amenazaba. Sus ojos se encontraron, y por un instante fugaz, hipnótico, él bajó su lazo. Y ella, como reflejo de un hechizo no buscado, bajó su arco un milímetro. Fue solo un latido de tiempo, pero suficiente para que Zangrid viera la oportunidad y el peligro mortal.*

Con la velocidad de un relámpago, Zangrid se movió. Tomó a Lefky por la cintura y, en un movimiento fluido que desafió la física, la elevó hasta el balcón de una casa contigua a la plaza.

— *Quédate aquí. Ocúltate —le ordenó, su voz un susurro urgente mientras la empujaba suavemente entre las macetas de extrañas plantas azules que colgaban de la barandilla. No podía tenerla en medio de lo que venía.*

Su premonición fue correcta. Un silbido cortó el aire. Una flecha, lanzada por un arquero impaciente, pasó rozando las cabezas de los Artesanos. Fue la chispa.

La batalla estalló.

Los Caballeros de las Espadas Luminosas se convirtieron en un torbellino de luz defensiva. No atacaban a las personas, sino a los proyectiles. Sus hojas giraban y parpadeaban, desviando las flechas con chispas de oro y plata, creando un escudo móvil. Los Artesanos, por su parte, lanzaban sus lazos con precisión desesperada, buscando enredar los arcos, desarmar a los Flechadores. Pero la lluvia de flechas era implacable, un enjambre de muerte silbante. Uno a uno, algunos Artesanos cayeron, gritando de dolor, con flechas clavadas en hombros y piernas.

Entre las plantas del balcón, Lefky se encogía, tratando de hacerse invisible, su corazón golpeando como un pájaro preso. Hasta que un silbido diferente, más cercano, terminó en un impacto seco y punzante en su brazo. El dolor, agudo y sorpresivo, le arrancó un grito ahogado e instintivo:

— *¡Zangrid!*

Fue un error fatal. Su voz, aunque débil, se elevó por encima del fragor. Su figura, al incorporarse por el dolor, se recortó contra la luz de la plaza.

Zangrid giró al oír su nombre, y el mundo se redujo a ella. Vio su rostro contraído, la flecha clavada. El terror lo atravesó como una daga de hielo.

— *¡Lefky!* —*rugió, y empezó a abrirse camino hacia ella, ignorando las flechas que le pasaban a centímetros.*

Lefky, aturdida por el dolor, buscaba a Zangrid con la mirada entre el caos. Y entonces la vio. No a él, sino a ella. La misma arquera hermosa y fría que había cruzado miradas con Nok. Ahora, desde otro ángulo, tenía una visión clara del balcón. Sus ojos, antes momentáneamente dudosos, ahora brillaban con una determinación mortal. Había encontrado un objetivo de valor.

Con una calma aterradora, la arquera tensó su arco. No apuntó al cuerpo, no a una extremidad. Apuntó con una precisión letal y certera, al lugar más vulnerable, el que garantizaba el silencio eterno: la garganta de Lefky.

La flecha partió del arco sin un sonido, un destello plateado en la penumbra, trazando una línea recta e imparable hacia su destino.

XVIII

La Princesa de las Flores

El mundo se redujo a un punto de fuego en su garganta. Lefky, ahogándose en un silencio que no era silencio sino la imposibilidad de gritar, sintió el astil de la flecha como una lengua de hielo clavada en su carne. Con un gemido que era más un burbujeo de sangre que un sonido, se aferró al barandal. La visión se le nublaba, pero un instinto más profundo que el miedo guio su mano. Con movimientos torpes y agonizantes, rodeó la flecha. Un último quejido, un tirón desesperado, y la sintió salir, liberando un chorro cálido que creyó sería el último.

Pero lo que siguió no fue la oscuridad.

Un cosquilleo intenso, como si miles de pétalos de rosa le rozaran la piel por dentro, se expandió desde las heridas. Miró, atónita, su brazo y, al tocarse el cuello, no encontró carne desgarrada, sino algo suave y aterciopelado. De los orificios, en lugar de sangre, brotaron pétalos perfectos: rosas carmesí de su garganta, lilas pálidas de su brazo. Las heridas se cerraron como bocas que susurran un secreto y callan, dejando la piel intacta, sin cicatriz. Y entonces, como si la propia vida que fluía de ella hubiera blanqueado su esencia, el vestido verde que Parle le diera cambió de color ante sus ojos, tornándose de un blanco níveo y puro, como la primera nieve o el lirio más inmaculado.

En ese momento de milagro privado, Zangrid llegó a ella. Sus ojos, esos ojos verdes de estrella, estaban anegados en un dolor tan crudo que las lágrimas corrían libremente por su rostro. La tomó en sus brazos, buscando frenéticamente las heridas, encontrando solo piel suave y el vestido blanco. Un suspiro, profundo y tembloroso, escapó de sus labios, un sonido de alivio tan vasto que pareció calmar el aire. La besó en la frente, un beso que era gratitud, asombro y una devoción renovada, y enterró su rostro en su cabello por unos segundos eternos.

Al abrir los ojos, vio que del cielo, de la nada, comenzaba a caer una lenta y mágica lluvia de pétalos multicolores. Sin decir palabra, sus magníficas alas de luz se desplegaron, y con una suavidad infinita, descendió con ella en brazos hasta el suelo de la plaza, como un ángel depositando una ofrenda divina.

Abajo, el tiempo se había detenido. El silbido de las flechas, el chocar de las espadas, los gritos de guerra... todo había cesado. Ante el portento que acababan de presenciar, Flechadores, Caballeros y Artesanos habían bajado sus armas. Un silencio reverente, cargado de incredulidad y sobrecogimiento, se había apoderado de todos. Miradas fijas, bocas entreabiertas, seguían la figura que descendía envuelta en pétalos y luz.

Y entonces, como si el milagro convocara a sus testigos naturales, llegaron ellas.

Desde el Bosque Azul, avanzando con una dignidad solemne, vinieron las Flores del jardín mágico. Tulipán al frente, su voz, normalmente melodiosa, resonó con una claridad que cortó el silencio como un trueno suave:

— *¡Es Ceda! ¡La Princesa de las Flores ha despertado!*

Un murmullo de asombro recorrió la plaza. Las demás flores, Rosa, Girasol, Camelia, se acercaron, sus corolas inclinándose en una reverencia unánime, sus voces un coro de júbilo y alivio:

— *¡Nuestra Princesa! ¡Al fin has regresado a nosotros!*

En medio del estupor general, el Príncipe Land, con una sonrisa de triunfo sereno y un brillo de "te-lo-dije" en los ojos, murmuró para sí:

— *¡Lo sabía!*

Aún débil, pero con una sonrisa de desconcierto y una paz nueva en el rostro, Lefky miró a Zangrid buscando respuestas. Él, con una delicadeza extrema, la bajó hasta que sus pies tocaron el suelo, y la sostuvo del brazo, un apoyo firme y presente. Al dar su primer paso, un fenómeno maravilloso ocurrió: de sus huellas, del aire que su cuerpo desplazaba, surgió una deliciosa fragancia, una mezcla de todos los jardines del mundo, dulce y esperanzadora.

Fue entonces cuando Camelia, llorando, se adelantó.

> *— Princesa Ceda, mi alegría por verte es infinita... pero debo darte una noticia amarga. En este último ataque... nuestra pequeña y valiente Lila... se enfrentó a los monstruos para proteger a las más jóvenes. Ella... ella está partiendo de nuestro mundo.*

Un dolor agudo, diferente al físico, atravesó a Lefky. Con Zangrid aún sosteniéndola, se acercó al lugar donde yacía la pequeña flor Lila, ya mustia, sus colores apagándose. Con manos que ahora temblaban por otra razón, la tomó con sumo cuidado. Lila apenas abrió sus diminutos pétalos.

> *— Oh, Princesa... —susurró, su voz como el tintineo de una campanilla de cristal a punto de quebrarse—. Al fin... tengo el honor... Gracias... Su sola presencia... me colma de felicidad.*

Las flores a su alrededor lloraban en silencio, un llanto de rocío que caía de sus pétalos.

> *— ¡Sálvala, por favor! —suplicaban.*

Pero antes de que Lefky pudiera siquiera pensar en cómo, el último brillo se apagó en los ojos de Lila. Su pequeño cuerpo se volvió completamente gris en sus palmas. La sensación de impotencia fue un nudo en la garganta de Lefky, y una lágrima, pesada y cargada de toda la tristeza del mundo, se desprendió de su mejilla y cayó directamente sobre el corazón marchito de Lila.

El efecto fue instantáneo. Como tierra reseca que recibe la primera gota de lluvia, el color regresó a Lila en una onda vibrante. Sus pétalos se enderezaron, recuperando su tono violeta. Sus ojos se abrieron, brillantes y vivos. Se incorporó, sana y radiante, en la palma de la Princesa.

La plaza estalló en una ovación de alivio y alegría pura. Las Flores vitoreaban. Los Flechadores, conmovidos hasta la médula, bajaron sus cabezas en un gesto de respeto profundo. Lefky, entre lágrimas de felicidad, buscó con la mirada a Zangrid, esperando compartir con él este milagro.

Pero lo que encontró la dejó sin aliento. Lejos de la sonrisa de alivio o del asombro amoroso que esperaba, Zangrid la observaba desde unos pasos de distancia. Su rostro no reflejaba alegría, sino una lejanía impenetrable. Estaba serio, los ojos fijos en ella con una intensidad que no era de amor, sino de... ¿consternación? ¿Resignación? Era la mirada de quien ve desplegarse un destino que temía, no el triunfo de un milagro.

Tras el portento, una fuerza nueva, calmada y segura, inundó a Lefky. Se separó suavemente del brazo de Zangrid y se acercó a sus Flores, abrazándolas, acariciando sus pétalos, susurrándoles palabras de gratitud antes de que ellas, exhaustas por la emoción y la distancia, tuvieran que regresar a su jardín.

La transformación en la plaza fue total. En honor a la Princesa de las Flores renacida, los Flechadores no solo abrieron el camino, sino que, con rostros solemnizados, ofrecieron su escolta y sus arcos para la misión.

Así se formó la comitiva que se internó hacia el Monte de la Luna: los Caballeros de las Espadas Luminosas al frente, los Artesanos de los Lazos y los Flechadores formando un cuerpo conjunto, Jir con su mirada calculadora, y Lefky. Pero en un gesto que no pasó desapercibido, Zangrid caminaba al frente, liderando con una distancia palpable. Y Lefky, la recién revelada Princesa Ceda, no iba a su lado. Caminaba al final de todo, acompañada únicamente por la misma dama Flechadora de mirada gélida que había disparado la flecha mortal, y cuya presencia ahora era una guardiana silenciosa y enigmática.

El ascenso al Monte de la Luna los llevó a una meseta desolada y azulada, donde el aire era tan fino y frío que quemaba los pulmones. Y allí, recostado con una languidez majestuosa contra un muro de obsidiana pulida, estaba él.

Era la encarnación de la luz. Un caballero de estatura imponente, con un cabello del rubio más puro que parecía hecho de rayos solidificados. Su rostro era de una belleza antigua y serena, y vestía un traje de un dorado *tan brillante que resultaba difícil mirarlo directamente; parecía haber tejido su atuendo con la esencia misma del mediodía. Era el Sol, no como un astro distante, sino como un soberano tangible, cautivo en su propia gloria.*

El grupo se detuvo, sobrecogido. Zangrid se adelantó, y con una reverencia profunda y genuinamente respetuosa, honró al Rey Celestial. Parecía que iba a hablar, a mediar, pero fue Lefky quien, impulsada por una certeza que brotaba de su nuevo ser como Ceda, dio un paso al frente.

Se inclinó también, pero no con la sumisión de una súbdita, sino con la gracia de una princesa que reconoce a otro soberano. Alzó la vista, y habló con una claridad que resonó en el aire helado:

— Su Majestad, con el mayor respeto, me atrevo a suplicar en nombre de aquellos que no pueden estar aquí. Los habitantes de la Tierra de la Luna necesitan su ayuda. Viven a la sombra, y esa sombra está viva, hambrienta. Sin su luz, son presa de las criaturas que surgen del Abismo. —Hizo una pausa, buscando las palabras en su corazón—. Por favor, ilumine también esta tierra. Ellos también son parte de este mundo y lo necesitan. Le ruego considere esto: si usted y la Dama Luna pudieran conversar, llegar a un acuerdo... tal vez turnar el cielo, compartir su esplendor... todos, en ambas tierras, vivirían a salvo. Por favor... ellos también tienen derecho a su luz.

Mientras hablaba, el Sol la observó con una curiosidad profunda y un tanto perpleja. Sus ojos, del color del oro fundido, se posaron en ella como si estuviera viendo un fenómeno raro y fascinante: una flor que habla. Cuando ella terminó, hubo un silencio. El Sol no respondió. Solo inclinó ligeramente la cabeza, como si no hubiera comprendido del todo el idioma de sus palabras.

Fue entonces cuando Zangrid intervino, dirigiéndose al Sol con un tono firme y claro:

— Lefky, la Princesa de las Flores, pide que ilumines esta tierra. Sus habitantes sufren. Los poderes oscuros los acechan. Necesitan tu fuego para purgar la sombra.

Al oír la voz de Zangrid, el rostro del Sol se iluminó con una sonrisa de reconocimiento y camaradería. Así entendía. Asintió, una vez, con decisión.

Sin más preámbulos, el caballero dorado se elevó de la tierra. Ascendió como una llama invertida hasta posicionarse en el cenit del cielo de la Tierra de la Luna. Por primera vez en eones, un verdadero mediodía estalló sobre el paisaje azul y plateado. La luz, cálida, dorada y abrumadoramente pura, bañó cada rincón, cada sombra.

Y donde esa luz tocaba a las criaturas del Abismo, estas no huían: se desintegraban. Con silenciosos estallidos de humo negro y chispas violetas que se apagaban al instante, las bestias oscuras fueron fulminadas, purgadas por el fuego solar que era su antítesis absoluta.

La tarea cumplida, el Sol se volvió un momento. Su mirada dorada encontró, en la otra mitad del firmamento, la figura pálida y llorosa de la Luna, observando desde su exilio forzado. Hubo en esa mirada una chispa de algo… ¿comprensión? ¿Lástima? Luego, con la misma majestad, el Sol cruzó el cielo y regresó a su aro dorado en el lado de su propia tierra, dejando atrás un crepúsculo dorado que lentamente se enfriaba hacia el azul.

Solo Lefky, con su sensibilidad ahora agudizada, percibió el detalle final. Mientras el Sol la miraba, una sola y enorme lágrima plateada, brillante como mercurio, se desprendió del ojo de la Luna y trazó un camino lento y triste por su mejilla celeste antes de desvanecerse en la oscuridad.

En la meseta, la celebración estalló entre Flechadores, Artesanos y los otros Caballeros. ¡Habían triunfado! ¡La luz había regresado, al menos por un tiempo! Pero Lefky no se unió a la alegría. Un malestar sordo la invadía. Se alejó del grupo y se recostó contra unas rocas que brillaban como plata bajo la luz residual, sintiéndose confundida y algo avergonzada.

¿Había sido apropiado hablar así? ¿Se había sobrepasado, una extranjera recién revelada, dando órdenes a un dios? El Sol ni siquiera le había dirigido la palabra. Había necesitado a Zangrid para traducir su petición. Tal vez su conducta había sido irreflexiva, impropia de una princesa, y quizás había incomodado a Zangrid con su atrevimiento. Estaba tan ensimismada en este torbellino de dudas que no notó cuando él se separó de la fiesta.

— Mi amada y bella Lefky —su voz la hizo levantar la vista. Él estaba allí, su presencia calmando de inmediato la tormenta en su pecho—. Debes saber algo. El Sol... no entiende a las mujeres. No comprende el lenguaje de sus palabras, solo el de los hombres. —Ella lo miró fijamente, asimilando la revelación—. Y de la misma manera, si él hubiera hablado, tú, Jir, Acua... ninguna de ustedes habría entendido ni una sílaba. Solo nosotros, los hombres.

La comprensión fue como un rayo que iluminaba la tragedia pasada.

— ¡Entonces eso es! —exclamó Lefky, su confusión disipándose—. Cuando la Luna le pidió ayuda, él no la entendió. Y ella, creyéndose ignorada, despreciada... desesperada, lo raptó. Todo fue... un terrible malentendido.

Una sonrisa de alivio y tristeza a la vez se dibujó en sus labios. En ese instante, vio acercarse a la dama Flechadora, la de la mirada gélida y la puntería letal. Lefky le sonrió, sin rastro de rencor, solo con la curiosidad de su nuevo estatus.

— Princesa de las Flores —dijo la arquera, y su voz, antes cortante, ahora tenía un tono de respeto sincero—. Mi nombre es Acua. Con gran alegría, en nombre de todos los Flechadores, deseamos invitaros a vos y a vuestros amigos a nuestra Aldea. Para agradeceros... y celebrar.

— Gracias, Acua —respondió Lefky, y el nombre le sonó bien en los labios—. Me siento muy honrada. Estoy segura de que todos aceptaremos con felicidad su amable invitación.

Acua asintió con una sonrisa breve pero genuina y le indicó el camino de regreso. Lefky le dirigió una mirada tímida a Zangrid, buscando su aprobación. Él le respondió con una sonrisa de aliento, un gesto que le decía "ve, este es tu lugar ahora". Cuando ella se alejó, caminando junto a Acua, las dos figuras —la princesa de pétalos y la guerrera de hielo—

formando un contraste prometedor, Zangrid observó un momento más. Luego, su sonrisa se desvaneció, reemplazada por la seriedad reflexiva que lo había embargado desde la revelación en el jardín. Dio media vuelta y regresó con los otros tres Caballeros, para sumergirse de nuevo en los asuntos de la guerra que, sabía, estaba lejos de terminar.

XIX
La Primera Joya

La Aldea de los Flechadores era una estampa sacada de un sueño nostálgico. Jardines meticulosamente podados enmarcaban casas que parecían pequeños castillos de cuento, con ventanales altísimos, torrecillas afiladas y celosías de madera oscura. El estilo era inconfundiblemente victoriano, una elegancia gótica y ordenada que a Lefky le recordó las novelas de Dickens y Brontë que había devorado en su mundo. Los Flechadores mismos encarnaban esa estética: hombres con levitas impecables y sombreros de copa, mujeres con vestidos de amplias faldas y mangas abullonadas, el cabello recogido en elaborados peinados de donde escapaban rizos cuidados. Por un momento, Lefky se sintió transportada a una Inglaterra del siglo XIX, pero una donde la magia latía bajo la superficie de la etiqueta.

Mientras caminaba, saludaba con cariño a las Flores que, en un acto sin precedentes, habían salido de su jardín para adornar la Gran Plaza. Su delicada belleza contrastaba y a la vez se fundía con la solemnidad de la arquitectura. Fue entonces cuando notó la actividad constante en el centro de la plaza: un grupo de Arqueros, con postura impecable y concentración absoluta, disparaba flechas una tras otra dentro de un profundo pozo circular. El thwip del arco y el silbido de las flechas era un ritmo hipnótico.

Intrigada, y seguida de cerca por la ahora atenta Acua, se acercó. Observó durante largo rato el incesante ritual. Cada flecha desaparecía en la oscuridad del pozo, y a cambio, un suspiro de alivio, una risa ahogada o un murmullo de alegría ascendía como un eco desde las profundidades.

— *¿Qué es lo que envían, Acua? —preguntó finalmente, su voz baja para no romper el hechizo.*
— *Flechas de sentimiento puro —respondió la arquera, con un orgullo sereno—. De bondad, pasión, amor, lealtad, confianza, valor, certeza, ilusión... Viajamos a los lugares donde esos sentimientos*

brotan con más fuerza, a los manantiales emocionales del mundo, y tomamos su esencia para forjar nuestras flechas.

Con cada explicación, Lefky sentía que entendía mejor la compleja y generosa red de Lumen. Recordó entonces el agudo dolor en su garganta.

— Acua... la flecha que me lanzaste tú... ¿de qué era?

La guerrera bajó la mirada, un rubor de genuino remordimiento tiñendo sus mejillas.

— Princesa... lamento con el alma haberla lastimado. Le ruego perdón. Era... una flecha de la Verdad.

Lefky puso una mano suave sobre el brazo de Acua.

— No hay resentimiento. Estabas en medio de una batalla, defendiendo lo tuyo. —Hizo una pausa, sonriendo—. Pero si quieres que te perdone de verdad, considérame tu amiga. Y llámame Lefky.

El alivio y la gratitud que iluminaron el rostro de Acua fueron respuesta suficiente.

— Me encantaría ser tu amiga. Gracias, Lefky. —Su voz se volvió reflexiva—. ¿Sabes? Solo una flecha de la Verdad podía revelar tu verdadera esencia. Nunca imaginé que, a través de una de mis flechas, se haría realidad el anhelo más profundo de las Flores: el regreso de su princesa. Mira —señaló el jardín viviente en la plaza—. Están tan felices que, por primera vez, conversan abiertamente con las personas. Y nadie olvidará cómo devolviste la vida a la pequeña Lila.

Ambas observaron en silencio la escena idílica: las Flores, tímidas pero radiantes, charlando con los Flechadores, compartiendo un lenguaje de pétalos y susurros. Mientras hablaban, Lefky notó algo más. Acua, con una discreción que no lograba ser total, buscaba con la mirada a un joven en particular: Nok. Y él, desde donde estaba con los otros Artesanos de los Lazos, hacía lo mismo. Una sonrisa cómplice se dibujó en los labios de Lefky.

Su mirada se desvió entonces hacia Reim, el hermano de Relle. Entre la alegría general, él estaba aparte, su semblante nublado por una preocupación profunda. Observaba fijamente su Espada del Respeto, y Lefky distinguió, cerca de la empuñadura, una pequeña hendidura o hueco, como si faltara una piedra o un engaste crucial. Respetando su introspección, no se atrevió a preguntar.

Acua la condujo entonces hacia una gran canasta junto a la plaza, rebosante de corazones. No eran órganos, sino representaciones suaves y mullidas, de felpa o materiales etéreos, en todos los colores y tamaños imaginables.

> — Los lanzamos también al pozo —explicó Acua—. Para fortalecer los corazones de las personas con los mejores sentimientos.

Los Flechadores obsequiaban estos corazones a sus visitantes. Acua, con cuidado, escogió uno muy especial: de un rojo intenso y brillante, pero que al mirarlo de cerca se revelaba como dos corazones fundidos en uno solo. Tomó del brazo a Lefky y la guio con determinación hacia donde Zangrid conversaba con Land.

> — Caballero del Honor —dijo Acua con formalidad—. Deseo entregarles este obsequio, a usted y a la Princesa de las Flores.

Le tendió el corazón doble. Lefky lo tomó con una sonrisa amplia y llena de ilusión, sintiendo su suave calor.

> — Gracias, Acua. Es precioso.

Zangrid también agradeció, aunque su tono fue más serio, su mirada en el objeto cargada de un significado que Lefky no acababa de descifrar. Cuando Acua se retiró, él se volvió hacia ella.

> — ¿Estás feliz, mi bella Lefky? —preguntó, su voz serena pero inquisitiva.

> — Estoy a tu lado, amor mío. Por supuesto que soy feliz —respondió ella, acurrucándose levemente contra su brazo.

— Yo también lo soy cuando estás cerca —admitió él—. Pero me refiero... a lo que ha sucedido con las Flores. A lo que eres.

Lefky miró el corazón de felpa en sus manos.

— Esto... es mucho más de lo que jamás pude imaginar. Desde el principio sentí una conexión profunda con ellas, una simpatía instantánea. Pero ahora, al saber que estamos unidas por un lazo más fuerte... se ha despertado en mí un cariño tan profundo que... me da paz. Y fuerza.

Zangrid asintió lentamente, su mirada perdida en sus ojos castaños con esa intensidad que siempre la hechizaba. En ese momento, varios listones de colores brillantes, como cintas vivas, pasaron volando y riendo por encima de las casas, susurrando mensajes de alegría y buenas nuevas.

— Son heraldos —explicó Zangrid—. Anuncian buenas noticias por todo Lumen.

Casi al instante, Nok llamó a Zangrid desde cierta distancia. El Caballero del Honor se separó de Lefky con una reverencia breve y se unió al grupo donde estaban los otros caballeros y Nok. La conversación pareció intensa, sus rostros serios. A Lefky, los minutos que estuvieron deliberando le parecieron siglos.

Finalmente, con un aire de premura, el grupo se encaminó hacia la salida de la aldea. Pero Zangrid se detuvo en el umbral. Extendió su mano hacia atrás, sin necesidad de mirar, sabiendo exactamente dónde estaría ella. La invitación era clara. Con el corazón dando un vuelco de alivio y alegría, Lefky apresuró el paso y colocó su mano en la suya.

Así, los Cuatro Caballeros, seguidos por Jir, una escolta de Flechadores y los Artesanos de los Lazos, abandonaron la aldea victoriana y se adentraron de nuevo en el Bosque Azul. Su destino ahora era la Aldea de los Muñecos.

Al llegar, el paisaje cambió radicalmente. Inmensos pinos, vestidos con gruesos mantos de nieve inmaculada, rodeaban la aldea como guardianes silenciosos y gélidos. Mientras caminaban por la calzada principal, Lefky observó las casas: edificios sobrios de madera oscura, con tejados a dos aguas cargados de nieve. Los aldeanos, abrigados con pesados ushankas de piel y largos abrigos felpudos que casi arrastraban por el suelo, se movían con parsimonia. La impresión fue instantánea: le pareció haber llegado a un poblado de la Rusia zarista del siglo XIX, un mundo de cuento de hadas invernal donde el frío no era solo del aire, sino que parecía impregnar el mismo tiempo.

Admirando la sencilla pero elegante belleza de la aldea invernal, Lefky caminaba feliz, aferrada al brazo del hombre a quien amaba con una profundidad que el mismo frío no podía tocar. La paz del momento, sin embargo, llevaba una espina. Sintió una mirada pesada, cargada de hielo distinto al del aire. Al volver la cabeza, encontró los ojos de Jir clavados en ella. Lefky respondió con una sonrisa dulce y serena, un gesto de paz ofrecido. La altiva rubia, lejos de aceptarlo, torció los labios en una mueca de desdén tan fría como el paisaje. Pero la grosería no logró empañar la alegría de Lefky, porque también había visto a sus nuevos amigos, Acua y Nok. Los dos jóvenes conversaban aparte, sus risas nerviosas formando nubecillas en el aire gélido, sus miradas buscándose con una timidez encantadora. Eso, más que cualquier desdén, le llenó el corazón de calidez.

Con el respeto silencioso que caracterizaba a los habitantes de este lugar, los aldeanos de los Muñecos siguieron a la comitiva —Caballeros, Flechadores y Enlazadores— hasta el enorme Palacio de madera oscura que se alzaba frente a la Gran Plaza. En la entrada, un hombre de porte majestuoso y una espesa barba blanca que le llegaba al pecho, como un patriarca de las nieves, los aguardaba. Tras un saludo solemne, condujo a Zangrid y a Nok al interior, hacia los secretos que el palacio guardaba.

En el instante en que Zangrid soltó su brazo para seguir al anciano, a Lefky la invadió una sensación repentina. No era solo soledad; era el frío. Un frío cortante que le caló hasta los huesos, haciéndola tiritar de inmediato. Decidida a no dejarse vencer, se dirigió hacia el pozo de la plaza, que ya había observado con curiosidad. Los artesanos arrojaban sin cesar sus creaciones: una fascinante multitud de muñecos, títeres y peluches. Había de porcelana finísima, de tela gastada y cálida, de materiales que no podía nombrar. Pero lo que más le llamó la atención era su diferencia. No había dos iguales. Cada uno era un individuo único, con rostro y postura propios.

Al acercarse, notó que algo andaba mal. Los muñecos no se precipitaban libremente al vacío; parecían atorarse, como si una mano invisible desde las profundidades los retuviera. Los artesanos se esforzaban, sudando a pesar del frío, para lograr que solo unos pocos lograran colarse.

Temblando, pero con determinación, Lefky se acercó a un grupo.

— ¿Qué sucede? ¿Por qué cuesta tanto?

Una joven artesana, de mejillas sonrojadas por el frío y los ojos bondadosos, le respondió con voz preocupada:

— Es un maleficio. De las Brujas de la Sombra. No solo atacan… también envenenan los canales. Han encantado el pozo para que nuestra ayuda no llegue. —Su voz bajó a un susurro—. Cada minuto que pasa, el hechizo se fortalece. Tememos que llegue un día en que no podamos enviar nada. Y es urgente. El otro mundo necesita más muñecos de personalidad.

— Ah, por eso… cada uno es tan único —murmuró Lefky, comprendiendo.

— Veo que el frío te cala. Por favor, acepta esto —dijo la joven, colocando suavemente sobre los hombros de Lefky una capa de una blancura deslumbrante, tejida con una tela que parecía hecha de copos de nieve compactados y suaves como pluma.

Al instante, una ola de calor milagroso la envolvió. El temblor cesó. Agradecida, pudo ahora observar con verdadera atención la increíble diversidad de las creaciones: algunas tenían una expresión de firmeza inquebrantable, otras irradiaban un optimismo contagioso, las había de una ternura que ablandaba el corazón y de una complejidad que invitaba a la reflexión.

— Si fallamos —continuó la joven, su tono sombrío—, las personas de ese mundo comenzarán a perder lo que los hace ellos. Su personalidad se diluirá. Se volverán todos iguales, vacíos, mientras un hechizo les hará creer fervientemente que son especiales y diferentes. Será la mentira más triste.

Lefky escuchaba, horrorizada por las implicaciones, cuando un estruendo de alegría la sobresaltó. Todos en la plaza volvieron la vista hacia el palacio.

Nok salía por las grandes puertas, y en sus manos, sostenida con reverencia y triunfo, brillaba una espada de una luz clara y firme, como el hielo bajo el sol. La voz de Zangrid, potente y resonante, anunció para todos:

— ¡La Espada de la Integridad!

La ovación fue atronadora. Y entonces, Acua se abrió paso entre la multitud. En su mano, una piedra de un amarillo brillante y cálido, como un trozo de sol capturado. Con una mirada llena de significado, se la tendió a Nok. Él, con manos que temblaban ligeramente, la tomó. Sin vacilar, la encajó en el hueco que había en la empuñadura de su espada.

Una explosión de luz dorada y blanca inundó la plaza. La espada de Nok resplandeció con una intensidad renovada, completa. Entre gritos de júbilo, Nok y Acua, superando toda timidez, se fundieron en un abrazo que era más que felicidad: era la consumación de un vínculo que trascendía lo personal.

Zangrid buscó con la mirada entre la multitud y pronto encontró a Lefky. Se abrió paso hacia ella.

— ¿Estás bien, Lefky? —preguntó, su voz suave pero su mirada escrutando su rostro con esa atención total que solo él tenía.

— ¡Zangrid! Sí, estoy bien —respondió ella, y por un momento, se perdió en la profundidad de sus ojos verdes. Pero él, como si algo lo perturbara, desvió la mirada hacia Nok y Acua, y comentó con un tono que rayaba en la indiferencia:

— Nok ha encontrado su espada. La de la Integridad.

La frialdad de su tono la sacó de su ensimismamiento.

— ¿Por qué Acua le dio esa piedra amarilla? —preguntó Lefky.

Zangrid volvió a mirarla, y esta vez, ella estuvo segura: en sus ojos, bajo la capa de serenidad, anidaba una sombra de tristeza profunda.

— Acua ha portado esa piedra desde hace mucho tiempo. Afortunadamente para ellos... —hizo una pausa, observando de nuevo a la pareja— han forjado un vínculo verdadero. Esa piedra amarilla es la Piedra de la Generosidad. La pieza que faltaba en la Espada de la Integridad.

La tristeza en Zangrid era ahora palpable. Lefky, deseando arrancarlo de ese estado, buscó una pregunta, cualquier cosa.

— Qué interesante... ¿Y sabes dónde la encontró ella? —preguntó, tratando de sonar casual.

Zangrid no la miró. Su vista se perdió en la lejanía, más allá de los pinos.

— En las Olas —respondió, su voz ahora un eco distante.

— ¿En las Olas? —repitió Lefky, una chispa de curiosidad aventurera encendiéndose en su interior, alejando por un momento las sombras—. ¿Hay un mar aquí? Si es así... ¡me gustaría mucho verlo, Zangrid!

XX

La Sospecha

Zangrid miró los ojos de Lefky, y por un instante, una sonrisa fugaz —más un destello de luz en un lago nublado que un verdadero sol— asomó a sus labios. La tomó de la mano, y juntos abandonaron la Aldea de los Muñecos, sumergiéndose de nuevo en la inquietante penumbra del Bosque Azul.

Caminaron durante largo rato en un silencio espeso, solo roto por el crujido de la nieve bajo sus pies y el susurro de las ramas azules. Lefky sentía las preguntas ardiéndole en la garganta: ¿Qué te atormenta? ¿Qué sombra veo en tus ojos? Su corazón anhelaba ser un refugio para él, como él lo había sido para ella. Pero las palabras no llegaban. Temía que cualquier pregunta fuera una intrusión, que sus intentos de consuelo fueran torpes y solo ahondaran la herida que intuía, pero no comprendía. Así que calló. Respetó no solo el silencio del hombre que amaba, sino el del Caballero del Honor, cuya carga de responsabilidades tal vez era demasiado grande para compartir.

Finalmente, el bosque se abrió. Ante ellos se desplegó una visión que le robó el aliento: una playa de arena tan fina que parecía polvo de lapislázuli. El agua era de una transparencia cristalina, un espejo perfecto que revelaba un mundo submarino vibrante. Ballenas que movían sus colosales cuerpos con gracia etérea, delfines que trazaban espirales de alegría plateada, y bancos de peces cuyas escamas eran joyas vivientes. Pero también había seres que desafiaban su imaginación: criaturas con aletas de encaje luminiscente, medusas que parecían pensamientos flotantes, peces con rostros casi sabios.

El mar estaba extrañamente quieto, hasta que, sin aviso, se alzaron olas monumentales. Lefky, sobresaltada, apretó con fuerza la mano de Zangrid. Pero al observarlas, no vio amenaza, sino un espectáculo de pura energía. Las olas no rompían con furia; se erguían, majestuosas, y al descender, liberaban una brisa cargada de una vitalidad suave y fresca que bañaba su rostro, como si el mar mismo les ofreciera un regalo de fuerza.

Consciente de que, pese a su distanciamiento, los ojos de Zangrid no se apartaban de ella, Lefky esbozó una sonrisa serena, fingiendo estar absorta en la belleza del lugar. No quería que supiera lo mucho que su actitud la preocupaba.

Tras un rato de contemplación silenciosa, él rompió el hechizo.

— Es hora de partir —dijo, su voz neutra.

De nuevo, sin más palabras, dejaron atrás el mar enigmático. Su camino los llevó ahora hacia la fría silueta del Castillo Plateado, que se alzaba como un recordatorio del conflicto aún latente.

Al acercarse al borde del Abismo, Lefky se sorprendió al encontrar allí a todo el grupo: los demás Caballeros, los Artesanos de los Lazos, y junto a ellos, Acua con un contingente de Flechadores y algunos Artesanos de Muñecos. Pero lo que más la asombró fue el puente. Ya no era el tembloroso arco de nubes, sino una estructura firme y resplandeciente, tejida con hilos de luz solar pura, que unía de forma segura las dos tierras.

Relle se acercó a informar a Zangrid:

— El Sol mismo formó este puente. Es su regalo, para que el cruce sea seguro para todos, de un lado y del otro.

Después de los agradecimientos protocolarios a los anfitriones lunares, la comitiva solar comenzó el regreso. En el momento de la despedida, Acua y Nok, olvidando por un instante el mundo a su alrededor, se fundieron en un beso tierno y prometedor, un rayo de calidez humana en el paisaje de responsabilidades épicas.

Sin embargo, para Lefky, el camino de vuelta fue un largo ejercicio de dolorosa perplejidad. Zangrid caminaba a su lado, pero podía haber estado a un océano de distancia. Iba serio, ensimismado, y lo que más la destrozó: no la tomó de la mano. Avanzaron como dos extraños, separados por un abismo invisible que a ella le resultaba más aterrador que el físico. Sabía que debería sentirse eufórica. Ya no era una forastera; era la Princesa de las Flores, reconocida, amada por un reino mágico. Pero esa felicidad se ahogaba en la angustia de no entender por qué el hombre que amaba se alejaba de ella justo cuando más creía que deberían estar unidos.

Mientras cruzaban el majestuoso puente de luz, sus ojos se dejaron arrastrar hacia la oscuridad que se extendía bajo sus pies. El Abismo no era solo vacío; era una presencia negativa, hambrienta. Y entonces, sin querer, comenzó a sentir su atracción. No física, sino una llamada en su mente, una energía cautivadora y aterradora que parecía susurrarle desde las profundidades. Entre el rumor de la luz, una voz lejana, desgarrada y fría, se coló en sus pensamientos:

«Ayuda... ilumina...»

Se detuvo en seco, hipnotizada por la oscuridad y la voz.

— ¡Lefky, no te detengas! —La orden de Zangrid fue un latigazo de energía pura, tan enérgica y repentina que la sacudió de su trance.

Temblorosa, reanudó la marcha, apresurando el paso hasta llegar a la seguridad del Castillo Dorado. Allí, Zangrid se despidió con frialdad de los demás y, sin una palabra, reanudó el camino a la cabaña con Lefky a su lado. Ella lo miraba de reojo, cada paso una pregunta silenciosa, cada latido un miedo creciente.

Al llegar al umbral de la cabaña, Zangrid finalmente se detuvo. Sin mirarla a los ojos, tomó su mano —la misma que había evitado todo el camino— y depositó en su dorso un beso ligero, un gesto de una formalidad desgarradora. Fue un adiós, no un hasta luego.

— Descansa —murmuró, y su voz sonó a kilómetros de distancia.

Antes de que ella pudiera articular respuesta, se dio la vuelta y se alejó con paso firme, siendo engullido por las sombras del Gran Bosque.

Lefky no entró en la cabaña. Se quedó inmóvil en el claro, mirando el punto donde la oscuridad lo había tomado, sintiendo en su mano el frío fantasma de su beso y, aún más hondo, el eco gélido de la voz que surgía del Abismo.

La princesa había ganado un reino, pero en ese momento, sintió que estaba perdiendo el corazón de su caballero, y no sabía por qué.

La angustia era un nudo en su pecho, apretado por la actitud distante de Zangrid y el enjambre de preguntas sin respuesta. Desesperada por un consuelo que solo la sabiduría antigua podría dar, corrió hacia el corazón del Gran Bosque, buscando a sus bondadosos guardianes, los árboles sabios.

Pero al acercarse al claro donde solían estar Ahui y Ahuehuete, se detuvo en seco. Allí, de pie frente a los majestuosos troncos, con la espalda recta pero la cabeza ligeramente inclinada, estaba Zangrid. Un impulso de vergüenza y cautela la hizo deslizarse detrás de un macizo de arbustos, conteniendo la respiración.

— *Zangrid... tu luz titila con preocupación —observó la voz melodiosa y grave de Ahui, la secuoya.*

— *Amigos míos —respondió él, su voz era clara pero cargada de un peso inmenso—. Ya han sido encontradas cinco de las siete Espadas. Y una de las Joyas... ya ha sido unida a la suya.*

Un suspiro, como el rumor del viento a través de miles de hojas, recorrió el claro.

— *Todas las espadas han elegido ya a su caballero —prosiguió la profunda voz de Ahuehuete, el sabino—. Y cada una reclama, en el silencio de su esencia, la Joya que le corresponde. Cuando cada hoja de luz tenga su corazón de gema incrustado... su poder se multiplicará. Solo entonces, y no un instante antes, surgirá del sueño la Espada Sagrada. Y ella, sin posibilidad de fallo, conseguirá lo imposible: vencer a los dioses oscuros.*

Zangrid permaneció imperturbable, pero Lefky, desde su escondite, vio cómo sus hombros se tensaron casi imperceptiblemente.

— ¿Es... imperioso? —preguntó al fin, y su voz sonó extrañamente vulnerable—. ¿Que la Espada lleve exactamente la Joya que perdió?

— Definitivamente, sí —fue la respuesta inexorable de Ahuehuete—. Es imperioso porque esa Joya no es un adorno. Es el corazón resonante de la Espada. Será su luz interior la que, como un faro en la noche del destino, proyectará la guía para encontrar a la Espada Sagrada. La que ya, a su vez, ha elegido a su dueño. —Hizo una pausa, y sus palabras cayeron como semillas de hierro—. Y ese Elegido será quien deba clavarla en el corazón mismo del mundo, en el centro de la Tierra. Solo ese acto creará la onda de poder capaz de devolver a los dioses a su prisión en las entrañas olvidadas de la tierra.

Al escuchar esto, Zangrid cerró los ojos con fuerza, como si un dolor agudo lo traspasara. Lefky, oculta, sintió un frío recorrerle la espina dorsal.

— Entonces... la paz reinará —murmuró Zangrid, más para sí mismo que para ellos.

— Así será, raíz. Pero el camino hasta ahí es de espinas —intervino Ahui, su tono se volvió de advertencia—. Desde sus salones de piedra y sombra en las profundidades, los dioses oscuros urden sus planes. Calculan qué acciones, qué designios, les permitirán romper sus cadenas. Mientras lo deciden, enviarán a una legión de aliados: la duda, el engaño, la traición, la maldad pequeña y grande. Buscarán robar el valor a todos los habitantes, enturbiar sus corazones. Para que, cuando ellos por fin emerjan, el mundo esté ya debilitado, y su reinado de oscuridad sea impuesto sin apenas resistencia.

— Debéis estar alerta, Zangrid —concluyó Ahuehuete, y cada palabra era un martillazo—. Porque en cuanto tengan una oportunidad, su primer objetivo serán los Caballeros de las Espadas Luminosas... y las Doncellas Joya. A quienes encuentren, les infligirán un daño tan profundo que busquen impedir para siempre la unión de la gema con la hoja. Pero lo más grave... —La voz del árbol sabio bajó a un susurro lúgubre— es que tratarán de destruir al Elegido. Al portador de la Espada Sagrada. Porque es a él a quien más temen. Y temo... que ya sospechan su identidad.

Zangrid permaneció de piedra. Pero su aflicción, ese dolor silencioso y monumental, era tan palpable que los árboles lo sentían crecer a sus pies, y Lefky, escondida, podía verlo en la línea tensa de su mandíbula y en la sombra que había bajo sus ojos, aun cerrados.

— Comprendo —susurró al fin, y en esas dos sílabas había una tristeza de eones.

— Tú sabes —dijo Ahui con suavidad, pero sin ambages— que la Joya que corresponde a tu Espada del Honor... es roja. Y aún no ha sido encontrada, raíz.

Zangrid abrió los ojos. Miró a Ahui, y en su mirada verde hubo un destello de algo... ¿esperanza? ¿Desesperación? No dijo nada. Solo inclinó la cabeza en una reverencia profunda y cargada de significado, y se dio la vuelta para marcharse.

Al verlo alejarse, Lefky sintió un impulso casi físico de seguirlo; un anhelo visceral de correr, alcanzarle y arrojarse a sus brazos, de compartir el peso que parecía doblarle los hombros. Lo amaba tanto que su propio pecho ardía con la necesidad de ser su refugio. Pero antes de que un solo músculo pudiera obedecer a ese deseo, la voz de Ahuehuete, tan antigua y serena como las raíces de la montaña, resonó en el claro:

— Lefky... acércate, por favor, pequeña raíz.

El rubor le incendió las mejillas. Lentamente, sintiéndose diminuta y avergonzada, se levantó de entre los arbustos y se acercó a los gigantes seres. Ahuehuete no pudo evitar que una sonrisa, suave como el musgo, se dibujara en la corteza de su rostro.

— Bien... supongo que escuchaste la conversación.

— Sí —admitió, mirando al suelo—. Y me apena de verdad... no fue mi intención espiar. Vine buscándolos a ustedes... lo vi... y ya no supe qué hacer. Lo siento mucho.

— Lefky, tranquila, pequeña raíz —la reconfortó Ahui, sus ramas bajándose ligeramente hacia ella como en un gesto de consuelo—. Sabemos por qué viniste. Y por eso queremos que sepas algo: Zangrid te ama. Con una fuerza que trasciende este mundo y el otro. Eres el centro de sus pensamientos, incluso en medio de la tormenta. Pero debes entender... él carga con una misión que podría quebrar a cualquier ser. Muchos, demasiados, creen que **él** es el Caballero Elegido. El que blandirá la Espada Sagrada. Y ese peso... el peso de un destino que podría exigirle todo, incluso la vida, es una losa sobre sus hombros que ni siquiera nosotros podemos aliviar del todo.

Las palabras, dichas con tanta bondad, iluminaron la oscuridad de su confusión. No era rechazo. Era... miedo. Era la enormidad de un destino que los envolvía a ambos.

— Comprendo —dijo, y esta vez su voz era firme, llena de una nueva determinación—. Les agradezco que me lo digan. De verdad.

— Somos tus amigos, pequeña llama —dijo Ahuehuete—. Te queremos. Y siempre es un regalo para nuestros días que vengas a vernos.

Lefky se acercó y abrazó sus enormes y rugosos troncos, sintiendo la calma antigua que emanaban. Después de despedirse, con el corazón un poco más ligero pero la mente llena de revelaciones aterradoras, decidió buscar el consuelo más dulce que conocía: el Jardín de las Flores.

Mientras caminaba, se preguntaba si, ahora que conocía la verdad de los dos mundos reflejados, podría acceder al jardín desde el Gran Bosque o si tendría que cruzar al Bosque Azul. Pero el mundo, o su propio corazón, la guiaron. Tras un rato, un suspiro de alivio y alegría escapó de sus labios al encontrar, intacto y familiar, el arco goteante de glicinias violetas.

Al atravesarlo, fue recibida por un estallido de color y alegría. Todas sus amigas, las Flores, al sentir su presencia, abrieron sus corolas al máximo y comenzaron a ovacionar, a cantar, a saludar con una efusividad que hacía temblar los pétalos.

— ¡Nuestra Princesa! ¡Has regresado!

— ¡Bienvenida, Princesa! ¿Regresaste por el lado del Sol? —preguntó Peonia, inclinando su majestuosa corola.

— Sí, así es... —respondió Lefky, mientras se abrazaba a sus tallos, sintiendo el consuelo inmediato de su fragancia—. ¿Saben? Cuando las vi del lado de la Luna, con los pétalos caídos y quietas... pensé que estaban... que algo malo les había pasado. Pero... —su voz se llenó de alivio— ¡me alegra tanto verlas bien!

— Es nuestro disfraz, Princesa —explicó Fresia, sus pétalos temblando ligeramente—. Nos hacemos las muertas. Así, las criaturas del Abismo pasan de largo, creyéndonos inertes. Pero a quienes realmente tememos... es a las Brujas. A ellas no las engaña tan fácilmente un pétalo cerrado.

— ¿Brujas? —repitió Lefky, un escalofrío recorriéndole la espalda a pesar del calor del jardín—. ¿Hay Brujas aquí?

— Su morada es el Abismo —intervino Tulipán, su voz grave—, pero a veces merodean por la Tierra de la Luna. Poseen embrujos que no hieren el cuerpo, sino el alma: ciegan la mente, adormecen el corazón y roban las voluntades, dejando solo cáscaras vacías.

Dalia se inclinó, susurrando como si el solo nombre pudiera convocarlas:

— Hubo un tiempo en que la Luna se ausentaba. No sabemos a dónde iba. Y ellas, las Brujas, aprovechaban su ausencia para sembrar su mal. En una de esas ocasiones... se llevaron algo muy valioso. Algo que nunca fue recuperado. Desde entonces, nuestra Dama Luna no se ha vuelto a ir. A veces duerme, y solo una media luna brilla en su castillo, pero nunca más ha cruzado el umbral.

— Por eso debes tener cuidado, Princesa —concluyó Tulipán con seriedad—. Si puedes, visita las aldeas. Sus obsequios no son solo regalos; son armas, fortalezas para tu espíritu. Los dioses oscuros no facilitarán la misión de los Caballeros. Al contrario, cada paso será más arduo, cada sombra, más densa. Y tú, Ceda, nunca dudes en pedir nuestra ayuda. Somos tus raíces.

— Gracias —murmuró Lefky, conmovida—. Sé que puedo confiar en ustedes.

Pero su voz, antes alegre, se quebró ligeramente. Clavel, siempre perceptiva, se acercó.

— Princesa... ¿por qué una nube opaca tu luz? ¿Por qué te ves tan triste?

— ¿Es por el gallardo caballero que vino por ti aquel día? —preguntó Rosa con suavidad, un aroma más dulce emanando de sus pétalos.

La pregunta fue la gota que derramó el vaso contenido.

— Sí —admitió Lefky, y la palabra salió cargada de un temblor largo guardado—. Vine a este mundo por él. Todo ha sido... el sueño más hermoso que mi corazón pudo concebir. Él es bueno, considerado, un refugio. Pero a veces... —las lágrimas comenzaron a caer, libres y saladas— a veces lo siento tan lejano, como si un cristal invisible nos separara. Y me pregunto si acaso, por ser quien soy, lo he decepcionado. Todo aquí es magia pura, y yo... yo soy tan terrenal, tan llena de dudas y miedos. Temo que, al comparar este mundo con el mío, yo sea... insuficiente. Que no sepa cómo actuar, cómo ser la compañera que un caballero de luz merece. El miedo a perderlo... a veces me ahoga.

Su confesión salió entre sollozos. Narciso se acercó y, con la punta de un pétalo suave como la seda, enjugó sus lágrimas, dejando un rastro de polen dorado en sus mejillas. Tulipán, viendo su dolor, hizo una discreta señal a las demás flores.

Gladiola, cambiando el tono con curiosidad genuina, preguntó:

— ¿Eres... de otro mundo, Princesa?

— Sí —respondió Lefky, aspirando profundamente, tratando de calmar el llanto—. Así es.

— ¿Cómo es tu mundo? —preguntó Begonia, su entusiasmo inocente como un rayo de sol.

Lefky esbozó una sonrisa triste.

— En algunas cosas... se parece a este. Las culturas que he visto en las aldeas... recuerdan a épocas pasadas del mío. Tenemos bosques hermosos, mares inmensos, ríos que cantan. Pero la magia... la magia como la de aquí, solo la encontramos en los sueños. Y hay una gran diferencia... —hizo una pausa, mirándolas a todas—. En mi mundo, las flores no hablan.

Un silencio de absoluto asombro se apoderó del jardín. Begonia parecía a punto de que un pétalo se le cayera del shock.

— ¡¡¿No hablan?!! —exclamó—. ¿Cómo... cómo se comunican con ellas?

— No podemos —admitió Lefky, y la simpleza de esa verdad le pareció, de repente, enormemente triste.

— ¿No pueden...? —susurró la pequeña Lila, sus pétalos azules encogiéndose un poco—. Eso... eso es lo más solitario que he escuchado.

— Hay tantos elementos mágicos y fantásticos aquí —confesó Lefky, abrazando sus propias rodillas—, que a veces me siento como un libro escrito en un idioma que apenas estoy descifrando. No sé muy bien cómo comportarme, cómo actuar, cómo dirigirme a los demás sin parecer una intrusa torpe. Y lo que más deseo… es que él piense de mí, como yo pienso de él. Con esa certeza absoluta, con esa… luz.

Conmovido por la tristeza que empañaba la voz de su princesa, Tulipán se inclinó hacia ella. Un aroma suave y calmante emanó de sus pétalos.

— Pequeña llama… ¿sabes acerca de la luz que envían las Estrellas Eternas cuando dos almas se aman de verdad?

Los ojos castaños de Lefky se iluminaron con un recuerdo precioso.

— ¡Oh, sí! —exclamó—. Tuve el honor de presenciar una Unión. Y sé que solo quienes se unen pueden ver esa luz. Es… lo más hermoso que he visto.

— Así es —asintió Tulipán—. Pero esa luz, esa bendición, solo se ve una vez en la vida. Si en algún momento pretendieras unirte a otra persona, no la verías. Y tampoco la vería tu compañero. —Hizo una pausa, dejando que la verdad se asentara—. Solo el amor verdadero, puro e irrevocable, abre el camino para que esa luz de las Estrellas Eternas atraviese el velo del cielo. Esa luz sella los corazones, los une con un hilo de polvo de estrellas… para siempre. Sin importar el tiempo, la distancia, o incluso lo que el destino depare.

— ¡Y no se puede enviar dos veces a la misma persona! —añadió la pequeña Lila, emocionada—. Porque solo te puedes Unir una vez en la vida, y con una sola persona. Es la regla más antigua del cosmos.

Algo dentro del pecho de Lefky, un nudo de ansiedad, se aflojó ligeramente. Era un consuelo extraño y profundo: en este mundo, el amor más grande estaba marcado por una magia única e infalible. Su pensamiento, entonces, voló hacia la solitaria figura en el castillo plateado.

— ¿Y... qué hay de la Luna? —preguntó, su voz ahora más suave—. ¿Ella...?

— Ah, la Luna —dijo Rosa, y sus pétalos parecieron brillar con un reflejo plateado—. Es una dama de una belleza serena y melancólica, siempre vestida de plata brillante. Vive en su círculo de luz, rodeada de sus fieles y parlantes amigas, las Estrellas. Con ellas conversa durante las largas noches, mientras trazan juegos y danzas en el lienzo del cielo.

— ¡Y algunas de esas Estrellas son mensajeras! —exclamó Nochebuena, su flor roja como un corazón alegre—. Puedes enviarles besos, susurros, palabras de amor... Ellas, con un destello de su luz, lo llevarán hasta el ser amado, donde quiera que esté.

— ¿En verdad? —preguntó Lefky, un destello de esperanza genuina encendiendo su rostro.

— ¡Sí! —confirmó Jacinto—. Haz la prueba. Piensa en él. Piensa en tu gran amor con toda la fuerza de tu corazón.

Sonriendo, algo avergonzada pero llena de ilusión, Lefky cerró los ojos. La imagen de Zangrid llenó su mente: sus ojos verdes, su sonrisa tranquila, la seguridad de sus brazos.

— Bien... —murmuró Azucena, guiándola con su voz suave—. Ahora, deposita un beso en la palma de tu mano. Un beso de esos que guardas para él.

Lefky lo hizo, llevándose los dedos a los labios y luego posándolos, con una ternura infinita, sobre su palma abierta.

— Y ahora —continuó Jacinto—, abre los ojos. Mira a las Estrellas y di: «Luz de las Estrellas, digan a...» ¿Cuál es su nombre, Princesa?

— ¡Zangrid! —exclamó Rosa, incapaz de contener su emoción.

Lefky asintió, sintiendo el nombre como una plegaria en sus labios. Alzó la vista al cielo nocturno, donde miles de puntos plateados centelleaban.

— *Luz de las Estrellas* —susurró, con una voz clara y cargada de sentimiento—, *digan a Zangrid... cuánto lo amo. Y cuánto lo añoro.*

Luego, sin dejar de pensar en él, en su esencia, en su luz, inclinó la cabeza sobre su palma y sopló con la más delicada de sus respiraciones.

El beso invisible se elevó. Y entonces, una de las estrellas, más brillante que sus hermanas, parpadeó con intensidad. Se movió, trazando una línea plateada y rápida a través del firmamento, como una lágrima de luz que corría hacia un destino específico, hasta detenerse y parpadear con fuerza ante el majestuoso y quieto círculo de las Estrellas Eternas.

— *Tu mensaje ya debe haber llegado a su corazón* —dijo Nardo, su *aroma calmante envolviendo a Lefky.*

Una paz cálida y nueva inundó a la Princesa de las Flores. Por un momento, la distancia y la duda se desvanecieron. Había logrado expresar, a través de la magia misma del mundo que tanto la intimidaba, una partícula del infinito amor que guardaba para él. Con lágrimas de gratitud, no de tristeza, abrazó a sus amigas flores, una por una.

— *Gracias* —murmuró contra los pétalos suaves de Tulipán—. *Gracias por ser tan buenos conmigo. Por darme un regalo... más invaluable que cualquier corona.*

XXI
Los Sentimientos

Cuando Lefky se despedía, las Flores, con esa sabiduría práctica que nacía de la tierra, le hicieron una recomendación urgente:

— Sal por el otro lado del túnel, Princesa —susurró Tulipán—. Ve a la Tierra de la Luna. Es necesario que los aldeanos de ese lado te den sus creaciones. Te protegerán. Las criaturas del Abismo ganan fuerza; sus incursiones son ya más que sombras, son promesas de asalto. Necesitas toda la luz que puedan entregarte.

A Lefky le pareció no solo una gran idea, sino un mandato de su propio instinto de supervivencia. Rosa, siempre valiente y leal, se ofreció de inmediato a acompañarla.

Guiada por su amiga flor, Lefky emergió del túnel en un paisaje de una serena belleza clásica. La aldea estaba rodeada de jardines geométricos y perfectos, donde setos de boj dibujaban laberintos y las fuentes cantaban en hexámetros olvidados. Los edificios eran blancos, puros, con majestuosas columnas estriadas que sostenían frontones esculpidos con escenas de dioses y musas. Era una estampa sacada de la Hélada antigua, pero viviente y respirando magia.

Al entrar, quedaron maravilladas por la infinidad de estanques de mármol, cada uno siendo un pequeño escenario donde las flores acuáticas no solo flotaban, sino que danzaban en coros sincronizados, saludando con entusiasmo a su Princesa y a Rosa con movimientos de tallo y pétalo. Los habitantes completaban la ilusión: los hombres vestían túnicas de lino inmaculado, con mantos drapeados con elegancia; las mujeres llevaban vestidos vaporosos que flotaban con cada paso, adornados con finos bordados dorados, y coronaban sus cabellos rizados —que caían en cascadas sobre sus hombros— con diademas de flores vivas.

— *Me recuerdan a los antiguos griegos de mi mundo* —comentó Lefky a Rosa, asombrada—. *Pero aquí... todo es real.*

Estaban en la Aldea de los Tejedores, y para cuando llegaron a la Gran Plaza, la noticia ya había volado, transmitida de pétalo en pétalo por las flores de los estanques: Ceda, la Princesa de las Flores, estaba entre ellos. Fueron recibidas con una alegría solemne y calurosa, colmadas de atenciones y ofrendas de frutas y néctar. Luego, las condujeron al centro neurálgico de la aldea: el pozo. Allí, con una cadencia casi ritual, los tejedores arrojaban bolsas y abrigos de una asombrosa variedad: desde capas pesadas y bordadas hasta chalecos ligeros, en todos los colores y texturas imaginables.

Más tarde, Rosa guio a Lefky a una casa que más que una vivienda parecía un pequeño templo privado. Quería presentarle a un amigo especial. Al cruzar el umbral, encontraron a un hombre de edad indeterminada, de barba larga y plateada que le llegaba al pecho. Sobre su túnica blanca llevaba un manto con los bordes finamente bordados en hilo de oro. Pero lo que más captó la atención de Lefky fueron los dos cristales circulares y delgados, sostenidos por un fino armazón de plata, que descansaban frente a sus ojos. Eran, sin duda, una especie de anteojos mágicos.

— *¡Rosa, enigma perfumado!* —saludó el hombre, dejando a un lado la bolsa que tejía con hilos que parecían hechos de luz solidificada.

— *¡Misterio, querido Tuiny!* —respondió Rosa, inclinándose—. *Con el mayor orgullo del jardín, te presento a nuestra amada Lefky. La Princesa Ceda de las Flores.*

— *¿Cómo está, señor Tuiny?* —preguntó Lefky con una reverencia instintiva.

— *¡Feliz como un pájaro que descubre el cielo es infinito!* —exclamó él, y luego, sin más, comenzó a reír. No era una risa cortés, sino una carcajada profunda, genuina y contagiosa que le salía de las entrañas.

Al verlo, Lefky no pudo evitarlo. Una sonrisa se abrió paso en su rostro, y pronto ella también reía, una risa ligera y liberadora que no había sentido en días. Rosa, por supuesto, se unió al coro. Los tres rieron durante un buen rato, sin motivo aparente, simplemente porque la alegría, allí, parecía un don natural del aire.

Cuando por fin lograron calmarse, secándose lágrimas de risa, Tuiny dijo, aún jadeante:

— Me alegra profundamente que la Princesa de las Flores tenga un sentido del humor tan... disponible. Y que no necesite de grandes tragedias o grandes glorias para disfrutar de una buena, simple y saludable risa. Es un don raro, incluso aquí.

Lefky, haciendo un esfuerzo por contener nuevos ataques de hilaridad, respondió:

— Gracias. En verdad... me hacía falta reír así. Lo disfruté mucho.

— No hay que agradecer —dijo él, y sus ojos, magnificados por los cristales, brillaron con una chispa de conocimiento—. Lo supe en cuanto te vi. Tu espíritu pedía a gritos una limpieza de niebla. Pero dime, ahora que la luz es más clara... ¿en qué puedo ayudarte, Princesa Ceda?

— Tuiny... —comenzó ella, mirando hacia la plaza— ¿podría decirme para qué son exactamente las bolsas y los abrigos que arrojan al pozo?

— ¡Ah, la esencia de nuestra labor! —exclamó, restregándose las manos con deleite—. En relación a tu pregunta, te diré esto: las personas del otro mundo no solo necesitan cosas. Necesitan sensaciones. Protección. Nosotros tejemos abrigos que no solo calientan el cuerpo, sino que abrazan el alma. Les enviamos valor tejido en lana, fortaleza hilada en lino, para que cuando sientan miedo, puedan envolverse en él y encontrar su propio coraje. En cuanto a las bolsas... —hizo una pausa dramática— son para que guarden valiosos obsequios.

— ¿Valiosos obsequios? —repitió Lefky, intrigada.

— ¡Sí! ¿No lo imaginas? —la retó, inclinándose hacia ella con una sonrisa de complicidad.

Ella pensó un momento, recordando las lecciones de las otras aldeas.

— ¿Sentimientos?

— ¡Así es! —exclamó Tuiny, tan feliz como si ella hubiera descifrado el enigma del universo—. ¡Sentimientos! Los más preciosos, los más puros. Alegrías para días grises, paciencia para momentos de ira, gratitud para corazones secos. ¡Ja! —Y soltó otra carcajada, contagiando nuevamente a Lefky y a Rosa.

Entre risas, Lefky observó con más detalle los montones de creaciones. Algunas bolsas eran enormes, capaces de guardar montañas de esperanza; otras, diminutas, quizás para una sola y pequeña pero crucial chispa de ilusión. La mayoría, sin embargo, eran de un tamaño práctico, para llevar consigo sin notar el peso, pero sintiendo el contenido.

Cuando la hilaridad amainó, dejando en el aire un cálido resplandor de bienestar, Tuiny recuperó su aire de sabiduría práctica. Sus ojos, tras los cristales, centelleaban con conocimiento.

— Las bolsas tienen diferentes tamaños —explicó, con un tono que ahora era pedagógico y tierno a la vez—, porque cada alma, al nacer, escoge la que puede cargar. Depende de la capacidad de su corazón para contener sentimientos... y, claro está, del tamaño de esos sentimientos. —Hizo una pausa, mirando fijamente a la Princesa de las Flores—. Dime, Lefky... ¿cuál escogerías tú, ahora, con el corazón que tienes?

Lefky dejó que su mirada vagara por el montón colorido. Una en particular parecía llamarla, brillando con un intenso color carmesí.

— Me siento muy atraída por... ésa.

Tuiny la tomó y se la mostró. Al verla extendida, Lefky comprendió su verdadera escala: era inmensa, mucho más grande que ella misma. La sorpresa fue tan absurda y tan perfecta que una nueva carcajada la embargó. Esta vez, fue ella quien contagió a Tuiny. Rosa, intentando mantener un decoro floral, cubría su bien delineada corola con una hoja, pero sus temblores delataban su hilaridad.

— ¡Es enorme! —exclamó Lefky entre risas, y el sonido alegre llenó la habitación una vez más.

Cuando por fin lograron calmarse, jadeando y con los ojos llorosos, Tuiny añadió, y su tono había cambiado por completo:

— Lefky, las bolsas son elegidas por las almas antes del nacimiento. La escogen para una vida entera de llenarla. —La miró directamente—. Esta que acabas de elegir... es la misma que tú escogiste el día en que tu alma decidió venir al mundo.

— ¡Oh! —exclamó Lefky, todavía con una sonrisa—. ¡Eso quiere decir que tengo muchos sentimientos, y muy grandes!

Pero Tuiny no reía. La miraba con una seriedad profunda, cargada de significado. La sonrisa de Lefky se congeló en sus labios.

— Así es, pequeña llama —dijo él, su voz ahora grave y emotiva—. Tienes muchos sentimientos. Grandes, profundos y genuinos. Un corazón de capacidad extraordinaria. Y me siento... muy honrado, al fin, de conocer a la dueña de esta bolsa roja.

Al decir esto, dos lágrimas limpias resbalaron por sus mejillas, desapareciendo en su barba plateada. Conmovida hasta el fondo de su ser, Lefky se acercó y lo abrazó sin palabras. Rosa envolvió a ambos con sus ramas en un tierno abrazo grupal.

Después, cuando Lefky tomó asiento frente a él, Tuiny notó el destello en su cuello. Su mirada se fijó en el dije: un unicornio dorado, esbelto y majestuoso, con una pequeña pero vibrante piedra verde incrustada en el pecho.

— ¿Sabes... que los Unicornios son una leyenda aquí? —preguntó, su voz un susurro curioso.

— En mi mundo, también lo son —respondió Lefky—. Pero en mi mundo, todo lo que es mágico es leyenda. Muchas de las cosas que aquí veo como normales, allá son sueños o mitos. Lo que no entiendo es que aquí sea una leyenda... porque yo lo he visto. A un Unicornio Blanco, con un cuerno dorado. Es... lo más hermoso y puro que he contemplado.

Tuiny se quedó completamente quieto. Sus ojos, tras los lentes, se abrieron como platos.

— ¿Has visto a un Unicornio? —preguntó, y su voz temblaba de asombro—. Pero... ¡Lefky! Si tú puedes ver un unicornio... eso no es magnífico. Eso es... milagroso. Es un regalo tan especial, tan íntimo, que debes guardarlo como el secreto más preciado. Porque nadie... nadie jamás en la memoria de estas Tierras, ha visto a un Unicornio. Sabemos que existen en algún reino más allá de lo visible, en una esfera de magia tan pura que es inaccesible. Pero verlo... es un privilegio que trasciende el destino.

— ¿Nadie...? —*susurró Lefky, el asombro helándole la sangre. Su encuentro con la criatura había sido breve, misterioso, pero lo había dado por un hecho más de aquel mundo. Nunca imaginó que fuera una visión única.*

— Nadie —confirmó Tuiny, y en su voz había una reverencia nueva hacia ella—. Pero yo... yo siempre supe que se podrían esperar cosas extraordinarias de la dueña de la bolsa roja. Ven —dijo, levantándose con una energía renovada—. Quiero mostrarte algo más. Tú también, Rosa.

Gratamente sorprendida y ahora cargando el peso de un nuevo misterio, Lefky lo siguió. Atravesaron la aldea hasta una construcción más pequeña, pero de líneas igualmente perfectas, otro templo dedicado a un arte sagrado. Dentro, el ambiente era de concentrada labor. Mucha gente, vestida con túnicas blancas bordadas con símbolos de hilo plateado, trabajaba con manos veloces y diestras. Unos tejían en grandes telares que parecían capturar la luz, otros cosían con agujas que dejaban estelas brillantes.

— Bienvenida al corazón de la Aldea de los Tejedores —anunció Tuiny en voz baja, como en un santuario—. Ellos no tejen lana ni lino. Tejen y cosen ingredientes.

— Disculpa, Tuiny —preguntó Lefky, confundida—. ¿Ingredientes... de qué?

— No de qué, sino para qué —corrigió él con una sonrisa—. Todos estos ingredientes sirven para forjar la armadura y el yelmo que protegerán al caballero excepcional. Al que blandirá la Espada Sagrada.

Lefky contuvo el aliento. La mención de la Espada Sagrada, el destino que tal vez cayera sobre Zangrid, hizo que su corazón se estremeciera.

— La están fabricando —continuó Tuiny, señalando las telas que brillaban con cualidades casi líquidas— con las esencias más puras de las Tierras: valentía extraída del primer grito del recién nacido, fortaleza del roble centenario, dulzura del rocío en el pétalo, misericordia de la lluvia que perdona a la tierra seca, altruismo del río que da sin pedir... y muchas más virtudes bellas e intangibles. También hacen capas protectoras para todos los habitantes. Porque cuando llegue el momento del gran enfrentamiento, no queremos que sufran. Queremos que estén envueltos en lo mejor de nosotros mismos.

Lefky escuchaba, sobrecogida. Observó a los tejedores: sus rostros no mostraban cansancio, sino una determinación serena, un espíritu de servicio tan palpable que se sentía en el aire. Un profundo respeto y una admiración sin límites brotaron en su corazón. Por primera vez, la magnitud de la batalla que se aproximaba no era un concepto abstracto o una preocupación personal; era una realidad tangible, contra la que un pueblo entero trabajaba con amor y valor. También a ella le nació un deseo *ferviente de participar, de aportar algo, pero se sentía ignorante, sin saber por dónde empezar.*

Después de un rato de contemplación silenciosa, las dos se despidieron del sabio y sentimental Tuiny. Lefky salió de la aldea con el corazón transformado: más sensible, más consciente del dolor y la belleza del mundo, y más pesado por la responsabilidad que su visión del unicornio implicaba.

Rosa la acompañó hasta el borde del jardín.

— Debo regresar, Princesa —dijo la flor, sus pétalos mostrando un ligero cansancio—. Mi raíz clama por la tierra. Necesito descansar.

Lefky le agradeció con un abrazo su compañía, su lealtad y su alegría. Luego, observó cómo Rosa se alejaba hacia el túnel de glicinias, desapareciendo en la magia que las conectaba.

Quedó sola, en la Tierra de la Luna. Con un suspiro que era mitad determinación, mitad temor, continuó caminando, llevando consigo el peso de la bolsa roja invisible, la visión del unicornio, y el eco del trabajo amoroso de los tejedores, que hilaban esperanza para el día final.

XXII

El Bosque Azul

Mientras caminaba por el Bosque Azul, sumida en sus pensamientos sobre bolsas rojas y unicornios invisibles, se topó de pronto con una impresionante y aterradora sorpresa.

Erigido como una montaña de pelaje níveo en medio del sendero azulado, un gigantesco oso polar bloqueaba por completo su avance. Lefky se detuvo en seco, el corazón galopándole contra las costillas. Estupefacta, hipnotizada por su tamaño colosal y sus ojos oscuros como obsidiana, apenas podía respirar. Pero el hechizo se rompió cuando el oso comenzó a avanzar hacia ella con un paso pesado y decidido.

El pánico, puro y primitivo, estalló en sus venas. Con un grito ahogado, Lefky giró sobre sus talones y echó a correr con todas sus fuerzas en dirección opuesta.

Detrás de ella, el oso polar bajó sus patas delanteras. No era una persecución torpe; era una avalancha de músculo y pelaje que ganaba terreno con una velocidad alarmante. En segundos, le cerró el paso de nuevo, sus grandes garras plantadas en el suelo frente a ella.

Lefky gritó, un sonido agudo de terror, y se preparó para cambiar de dirección una vez más. Pero entonces, una segunda sombra emergió entre los árboles: un oso pardo, ligeramente más pequeño que el blanco, pero igual de formidable. Ahora, los dos animales avanzaban, rodeándola en un círculo lento y amenazante, atrapándola en medio.

Temblando como una hoja, con la mente en blanco, el instinto de supervivencia tomó el control. Se agachó, buscó a tientas y sus dedos se cerraron alrededor de una piedra fría. Con un movimiento desesperado, la lanzó. Dio justo en el hocico del oso polar.

El efecto fue instantáneo. La enorme bestia se detuvo. Parpadeó varias veces, lentamente, como si procesara una información absurda. Luego, alzó su mirada hacia Lefky, y en sus ojos negros no había ira, sino... confusión. Y una pizca de dolor.

— ¿Por qué hiciste eso? —preguntó el oso, y su voz era un rumor profundo y gutural, pero comprensible—. ¿Por qué me pegaste?

Lefky estaba demasiado aterrada para asombrarse de que un oso hablara. Solo temblaba, incapaz de articular palabra.

El oso pardo se acercó a su compañero.

— ¿Estás bien, amigo?

— Sí... creo que sí —respondió el polar, parpadeando aún.

- En ese momento de distracción, Lefky vio una brecha entre ellos. Sin pensarlo dos veces, se lanzó a correr de nuevo, sus pies apenas tocando el suelo.

Los dos osos se miraron, un gesto casi humano de exasperación compartida. Con una agilidad sorprendente para su tamaño, volvieron a perseguirla y la interceptaron en tres zancadas, cortándole el paso de forma definitiva.

Esta vez, el oso polar no se anduvo con rodeos. Con un movimiento rápido y suave para su masa, se abalanzó hacia ella, envolviéndola completamente en sus brazos peludos. Luego, deliberadamente, se dejó caer hacia atrás, rodando por el suelo con Lefky atrapada contra su cálido y suave pecho.

Ella gritó con todas sus fuerzas, el sonido apagado por la espesa capa de pelo.

— ¡No hagas eso! —rugó el oso, su voz retumbando en su propio pecho, contra su oreja—. ¡No grites! No es agradable para los oídos.

Aturdida, ahogándose en pelaje y miedo, Lefky logró articular un hilo de voz:

— ¿Vas... a comerme?

El oso se quedó quieto. Luego, la soltó un poco para poder mirarla a la cara. Su expresión era de total perplejidad.

— ¿Qué? ¿Yo comerte a ti? —preguntó, como si fuera la idea más ridícula del universo—. ¿Por qué habría de hacer una cosa así? Tranquila, pequeña cosa asustadiza. No te haré daño alguno.

Con un cuidado exquisito, se levantó, manteniéndola segura en sus brazos, y la depositó de pie en el suelo. Ella seguía temblando, pero el pánico ciego comenzaba a ceder ante la absoluta falta de agresión en el animal.

— Mi nombre es Polar —dijo el oso blanco, inclinando ligeramente su enorme cabeza—. ¿Te hice daño al rodar?

— No... —logró decir Lefky, su voz aún temblorosa—. Creo que no. Estás muy... pachoncito. —Se sorprendió a sí misma usando esa palabra, pero era la verdad: había sido como caer en un colchón vivo y cálido—. Pero... ¿por qué me perseguían?

Polar no respondió con palabras. En su lugar, señaló con su gran zarpa hacia el lugar del sendero por donde Lefky se dirigía antes de la persecución.

— ¡Mira! —ordenó, su tono serio.

Lefky miró. Solo vio los arbustos azulados, las sombras familiares del bosque.

— ¿Qué? —preguntó, confundida—. ¿Los arbustos?

— ¡No me digas que no lo ves! —gruñó Polar, frustrado.

El oso pardo, que había estado observando en silencio, tomó una rama caída. Con un movimiento preciso, la arrojó unos pasos más adelante, justo por donde Lefky habría seguido caminando.

Al instante, donde la rama tocó el suelo, el aire se distorsionó. El paisaje inocente se rasgó como un telón, revelando por un segundo una visión aterradora: una enorme boca de fuego y fauces dentadas que brotaban del mismo suelo, un hoyo disfrazado por una ilusión perfecta. La rama desapareció en un chispazo de llamas verdes antes de que la ilusión se restableciera, mostrando de nuevo el inocente sendero.

Lefky saltó hacia atrás, un nuevo grito atrapado en su garganta.

— ¿Qué... qué era eso? —logró balbucear, su mirada yendo de los osos al lugar ahora normal, que parecía otra vez un simple sendero boscoso.

— ¿Qué fue eso? —repitió el oso Polar, con un tono que insinuaba que la respuesta era obvia—. Una mascota de Bruja. Una trampa-boca. Y te hubiera devorado, porque ibas directo hacia ella, tan confiada.

— ¿Cómo puedes verla tú? —preguntó Lefky, aún con el pulso acelerado.

— ¿Cómo puedes no verla tú? —replicó Polar, ladeando su enorme cabeza—. En fin... ¿por qué huías de esa manera, pequeña cosa?

— Creí... que iban a comerme —admitió ella, un poco avergonzada ahora.

— Tienes mucha imaginación —dijo el oso pardo, su voz un poco más grave pero igual de comprensible—. ¿Cómo te llamas?

— Lefky.

— Lefky... —murmuró Polar, como saboreando el nombre—. También estuviste a punto de entrar al Jardín de las Palabras.

— ¿El Jardín de las Palabras? ¿Dónde está? —La curiosidad pudo más que el miedo residual.

Polar señaló con el hocico más allá del lugar de la trampa. Siguiendo su mirada, Lefky distinguió, entre la maleza azulada a lo lejos, los barrotes de una inmensa reja de hierro negro, casi oculta por la vegetación.

— Y no es seguro que entres —agregó el oso pardo—. Al menos, no sola.

— ¿Por qué? ¿Qué hay ahí?

— Muchos encantamientos —explicó Polar, bajando la voz—. Algunos buenos, otros malos. Algunos son de bruja, otros de hechicero. Si te toca uno de los malos... no creo que nadie pueda ayudarte. Es un lugar donde las palabras no se dicen; existen, flotan, se enredan *como enredaderas venenosas o dulces.* —Lefky, aguzando el oído, pudo escuchar entonces un leve murmullo que venía de allí, un susurro polifónico que erizó su piel.

La comprensión la golpeó con fuerza.

— Entonces... me salvaron. De verdad. Gracias... muchas gracias. —Miró directamente a Polar—. Y por favor... perdona que te haya agredido. Lo hice del susto.

— Tu piedra no hizo más que sorprenderme —dijo el oso, y pareció encogerse de hombros—. No me hiciste daño. No te aflijas. —Hizo una pausa—. Dime, Lefky, ¿hacia dónde ibas, antes de que nuestra... intervención te desviara?

— Sentí curiosidad por conocer el Castillo Plateado. Me dirigía hacia allá.

Polar y el oso pardo intercambiaron una mirada significativa.

— Nosotros te escoltaremos —declaró Polar con firmeza—. No es seguro que camines sola por el Bosque Azul. Ya viste la primera razón.

Así, los tres —la princesa humana y sus dos imponentes guardianes— emprendieron la marcha. El camino se hizo más llevadero con la conversación.

— Hemos sabido —comentó el oso pardo, que se presentó simplemente como Pardo— que cinco de los valientes Caballeros han encontrado ya sus Espadas Luminosas. Eso quiere decir que la balanza comienza a inclinarse. Que casi estamos a salvo.

— Definitivamente lo estamos —afirmó Lefky, con una chispa de orgullo en la voz—. Porque uno de esos caballeros... es mi amado Zangrid.

Polar se detuvo un instante, volviendo a mirarla con renovado interés.

— ¿Zangrid es tu amado?

— Sí —respondió ella, y una sonrisa iluminó su rostro—. *El más valiente, el más noble y el más hermoso caballero que existe.*

— ¡Excelente elección! —rugó Polar, una especie de gruñido alegre—. *Todos en el bosque sabemos que él es el Caballero Elegido. El que lleva el mayor peso.*

Al escuchar esas palabras, los ojos oscuros de Lefky brillaron con una mezcla de profundo orgullo y de esa sombra de preocupación que ahora entendía mejor. Los osos, respetando tal vez la carga emocional de su revelación, guardaron silencio durante el resto del trayecto, hasta que las primeras casas de la Villa de la Luna se asomaron entre los árboles.

— Amiga Lefky —dijo Polar al llegar al límite del bosque—, *aquí te dejaremos. Y recuerda: en esta tierra, la belleza a menudo esconde dientes. Ten mucho cuidado.*

— Así lo haré, amigos. Gracias por todo. Por salvarme... y por la compañía.

— Si nos necesitas —añadió Pardo—, *podrás encontrarnos en el Monte de la Luna. Ahí es donde dormimos... y mucho.*

— Pero no te preocupes —agregó Polar con un destello juguetón en sus ojos oscuros—, *porque una suave palabra, bien dicha, es suficiente para despertarnos.*

Agradecida y con el corazón más ligero, Lefky se despidió de sus nuevos y portentosos amigos con un abrazo que fue recibido con ronroneos de peluche gigante. Mientras reanudaba su camino, pensó en lo increíblemente afortunada que era. En su mundo, la naturaleza era un escenario mudo. Aquí, era un coro: las flores aconsejaban, los árboles sabios guiaban, y hasta los osos más formidables resultaban ser caballeros gentiles. Anheló, con una punzada de nostalgia, que tal armonía pudiera existir alguna vez en su hogar.

Inmersa en estos pensamientos, cruzó la silenciosa Villa de la Luna, cuyas calles vacías aún resonaban con el eco de su anterior visita. Su destino era el imponente Castillo Plateado, que ahora, bajo la luz fría del cielo lunar, resplandecía con una belleza gélida y majestuosa.

Al rodearlo, su mirada fue atraída inevitablemente hacia la parte trasera. Allí, dominando el horizonte, estaba el Abismo. Una fuerza casi magnética la llevó a acercarse de nuevo a su temible orilla. Observó, como antes, el enigmático río que venía del lado del Sol: una cinta de agua oscura y brillante que se precipitaba sin sonido por la grieta cósmica, para luego emerger milagrosamente en el lado lunar y continuar su camino. Era un ciclo de vida obstinado, una tenue esperanza fluyendo a través del corazón mismo de la oscuridad, que le helaba la piel con su proximidad.

Y entonces, como una susurrante maldición, lo escuchó de nuevo. La voz, etérea y desgarrada, surgiendo de las profundidades:

«Ayuda... ilumina...»

Estaba a punto de retroceder, de huir de ese lamento que parecía querer enredarse en su alma, cuando un resplandor en el cielo capturó toda su atención.

Allí, en su aro de plata, estaba la Luna. Pero no como una simple esfera de luz. Era una mujer. De una belleza serena y trágica, vestida con un traje que parecía tejido con la esencia misma de la luz plateada. Estaba más hermosa, más elegante y más enigmática que nunca. Y, como si intentara un hechizo de seducción dirigido al distante Sol, había atraído a su alrededor un séquito de nubes. Estas, bajo su influjo, se habían vuelto de un negro aterciopelado y ahora flotaban cerca de ella, arropándola cual estolas de piel finísima, acentuando su palidez luminosa.

Lefky la observó, hipnotizada por la escena celestial. Estaba tan absorta que no notó la presencia a su lado hasta que una voz, amable, dulce y cristalina como el choque de copas de hielo, habló:

— Mi nombre es Zirconia. Soy la Princesa del Castillo Plateado. ¿Eres tú la que llaman Ceda, la Princesa de las Flores?

XXIII
La Princesa Zirconia

Al voltear, Lefky se encontró con una joven de una belleza serena y fría. Tenía el cabello de un rubio tan pálido que parecía plateado a la luz lunar, y unos ojos azules como el cielo profundo justo antes del anochecer. Vistió una sonrisa cortés y ejecutó una ligera reverencia, un gesto de etiqueta impecable. Lefky le correspondió al instante.

— Encantada. Yo soy Lefky.

— Lo sé —respondió la joven, y su voz era melodiosa, clara como el agua de un manantial helado—. Eres la Princesa de las Flores. Veo que has llegado a nuestra tierra y estás admirando el cielo... y el Abismo. Pero debes tener cuidado. A veces, por contemplar demasiado la oscuridad, no te das cuenta de cuándo ésta ya te ha envuelto en su negrura. — La advertencia, dicha con tanta calma, tenía un peso aterrador.

— Gracias —dijo Lefky—. Tendré cuidado. Es solo que... me llama mucho la atención ese río. El que une las dos Tierras.

— Lo entiendo —asintió Zirconia, siguiendo su mirada hacia la cinta de agua oscura que desaparecía en el vacío—. Es el Río del Origen. Dicen que su fuente está en el Monte del Sol, pero que su verdadero nacimiento es en otro mundo, más allá de nuestro entendimiento. Cruza toda la Tierra del Sol, se precipita valientemente por el Abismo, lo recorre en su lecho más profundo, y luego, por un milagro que nunca cesa, asciende por nuestra tierra. La atraviesa hasta el Monte de la Luna, donde... —hizo una pausa, su mirada perdida en la lejanía— donde asciende hacia el cielo. Y de allí, pocos, muy pocos, saben a dónde llega finalmente.

— *Es como un ciclo de esperanza* —murmuró Lefky.

— *O de destino* —añadió Zirconia enigmáticamente. Luego, su tono se volvió más práctico—. *¿Tienes curiosidad por nuestro mundo, Princesa?*

— *Muchísima. ¿Podrías hablarme de él? ¿Cuántas aldeas hay?*

— *Con gusto. Empecemos por el lado del Sol, que ya conoces en parte* —dijo Zirconia, como una maestra paciente—. *Hay cuatro grandes aldeas. La Aldea de las Máscaras, donde esculpen no disfraces, sino rostros de bondad, valentía y nobleza, para que otros los encuentren cuando hayan perdido el suyo. La Aldea de la Música, donde componen las melodías que endulzan los momentos felices y dan profundidad a los tristes, el sonido de fondo de todas las historias. La Aldea de los Pintores, donde capturan en sus lienzos los gestos más puros: sonrisas, miradas de ternura, destellos de alegría y satisfacción. Y la Aldea de los Lazos, cuyo propósito conoces bien: unir lo que debe estar unido, con propósito y nobleza.*

— *¡Oh, sí! ¡Las conozco!* —exclamó Lefky, emocionada por reconocer el mapa de sus aventuras.

— *Además* —prosiguió Zirconia— *está el Monte del Sol, el trono de su majestad. El Gran Bosque, morada de los árboles más sabios...*

— *¡A ellos también los conozco! Son mis amigos.* — Una sonrisa genuina asomó a los labios de Zirconia.

— *Me alegra. Y, por supuesto, el Castillo Dorado del Príncipe Land, y la Villa del Sol, hogar de gente dulce y amable.* —Hizo un gesto amplio hacia el paisaje plateado—. *Del lado de la Luna, donde estamos, está este Castillo Plateado y la Villa de la Luna, que ya has visto. Sus habitantes, aunque más reservados, son igual de gentiles, y son frecuentemente visitados por los Tejedores.*

— ¡Sí! —asintió Lefky—. Los conocí hoy. Están confeccionando una armadura maravillosa.

— Así es —confirmó Zirconia, y su expresión se volvió solemne—. La tejen con los elementos más puros de cada tierra, las esencias más nobles. Aún les faltan algunos ingredientes cruciales. Pero cuando esté completa, protegerá, sin lugar a dudas, al Caballero que porte la Espada Sagrada. Será una segunda piel hecha de virtudes. — El nombre de la espada hizo que Lefky contuviera el aliento.
— ¿Tú... sabes dónde está la Espada Sagrada? — Zirconia negó lentamente.
— No, Lefky. Nadie lo sabe. Su ubicación es el misterio final. Solo se revelará cuando todo lo demás esté en su lugar.

— Pero ya han encontrado cinco de las Espadas Luminosas —dijo Lefky, contándolas con los dedos—. Honor, Lealtad, Respeto, Valentía e Integridad.

— Sí —asintió Zirconia—. Faltan Dignidad y Fuerza. Cuando esas siete luces brillen juntas, el camino hacia la Sagrada se iluminará.

— ¿Podrías hablarme de las otras aldeas de este lado? De la Luna —preguntó Lefky, ansiosa por aprender más.

— Con gusto. Sé que conoces la Aldea de los Flechadores, y que ya sabes que sus flechas llevan algo más que punta: van cargadas de valores, sentimientos... y momentos especiales. Como el romance —dijo Zirconia, con un atisbo de complicidad en sus ojos azules.

— ¡Así es! —rio Lefky—. Conocerlos fue... emocionante, en muchos sentidos. Hoy también conocí a los Tejedores de Bolsas, los guardianes de los sentimientos, y antes tuve la suerte de visitar a los Artesanos de Muñecos, los creadores de personalidades.

— Te falta una —dijo Zirconia—. La Aldea de la Fortuna.

— *Espero tener la oportunidad de conocerla pronto* —respondió Lefky. *Luego, tras un momento de vacilación, alzó la vista hacia las nubes que rodeaban a la dama lunar*—. *Dime, Zirconia... ¿Hay un reino en el cielo?*

Zirconia la miró con renovado interés, como si Lefky hubiera hecho una pregunta mucho más profunda de lo que parecía.

— *¿Nadie te ha hablado de eso?*

— *No* —confesó Lefky—. *No sé si mis ojos me engañan, o si es solo mi corazón soñador que se aferra a ver algo donde no lo hay... pero creo que he vislumbrado un reino entre las nubes.* — *Zirconia asintió lentamente, una chispa de asombro en su mirada.*
— *Estás en lo cierto. Sí hay un reino. O, más bien, reinos. El cielo no está vacío.*

— *¿Tú... has ido?* —preguntó Lefky, su voz llena de anhelo.

— *No* —respondió Zirconia, y por primera vez, Lefky detectó un atisbo de melancolía en su tono—. *Los caminos hacia esos reinos son... delicados, y no están abiertos para todos. Pero tengo un querido amigo que conoce muy bien las Aldeas del Reino del Norte. Es el Príncipe del Castillo de Cristal. Él nos proporciona, desde su dominio, muchas de las cosas más raras y necesarias para completar la armadura. Cosas que solo se encuentran donde el aire es tan puro que congela el tiempo y el hielo canta.*

— *¿Por qué nunca has ido?* —insistió Lefky, su imaginación ya volando hacia castillos de nubes y avenidas de bruma.

— *Nadie puede ir, Lefky* —explicó Zirconia con una suave resignación—. *Solo aquellos que pertenecen a ese mundo, cuyo nacimiento fue entre la niebla y el canto del viento alto, pueden habitar allí. Si naciste en la tierra, tus raíces te atan a ella. No hay camino para que la tierra ascienda al cielo por voluntad propia.*

— Qué lástima... —susurró Lefky, con genuino pesar—. Porque estoy segura de que el reino entre las nubes debe ser de una belleza... que duele solo de imaginarla.

— Yo también lo creo —murmuró Zirconia, y en sus ojos azules se reflejó por un instante el anhelo de lo inalcanzable.

Se interrumpieron al ver que alguien se acercaba. Era Acua, la dama Flechadora, su cabello castaño recogido y sus expresivos ojos verdes brillando con una determinación amable. En sus manos llevaba un bulto cuidadosamente doblado.

— Lefky —dijo Acua, con su voz clara—, queremos hacerte este regalo.

Con una amplia sonrisa de satisfacción, desenvolvió el paquete. Lo que reveló dejó a Lefky sin aliento. Era un vestido, pero no de tela común. Estaba tejido con espuma de olas, una espuma que no se deshacía, que capturaba el movimiento y la luz del mar en un material etéreo y sólido a la vez. Los colores eran el azul profundo del océano y el blanco luminoso de la cresta de las olas, que parecían brillar con una luz propia.

— ¿Para... para mí? —logró articular Lefky—. ¡Muchas gracias! ¡Es... bellísimo! Pero... ¿por qué? ¿Por qué este maravilloso obsequio?

Fue Zirconia quien respondió, su voz cargada de una solemnidad cálida:

— Para nosotros, es muy importante utilizar nuestros talentos, no para la guerra o la vanidad, sino para el bien. Para celebrar la bondad cuando la encontramos. Los Flechadores vieron, a través de los reflejos en el agua y el susurro del viento, lo que hiciste en el Jardín de las Flores. Vieron cómo una sola de tus lágrimas, cargada de amor puro, devolvió la vida a la pequeña Lila. Eso... eso solo lo logra un corazón rebosante de una bondad auténtica. Este vestido, hecho con la esencia de nuestras entrañables olas —aquellas que dan energía y no destruyen—, es para que lo lleves como un recordatorio. De que aquí, en la Tierra de la Luna, has encontrado amigos. Y de que siempre, siempre, serás bienvenida.

Las palabras, y la belleza tangible del regalo, atravesaron a Lefky. Sintió un nudo en la garganta y la calidez de unas lágrimas que amenazaban con caer.

— ¡Gracias! —dijo, y su voz tembló—. ¡Mil gracias! No lo olvidaré nunca. Y será un honor inmenso para mí que me consideren su amiga.

Una de esas lágrimas de pura emoción se desprendió y rodó por su mejilla. Al verla, Zirconia, rompiendo por un momento su compostura de princesa lunar, se inclinó y la abrazó con un cariño sincero y sorpresivamente cálido.

— Bueno —dijo Zirconia al separarse, secando suavemente la lágrima de Lefky con un dedo—, ahora que somos amigas de verdad... dime, ¿no te parece de una belleza desgarradora nuestra Dama Luna?

— ¡Muy bella! —exclamó Lefky, alzando la vista—. Y... muy observadora. ¿Sabes, Zirconia? He visto que la hermosa mujer plateada dentro del círculo lunar observa con mucha atención al caballero dorado del Sol. Pero él... parece no notarla. Como si estuviera en otro plano. —Hizo una pausa, bajando la voz—. ¿Sabías que el Sol no entiende su lenguaje? Que solo comprende las palabras de los hombres, no las de las mujeres.

Zirconia arqueó una ceja, un destello de interés y sorpresa en sus ojos azules.

— ¿Cómo que no entiende? ¿A qué te refieres?

— Es literal. Zangrid me lo explicó. El lenguaje de las mujeres es un misterio para el Sol. Si Luna le habló pidiendo ayuda, él simplemente... no la oyó. No por sordera, sino por una barrera antigua en su naturaleza. Ojalá pudiéramos decírselo a ella.

Saberlo la tranquilizaría... aunque —añadió Lefky, pensativa— es raro que una mujer tan sabia como ella no lo sepa.

— Tal vez el amor nubla incluso la sabiduría más antigua —murmuró Zirconia con un tono de comprensión melancólica—. O tal vez, en su desesperación, no quiso ver otra posibilidad que la indiferencia.

En ese mismo instante, como si la conversación hubiera sintonizado una frecuencia celestial, ambas alzaron la vista. Con toda claridad, vieron cómo una lágrima grande y brillante, hecha de plata líquida, se desprendía del ojo de la Dama Luna y trazaba un camino lento por su mejilla celeste. Las estrellas a su alrededor se agitaron, parpadeando con intensidad, como intentando consolarla. Y entonces, la Luna pareció sentir la mirada desde la tierra. Su rostro, por un instante, se volvió ligeramente hacia ellas, como si buscara la fuente de esa atención compasiva.

— ¡Luna está muy enamorada! —murmuró Lefky, casi para sí misma, el corazón apretado por una empatía que trascendía los mundos.

XXIV

La Fortuna

Lefky regresó a la Tierra del Sol a través del Jardín de las Flores. El poder de atracción del Abismo, con sus susurros helados, le inspiraba un temor visceral; prefirió el camino conocido de las raíces entrelazadas antes que tentar al vacío, incluso sobre el seguro puente de luz del Sol.

Al acercarse a la cabaña, el corazón le dio un vuelco. Allí, de pie bajo el dintel con los brazos cruzados y un semblante serio que le esculpía el rostro, estaba Zangrid. Esperándola. La sola visión de esa seriedad hizo que todos sus miedos regresaran en un torrente. ¿Está molesto? ¿Es mi culpa? ¿Se ha cansado de mí, de mi torpeza, de mi mundanidad en este lugar de maravillas? La idea de que la buena impresión inicial se hubiera desvanecido como el rocío bajo el sol le partía el alma en silencio.

Cuando finalmente estuvo frente a él, Zangrid la miró por un instante eterno, sus ojos verdes inescrutables. Luego, sin mediar palabra, extendió los brazos. La atrajo hacia sí con una fuerza que no admitía resistencia y la envolvió en un abrazo tan fuerte, tan posesivo, que le exprimió el aire de los pulmones y, de paso, todos los pensamientos torturantes. Al sentir el calor familiar de su cuerpo, la firmeza de sus brazos, Lefky se derritió. Correspondió al abrazo con todo el amor acumulado y la ansiedad reprimida, enterrando el rostro en el hueco de su cuello. Él no hablaba. Solo la mantenía apretada contra su pecho, como si temiera que se desvaneciera. Y en ese silencio elocuente, en ese refugio de músculo y latido, la felicidad y la paz regresaron a su corazón, barriendo las sombras.

Después de un largo rato, Zangrid se separó solo lo necesario para tomar su mano. La condujo dentro de la cabaña, donde el fuego crepitaba bajito. Liberada de la angustia, con la alegría burbujeando de nuevo, Lefky comenzó a contarle, las palabras saliendo a borbotones.

— Zangrid, creo haber entendido algo. Una de las razones por las que Luna raptó a Sol... ¡fue por amor! Ella está enamorada de él. Lo observa desde su círculo plateado con una mirada tan triste...

Él la miró entonces, y en sus ojos apareció esa luz especial, esa chispa de admiración y asombro que siempre la hacía suspirar. Una sonrisa suave, casi tierna, afloró en sus labios.

— Mi amada y bella Lefky —dijo, su voz un rumor cálido—, tú ves mucho más allá de lo que la mayoría alcanza a percibir. Penetras la superficie de las cosas.

Sus palabras fueron un bálsamo. Le pareció un absurdo monumental haber dudado, haber pensado que él podía decepcionarse de una visión tan clara y compasiva como la suya.

— Mira —dijo él, cambiando de tema con suavidad—. Te estaba esperando con ansias para entregarte esto.

Se acercó a la chimenea y retiró un cuadro que descansaba sobre la repisa. Lo depositó en las delicadas manos de Lefky. Ella lo miró y el aliento se le cortó.

Era ella. Una pintura de una veracidad y una belleza conmovedoras. Estaba retratada de pie junto al pequeño lago que sus lágrimas habían formado, su figura serena, su cabello rojo como una llamada de atención en el paisaje, el vestido verde (ahora blanco) fluyendo con el viento. El artista había capturado no solo su imagen, sino una esencia de paz y melancolía que ella misma reconocía.

— Es... hermoso —logró susurrar, y una lágrima de pura emoción escapó de sus ojos, trazando un camino cálido por su mejilla.—Mi amado Zangrid —dijo, alzando hacia él una mirada brillante—, cada vez que haces o dices algo hermoso... florece una nueva flor en el jardín de mi corazón.

Él no respondió con palabras. En silencio, la llevó al sillón frente a la chimenea, se sentó y la acomodó sobre su regazo, recostándola contra su pecho. Luego la rodeó con sus brazos, creando un capullo de calor y seguridad. Lefky se sintió tan plena, tan a salvo y tan amada en ese instante, que el cansancio emocional y físico la vencieron. Sin darse cuenta, el ritmo de su respiración se acompasó al de él, y se hundió en un sueño profundo y reparador.

Zangrid la ajustó contra sí, abrazándola un poco más fuerte, y murmuró contra su cabello, en un susurro tan bajo que solo las brasas pudieron oírlo:

— Duerme, duerme, mi dulce princesa. Yo velaré tu sueño.

Cuando despertó, la cabaña estaba en silencio. El lugar a su lado en el sillón estaba vacío, solo cálido por donde él había estado. La felicidad del reencuentro se mezcló con una punzada de profunda tristeza al no verlo allí. E, irracionalmente, una culpa sorda: me dormí. Perdí tiempo precioso con él.

Se levantó y al pasar frente al pequeño espejo de la cabaña, no pudo evitar una ligera sonrisa de satisfacción. Su cabello rojo, brillante y sedoso, resaltaba de manera espectacular contra el hermoso vestido azul y blanco obsequiado por sus amigas lunares. La tela de espuma de olas le entallaba a la perfección, recordándole que en ambos lados del Abismo tenía un lugar.

Poco después, al salir, se encontró con su pequeña y fiel amiga, Nube, que parecía haber estado esperándola.

— *Lefky* —dijo la nube en su susurro algodonado—, *Zangrid se fue hace apenas unos momentos. Vinieron a buscarlo los otros Caballeros de las Espadas Luminosas... y un joven de la Tierra de la Luna. Se llama Ajmed. Dice haber soñado con la ubicación de una nueva Espada.*

— *¡Ajmed!* —El nombre sonó a promesa. Luego, el comentario de Nube la hizo brillar por dentro—. *¿Dices que Zangrid los hizo esperar?*

— *Sí. Un buen rato. Los caballeros estaban impacientes, pero él... no se movía de tu lado.*

— *¿Esperaba a que yo despertara?* —preguntó Lefky, conteniendo la esperanza que quería estallar en su pecho.

— *Así es* —confirmó Nube—. *Y aunque lo apuraban, se quedó allí, contemplándote mientras dormías. Con una mirada muy... tranquila.*

Esa imagen fue la chispa final. Lefky sonrió, un gesto tan amplio y genuino que pareció iluminar el claro, y dio un brinco de pura felicidad.

— *¡Me quiere, Nube!* —exclamó, girando sobre sí misma—. *¡Él me quiere!*

— *Mi querida amiga Lefky* —susurró la nube, balanceándose con alegría—, *estoy completamente segura de que sí.*

— ¿Sabes a dónde han ido, Nube?

— Sí. A la Aldea de la Fortuna. En la Tierra de la Luna.

Sin pensarlo dos veces, Lefky dirigió una mirada determinada hacia el Gran Bosque. Iba allá. Iba a reunirse con él.

— ¡Me siento tan contenta, Nube! ¡Voy a la Aldea de la Fortuna!

— ¿Quieres que te lleve? —ofreció la nube, bajándose un poco.

— Gracias, amiga, pero iré por el Bosque —respondió Lefky, y ya estaba corriendo, enviando besos de despedida a su amiga, quien, risueña al verla tan radiante, comenzó a elevarse de vuelta al cielo.

Lefky atravesó el Gran Bosque como una brisa roja y azul. Llegó al Jardín de las Flores, pero no se detuvo; pasó como un vendaval, rozando las hojas y los pétalos con las yemas de los dedos. Todas sus amigas florales rieron, divertidas por su saludo veloz y eufórico. Cruzó el arco de glicinias y se sumergió en la penumbra azulada del Bosque Azul.

Solo redujo la velocidad cuando, a lo lejos, distinguió unos jardines de una elegancia distinta a todo lo visto antes. Eran simétricos, geométricos, con setos que formaban laberintos de simbolismos desconocidos y fuentes cuyos surtidores lanzaban agua que parecía hilo de oro líquido. Supo de inmediato que esa era la entrada a la Aldea de la Fortuna.

Quedó sin aliento, no solo por la carrera, sino por el espectáculo arquitectónico. Los edificios se alzaban con una majestuosidad oriental y bizantina, coronados por cúpulas bulbosas de azulejos turquesa y dorados. Arcos de herradura y columnas delicadas estaban adornados con intrincadas incrustaciones de mármol y, en una exquisita y armoniosa explosión de color, por mosaicos que capturaban la luz y la refractaban en mil destellos. Era una belleza opulenta y mística.

Caminó lentamente, maravillada, hasta la Gran Plaza. Y allí, en el centro, estaba el corazón de la aldea: una enorme Rueda de la Fortuna. No era un simple artefacto; era un coloso de madera tallada y metal brillante que giraba con una suavidad hipnótica, sin prisa pero sin pausa. Mientras giraba, de sus compartimientos y engranajes se desprendían objetos, monedas, pequeños cofres y pergaminos que caían directamente al pozo central. Lefky se quedó absorta, observando el ciclo eterno. La rueda giraba y giraba, imperturbable, pareciendo estar eternamente cargada de fortuna, dispensando su caudal al otro mundo con la constancia de un latido cósmico.

.

Terminó por darse cuenta de que la aldea parecía desierta, sus calles ornamentadas eran solo un escenario vacío. Siguió el murmullo de la multitud hasta llegar frente a un palacio de una belleza serena, de líneas mediterráneas puras, mármol blanco y azulejos de cobalto. Allí, concentrados como fieles en un templo, estaban todos los habitantes. Una ola de alegría contenida emanaba de ellos. En el balcón principal, un caballero de porte noble y ojos llenos de sueños cumplidos, Ajmed, levantaba una espada cuya luz no era agresiva, sino firme, como el latido constante de una montaña. La voz de Land resonó, clara y solemne:

— ¡La Espada de la Fuerza, hallada por el Caballero Ajmed!

Una sonrisa se dibujó en los labios de Lefky, un reflejo automático de la felicidad colectiva. Pero esa sonrisa se iluminó de verdad, se hizo radiante y privada, cuando su mirada encontró, a unos pasos de distancia, la espalda familiar de Zangrid. Allí estaba, su silueta erguida uniéndose a los vítores. El impulso de correr, de lanzarse a ese refugio, de sorprenderlo con un abrazo que le dijera «aquí estoy, comparto tu triunfo», fue físico, un calor en sus miembros.

Pero su cuerpo se congeló en el mismo instante en que una figura etérea y plateada se deslizó hacia Zangrid. Era la Princesa Zirconia. Con una expresión de felicidad tan íntima como radiante, la dama lunar envolvió a Zangrid en un abrazo. Y él, oh, él no se apartó. Al contrario, con una sonrisa amplia y desprevenida que a Lefky le pareció un relámpago en su alma, correspondió al abrazo, rodeando a Zirconia con sus brazos en un gesto de familiaridad y camaradería que le detuvo el corazón.

La sonrisa de Lefky se desvaneció, no como se apaga una luz, sino como si se la arrancaran. Sintió un dolor preciso y agudo, como si una daga de hielo le hubiera traspasado el pecho. No era celos lo que la inundó primero, sino una confusión absoluta, una sensación de ser un fantasma, un error en un cuadro perfecto. Se sintió desplazada, intrusa en un momento que no le pertenecía. Sin pensarlo, giró sobre sus talones y emprendió el camino de regreso, su energía chispeante convertida en ceniza, arrastrando los pies sobre los mosaicos que antes le habían parecido maravillosos.

Como una sonámbula, fue a parar de nuevo ante la gran Rueda de la Fortuna. La observó, no con asombro, sino con una vacuidad dolorosa. La rueda giraba, implacable en su ciclo, dispensando dones y pruebas al pozo. Algunos objetos caían limpios, otros se atascaban en el borde, luchando contra un destino viscoso antes de ser engullidos.

— Amistad. Suerte. Éxito. Ilusión. Confianza. Toda clase de situaciones son enviadas para el aprendizaje y la experiencia —dijo una voz a su lado, áspera como piedra pulida por el viento.

Era un hombre extraordinariamente delgado, cuyos ojos, hundidos y brillantes, parecían ver a través de las capas superficiales del mundo. Había captado su atención perdida.

— ¿Quieres probar un poco de la fortuna? ¿Ver lo que la Rueda tiene reservado para ti? —preguntó, su tono no era de oferta, sino de desafío filosófico.

— N-no, gracias —logró responder Lefky, saliendo a trompicones de su aturdimiento.

— ¿Tienes miedo? —insistió él, clavando en ella su mirada suspicaz.

— No... bueno, tal vez un poco.

— El miedo es la sombra de lo desconocido, no de la Rueda —dijo el hombre, y su voz adquirió una cadencia de mantra antiguo—. Ella es impredecible, es cierto. Te dará bendiciones inesperadas y cargas que no viste venir. Lo dulce y lo amargo. Pero hay una *verdad que debes grabar en tu espíritu y nunca olvidar: tus principios son tu ancla, tu experiencia tu mapa, y tu capacidad de aprendizaje, el timón. Tus principios te mantendrán en tu centro cuando los vientos de la fortuna soplen fuerte. Tu experiencia te enseñará a discernir el oro verdadero de la hojalata brillante. Y tu aprendizaje te dará la agilidad para esquivar el veneno y, si has de probarlo, para no tragar sino una gota, y escupirla pronto.*

Lefky frunció el ceño, una chispa de su antiguo fuego encendiéndose ante la simplificación.

— *¿Eso significa... que todo depende de mí? ¿Que la fortuna no es un don o un castigo, sino una consecuencia de mis acciones y decisiones?*

— *Así es* —asintió el hombre, como un maestro ante un alumno que por fin hace la pregunta correcta—. *Cuando aprendas a valorar* —y enfatizó la palabra— *todo lo que te rodea, no por su precio, sino por su lección, tú misma forjarás tu propia fortuna. La vida es un campo de dualidades: luz y sombra, gozo y pena, facilidad y obstáculo. Esa tensión es necesaria. Es el yunque donde se templa el alma. Cuando das a cada experiencia su justo valor, cuando extraes la sabiduría de lo amargo y la humildad de lo dulce, tu espíritu se fortalece. Surges con un valor tal que creas a tu alrededor un ambiente de paz interna. Y desde esa paz, tomas de la vida solo lo que nutre tu esencia, y desechas lo que la corrompe. Entonces, tú eres el artífice. Y solo entonces estás en condiciones de tender la mano sin caer tú mismo.*

Lefky observó la Rueda girar, pero ya no veía el mecanismo, sino el reflejo de su propio mundo en su movimiento silencioso. Después de un largo silencio cargado de recuerdos de hogar, habló, y su voz tenía la tristeza del que ha visto demasiado:

— *No creo que sea una cuestión de decidir* —comenzó, y el hombre inclinó la cabeza, interesado—. *Hay almas en mi mundo que son faros. Irradian una bondad tan pura que calienta a quienes los rodean. Ayudan sin pedir nada, enfrentan los desafíos con un valor* que parece divino, y aun así... son aplastados por la crueldad más injustificada. Reciben agonías que no buscaron, traiciones que no merecieron, enfermedad o algo peor. ¿Cómo pueden «decidir» que su bondad sea correspondida? ¿Cómo pueden forjar una «fortuna» buena cuando otros, con libre albedrío y malicia, deciden destrozar sus vidas? —Su voz se quebró un poco—. Hay quienes aman con una entrega total, honesta, desnudando su alma. Y se quedan solos, con el corazón hecho añicos por la traición, o lo pierden todo en un accidente absurdo. ¿Cómo «deciden» que el corazón deje de sufrir? ¿Cómo forjan fortuna de un infortunio que los desgarra? No. No creo en su Rueda. No creo que la felicidad sea solo una elección cuando el dolor ajeno puede ser tan caprichoso y devastador.

Con los hombros caídos, comenzó a alejarse, cada paso un alejamiento de aquella filosofía que le parecía, en ese momento, cruelmente ingenua.

— ¡Egoísta! —La palabra del hombre no fue un grito, sino una afirmación grave y cortante, como el filo de una espada de verdad.

Lefky se detuvo. Volteó lentamente, sus ojos brillando con una mezcla de dolor e incredulidad.

— ¿Cómo... has dicho?

— Egoísta —repitió él, sin ira, con la tristeza de un diagnóstico antiguo—. Muy egoísta es la corriente que fluye en tu mundo. Por eso la Rueda gira, pero sus dones caen en tierra yerma. Los seres han olvidado. Han soterrado el potencial infinito de amor, generosidad, valor y gratitud que yace en el núcleo de cada alma. Buscan la felicidad en espejismos, en placeres huecos que exigen traición como moneda y dejan desolación a su paso. No se detienen a recibir. No dan significado, no otorgan valor, no extraen la lección. Arrojan el oro y se quedan con el fango, luego claman al cielo por su pobreza. —Su mirada se perdió en la Rueda—. Nuestros obsequios yacen abandonados, sin ser reconocidos. Y al no alimentar la luz interna, quedan vulnerables, vacíos perfectos para que la oscuridad externa se instale y crezca.

Lefky lo escuchó, y cada palabra resonaba con un eco de verdad dolorosa en su interior. Una lágrima solitaria, pesada por la comprensión, recorrió su mejilla.

— *Mucha verdad hay en lo que dices —admitió, su voz apenas un susurro—. Lamento si mi pasión me cegó y fui descortés. Solo... el dolor de mi mundo a veces grita más fuerte que la esperanza.*

El rostro delgado del hombre se suavizó. Una sonrisa genuina, no de triunfo, sino de compasión compartida, iluminó sus rasgos austeros.

— *No temas por tu mundo, pequeña princesa de dos tierras —dijo, y su voz ahora era un arrullo de viento sabio—. El recuerdo duerme, pero no ha muerto. Y mientras un solo corazón como el tuyo recuerde y luche, la semilla está viva. Sé que, a través de canales como este, como tú, lograremos ayudarlos a recordar.*

— *Gracias... —murmuró Lefky, sintiendo una paz extraña, una tristeza esperanzada—. Amigo. No te olvidaré.*

XXV
La Flor con Alas

El camino de regreso a la Tierra del Sol se le hizo interminable, un sendero de pesadumbre donde cada paso resonaba con el eco del abrazo que había presenciado. Finalmente llegó al Taller de Libros de Zangrid en la Villa del Sol. Por unos instantes, recorrió el lugar con la mirada: era hermoso, acogedor, impregnado del aroma a papel antiguo y a la esencia de él. Pero sin su presencia, el espacio se sentía hueco, como un caparazón vacío de caracol.

Se dejó caer junto a la ventana donde él, una eternidad atrás, le había ofrecido la bebida «Dulces Momentos». Una sonrisa triste se dibujó en sus labios al recordar. Para ahogar el silencio, comenzó a recorrer los lomos de los libros con los ojos, hasta que uno, de un azul profundo como el cielo justo después del ocaso, atrajo su atención. Con un suspiro que le vino de lo más hondo, se acercó, lo tomó y lo abrió casi al azar, cerca del final.

Sus ojos se posaron en un párrafo:

«... la serena y sensata Princesa de la Villa de la Luna, al fin se sentía infinitamente feliz, pues había encontrado al que consideraba el mejor de los Caballeros, y pronto se Uniría a él. No solo para completar la misión que les fue asignada por el destino, sino para hacer realidad, entre sus dos luces, sus más hermosos y anhelados sueños...»

Lefky cerró el libro de golpe, con un crujido seco que resonó en el silencio del taller. El dolor fue físico, un punzón agudo y preciso en el centro del pecho. El libro pertenecía a Zirconia. Y el «mejor de los Caballeros» solo podía referirse a uno. A Zangrid. ¿Cómo culparla? ¿Quién en su sano juicio, en cualquier mundo, podría resistirse a enamorarse perdidamente de un hombre como él? Recordó la escena en la Aldea de la Fortuna: la felicidad radiante en el rostro de Zangrid, una expresión de pura y *desprevenida alegría que ella, en verdad, nunca le había visto dirigir hacia sí misma. Esa sonrisa solo podía significar una cosa: amor.*

Abandonó el taller con el alma hecha añicos. Con paso lento, como si cargara con el peso de su propio mundo perdido, caminó de vuelta a la cabaña, al único lugar que aún sentía suyo: el refugio del dueño de su corazón roto.

Se detuvo frente al lago, ese espejo de agua oscura y profunda que sus propias lágrimas habían creado. En un esfuerzo titánico por escapar de sus pensamientos, alzó la vista al cielo. Buscó con la mirada el reino que ahora sabía que existía, escondido entre las nubes inmaculadas. Por su proximidad a las estrellas, imaginó que debía ser un lugar de una belleza sublime, un refugio para almas que no pertenecían a la tierra.

Luego, dejó que su mirada se perdiera en el magnífico valle que rodeaba la cabaña. Pensó en lo afortunada que había sido. Había llegado a un mundo de pura maravilla, donde conocía a personas cuya generosidad no conocía límites, donde seres fantásticos solo anhelaban proteger. Siempre había soñado con lugares así, pero la realidad superaba cualquier fantasía. Y al recordar a sus queridas Flores, una chispa de consuelo encendió su oscuridad: ella no era una intrusa absoluta. En este mundo fantástico, había descubierto que era una princesa. La Princesa de las Flores. Ese título, al menos, era suyo.

Su rostro se iluminó de repente, no por un pensamiento, sino por una visión. Por encima del Gran Bosque, recortado contra el cielo crepuscular, venía Zangrid montado en su imponente pegaso. Sin perder un segundo, el corazón olvidándose por completo de su herida, corrió a su encuentro.

El pegaso descendió con gracia. Mientras Zangrid desmontaba y caminaba hacia ella, la criatura alada saludó a Lefky con una reverencia de cabeza profunda y majestuosa, antes de elevarse de nuevo hacia las alturas. Pero la alegría de verlo se congeló en sus venas cuando estuvo lo suficientemente cerca. Él lucía, si era posible, aún más serio y distante que antes. Un nuevo pinchazo de angustia le atravesó el corazón. ¿Qué he hecho? ¿Qué está pasando? Pero el deseo de estar cerca de él, de robar aunque fuera un momento de su presencia, fue más fuerte. Una vez más, enterró sus preguntas, ocultó su dolor bajo una máscara de alegría.

Sonriente, se abrazó a él con fuerza, murmurando cuánto lo había extrañado. Luego, casi sin respirar, le pidió que la acompañara a visitar a sus amigas las Flores. Mientras ella hablaba con una velocidad nerviosa, los ojos de Zangrid no estaban en ella. Estaban fijos, con una preocupación grave, en el lago. Había crecido drásticamente, sus orillas ahora rozaban los primeros árboles del bosque. Luego, su mirada se posó en Lefky, en su sonrisa forzada, en los ojos que, por más que lo intentaran, no podían ocultar un océano de tristeza. Él, con una formalidad que le dolió más que un rechazo, aceptó.

Lefky tomó su mano, grande y familiar, y buscó sus ojos. A pesar de la seriedad, aún conservaban ese brillo verde profundo que siempre le había dado paz. Eso le bastó. Tomados de la mano, ella lo condujo a través del Gran Bosque. Zangrid, aunque ensimismado, no pudo evitar mostrar un asombro contenido al ver cómo los dos bosques —el verde y vital del Sol, el azul y místico de la Luna— se conectaban y fundían ante ellos, un milagro geográfico que la sola presencia de Lefky parecía hacer posible.

Al entrar al Jardín de las Flores, la bienvenida fue un estallido de color y alegría. Las Flores vitorearon a su Princesa y saludaron con tímida curiosidad a su apuesto acompañante. Zangrid se presentó con la caballerosidad impecable que lo caracterizaba, y las Flores, coquetas y nerviosas, no dejaban de susurrar y reír entre pétalos. Lefky se sentía inundada de un orgullo dulce y doloroso. Tenerlo allí, en su santuario, compartiendo ese rincón de su alma, casi logró que olvidara los tormentos del taller.

Fue entonces cuando la vio. Una flor rara, diferente a todas las demás. No hablaba, no se reía. Solo observaba a Lefky con una mirada profunda, fija, casi de reconocimiento. No era muy grande, pero sus pétalos eran una explosión de colores vivos y nunca vistos.

Un silencio repentino cayó sobre el jardín. Zangrid y las demás Flores contuvieron la respiración cuando vieron a la Princesa acercarse lentamente. Con una delicadeza infinita, Lefky extendió la mano y rozó con la yema de los dedos uno de los vibrantes pétalos.

Al contacto, la flor se estremeció. De su base surgieron, como por arte de magia, un par de alas delicadas y translúcidas, que destellaron con los colores del arcoíris. Sin vacilar, la flor despegó del suelo. Revoloteó por el jardín, trazando círculos de luz, y luego, tras inclinarse en una reverencia perfecta hacia Lefky, se elevó hacia el cielo, cada vez más alta, hasta perderse en la luz del atardecer.

El asombro fue colectivo. Nadie, ni Zangrid, ni las Flores milenarias, había visto jamás a una flor volar. Era un milagro único, nacido del simple y amoroso toque de la Princesa. Lefky sonreía, una sonrisa de pura y sencilla maravilla, mientras Zangrid la contemplaba, y en sus ojos, por un instante fugaz, la admiración y la ternura borraron toda la seriedad.

Pero el hechizo se quebró. El momento mágico se desvaneció cuando Zangrid, sin previo aviso, se despidió con una cortesía tan perfecta como gélida. Las Flores le desearon un pronto regreso, confundidas por su brusquedad. Él, sin embargo, partió sin más explicación, sin una mirada atrás que prometiera volver.

Lefky, ahogando el grito de su corazón que suplicaba «quédate» o «llévame», mantuvo su sonrisa. Una sonrisa que era su armadura y su prisión. Lo vio alejarse, su figura alta y solitaria siendo engullida por la penumbra del túnel que conectaba los mundos, llevándose consigo el último destello de su luz y dejándola a ella, la Princesa que podía hacer volar a las flores, clavada en el suelo, con un jardín de maravillas a sus pies y un desierto de silencios en su alma.

Cada vez lo sentía más lejos. Una brecha invisible se abría entre ellos, y su corazón, que una vez fue un jardín en flor, ahora era un campo de escarcha. Anhelaba con desesperación que aquel instante perfecto de su encuentro inicial pudiera congelarse en la eternidad, pero el tiempo, cruel e implacable, todo lo cambiaba.

Mientras lo veía partir, las lágrimas caían a raudales, silenciosas y ardientes. En ese instante de desolación, las Flores se agruparon a su alrededor, formando un círculo vivo y perfumado. Comenzaron a entonar para ella no una canción alegre, sino una melodía dulce y melancólica, un arrullo de pétalos que hablaba de ciclos, de raíces profundas y de que hasta la noche más oscura precede a un amanecer. A pesar de la tristeza que la anclaba, la belleza del canto la tocó. Lentamente, como quien se levanta de un desmayo, Lefky unió su voz temblorosa a la de ellas.

Cuando la última nota se desvaneció, la pequeña Lila, a quien la vida había sido devuelta por una lágrima de amor, dio un saltito y aterrizó en la palma de su mano.

— ¡Princesa! —exclamó, su vocecita llena de una certeza absoluta—. ¡Un día tú también volarás! ¡Volarás alto, igual que la flor que tocaste!

Lefky esbozó una sonrisa triste por la inocencia de la flor, y la abrazó con una delicadeza infinita, como si en ese pequeño ser estuviera contenida toda la esperanza del mundo.

— ¡Vayamos a la Unión de la Princesa Zirconia! —anunció entonces Tulipán, su voz tomando un tono de decisión ceremonial.

— ¿Su Unión? —preguntó Clavel, curiosa—. ¿Con quién?

— Con uno de los Caballeros de las Espadas Luminosas —respondió Tulipán.

Las palabras fueron otro puñal. Uno de los Caballeros. El corazón de Lefky se encogió, imaginando inevitablemente a Zangrid. Recordó entonces, con una claridad dolorosa, la conversación que había escuchado entre los árboles sabios: la Espada del Honor necesitaba una Joya Roja. ¿La habrá encontrado Zirconia? Una lógica terrible se impuso en su mente: si Zirconia era la Doncella Joya que había hallado la gema, entonces la Unión con Zangrid no solo era posible, era un deber del destino. Eso explicaría su distancia, su frialdad... estaba preparándose, o quizá atormentándose, por un destino épico que lo unía a otra. Zirconia era hermosa, sabia, una princesa de su propio reino. La pareja perfecta. Un *doloroso lamento nació en su pecho: ojalá hubiera sido yo quien encontrara esa joya para ti.*

Mientras Lefky se hundía de nuevo en el pantano de sus pensamientos, las Flores, decididas a rescatarla, se pusieron en acción con un entusiasmo conmovedor. Era su princesa, y la acompañarían con belleza, incluso a un evento que le partía el alma. Rosa, con la punta de un pétalo, añadió un toque de color a sus mejillas pálidas. La pequeña Lila, con un polen dorado, maquilló sus ojos castaños para disimular el rastro de las lágrimas. Clavel la peinó con suavidad, desenredando su brillante cabellera roja. Y las Margaritas, con la ayuda de Nube que había ido y vuelto de la cabaña como un recado del viento, la vistieron con el espléndido traje de pétalos multicolor que le habían regalado.

A pesar de la tristeza infinita que la embargaba, Lefky lucía de una belleza desgarradora. Caminaba con los ojos bajos, un río silencioso de lágrimas recorriendo su rostro y perdiéndose entre los pétalos de su vestido, como lluvia en un jardín ya marchito. Conmovida hasta la raíz, Rosa, escondiendo sus espinas para no lastimarla, se enredó suavemente en su brazo, ofreciéndole un abrazo de tallo y hoja mientras avanzaban hacia el Bosque Azul.

El lugar elegido para la Unión era un claro donde la magia lunar se manifestaba con intensidad. El ambiente era de un romanticismo enigmático, muy distinto a la alegría bulliciosa y solar. La luz plateada filtraba entre los árboles azules, creando un escenario de ensueño y solemnidad.

Y allí, en el centro, estaba la pareja. Zirconia, con un vestido que parecía tejido con arroyos de plata viva, lucía radiante, etérea y profundamente feliz. A su lado, un gallardo caballero vestido de dorado la contemplaba con una devoción absoluta: era Ajmed, el portador de la recién hallada Espada de la Fuerza.

Al reconocerlo, a Lefky le pareció que el mundo entero recuperaba el aire. Un alivio tan vasto y repentino que casi la hizo tambalear, borró de un golpe el terrible dolor que la oprimía. Una sonrisa verdadera, nacida del puro asombro y de la liberación, iluminó su rostro. Comenzó a reír suavemente, entre dientes, al darse cuenta de la trampa cruel que sus propios miedos y su imaginación le habían tendido.

Al concluir la ceremonia, que culminó con un estallido de luz pura de las Estrellas Eternas, Zirconia, con la serenidad que la caracterizaba, se abrió paso entre los invitados. Sus ojos azules encontraron a Lefky. Se acercó directo hacia ella.

— ¡Enigma, querida Lefky! —dijo, y se abrazaron con una calidez genuina, un abrazo entre princesas que compartían secretos de mundos y corazones.

— ¡Dicha eterna, Zirconia! —respondió Lefky, su voz ahora ligera—. Te ves feliz. Y más hermosa que nunca.

— Gracias, Lefky. Tú también.

— Fue impresionante la ceremonia —murmuró Lefky—. ¿Viste la luz? ¿La de las Estrellas Eternas?

— Sí —asintió Zirconia, y un estremecimiento de emoción recorrió su cuerpo plateado—. Una luz intensa y maravillosa nos envolvió. Es... indescriptible.

— ¡Te ves tan enamorada! —exclamó Lefky, sin poder contener su alegría por su amiga.

— Sí —confesó Zirconia, y su sonrisa fue un destello de luna llena—. Estoy profundamente enamorada. —Hizo una pausa, clavando sus ojos claros en los castaños de Lefky—. Y tú también lo estás.

La afirmación, dicha con tanta certeza, desató la compuerta.

— ¡Sí! —admitió Lefky, poniendo las manos sobre su corazón, que parecía querer salírsele del pecho—. ¡Estoy enamorada! Y sé que no hay nadie más en todo el universo para mí. Lo amo, Zirconia. Lo amo con todo mi ser, con cada parte de mí.

Alzó la vista hacia las estrellas, buscando en ellas un testigo cósmico para su confesión, y suspiró hondo, tratando de domeñar el torrente de sentimientos. Sabía que tal derroche podía parecer excesivo, especialmente frente a la ecuanimidad lunar de Zirconia, pero confiaba en su amistad.

No se equivocó. Conmovida, Zirconia tomó su brazo con suavidad.

— *Caminemos —propuso—. El bosque tiene una luz especial esta noche.*

Se adentraron por el Bosque Azul, que bajo la luz plateada mostraba una belleza aún más enigmática. Los árboles, de troncos esbeltos y copas altísimas, extendían delgadas ramas que caían como cortinas de líquenes brillantes casi hasta el suelo. Entre el follaje, se atisbaba el paseo lento de las estrellas y el ojo vigilante y misterioso de la Luna.

— *¿Sabes? —comenzó Zirconia, su voz un hilo de plata en la quietud—. Hay una leyenda, casi un secreto que todas las mujeres de la corte lunar conocemos. La leyenda de la princesa que, por amor, se convirtió en cristal.*

A Lefky se le iluminó la mirada. Las historias, los mitos, eran el lenguaje de su corazón.

— *¿Cristal? —preguntó, intrigada.*

— *Así es —asintió Zirconia—. El Príncipe Land, hace mucho tiempo, se enamoró perdidamente de una doncella. Era misteriosa, de una belleza etérea. Casi nadie la conoció, y nadie supo jamás de dónde vino, pero marcó la vida de Land para siempre. Su amor fue tan intenso, y quizá tan imposible, que él, para no perderla del todo, mandó a los Pintores que capturaran su esencia. El cuadro que hicieron de ella es de una belleza que duele. Y aún está colgado en un lugar muy secreto de su castillo.*

Lefky recordó de pronto el retrato que había visto en el Castillo Dorado, la mujer de mirada triste y familiar que tanto la había conmovido. El misterio se cerraba.

— ¿Y qué sucedió con la doncella? —preguntó, conteniendo el aliento.

— Un día, las Brujas la raptaron —continuó Zirconia, su voz bajando a un susurro de conspiración y pena—. Y con uno de sus embrujos más oscuros, la transformaron en cristal puro. La dejaron como una prisionera eterna, brillante e inmóvil, en alguna grieta profunda del Abismo. El Príncipe Land lo ignora. Todos, su corte, los sabios, incluso yo... acordamos no informarle. Lo hicimos para salvarle la vida. Porque si lo supiera, con toda certeza, se arrojaría a esa oscuridad para intentar rescatarla o morir en el intento.

Lefky, haciendo memoria, murmuró:

— Un día visité el Castillo Dorado... y vi una pintura. Parecía... la fotografía de una joven casi idéntica a mí, pero rubia.

— Así es —confirmó Zirconia—. Dicen los que la vieron, que guardaba un parecido sorprendente contigo. —De pronto, su mente procesó la palabra extraña que Lefky había usado. Sus ojos azules se abrieron con curiosidad—. Lefky... ¿qué es una «fotografía»?

— Es como una pintura —explicó Lefky, buscando las palabras—, pero es... perfecta. Idéntica a la persona en un instante preciso. Es como verte a ti misma reflejada y congelada en el tiempo, pero sin movimiento. Una huella de luz.

— ¡Qué impresionante! —exclamó Zirconia, genuinamente maravillada—. ¿Dónde hay fotografías?

— En mi mundo.

El aire entre ellas pareció cambiar, cargado de una nueva comprensión. Zirconia la miró con una mezcla de asombro y de lógica cósmica que se cerraba.

— ¿Eres... de otro mundo, Lefky?

— Sí —admitió ella, con una sencillez que sonaba a confesión—. Lo soy.

— ¿Será... el mundo mágico a donde enviamos todas nuestras creaciones a través de los pozos? —preguntó Zirconia, conectando los hilos con la perspicacia de quien conoce los secretos del intercambio entre dimensiones.

— ¿Mundo mágico? —repitió Lefky, y una sonrisa triste y dulce a la vez se dibujó en sus labios. Desde esta perspectiva, su hogar, con su ciencia y su ruido, podía parecerlo—. Tal vez... sí. Yo creo que sí.

Un silencio respetuoso se instaló entre ellas, lleno del peso de la revelación. Luego, Lefky, recordando las palabras de los aldeanos y el peligro constante, preguntó:

— Dime, Zirconia... ¿alguien más ha sido secuestrado así? Por las criaturas del Abismo.

— Sí —respondió la princesa lunar, y su rostro se nubló con un recuerdo más personal—. Una querida amiga del Reino de las Estrellas. Un día vino a visitarme. La Luna se había ausentado, y la penumbra era más densa de lo habitual. En su regreso, justo antes de elevarse hacia su castillo en el firmamento, fue arrebatada. Las Brujas y sus mascotas oscuras se la llevaron. Ella era... la Princesa de las Estrellas. Su luz falta en el cielo desde entonces.

Conmovida y pensativa, Zirconia tomó del brazo a Lefky.

— Ven. Te mostraré algo. Un lugar muy especial.

La condujo más adentro del Bosque Azul, hasta un rincón donde la magia parecía haberse condensado en una forma imposible. Allí, erguida como un portal olvidado, había una pared hecha de agua. Pero no era agua corriente; era quieta, vertical, contenida por una voluntad o una física desconocida. Tenía la apariencia de un estanque de cristal colgado en el aire, y de su interior emanaba una poderosa y serena luz azul. Y dentro, como atrapados en un sueño líquido, se veían criaturas marinas: peces de escamas iridiscentes, caballitos de mar que flotaban lentamente, medusas que pulsaban con luz propia. Parecían nadar, no en agua, sino en el aire mismo.

— Estas Aguas de Aire son uno de los mayores misterios de mi tierra —susurró Zirconia.

— ¿Aguas de Aire? —repitió Lefky, fascinada, apartando la vista del espectáculo por un segundo.

— Introduce la mano. Suavemente.

Con un leve temor reverencial, Lefky extendió la mano. Sus dedos tocaron la superficie; no ofreció resistencia, era como penetrar en una gelatina de luz fría. Entró con facilidad. Al interior, no sintió humedad, sino corrientes de aire invisible que acariciaban su piel. Los animales acuáticos, al percibir la intrusión, se acercaron curiosos. Un pequeño pez de colores le rozó la palma, un caballito de mar se enroscó alrededor de su dedo índice. Una risa de puro asombro y cosquilleo escapó de sus labios.

Zirconia sonrió, pero su advertencia fue grave.

— Nunca, jamás, debes intentar entrar por completo, Lefky. Podrías perderte. Este es un punto donde los mundos se rozan. Podrías atravesar y llegar a otro lugar del que quizá no haya regreso. Aquí, puedes respirar estas Aguas de Aire sin peligro, pero las aguas del otro lado... —hizo una pausa significativa— son densas, pesadas. Te romperían por dentro. Podrían aplastarte. Y no te podría decir en qué punto exacto la frontera se vuelve mortal, porque ignoro dónde, precisamente, se funden los dos mundos.

— Un océano... —murmuró Lefky, comprendiendo. Su mundo, con sus mares profundos y opresivos, estaba al otro lado de esta membrana luminosa.

Cerca del muro de agua, en un pequeño lago que reflejaba la luz azul, había un grupo de flores. Eran similares a las de su jardín, pero adaptadas a la vida acuática, con tallos esbeltos y pétalos que ondeaban como aletas. En cuanto vieron a Lefky, la reconocieron. Se agitaron contentas, inclinándose en su dirección y enviándole saludos de burbujas y destellos de color subacuático, agradeciendo su visita con una alegría silenciosa.

— ¡Flores en el agua! —exclamó Lefky, su corazón dando un vuelco de felicidad ante el hallazgo—. Hay tantos enigmas en este mundo... Me encanta este lugar. Es pura magia.

Zirconia asintió, satisfecha de compartir este secreto con alguien que podía apreciarlo. Luego, su expresión se volvió un poco más íntima, más confidencial.

— Y ahora, Lefky —dijo, tomando nuevamente su brazo—, te llevaré a un lugar que es muy especial. Un santuario, en realidad. Un lugar solo para mujeres.

XXVI
Una Mística Amiga

Lefky y Zirconia emergieron del Bosque Azul y se encontraron frente a una montaña cuya silueta era un espejo melancólico de su contraparte solar. Lefky la reconoció al instante: el Monte de la Luna. Allí, en una cueva oculta, el Sol había estado cautivo, víctima de un rapto nacido de la desesperación y el malentendido.

En uno de sus costados, unas escaleras talladas con elegancia en la roca azulada ascendían en una espiral serena hacia la cima. Sin palabras, las dos princesas comenzaron a subir. Con cada peldaño, el aire se volvía más frío y delgado, y el cielo parecía descender para recibirlas.

Una vez en la cima, el aliento de Lefky se cortó. No estaba simplemente «más cerca» del cielo; estaba en su umbral. Las Estrellas no eran puntos distantes, sino pequeñas y radiantes mujeres de luz que pululaban en el firmamento: algunas jugueteaban en travesuras lumínicas, otras dormitaban en rincones oscuros, varias viajaban en rutas silenciosas, y el resto se agrupaba alrededor del gran aro plateado, susurrando. Y dentro de ese círculo de luz, por fin vista con claridad, estaba Luna. Una mujer de belleza serena y trágica, vestida con los fluidos metálicos de la plata viva. Su mirada, cargada de una melancolía de eones, estaba fija, como siempre, en la distante esfera dorada donde el Sol dormitaba.

— *Las Estrellas son sus únicas confidentes* —explicó Zirconia en un susurro reverencial—. *Le cuentan secretos que el mundo inferior nunca escucha. Debes saber algo: la luz milagrosa que emiten las Estrellas Eternas cuando una pareja se Une... esa luz que solo los amantes pueden ver... las Estrellas también la ven. Y se la cuentan a Luna. Es uno de los muchos misterios que ella guarda.* —Zirconia se volvió hacia Lefky, su rostro iluminado por la luz astral—. *Te he traído aquí porque todas las mujeres que hemos jurado lealtad a los misterios más profundos, hemos hecho pactos con ella. Luna conoce* los secretos más íntimos de cada corazón femenino. Y a cambio de esa confianza... ella concede un deseo. Uno solo. El que tú elijas, sin importar cuán imposible parezca. Solo debes pronunciarlo aquí, en este lugar donde el cielo toca la tierra, y ella lo escuchará. —Hizo una pausa, estudiando el rostro de su amiga—. ¿Te gustaría hacerlo?

Lefky la miró, sorprendida y profundamente conmovida. La oferta era abrumadora. Asintió, sin poder articular palabra.

— Bien —dijo Zirconia con una sonrisa suave—. Entonces te dejaré a solas con ella. Es un momento que requiere intimidad.

Lefky le agradeció con una mirada cargada de gratitud. Zirconia, con la elegancia de quien comprende los ritos sagrados, emprendió el descenso, volviendo a la fiesta de su propia Unión. Lefky pensó en la inmensa amabilidad de su amiga, en abandonar su celebración para otorgarle este privilegio. Era un gesto de una amistad verdadera y desinteresada.

Quedó sola en la cima del mundo. Arriba, Luna observaba al Sol dormido, y una lágrima larga y brillante, hecha de plata líquida, se desprendió de su ojo y cayó hacia la tierra como una estrella fugaz. Un suspiro, tan profundo que pareció venir de los cimientos del cosmos, escapó de sus labios.

«¡Oh...!» La comprensión golpeó a Lefky con una fuerza abrumadora. En ese llanto silencioso y en esa añoranza infinita, se vio reflejada. Sin poder evitarlo, habló, y su voz, clara y llena de empatía, se elevó en la fría quietud:

— El amor llegará a ti... —dijo, con una certeza que no sabía de dónde venía.

De inmediato, la mirada melancólica de Luna se desprendió del Sol y se clavó en la cima del monte. En la pequeña figura humana que osaba dirigirle la palabra.

Lefky continuó, impulsada por una necesidad de consolar a una diosa:

— Te he visto llorar. Y quería decirte algo... las veces que intentaste hablar con el Sol, él parecía sordo, indiferente. Pero no lo era. Es solo que... no puede comprender el lenguaje de las mujeres. Su naturaleza es diferente.

Luna se quedó inmóvil. Luego, con un gesto lento, enjugó sus lágrimas con el dorso de una mano plateada. Sus labios se movieron, y aunque el sonido no debería haber llegado, Lefky oyó las palabras, claras como campanillas de cristal en su mente:

«Eso... tiene mucho sentido. No sé por qué no lo pensé antes.»

— No te sientas mal —respondió Lefky, emocionada por haber establecido contacto—. Era un enigma muy difícil de descifrar. Yo tampoco lo sabía, hasta que el mejor de los hombres me lo contó.

La mirada de Luna se intensificó. Sus ojos, del color de la niebla iluminada por dentro, se entrecerraron, escudriñando a la joven como si intentara ver a través de las capas de su ser.

«¿Puedes... oírme?» La pregunta era un susurro cargado de incredulidad y de una esperanza milenaria.

— Sí —respondió Lefky, su voz firme en el aire enrarecido—. Por supuesto. Puedo escucharte.

«¿Puedes oírme?» Luna repitió, como si necesitara confirmar el milagro.

— Sí —insistió Lefky, sonriendo—. Puedo oír lo que dices. Claramente.

La sorpresa se plasmó en el hermoso y eterno rostro de Luna. Volteó hacia las pequeñas estrellas que la rodeaban, que también observaban a Lefky con una curiosidad vibrante. Luego, su mirada regresó a la princesa terrenal.
«Muchos hablan conmigo... piden, suplican, confiesan. Pero sus palabras son monólogos hacia el cielo. Nadie... nadie desde tiempos inmemoriales, pareció escuchar mi respuesta. Solo mis Estrellas.» Su voz mental tenía un

tono de asombro reverente. «Yo te conozco, pequeña llama. Y me siento... inmensamente feliz de poder, por fin, platicar contigo.»

Se inclinó levemente en su aro, como acercándose para ver mejor el rostro de Lefky.

— ¿Por qué «por fin»? —preguntó Lefky, intrigada por la elección de palabras.

Pero Luna no respondió directamente. Solo la seguía observando, con una intensidad que iba más allá de la curiosidad, pareciendo buscar algo en sus rasgos, en su esencia.

— Mi nombre es Lefky —se presentó, haciendo una reverencia instintiva—. Y es un verdadero honor conocerte, Dama Luna.

«Para mí también lo es, pequeña llama», resonó la voz, ahora una caricia de plata y sombras que envolvía el mundo. «Dime... ¿amas esta Tierra? ¿La que está bajo mi manto?»

— ¡Con todo mi ser! —exclamó Lefky, y su voz se triplicó en un eco de pura alegría que hizo vibrar el aire—. ¡Es bellísima y llena de enigma!

Su sonrisa, bañada en luz lunar, era la de quien descubre que el mito más antiguo es real: la soberana de la noche no solo la observaba, sino que le tendía la mano. Y algo milagroso ocurría: la voz de la Luna, al principio un susurro distante, se arraigaba en su conciencia. Con cada palabra, Lefky la escuchaba con una claridad pasmosa, como si el sonido naciera dentro de su alma y no del cielo.

— «El Sol ilumina con fuego y esplendor la otra Tierra» —musitó la Luna, y su disco brilló con intensidad, dibujando sombras danzantes—. Yo... ofrezco un fulgor más tenue. Pero en cada rayo hay un susurro, en cada sombra, un secreto. Mi luz es magia pura.

— Puedo sentirlo —susurró Lefky, contagiada por el tono—. Hay un hechizo en el aire... algo profundo y enigmático que solo respiran los corazones que aman. ¿Verdad?

Un destello de complicidad cruzó el cielo. La Luna asintió.

— Tú misma estás enamorada, Lefky. Lo llevas escrito en cada latido.

— Oh, sí —confesó, llevándose una mano al pecho—. Tan profundamente que a veces temo que este sentimiento me desintegre. Es un huracán dentro de mí.

— Lo sé. Puedo ver el torrente de tu corazón. Es tan vasto y fiero... que intimida.

Lefky bajó la mirada, un rubor plateado tiñendo sus mejillas.

— ¿Intimida?

— Cuidado, querida niña. Un amor de tal magnitud puede consumirte. Es una llama que puede iluminar... o reducir a cenizas.

Pero Lefky alzó la barbilla, con una sonrisa desafiante y brillante.

— ¡Valdría la pena! ¡Cualquier precio sería justo por un sentimiento tan divino!

— Eres valiente, y tu corazón es un océano —advirtió la Luna, su voz tomando un tono solemne y ancestral—. Pero no olvides tu mortalidad. Para soportar el peso del Amor Verdadero, debes fortalecerte a través de pruebas y dimensiones desconocidas. De lo contrario, su poder... podría fulminarte.

Lefky la escuchó, atónita, pero sin un ápice de miedo. Su mirada, serena, se volvió hacia el horizonte, donde el Sol empezaba a adormilarse.

— Luna... —dijo, con una chispa de picardía en la voz—. Tú también lo estás. Enamorada.

Un silencio cósmico llenó el vacío por un instante. Luego, una risa cristalina, como campanadas de hielo distante, rodó por la bóveda celeste.

— *Eres extraordinaria, Lefky. Muy bien. Tú y yo seremos aliadas eternas. Mis estrellas serán faros en tu oscuridad, y mi luz, la guía en tu camino, por intrincado que sea.*

— *Gracias —musitó Lefky, con el corazón henchido de gratitud.*

— *Ahora, dime... ¿hay algún deseo que tu corazón anhele? ¿Algo que la Luna pueda concederte?*

Lefky contuvo el aliento. La frivolidad desapareció de sus ojos, reemplazada por una determinación férrea.

— *No un deseo, Luna. Una pregunta.*

— *¿Una pregunta? —La voz celestial sonó intrigada.*

— *Sí. Sobre las princesas... las que fueron arrebatadas por las criaturas del Abismo. Quisiera saber... si podemos rescatarlas.*

— *El rescate siempre es posible para quien tiene valor —respondió la Luna, su luz oscilando como si reflexionara—. Pero tú... preguntas por una en concreto. ¿Verdad?*

— *Sí.*

— *¿La Princesa de Cristal? ¿La que duerme prisionera en las fauces más profundas?*

— *Esa misma.*

— *Ese misterio... —susurró la Luna— es una llave que guardo en mi morada. Cuando vengas a visitarme, la encontrarás. Por ahora, confía. No temas por ella.*

Lefky asintió, almacenando la promesa en lo más hondo de su ser.

— Lo haré. Gracias.

— Pronto —continuó la Luna, con un dejo de preocupación—, el Sol descenderá en su Montaña Dorada, y su Tierra quedará vulnerable en su sueño. Cuántas veces le he suplicado que intercambiemos nuestras vigilias... pero su orgullo es tan grande como su lumbre.

— ¿Y tú? —preguntó Lefky—. ¿Nunca duermes?

— El descanso no es para mí. Pero a veces... debo partir. Es cuando mi rostro se oculta y la noche se vuelve absoluta. Fue en una de esas ausencias cuando robaron a la Princesa de las Estrellas, visitante de Zirconia.

— ¿A dónde vas? —inquirió Lefky, fascinada.

— A reinos donde la luz se teje de otra manera, pequeña amiga. Algún día, cuando pises mi palacio de plata, lo verás con tus propios ojos.

Antes de que la emoción la inundara por completo, Lefky juntó sus manos.

— Luna... permíteme agradecerte.

— ¿El qué?

— Por este diálogo. Por tu amabilidad. Por honrarme con tu amistad... me siento infinitamente privilegiada.

La luz lunar se suavizó, acariciando el rostro de la joven como una bendición.

— Lefky... ¿quieres que te enseñe a susurrarle a las estrellas? A usar su red reluciente como mensajera.

— Las Flores del Valle ya me dieron la primera lección —confesó Lefky con una sonrisa.

— ¡Claro que sí! —rio la Luna—. Pero mi oferta sigue en pie. Observa... cuando una estrella titile con un patrón único, con un código de destellos, será tu sello. Esa será tu mensajera personal.

Como respondiendo a sus palabras, un coro de estrellitas cercanas a la Luna parpadeó en una frenética y juguetina coreografía de luz. Lefky rio, y luego, llevando las manos al corazón, susurró hacia lo alto:

— "Mi amado Zangrid, dondequiera que estés, recuerda esto: mi amor por ti es más eterno que las estrellas mismas".

Y, llevándose los dedos a los labios, envió un beso plateado hacia el firmamento. Al instante, una estrella solitaria, en el cúmulo de estrellas, se encendió con una furia azulada. Como una flecha de diamante, surcó la bóveda negra, trazando una estela efímera que se dirigía, sin duda, hacia el corazón de las Estrellas Eternas.

— Gracias —susurró Lefky, con lágrimas plateadas en los ojos—. Gracias, Luna. Gracias, hermanitas estrellas.

XXVII
El Secreto del Príncipe

Con el corazón aún reverberando por la conversación celestial, Lefky se despidió de la Luna con una reverencia llena de gratitud. Un dulce éxtasis la envolvía, como si hubiera bebido de la luz plateada, y ese resplandor interior la guio de vuelta a través del Bosque Azul hacia la Tierra del Sol.

Ansiaba fundirse en los brazos de Zangrid, contener ese huracán de magia y confesiones contra su pecho. Pero la cabaña estaba en silencio, ausente de su calor. Decidida, se dirigió a su taller, sus pasos ligeros sobre la tierra cálida. Sin embargo, al cruzar la Villa del Sol, su camino se vio interceptado por una figura familiar y solemne.

— ¡Sonrisas para ti, preciosa Lefky! —La voz del Príncipe Land, suave como la seda pero con una insistencia que tensó el aire, cortó su trayecto.

— Land... —murmuró, intentando que la cortesía velara su prisa.

— ¿Permites que te acompañe? —preguntó, ofreciendo su brazo con un gesto que era más una reclamación que una pregunta.

— Por supuesto, gracias —respondió ella, casi por reflejo, depositando los dedos en su antebrazo con la levedad de una pluma. Su deseo era otro, muy distante de allí.

— ¿A dónde te diriges con tanta determinación en la mirada?

— Al taller de libros de Zangrid.

— Ah. Como no regresaste al festejo en Zirconia, decidí aguardar aquí tu regreso. Sabía que, tarde o temprano, tu camino te llevaría a él.

— ¿Me esperabas? —preguntó Lefky, una sombra de incomodidad nublando su brillo interior—. ¿Para qué?

— Para esto —declaró Land, deteniéndose.

De una bolsa que parecía tejida con hilos de sol, extrajo un vestido. No era una simple prenda; era una sinfonía de luz. Tejido con la tela más fina, estaba bordado con una constelación de joyas que capturaba y descomponía la luz del atardecer en mil destellos de zafiro, rubí y esmeralda.

— ¡Oh! —escapó de sus labios un jadeo involuntario. Era una obra de arte, una tentación material de sueños ajenos.

— Para ti. Para que brilles como la princesa que estás destinada a ser —susurró Land, acercándoselo.

Por un instante, los oscuros ojos de Lefky se perdieron en el caleidoscopio de colores. Pero entonces, como si el propio vestido quemara, apartó la mirada.

— Es de una belleza... dolorosa, Land. Pero ya te lo he dicho, no puedo aceptar tus regalos.

— ¿Hasta cuándo, Lefky? —su voz bajó, perdiendo la dulzura, ganando en intensidad—. ¿Hasta cuándo fingirás que no ves lo que te ofrezco? Un trono, un título, un amor... a la altura de tu luz.

— Mi corazón no es un trono que pueda ocuparse —replicó, con una serenidad que le costó sangre—. Pertenece a Zangrid. Es suyo, completamente y para siempre. No hay regalo, ni corona, ni promesa que pueda cambiar eso. — Land no se inmutó. Una sonrisa triste, casi compasiva, jugó en sus labios.
— Tú eres quien debe comprender. Podrías ser la princesa de esta Tierra, su reina. En cambio, anclas tu destino a un simple artesano.

— ¡Él no es "simple"! —saltó ella, y por primera vez su voz tembló no de emoción, sino de furia—. Es el hombre que sostiene mi universo. Lo amo por su honor, por su bondad, por la forma en que sus manos crean mundos y su mirada me hace sentir el centro del mío. No cambio eso por todos los reinos del cielo. — Un destello de ira, fría y afilada, cruzó entonces los ojos del príncipe.

— ¿Lo amas por su honor? Muy bien. Dime entonces, ¿amas también sus mentiras?

El aire se heló. Las palabras de Land no fueron un golpe, sino un vacío que se abrió bajo sus pies.

— ¿Sus... mentiras? —repitió Lefky, la palabra sabiendo a ceniza.

— ¿Sabes realmente quién es Zangrid? —insistió Land, clavando en ella una mirada que ya no ocultaba su triunfo amargo.

— Es el Caballero del Honor, el hombre que...

— ¡Es un príncipe! —cortó Land, y cada sílaba fue un martillazo en el frágil cristal de su mundo—. Zangrid es el Príncipe Heredero del Poderoso Reino de las Nubes. El soberano del Castillo de Cristal que flota más allá de las montañas brumosas. No es un refugiado, ni un artesano... es un dios para su gente.

El mundo de Lefky se quebró en silencio. El color huyó de su rostro, dejándolo pálido como la luna nueva. El aire le quemaba los pulmones.

— No... es posible —logró articular, pero era un susurro que el viento se llevó.

— ¿No? —preguntó Land, implacable—. Piénsalo, Lefky. ¿Por qué nunca te habló de su hogar? ¿Por qué nunca, en todos este tiempo de promesas, te mostró el camino a su cielo? ¿Crees que es por tus alas? ¡No las tienes, es cierto, pero él sí podría llevarte! ¡Si quisiera!

Cada pregunta era un dardo envenenado. Su mente, aturdida, forcejeaba por encontrar justificaciones, por tejer la telaraña de excusas que Zangrid, con su silencio, le había dejado. «Porque no era importante... porque nuestro amor era suficiente... porque...»

Land vio la grieta, el dolor desgarrando su alma, y se inclinó, intentando tomar su mano. Ella la retiró como si su toque fuera de hielo.

— Te oculta su mundo porque sabe que no perteneces a él, Lefky. Su destino está escrito en las nubes: debe unirse a una dama de su sangre, de su esencia. Como Jir. Ella también viene de allí. Es solo cuestión de tiempo, y él lo sabe. Todos lo saben... excepto tú.

— ¡Él me ama! —gritó ella entonces, pero el grito se quebró en un sollozo, y las primeras lágrimas, calientes y traicioneras, surcaron sus mejillas—. ¡Yo lo amo!

— ¿Y qué importa ese amor, si está condenado? —su voz se suavizó, adoptando un tono engañosamente consolador—. Tú eres de la tierra, firme y floreciente. Él es del cielo, inconstante e inalcanzable. Eres la Princesa de las Flores, y tu reino está aquí, a mi lado. No estarás sola. Jamás lo estarás.

— ¡Calla! —suplicó ella, cubriéndose el corazón con manos temblorosas. El dolor en su pecho era físico, una daga de cristal que giraba y giraba—. ¡Te lo ruego, calla!

Land no calló. Su siguiente frase fue el golpe de gracia, pronunciado con una piedad que resultaba más cruel que cualquier insulto.

— No dudo que se haya enamorado de ti. ¿Quién, ante tu luz, podría resistirse? Pero algunos amores son como meteoros: brillan con furia para consumirse en la atmósfera de la realidad. Ahora conoces la verdad. Y esta vez... no aceptaré un no por respuesta.

Con un movimiento firme pero no brutal, depositó el pesado vestido de joyas en sus brazos entumecidos. Luego, se dio media vuelta y se alejó, dejándola plantada en medio de la calle, con el lujo frío e inútil abrazándola y el corazón hecho añicos.

Caminó el resto del trayecto como un autómata, el vestido reluciente una burla a su desolación. Entró en el taller, el lugar que olía a papel, a tinta y a él. Dejó el obsequio sobre una silla, donde las joyas reflejaron la luz con una alegría.

Con manos que apenas obedecían, secó sus mejillas empapadas y tomó su libro dorado, el testigo de su historia. Las palabras de Land resonaban en su cabeza, un eco envenenado que corrompía cada recuerdo dulce. Con un suspiro que fue un gemido, esparció el brillante polvo de estrellas sobre las páginas, deseando con toda su alma que la magia escribiera una verdad diferente, que deshiciera las mentiras.

Pero el polvo brilló, danzó... y se asentó para escribir, con una claridad despiadada, la misma y dolorosa verdad que ahora habitaba en su pecho.

Cuando las últimas palabras quedaron fijadas en la página, Lefky cerró el libro dorado con un suspiro que parecía arrancarle un jirón del alma. Lo guardó en su lugar, aquel rincón que olía a él, y se obligó a respirar. Inhalaciones profundas, buscando una calma que se le escurría como agua entre los dedos. Solo cuando logró que sus manos dejaran de temblar, tomó el vestido de joyas—una fría y pesada evidencia de otro destino—y salió del taller.

Su camino de regreso a la cabaña del valle fue un trance. La Nube, su fiel centinela, descendió para interceptarla con un susurro de viento preocupado.

> *— Hace apenas un momento estuvo aquí. Contempló el lago durante una eternidad, con una desolación que helaba el aire... y partió de nuevo.*

Las palabras de la Nube perforaron su propio dolor, despertando el instinto de protegerlo que siempre dominaba todo en ella.

> *— Oh, no... ¿Crees que le haya sucedido algo?*

— No lo sé, princesa. Pero en todos mis días volando, jamás lo había visto así. Una sombra lo envuelve, una preocupación profunda que ni el viento puede dispersar.

— Gracias, querida Nube.

Con el corazón apretado por un nuevo nudo de ansiedad, Lefky entró a la cabaña. Necesitaba claridad, consejo. Decidió ir al Gran Bosque a buscar la sabiduría de sus antiguos amigos. Se aseó con manos mecánicas y cambió su vestido por el blanco inmaculado que una vez fue verde, regalo de Parle. Sin que ella lo supiera, el blanco realzaba el fuego de su cabello rojo y la profundidad abismal de sus ojos oscuros, dándole una belleza etérea y vulnerable.

Atravesó el bosque, donde los árboles dormilones se estiraban y susurraban saludos al verla pasar, hasta llegar al círculo sagrado de los ahuehuetes. Sus imponentes troncos y ramas entrelazadas formaban una catedral viviente, y al sentir su presencia, se inclinaron en una caricia de madera y hojas.

— ¡Cuánto ansiaba estar con ustedes! —exclamó, abrazando la corteza rugosa como si fuera el hombro de un padre.

— Lefky, ya sabemos que eres una princesa raíz —rugió suavemente Ahui, una de sus ramas acariciando su espalda.

— Sí... ¿No es maravilloso? Ceda, la Princesa de las Flores —respondió, forzando una sonrisa que no llegó a sus ojos.

— Las flores cantan tu nombre y te aman con toda la luz que atesoran —agregó Ahui.

— Y yo a ellas. Son mi canción, mi confidencia, mi refugio...

— Ya casi no duermes, pequeña raíz. ¿Cierto? —preguntó Ahuehuete, su voz como el crujir de las raíces en la tierra profunda.

— Cierto. ¿Cómo lo saben?

— Porque cada hora que pasas en este mundo, cada aliento que tomas de su aire mágico, te haces más parte de él. Tu esencia terrenal se entrelaza con la nuestra. Ya no eres solo una visitante, sino una raíz más en este suelo.

La sonrisa de Lefky se desvaneció. El peso de sus emociones, el miedo y la confusión que cargaba, pugnaban por salir en un torrente de lágrimas. Por más que apretó los puños, no pudo evitar que un temblor traicionero la recorriera.

— ¿Qué pesadumbre oscurece tu luz, pequeña raíz? —preguntó Ahui, su voz impregnada de una ternura antigua.

— Es Zangrid... algo grave lo aflige, y yo... no logro entenderlo. No logro llegar a él. —Los árboles intercambiaron miradas, un crujir de ramas que hablaba de preocupación compartida.

— Ten fe, Lefky. El camino del guerrero a menudo es solitario. Pronto volverá a ti, y entonces podrás desnudar tu alma ante la suya.

Ella asintió, sin atreverse a confesar que el miedo a ahondar su dolor la paralizaba. Cambió de tema, aferrándose a la épica que los envolvía.

— Queridos amigos, sé que Zangrid es el Caballero destinado a blandir la Espada Sagrada. ¿Es por eso la sombra que lo sigue? ¿La preocupación lo hace distante? ¿Dónde se oculta tal espada?

Los ahuehuetes volvieron a mirarse. Fue Ahuehuete quien habló, con la gravedad de quien cuenta un secreto del mundo.

— Solo el corazón más puro, templado con el valor más feroz y la fuerza más noble, podrá desenvainar la Espada Sagrada. Su paradero sigue siendo un misterio, incluso para las raíces que todo ven.

Al oírlo, Lefky vio la imagen con claridad deslumbrante: su Zangrid, con armadura de leyenda, la espada celestial en mano, enfrentando las tinieblas del Abismo. Un suspiro de orgullo amoroso se le escapó.

— Sí... así será.

— Zangrid ha descubierto una verdad peligrosa —continuó Ahuehuete—. Y tú, Lefky, debes afinar tus sentidos. Los dioses oscuros no solo han despertado; con cada latido de odio de tu mundo antiguo, se fortalecen. Sobre todas las cosas, debes guardar serenidad.

— Eso... eso me resulta imposible. La serenidad es un arte que nunca aprendí —confesó con voz quebrada.

— Deberás aprenderlo —fue la respuesta firme, como un mandato de la tierra misma—. Porque la desesperación es un gusano lento; carcome primero la paz, luego la voluntad, y al final, el alma misma.

— Lo... lo intentaré —prometió, sintiendo la orden como un peso más.

Ahuehuete la miró entonces, y en sus ojos de liquen brilló un destello de infinita piedad.

— Solo falta un Caballero para que los Siete Portadores de las Espadas Luminosas estén completos. Pero reunirlos no es suficiente. Cada espada necesita un corazón, una joya única que se incruste en su empuñadura. Esa gema solo puede ser dada por una Doncella, un alma cuyo espíritu sea el complemento perfecto del guerrero. Cuando las siete espadas lleven su corazón de piedra, entonces, y solo entonces, la Espada Sagrada surgirá de su unión.

— Como la joya que Acua le dio a Nok... —murmuró Lefky, comprendiendo.

— *Exactamente raíz. Deben hallar esas gemas con presteza. El tiempo se agota y la oscuridad crece alimentada por el miedo de tu mundo. Las Espadas Luminosas pueden contenerla, pero solo una podrá sellarla para siempre: la forjada no en acero, sino en amor. El amor que es un escudo, una fortaleza, un fuego que ninguna sombra puede apagar.* —Ahui clavó su mirada de savia en los ojos oscuros de Lefky—. *El amor que tú conoces.*

— *Y si vencen y derrotan a los dioses oscuros… ¿mi mundo sanará?*

— *Sí. Y no.*

— *¿Cómo puede ser?*

— *Sí, porque la fuente del veneno se cerrará. No, porque el veneno ya corre por sus venas. Tu mundo está infestado de maldiciones y rencores sembrados durante eras. Aún si el Abismo se sellara hoy, pasarían generaciones antes de que la última sombra se disipara.* —Vio el llanto asomando nuevamente a los ojos de ella y su voz se suavizó—. *Pero no temas, pequeña raíz. La claridad eventualmente llegará a cada corazón. Serán ellos, con sus actos cotidianos, quienes elijan lavar sus almas. Tu mundo sanará. Tú has sido la primera prueba de que el amor aún puede echar raíces en el suelo más yermo.*

Reconfortada a medias, Lefky se despidió de los árboles con un corazón menos agitado pero aún pesado. Sin embargo, al internarse de nuevo en la espesura del Gran Bosque, una presencia glacial la detuvo.

Entre la maleza, un par de ojos amarillos y penetrantes la clavaron. No eran ojos de bestia, sino de pura malicia. Una voz fría, que parecía surgir de las profundidades de la tierra misma, resonó dentro de su cráneo, anulando todo otro pensamiento:

"*Lefky, Princesa de las Flores… Aléjate de las nubes.*"

Hipnotizada, sus piernas comenzaron a moverse por voluntad ajena, arrastrándola hacia esos ojos prometedores de oscuridad. Estaba a punto *de adentrarse en la maleza cuando un destello de plata pura irrumpió como un relámpago. El Unicornio, noble y furioso, clavó su cuerno radiante en el punto exacto de los ojos. Un chillido etéreo, agudo como el quebrarse de un cristal, llenó el aire por un segundo antes de desvanecerse junto con la presencia malévola. Lefky parpadeó, libre del trance, y encontró al Unicornio mirándola con ojos graves. Sin mediar palabra, lo abrazó, hundiendo el rostro en su cuello plateado.*

— *Gracias... Gracias, amigo mío.*

El Unicornio inclinó la cabeza en una reverencia hacia la princesa y, con un último y protector resoplido, se fundió entre los árboles.

XXVIII
El Reino de las Nubes

Mientras tanto, Zangrid caminaba de regreso a la cabaña, el peso de su secreto y su deber doblándole los hombros. Una inquietud lo hizo alzar la vista. Allí, entre un mar de estrellas, una brillaba con una tenacidad distinta, como si lo estuviera buscando. La observó, y en ese instante, la estrella lanzó un tenue hilo de luz plateada que viajó a través de la noche para envolverlo en una sensación cálida y familiar. Era un mensaje, un susurro de amor cargado de la esencia de Lefky. Dejó que la sensación lo inundara, cerró los ojos y, por primera vez en horas, una sonrisa genuina, tierna y aliviada, iluminó su rostro angustiado.

Poco después, cuando Lefky se acercaba a la cabaña, lo vio. Allí estaba, de espaldas a ella, contemplando el lago. La silueta de Zangrid era una línea de fuerza y melancolía contra el cielo crepuscular: alto, atlético, con su melena rubia ondeando como un estandarte dorado al viento suave. En su cintura, colgaba la Espada Luminosa, un recordatorio silencioso del destino que lo reclamaba. Aun en su pena, el corazón de Lefky dio un vuelco de admiración y amor puro. Él era su hogar.

Decidida a ser su fortaleza y no su carga, contuvo un suspiro, se acercó sigilosamente y lo rodeó con sus brazos, apoyando la mejilla en la ancha espalda que tantas veces la había cobijado. Él se tensó por un instante al sentirla, luego se giró con un movimiento fluido y la aprisionó contra su pecho con una fuerza que casi le quitó el aliento, como si temiera que se desvaneciera. Permanecieron así, en un silencio elocuente, hasta que ella encontró la voz, un hilo de seda cargado de emoción.

— Mi amado Zangrid, solo en tus brazos encuentro la paz que el mundo me niega.

— *Tú eres mi paz, Lefky. La luz única que ilumina mi camino —murmuró él contra su cabello, y su voz grave hizo vibrar todo su ser.*

Las palabras de Land regresaron entonces como un enjambre de avispas. Sintió el ardor de las lágrimas presionando detrás de sus ojos. Para distraer la tormenta interior, extendió una mano temblorosa, buscando no a él, sino al símbolo de su carga: la empuñadura de la espada.

— *¿En dónde hallaste tu Espada del Hon...?*

La reacción fue instantánea y violenta. Con una rapidez sobrenatural, Zangrid atrapó su muñeca y la apartó bruscamente, con una fuerza que no era suya. Su voz, cuando habló, fue un latigazo de autoridad glacial, un tono que ella nunca le había oído, ni a ella ni a nadie.

— *¡No la toques!*

Lefky se paralizó. El mundo se detuvo. Lo miró con los ojos desmesuradamente abiertos, el aliento congelado en los pulmones. Él vio el horror en su mirada, cerró los ojos con fuerza, tragó saliva. Cuando volvió a abrirlos, la tormenta en ellos apenas amainaba.

— *Nunca. Nunca la toques* —repitió, cada palabra un fragmento de hielo.

— *Per... perdón...* —balbuceó ella, y el dique se rompió.

Un sollozo desgarrador estalló desde lo más hondo de su alma. No lloraba por el grito, lloraba por la distancia súbita, por el secreto, por el príncipe oculto, por el amor que sentía amenazado por espadas y reinos. Lloraba con tal abandono, con tal desesperación de niña perdida, que Zangrid maldijo en silencio. Con movimientos urgentes, se desprendió la espada y la apoyó contra la pared de la cabaña como si se deshiciera de algo venenoso, para luego envolverla de nuevo en sus brazos, esta vez con una ternura desesperada.

— Lefky... ¡Mi amor, perdóname! ¡Por todos los cielos, deja de llorar, te lo suplico! —Su voz era ahora un ronco susurro cargado de angustia, muy distinto al tono de antes.

Pero ella no podía detenerse. El llanto era un río que arrastraba todos sus miedos acumulados. Él la meció suavemente, acunándola, murmurando disculpas y endulzando su nombre con epítetos cariñosos, hasta que, agotada, ella logró articular entre hipos:

— Me han dicho... quién eres en verdad. Me han dicho que no soy para ti... que jamás estaré a tu lado... y eso... eso ha destrozado mi corazón.

Zangrid se quedó rígido. Luego, con infinita lentitud, se separó lo justo para tomar su rostro entre sus manos, obligándola a mirarlo. Sus ojos, azules y profundos como el cielo de su reino, estaban desnudos de todo menos de verdad y dolor.

— Escúchame. Escúchame con el alma, Lefky. Fue mi error, mi cobardía. Debí confesártelo desde el principio. —Hizo una pausa, tragando aire como si fuera la palabra más difícil—. Yo te amo. Con cada partícula de mi ser, con cada latido de este corazón que solo late para ti. Nada, ni los reinos, ni los títulos, ni los mismos dioses, pueden cambiar eso. El destino puede intentar separarnos, pero mi amor por ti es inmutable. Es eterno. ¿Me comprendes? Eres la dueña de todo lo que soy. Prométeme que nunca, nunca lo olvidarás.

Lefky sintió cómo el mundo se partía en dos: una mitad se elevaba a un éxtasis de alivio; la otra, se hundía en el abismo del "pero" que flotaba en el aire.

— Oh, Zangrid... Tengo miedo. Un miedo que me hiela la sangre.

Él no apartó la mirada. Su expresión se volvió aún más grave.

— Yo fui el primero en encontrar una Espada Luminosa. Mi misión no es solo blandirla, sino reunir a los demás Caballeros y protegerlos. Hasta que las siete estén unidas, mi vida no será mía. Por eso...

puede que me ausente. Que nuestros encuentros sean breves suspiros entre las batallas. Pero juro por todo lo sagrado que en cada instante, en cada respiro, en cada golpe de mi espada, estarás tú. ¿Confías en mí?

— *Sí —susurró ella, ahogándose en sus ojos—. Confío en ti con mi vida y mi alma, que son solo tuyas. Pero anhelo... anhelo la promesa de un "siempre". Quisiera arrancar de mi pecho este presentimiento de despedida y quedarme solo con tu "para siempre". Tengo miedo de perderte... y esa es una muerte en vida.*

En ese instante preciso, como si el universo escuchara sus temores, un estruendo atronador sacudió la tierra. Al este, en los confines del horizonte donde yacía el Abismo, estallaron luces siniestras: no eran fuegos de alegría, sino destellos verdes, púrpuras y sanguinolentos que iluminaban nubes de hollín. Eran maldiciones materializándose, la furia de los dioses oscuros anunciando su pronta irrupción en las Tierras del Sol y la Luna.

— *Se fortalecen... —murmuró Zangrid, y su voz tenía el tono de una sentencia.*

Lefky, alarmada, vio entonces cómo la luz del día comenzaba a morir de forma antinatural, apresurada.

— *¿Qué le sucede al Sol?*

— *A veces, el Sol debe retirarse al Monte Sagrado para soñar nuevos mundos. Pero cuando duerme... la Tierra queda vulnerable. Es la hora predilecta de las criaturas del Abismo. Saquean, destruyen, y las brujas siembran sus peores conjuros. —Su brazo la rodeó con más fuerza—. Cuando el Sol despierte, los purgará con su ira. Pero no puedo arriesgarme a que estés aquí cuando eso ocurra. Eres un blanco, Lefky. Estás en peligro. Te sacaré de aquí.*

La abrazó entonces con una fuerza que hablaba de despedida, acercando sus labios a su oído para que las palabras se le grabaran a fuego en el alma:

— Te amo, mi Lefky. Mi corazón es solo tuyo. ¡No lo olvides! ¡Nunca!

Ella lo aferró con todas sus fuerzas, como si pudiera fundirse con él, y le devolvió el juramento, mirándolo a los ojos para que viera la verdad incandescente en los suyos:

— ¡Y el mío es todo tuyo! ¡Por siempre!

Fue un pacto sellado en medio de la tormenta que se avecinaba. Con miradas que prometían eternidades, se separaron. Zangrid enfundó su espada con determinación. Luego, extendió sus alas. No eran como las de un pájaro; eran luminiscentes, formadas por destellos de energía solar y motas de luz estelar, majestuosas y poderosas. Sin más preámbulo, la tomó en sus brazos, la apretó contra su pecho y, con un poderoso aleteo que levantó el polvo del suelo, se elevaron.

El mundo se redujo, la cabaña se volvió un punto, el lago un destello plateado. Atravesaron capas de nubes frías y húmedas. Y entonces, cuando creía haberlo visto todo, Lefky contuvo el aliento.

No era una ilusión, ni un sueño de su primer día. Allí, sobre un mar de nubes eternas y esponjosas, se alzaba un reino. Distinguió, a lo lejos, tres aldeas con cúpulas de perla; luego, una villa más grande cuyos puentes de arcoíris unían nubes; y finalmente, casi en el centro, deslumbrante bajo una luz que no era del Sol ni de la Luna, el Castillo de Cristal. Era una visión de escarcha y diamante, torres que se elevaban hacia el cielo como plegarias congeladas, puentes de cristal que capturaban toda la luz y la devolvían en mil colores. Era la morada de su amor. El reino del hombre que la sostenía en sus brazos. El hogar del que, según Land, ella nunca podría ser parte.

Muy cerca del deslumbrante Castillo de Cristal, Zangrid inició el descenso. Sus alas, hechas de luz solidificada, batieron el aire con suavidad hasta posarse sobre un mar de nubes algodonadas y brillantes. Con infinita delicadeza, ayudó a Lefky a bajar. Ella extendió un pie, luego el otro, y sintió una superficie a la vez firme y etérea. Sus pies se hundían levemente, como en la arena más fina, pero una magia poderosa la sostenía, impidiendo la caída. Era una sensación sublime, caminar sobre los sueños del cielo.

Zangrid, con una sonrisa que rivalizaba con el brillo de su castillo, tomó su mano. Ella notó entonces la diferencia: mientras sus pies dejaban una huella ligera, los de él apenas rozaban la superficie nubosa, como si su esencia celestial lo hiciera ingrávido, un príncipe verdaderamente hecho de cielo.

Su llegada no pasó desapercibida. Nube, su antigua amiga del cabello vaporoso, apareció saltando de júbilo, condensándose en formas juguetonas para darles la bienvenida. Lefky la saludó con cariño, y Nube, llena de orgullo, se dedicó a presentarle a sus parientes: nubes mansas, nubes curiosas y nubes dormilonas que se arremolinaban a su alrededor.

Un relincho melodioso cortó el aire. Era el corcel alado de Zangrid, una majestuosa criatura de crin plateada y alas que parecían tejidas con hilos de luna. Al reconocer a Lefky, el caballo inclinó la cabeza en una reverencia profunda y respetuosa. Maravillada, ella alzó la vista y vio que el cielo estaba habitado por aves de una escala épica: águilas cuyas envergaduras proyectaban sombras sobre las nubes, colibríes gigantes que eran joyas vivientes, y pájaros de colores tan intensos que parecían fragmentos de arcoíris animados.

De entre ellos, se destacó una. Un ave de plumaje rojo pasión, un color tan profundo y vibrante que parecía una llama danzante con vida propia. Se posó cerca con gracia silenciosa.

— Soy el Ave de las Tempestades —dijo su voz, un susurro que sonaba a trueno lejano y a lluvia fresca—. Pero no temas mi nombre. Solo hago llorar a las nubes con mi canto cuando el mundo lo necesita. No soy portadora de mal, sino de purificación.

Lefky, impresionada, solo atinó a decir:

— ¡Eres de una belleza sobrecogedora!

Mientras admiraba el plumaje, un recuerdo la iluminó. El color, la intensidad... eran idénticos.

— Disculpa... ¿fuiste tú quien me envió aquel vestido? ¿El rojo como el fuego?

— El mismo —confirmó el ave, extendiendo sus alas en una exhibición que desplegó todo el esplendor del color—. Un regalo para la que ya brillaba con luz propia.

— ¡Me encantó! —exclamó Lefky, la emoción ahogando su voz—. Nunca pude agradecértelo. Pero ahora, desde lo más profundo de mi corazón, gracias.

— El placer fue mío, Princesa de las Flores —dijo el ave, y con un último aleteo que esparció un aroma a ozono y geranio, se elevó de nuevo.

Zangrid, que había observado la escena con ternura, la invitó entonces a entrar. El Castillo de Cristal no era solo luminoso; era una sinfonía de luz. La luz no golpeaba, sino que danzaba en cada faceta, se refractaba en los arcos, jugaba en los pasadizos creando prismas que pintaban el aire. Había una armonía tan profunda en su arquitectura que solo contemplarla inspiraba una paz sonriente, una alegría serena.

Sin poder ocultar el amor y el orgullo que lo desbordaban, Zangrid la tomó por la cintura —un gesto posesivo y protector— y la llevó volando suavemente a la terraza más alta de la torre principal. El panorama era inabarcable. Ante ellos, el océano infinito de nubes. A un lado, el Aro Luminoso, la morada del Sol, un círculo de fuego dorado y pacífico. Al otro lado, el manto azul profundo de la noche, salpicado de estrellas titilantes y la Luna, su nueva amiga, serena y plateada. Abajo, muy abajo, se distinguían las verdes y coloridas Tierras del Sol y las plateadas, azules y moradas Tierras de la Luna.

Y en medio, como una cicatriz en la belleza, el Abismo. Una mancha de oscuridad pura, de la que aún brotaban esporádicos destellos coléricos de luz verde y púrpura.

— Están enfurecidos —murmuró Lefky, y el hechizo del lugar se agrió levemente.

— Y cada segundo de odio que sube de tu mundo los hace más fuertes —confirmó Zangrid, su voz grave cargada de una preocupación que no podía disimular.

— Tenemos que hacer algo, Zangrid. No podemos solo mirar —dijo ella, y en su tono no había miedo, sino la firme determinación de la Princesa de las Flores.

— ¡No, Lefky! —su respuesta fue rápida, casi un grito ahogado por la angustia—. Debes confiar. Confiar en que hay un plan mayor, en la fuerza de los Caballeros... —hizo una pausa y la miró, suplicante—. Confía en mí. Por favor.

Ella vio el tormento en sus ojos, el miedo a perderla que era mayor que cualquier otro. Y, por él, enterró su propio impulso heroico.

— Sí, Zangrid. Confío en ti.

Decidida a no añadir más peso a sus hombros, volvió a contemplar el reino. Observó a las personas que caminaban con naturalidad por la Villa de las Nubes y las Estrellas, sobre estructuras que parecían hechas de espuma solidificada y luz. Al final, concluyó que en este reino, la magia no era un adorno, sino el mismísimo cimiento de la realidad. Y definitivamente, era el lugar más hermoso y luminoso que jamás había pisado.

— Mira —señaló Zangrid, apuntando al firmamento—. Las Estrellas Eternas. Las que nunca se mueven. Esas dos, horizontales, como dos luceros gemelos: una vigila el lado del Sol, la otra el de la Luna.

Lefky siguió su mirada y una reverencia de reconocimiento la recorrió.

— Son los Ojos de la Creación. Los Ojos de Dios —afirmó con certeza, y Zangrid asintió, sonriendo ante la profunda intuición de ella.

— Mi bella Lefky —dijo entonces, su voz recuperando un tono suave—. ¿Te gustaría visitar la Villa? Verla de cerca.

— ¡Sí! —exclamó ella, abrazándolo, aferrándose a su Príncipe del Castillo de Cristal, a su hogar en el cielo—. ¡Contigo, me encantaría!

Tomados de la mano, irradiando un amor que parecía otra fuente de luz en el reino, descendieron hacia la Villa de las Nubes y las Estrellas. Y una vez más, el aliento le fue arrebatado a Lefky. Una mitad de la Villa descansaba sobre plataformas de nubes esculpidas, y la otra sobre una base de estrellas diminutas y fijas que titilaban suavemente, como un suelo de diamantes vivientes. Era un sueño hecho realidad, el escenario de la felicidad que siempre había anhelado. Y sin embargo, en el fondo de su corazón, la sombra del Abismo y el secreto recién descubierto latían como un recordatorio: incluso en el cielo más brillante, podían existir las nubes de tormenta.

XXIX
Polvo de Estrellas

Los habitantes que encontraban a su paso eran seres de una gracia etérea, con alas que no eran de plumas, sino de luz blanca y vapor condensado, que se desplegaban como susurros visuales a sus espaldas. Aunque Lefky no conocía a nadie —pues los habitantes del cielo rara vez descendían, atrapados por la felicidad serena de su reino aéreo—, cada encuentro estaba impregnado de una amabilidad genuina. Sonrisas que brillaban como destellos de sol en la niebla, inclinaciones de cabeza respetuosas y miradas curiosas pero cálidas la seguían. No era una extraña; era la elegida de su príncipe, y eso la convertía en una joya digna de admirar.

Fue entonces, inmersa en ese baño de benevolencia celestial, cuando Lefky notó algo que siempre había estado allí, envolviendo cada instante como un aroma invisible: la música.

En cada rincón de este mundo mágico había una banda sonora. En la Villa de la Luna, las melodías eran susurros de violines enamorados, notas que se entrelazaban como dedos en un baile lento. En la Villa del Sol, eran alegres estampidos de tambores y risas de flautas, una sinfonía de júbilo despreocupado. Había escuchado los graves misteriosos de los celos en la Aldea de las Máscaras y los arpegios enigmáticos de arpas en la Aldea de la Fortuna. Cada lugar cantaba con la voz de su esencia.

Pero aquí, en la Villa de las Nubes y las Estrellas, la música era distinta. Era una composición de suspiros hechos sonido, de campanillas de cristal acariciadas por la brisa y de cuerdas tan suaves que parecían rozar el alma en lugar del aire. Cada nota, dulce y sentimental, no solo entraba por sus oídos; se colaba por sus poros, resonaba en sus huesos y se alojaba directamente en el epicentro de su corazón. Y entonces, como si la melodía activara un hechizo dormido, sucedió lo imposible: se sintió más enamorada. No era que hubiera dejado de estarlo, sino que el amor, ya infinito, encontró una nueva dimensión, más profunda, más brillante, más abrumadora. Miró a Zangrid, que caminaba a su lado, y por un momento creyó que su corazón, alimentado por aquella música, podría iluminar todo el reino.

Mientras caminaban, flotando entre risas y saludos, encontraron una visión inesperada: la frondosa y gloriosa copa de un árbol que emergía triunfante del mar de nubes, sus ramas cargadas de frutos que brillaban como pequeños soles ambarinos.

— ¿Lo reconoces, mi bella Lefky? —preguntó Zangrid, una chispa de picardía en sus ojos azules.

Ella miró fijamente, y de las profundidades de su memoria surgió el recuerdo de un árbol muy alto, pero igual de mágico. Un murmullo, como de voces antiguas y susurros felices, emanaba del follaje.

— ¡Es el Árbol de los Frutos de los Recuerdos! —exclamó, asombrada—. ¡Pero es gigante! ¡Llega hasta las mismas entrañas del cielo!

— Mientras haya buenos recuerdos que alimenten sus raíces —dijo Zangrid, acercándose por detrás para rodear su cintura con sus brazos y apoyar la barbilla en su hombro—, las buenas acciones brotan hacia el infinito. Como este árbol. Como mi amor por ti.

Ella se dejó envolver, sonriendo radiante, sintiendo cómo cada abrazo suyo era una afirmación, un "aquí estoy" y un "eres mía" que la hacía sentirse la criatura más afortunada de todos los reinos.

Siguieron caminando, o más bien flotando en su felicidad compartida, hasta llegar a la Aldea de los Pensamientos. Estaba rodeada por nubes esculpidas en formas delicadas: volutas, lazos y espirales que parecían de algodón de azúcar celestial. El lugar le robó el aliento. Las construcciones, de una luminosidad suave, tenían una elegancia serena, sin adornos pretenciosos. En los alféizares de las ventanas, los habitantes escribían o leían con profunda concentración. Y entonces, Lefky vio la magia: de las páginas de los libros y los cuadernos se desprendían ideas. Eran como plumas hechas de luz de colores tenues —rosas de la ternura, azules de la paz, doradas de la valentía— que flotaban en el aire, llenando la aldea de un murmullo visual de esperanzas, propósitos nobles y, sobre todo, de pensamientos de amor puro.

Se detuvieron frente a un edificio que destacaba entre todos: un templo que parecía un palacio de hielo y diamante, tan lujoso como puro.

— Fue aquí, mi bella Lefky —confesó Zangrid, su voz adoptando un tono íntimo, casi secreto—, donde todo cambió. Después de nuestro primer encuentro mágico, después de que el mundo volviera a tener color... fui convocado.

Ella lo miró, absorbiendo cada palabra.

— ¿Recuerdas la primera siesta que tomaste en la cabaña? —preguntó él, sus ojos buscando los suyos.

— Sí —susurró ella. ¡Cómo olvidarlo! Había sido una mezcla de paz y de una punzante añoranza por él.

— Yo también descansé. Pero en mi sueño hubo una revelación. Una voz me guio hasta este lugar. Y aquí, dentro de este templo, encontré no solo la Espada del Honor, sino mi destino: reunir a los Caballeros.

Mientras hablaba, Lefky lo admiraba. La luz del templo parecía aureolarlo. En ese momento, le pareció aún más alto, más gallardo, más suyo. Un hechizo de admiración y deseo la embargó.

— Me encantaría verlo por dentro —pidió, su voz un hilito de seda cargado de curiosidad y de ganas de compartir ese sagrado espacio con él.

Él le sonrió, una sonrisa que empezó en los labios y llegó hasta los ojos, encendiéndolos.

— Lo que tú desees, mi bella Lefky, es una orden para mí.

Su interior era un gran salón diáfano, bañado por una luz que parecía nacer de las paredes de cristal. En el centro, sobre un pedestal de ébano, había una mesa de cristal tan transparente que casi no se veía.

— Aquí escondí la espada durante mucho tiempo —murmuró Zangrid, acariciando el aire sobre la mesa—. Esperando el momento justo.

Después de contemplar en silencio reverencial el lugar donde el destino de su amor se había entrelazado con el destino del mundo, salieron. La música dulce de la aldea los envolvió de nuevo, guiándolos hacia la Gran Plaza. Allí, sin embargo, la armonía se quebraba. Los habitantes, con gestos de frustración, arrojaban plumas de pensamiento, libros y pergaminos a un pozo central. Pero en lugar de hundirse y fluir, se atascaban en la boca, formando un nudo de luz y papel estancado. Una tristeza flotaba en el aire.

— Las brujas son poderosas —murmuró Lefky, apretando la mano de Zangrid—. Su maldad logra hasta obstruir el flujo de los pensamientos puros. Pero dime... ¿no existe una fuerza equivalente a la suya? ¿Una magia del bien tan poderosa como su oscuridad?

Zangrid no respondió con palabras. En su lugar, le dirigió una sonrisa amplia, llena de un secreto gozoso. Luego, sin soltar su mano, desplegó sus alas. No fue un gesto dramático, sino natural, como extender un brazo. La luz de sus limbos iluminó sus rostros.

— Vamos —dijo, y su voz era una promesa.

Y entonces, levantó el vuelo, llevándola con él. No fue un vuelo salvaje, sino un paseo. Caminaron, pero sobre un sendero de luz que aparecía bajo sus pies con cada paso, atravesando el lado de la Aldea construido sobre las estrellas. Era como pasear sobre un firmamento en miniatura, cada estrella un latido de luz bajo sus suelas. Zangrid lucía radiante de felicidad, mostrándole su mundo, compartiendo su cielo. Y Lefky, con el corazón estallando en un fuego artificial de asombro y felicidad, sentía que las estrellas no solo estaban bajo sus pies, sino brillando dentro de sus ojos y anidando, para siempre, en el rincón más cálido de su alma.

El Príncipe del Castillo de Cristal parecía impaciente, poseído por el deseo de compartir con ella el lugar más asombroso de su reino. Con un brillo de anticipación en sus ojos azules, la llevó —casi la arrastró en su entusiasmo— hacia la Aldea de los Hechiceros, un lugar que existía en el delicado umbral donde las nubes se fundían con el telar de las estrellas.

Cuando descendieron en la Gran Plaza, el aliento de Lefky se cortó. Los hechiceros que pululaban por allí no eran ancianos de barbas largas, sino seres de una belleza angelical. Sus rostros eran serenos y luminosos, y sus cuerpos, envueltos en sencillas túnicas blancas, parecían esculpidos de luz lunar. El lugar entero vibraba con una energía tan pura y elevada, que por un instante, Lefky estuvo segura de estar pisando el mismísimo Cielo.

En el centro de la plaza, un pozo de cristal puro brillaba con luz propia. A su alrededor, los hechiceros lanzaban hechizos que eran como cintas de luz dorada y plateada. Pero muchos se atascaban en la boca del pozo, retorciéndose y apagándose antes de poder descender. El maleficio que lo obstruía era una sombra palpable en tanta pureza.

Cerca, una pequeña cascada callada hipnotizaba. En lugar de agua, derramaba un flujo constante de arena finísima que brillaba con todos los colores del atardecer. Zangrid apretó suavemente la mano de Lefky, acercando sus labios a su oído para que su susurro fuera solo para ella:

— Esas son las Arenas del Tiempo. Cada grano contiene un instante de amor verdadero, un suspiro de valentía, un latido de esperanza.

Los ojos cafés de Lefky, ya de por sí profundos, destellaron al capturar el brillo de las arenas. Su mirada viajó entonces al otro lado del pozo, donde un grupo de hechiceros de aspecto especialmente señorial y poderoso rodeaban lo que parecía el remanente seco de un manantial. Uno de ellos, más joven, se separó del grupo. Su mirada era inteligente y amable.

— Príncipe Zangrid. Princesa Lefky. Es un honor recibirlos en este lugar de creación —dijo con una reverencia que era tanto respeto como cálida bienvenida.

Después de intercambiar saludos, Zangrid se unió a los Altos Hechiceros, sumergiéndose en una conversación grave. El hechicero joven se volvió hacia Lefky con una sonrisa abierta.

— Mi nombre es Tertzal. Es un verdadero placer conocer a la leyenda hecha carne. Aquí, entre las nubes y las estrellas, no tenemos flores... pero nuestras aliadas son la Luna, el Sol, y todo el ejército luminoso del firmamento.

— El placer es mío —respondió Lefky, sintiéndose abrumada por la benevolencia del lugar. Señaló el manantial seco—. ¿Qué fue esto?

La expresión de Tertzal se empañó de nostalgia.

— Era el Manantial de la Esperanza. De él brotaba un agua tan cristalina y brillante que una sola gota podía germinar milagros en un corazón reseco. Enviábamos incontables gotas a tu mundo... pero ahora el manantial duerme.

— ¿Las brujas? —preguntó Lefky, su voz un hilo de indignación.

— Sí. Pero su embrujo no lo secó de inmediato. Lo grave fue que las gotas... empezaron a ser rechazadas. Las lanzábamos por el pozo y volvían a nosotros, convertidas en cristales rotos y opacos. El mundo al que iban había dejado de creer, de esperar. Y un manantial que no es recibido, muere. Solo nos queda una gota, la última, guardada como el tesoro más preciado. No podemos permitirnos perderla.

Un nudo se formó en la garganta de Lefky. Observó el pozo de cristal.

— ¿Y éste? ¿También está herido?

— Envenenado —confirmó Tertzal con pesar—. Muy pocos de nuestros hechizos de amor y protección logran traspasarlo ahora. La oscuridad ha tejido una red de desconfianza en su garganta.

— Tertzal... ¿cómo es posible? Este lugar es pura luz. Pensé que eso las detenía.

— Las brujas ya no actúan solas. Los dioses oscuros que han despertado les prestan su sombra, una coraza contra nuestra luz. Se han vuelto audaces.

— Ahora lo entiendo —murmuró Lefky, y su mirada, suave y soñadora, buscó a Zangrid entre los hechiceros. Lo vio, alto y concentrado, la espada brillando a su costado, cargando un peso de reino y de mundo. Un amor fiero y admirado le recorrió el pecho.

— ¿De qué Tierra vienes, Lefky? —preguntó Tertzal, interrumpiendo su contemplación.

— Vengo precisamente de ese mundo al que ustedes intentan enviar sus maravillas.

La sorpresa iluminó el rostro del hechicero.

— ¡Entonces esto te conmoverá! Además de la Esperanza, les enviamos por el pozo sueños bellos —que en tu cielo se ven como nubes con forma de deseos— e ilusiones, dentro de burbujas que brillan como lágrimas de arcoíris.

— En este mundo... todos dan sin medida —murmuró Lefky, llevándose las manos al pecho, conmovida hasta el borde de las lágrimas.

Recordó entonces la visión que había tenido durante su paseo aéreo con Zangrid. Una pregunta surgió, pura curiosidad.

— Tertzal, el río que vi... el que cruza nubes y estrellas. ¿Cómo desafía así las leyes de todo?

Tertzal sonrió, comprendiendo la maravilla en sus ojos.

— Es el Río del Origen. Nace en el Monte del Sol, baña su Tierra, se sumerge valiente en el Abismo para emerger purificado en la Tierra de la Luna, asciende por el Monte Lunar... y finalmente llega aquí, a nuestro reino, para terminar su viaje —hizo una pausa dramática y señaló el cielo— allí, regando las raíces de las Estrellas Eternas.

Lefky siguió su gesto. Y entonces lo vio: de las dos Estrellas Eternas, los Ojos de la Creación, emanaba un flujo incesante de polvo fino y brillante, que caía en un vasto depósito tallado en la luz misma.

— Tertzal... —susurró, hipnotizada—. ¿Qué es lo que emana de ellas?

El hechicero joven no respondió. Solo sonrió y desvió la mirada. Zangrid y los Altos Hechiceros se acercaban, y todos habían oído la pregunta. Una sonrisa cómplice se dibujó en el rostro del Príncipe. Sin mediar palabra, tomó la mano de Lefky con una firmeza tierna y la guio, seguidos por los hechiceros, por los senderos de luz hasta quedar justo bajo la lluvia celestial.

Y allí, se detuvieron. Una suave, luminosa y silenciosa lluvia de polvo brillante comenzó a caer sobre ellos. Era una nevada de luz, cálida al contacto. Lefky alzó el rostro, radiante, y abrió las palmas de sus manos para recibir el regalo del cielo.

— ¡Polvo de estrellas! —exclamó, y su voz era una canción de pura felicidad.

Estaban de pie sobre un manto que brillaba con la intensidad de mil luciérnagas atrapadas. Entonces, Zangrid la tomó por la cintura. No con la urgencia de antes, sino con una determinación solemne y dulce. Desplegó sus alas luminosas, que se extendieron como dos brazadas de luna líquida, y comenzó a bailar con ella.

No era un baile cualquiera. Era una danza lenta, íntima, donde sus cuerpos se encontraban y se separaban solo lo necesario para crear un juego de miradas y sonrisas. Los hechiceros, como un coro de ángeles cómplices, lanzaron al aire hechizos que no eran de guerra, sino de belleza: chispas *de colores que se enredaban en sus cabellos, serpentinas de luz que rodeaban sus cuerpos, una ceremonia privada de magia y promesa.*

Tan inmersos estaban en su felicidad, en el universo diminuto que creaban entre sus cuatro ojos, que no notaron cuando los hechiceros, respetuosos, se desvanecieron en la luz, dejándolos solos bajo la lluvia eterna.

Zangrid detuvo la danza. Con movimientos lentos y rituales, tomó la mano de Lefky y depositó en su palma un puñado del polvo de estrellas que brillaba en el suelo. Luego, tomó otro para sí. Mirándola fijamente, unió su mano a la de ella, mezclando sus destinos en el brillo que se escapaba entre sus dedos entrelazados. Su voz, varonil y profunda como el rumor de las constelaciones, resonó en el silencio sagrado:

— *Mi amada, mi bella Lefky. Las estrellas no solo moran en tu mirada... se rinden ante ella. Y yo... yo te amaré más allá del fin de todas las luces. Por siempre.*

El calor que estalló en su pecho fue un sol naciente. Con los ojos anegados en brillo —de lágrimas de felicidad y del polvo mismo—, ella le respondió, sellando el pacto:

— *Mi amado Zangrid, mi corazón no solo te pertenece. Es que sin ti, dejaría de latir. Y pase lo que pase, aunque los mundos separen nuestros cuerpos, mi alma ha de encontrarte. Te lo juro.*

En ese instante, sus miradas se enlazaron y el infinito pasó entre ellas. No hubo más necesidad de palabras.

Entonces, Zangrid hizo algo que detuvo el tiempo. Envolvió a Lefky por completo con sus alas luminosas, creando una cúpula íntima y brillante donde solo existían ellos dos. La miró fijamente, devorando cada detalle de su rostro iluminado. Y, sin soltarla, bajó su rostro y besó sus labios.

No fue un beso de cuento. Fue un beso de pasión contenida y finalmente liberada. Apasionado, profundo, dulce y a la vez urgente. El primero desde su encuentro mágico en la cascada, y este sabía a promesa, a pertenencia, a eternidad.

Las Estrellas Eternas, como testigos y celebrantes, se encendieron con una furia gozosa, bañándolos en una columna de luz plateada que ellos no vieron, porque tenían los ojos cerrados, perdidos en el sabor del otro. Del depósito a sus pies, miles de chispas multicolores se elevaron como espíritus de alegría, envolviéndolos en una cálida y efervescente niebla de pura felicidad.

Era, sin duda, el momento más perfecto, más luminoso y más feliz de sus vidas. Un instante robado a la eternidad, donde el amor no era un sentimiento, sino el tejido mismo de la realidad que los sostenía.

XXX
El Caballero Elegido

Mucho más enamorados, si eso era posible, y con un brillo compartido que parecía emanar de sus mismos poros, regresaron a la Gran Plaza. La felicidad era una burbuja tangible a su alrededor. Pronto se unieron a un grupo de hechiceros jóvenes, cuya alegría era contagiosa, y les ofrecieron copas de "Dulces Momentos", una bebida efervescente que sabía a risa cristalina y a caramelo de luz. Mientras reían, compartiendo una complicidad que hacía que todo pareciera más brillante, un mensajero se acercó a Zangrid. Los Altos Hechiceros requerían de su presencia.

Con un suspiro de pesar, Zangrid volvió su mirada hacia Lefky. Ella, en lugar de entristecerse, le dirigió la sonrisa más radiante que jamás hubiera creado. Era una sonrisa que no solo curvaba sus labios; iluminaba sus ojos oscuros como dos charcos de noche estrellada, envolvía todo su rostro en un aura de pura dicha. Era tan poderosa y genuina, que Zangrid se detuvo un instante más, bebiéndosela con la mirada, atesorando esa imagen como si fuera un hechizo protector. Ni el más talentoso de los Pintores de Sueños podría haber capturado su esencia.

— Volveré en un suspiro —prometió, su voz un rumor solo para ella, antes de retirarse con paso firme hacia el círculo de ancianos.

Apenas se fue, Tertzal se acercó a Lefky, su mirada cálida y observadora.

— Una felicidad infinita emana de ti, Princesa de las Flores. Es como ver a una constelación nacer —comentó, sirviéndole un poco más de "Dulces Momentos".

— ¡Es que lo estoy, Tertzal! Me siento… completa. Radiante. Como si cada partícula de mí estuviera alineada con la luz del universo —confesó, sin poder contener el torrente de alegría.

Mientras observaban a Zangrid a lo lejos, su figura noble destacándose entre los hechiceros, Tertzal bajó un poco la voz, adoptando un tono más serio.

— Muchos en el reino, Lefky, creen que Zangrid no es solo un príncipe o un caballero... sino el Elegido. El único destinado a blandir la Espada Sagrada.

— Lo he escuchado —respondió Lefky, su ensoñación teñida ahora de un orgullo profundo—. Y no me cuesta creerlo. No imagino a nadie con un corazón más puro, una voluntad más firme. Él es... la luz hecha hombre.

Tertzal asintió, pero su sonrisa se desvaneció, reemplazada por una sombra de preocupación.

— Esa luz, sin embargo, lo convierte en el blanco perfecto. Si los dioses oscuros confirman que él es el Elegido, concentrarán todo su odio, toda su perversidad, en destruirlo. Y me temo... que ya lo sospechan. Cada ataque, cada embrujo que lanzan contra este reino, podría ser un intento de probar su fuerza, de localizarlo.

Un frío repentino atravesó la burbuja de felicidad de Lefky. Su rostro se tornó solemne.

— ¿Podemos hacer algo? ¿Protegerlo?

— La mejor protección es cumplir la profecía antes que ellos —dijo Tertzal con firmeza—. Encontrar la Espada Sagrada. Pero para ello, necesitamos reunir las Siete Espadas Luminosas y sus joyas correspondientes.

— Sé que solo falta una espada —dijo Lefky, recuperando un hilo de esperanza—. ¿Ya saben quién es el séptimo caballero?

Tertzal la miró, y una sonrisa tímida pero orgullosa asomó a sus labios.

— Lo estás viendo.

— ¿Tú...? ¡Oh, Tertzal! ¡Qué maravilloso! —exclamó ella, su alegría por su amigo mezclándose con el alivio—. Imagino que pronto irás a reclamar tu espada.

— Así será. El llamado es cada vez más claro.

Lefky miró hacia Zangrid, imaginando el peso de la espada que colgaba de su cinturón. Una curiosidad íntima y llena de admiración surgió en ella.

— Cuando los veo con esas armas tan poderosas... me pregunto de dónde sacan la fuerza no solo para levantarlas, sino para cargar con su simbolismo. Los hombres... son criaturas de una fortaleza asombrosa —murmuró, y luego, llevada por la confianza y la atmósfera mágica, se volvió hacia Tertzal con una chispa de picardía en los ojos—. Dime, poderoso hechicero y futuro caballero... ¿alguna vez te has enamorado?

Tertzal guardó silencio por un momento, su mirada perdiéndose en algún punto del cielo estrellado. Cuando habló, su voz era suave, un eco de algo dulce y lejano.

— Sí. Una vez.

— ¿De una hechicera? —preguntó Lefky, inclinándose un poco, compartiendo el secreto.

— No —respondió él, y un velo de melancolía muy sutil cubrió sus ojos claros—. De una princesa. La vi solo una vez, en un festival de luces. Era tan hermosa que hacía que las estrellas parecieran pálidas. Su risa era una melodía que se me quedó grabada en el alma. Y luego... se desvaneció. Nunca supe su nombre, ni su reino. Pero su imagen hechizó mi corazón. Para siempre.

Lefky sintió un pellizco de empatía en el pecho. Vio la sombra pasajera en su rostro y, sin querer ahondar en un recuerdo que tal vez dolía, desvió la conversación con suavidad.

— *La música de este lugar... es la más hermosa que he escuchado. Parece tejida con los hilos del alma misma...*

Tertzal comprendió su gesto al instante. Parpadeó, disipando la nostalgia, y su rostro recuperó la expresión amable y vivaz.

— *Lefky* —la interrumpió con un tono nuevo, intrigante—.

— *¿Sí?*

— *¿Te gustaría visitar nuestros Reflejos?*

— *¿Reflejos?* —preguntó, frunciendo levemente el ceño.

— *Son espejos muy especiales. No muestran solo tu imagen... sino que, con el tiempo, revelan la verdadera esencia de quien se para frente a ellos. Cuando te mires, primero te verás como yo te veo ahora: radiante, llena de luz. Luego... la visión cambiará. Te mostrará tu núcleo más puro, tu ser más auténtico.*

— *¡Eso suena... aterrador!* —confesó Lefky, llevándose una mano al pecho.

— *¿Aterrador? ¿Por qué?*

— *Porque... ¿y si lo que crees que eres, o lo que los demás ven, no coincide con lo que hay dentro? ¿Y si esa verdad última... no te gusta?*

Tertzal sonrió, una sonrisa llena de confianza y un toque de misterio.

— *Ven y haz la prueba. Confía en la magia de este lugar, y confía en ti. ¿Te animas?*

El entusiasmo de su amigo era contagioso. Después de un momento de duda, la curiosidad y la valentía que siempre la caracterizaban pudieron más.

— De acuerdo —aceptó, con un asentimiento decidido.

Platicando animadamente —él disipando sus últimos temores con explicaciones sobre la magia de la percepción—, se dirigieron hacia un palacio anexo. No era de cristal, sino de una piedra lunar lisa y oscura que absorbía la luz para luego devolverla en destellos tenues. Al interior, el aire era más fresco, cargado con el olor a ozono y a viejo pergamino.

Y allí estaban. Decenas, quizás cientos de espejos, de todos los tamaños y formas: ovalados como ojos gigantes, rectangulares como puertas a ninguna parte, con marcos de plata retorcida o de simple piedra sin pulir. Lefky caminó entre ellos, pero su mirada se mantenía baja, fija en el suelo brillante. Su corazón latía un poco más rápido. Temía, de pronto, que al volverse hacia uno de aquellos cristales silenciosos, encontrara no a la princesa enamorada, sino a la chica perdida, a la mortal indigna... o a algo que aún no estaba preparada para conocer.

Y allí estaban. Decenas, quizás cientos de espejos, de todos los tamaños y formas: ovalados como ojos gigantes que todo lo ven, rectangulares como puertas a dimensiones ocultas, con marcos de plata retorcida que parecían serpientes dormidas o de simple piedra sin pulir que hablaba de una antigüedad primordial. Lefky caminó entre ellos como entre un bosque de cristal, pero su mirada se mantenía baja, fija en el suelo brillante que reflejaba sus pies vacilantes. Su corazón latía con un ritmo de tambor secreto. Temía, con un pánico súbito y visceral, que al volverse hacia uno de aquellos cristales silenciosos, no encontrara a la princesa enamorada y radiante, sino a la chica perdida y terrenal, a la mortal indigna del cielo... o a una verdad sobre sí misma para la que aún no estaba preparada.

Con paso cauteloso, se acercó a Tertzal, quien se había detenido con reverencia frente a un gran espejo cuyo marco era una obra maestra de filigrana plateada y gemas centelleantes. En su interior, no reflejaba la sala, sino que parecía una ventana a un cielo más profundo. Y allí, flotando en ese espacio de luz concentrada, descansaba la última Espada Luminosa. Su hoja era de un metal pálido como la luna nueva, y en su empuñadura, el hueco para una joya brillaba con promesa.

— ¿Es tu espada? —susurró Lefky, como si hablar fuerte pudiera quebrar el hechizo.

— Sí —confirmó Tertzal, con una solemnidad nueva en su voz—. La Espada de la Dignidad. La fuerza que nace del autorrespeto y la integridad inquebrantable.

— ¿La tomarás ahora?

— Ahora. Y me honra que sea en tu compañía, Princesa de las Flores. Eres un buen augurio.

Ella sonrió, conmovida. Observó con atención mientras Tertzal extendía la mano. Su braza atravesó la superficie del espejo como si esta fuera agua quieta, sin una sola ondulación. Al tocar la empuñadura, una luz blanca y pura estalló, envolviéndolo por un instante en un resplandor sagrado. Cuando la sacó, empuñándola con firmeza, Lefky pudo ver el peso real del destino en sus músculos tensos, la potencia contenida en aquel metal celestial.

Con la satisfacción serena de quien ha encontrado una parte fundamental de sí mismo, Tertzal enfundó su espada. Luego, su expresión se suavizó y se volvió hacia Lefky, sus ojos animándola.

— Ahora te toca a ti. Elige un espejo. Confía.

A Lefky le llamó la atención un espejo de marco dorado, adornado con joyas pequeñas que titilaban como fuegos fatuos. Con un nudo en la garganta, se paró frente a él. Su reflejo la miró: una joven de piel de porcelana, con una cascada de cabello rojo como el atardecer más pasional y unos ojos castaños que, en ese instante, parecían enormes y llenos de dudas.

— ¿Qué ves? —preguntó Tertzal, su voz un hilo de guía en la quietud.

— ¡A una joven... bastante encantadora! —respondió ella, tratando de aligerar la tensión con un tono bromista, forzando una sonrisa.

— ¿Qué más? —insistió él, sin reír.

— Tertzal, fue una broma...

— No lo fue. Dijiste una verdad. Continúa. ¿Qué más ves en esa joven?

Ella rio, un sonido nervioso que se quebró en el aire silencioso. Tragó saliva.

— Una joven de piel muy blanca y cabello... como llamas. Sus ojos son... profundos. Parecen guardar secretos.

— Así es. Vas muy bien. Sigue mirando. Déjate ver.

Pero en ese momento, una voz como un trueno de angustia resonó entre los espejos, haciéndolos vibrar levemente:

— ¡¡LEFKY!!

Por el reflejo del espejo, ella vio la imagen de Zangrid corriendo entre los cristales, su rostro una máscara de urgencia pura, sus alas semidesplegadas como si hubiera volado a toda velocidad hasta allí. Al llegar a su lado, la tomó del brazo con una fuerza que no era brutal, sino imperiosa.

— ¡Ven! ¡Ahora! —ordenó, y su voz no admitía réplica, no había tiempo para explicaciones.

Sin darle oportunidad de despedirse, de preguntar, de entender, la guio a través del laberinto de espejos hacia la salida. Tan rápido era su paso, que Lefky solo alcanzó a voltear y gritar hacia Tertzal, perdido ya entre los reflejos:

— ¡Regresaré... por mi reflejo! ¡Lo prometo!

El camino de regreso al Castillo de Cristal fue un silencio gélido. Zangrid caminaba con determinación férrea, su espalda era un muro, su perfil tallado en preocupación pura. No hablaba. No la miraba. No le ofrecía su mano.

Un dolor agudo, frío como el cristal del pozo embrujado, se clavó en el pecho de Lefky. ¿Qué hice mal?, pensaba, desesperada. Debo haber transgredido alguna regla sagrada, avergonzado ante sus hechiceros... He empañado su honor. Quería detenerse, agarrarlo del brazo, suplicar una explicación, una mirada que la absolviera. Pero entonces recordó la sombra en los ojos de Tertzal, la amenaza sobre el Elegido. Y entendió, o creyó entender: su misión era demasiado grande, demasiado urgente, para perder un instante. Su silencio no era enfado, era el peso del mundo. Y por él, por no ser una carga más, Lefky guardó su propio dolor en un rincón del alma y caminó en silencio a su lado.

Al llegar al umbral del castillo, Zangrid se detuvo. Sin una palabra, sin un gesto, sin siquiera volver la cabeza, se alejó por un corredor que se tragó su figura luminosa. La dejó ahí, sola, con el eco de su partida resonando como un portazo en su corazón.

Con pasos que parecían de plomo, Lefky subió hasta la terraza más alta, el lugar donde había contemplado el lugar con su Príncipe. Ahora estaba vacía, fría. Se aferró a la balaustrada, y en lugar de permitirse llorar por el rechazo, canalizó todo su miedo en la única dirección que importaba: *él*. Pensó en la misión, en la Espada Sagrada, en los dioses oscuros que lo acechaban. Rezó, con cada fibra de su ser, para que su identidad como el Elegido permaneciera oculta.

Inesperadamente, una calidez nueva bañó el mundo. El Sol, tras su sueño reparador, había despertado. Sus rayos, intensos y vitales, iluminaron la Tierra del Sol con furia purificadora. Y entonces, una voz, áspera al principio pero llena de un esfuerzo conmovedor, resonó en su mente:

— Hola, Lefky. Estoy... practicando. Hablar con mujeres es complicado.

Lefky parpadeó, desconcertada.

— ¿Puedes entenderme?

— Un poco mejor, sí —la voz del Sol era como el crepitar de un fuego amistoso—. ¿Puedes entender a la Luna?

— ¡Sí! ¿Y tú? ¿La entiendes a ella?

— Aún no... —hubo una pausa, como un suspiro solar—. Por mucho tiempo, creí imposible la amistad. Cuando ella hablaba y yo no entendía, su rostro se nublaba de furia. —Lefky no pudo evitar una risa suave—. Pero... cuando me mantuvo cautivo, fue amable. Dulce, incluso. Cambió.

— ¿Cómo es que hablas, Sol? ¿Por qué no mueves la boca?

— Porque no hablo con sonido. Hablo... con luz. —Se encendió un poco más, como para demostrarlo.

Lefky miró entonces hacia la Luna, que desde su lado de la bóveda contemplaba al Sol con una mirada tan cargada de amor y anhelo que era palpable. Pero el Sol, en su esplendor cegador, parecía no distinguir los detalles de ese amor silencioso.

De repente, algo extraordinario desgarró la normalidad del cielo. Justo debajo de las Estrellas Eternas, en el límite preciso donde la luz del Sol besaba el manto de la Luna, apareció un templo. No surgió de la nada; fue como si siempre hubiera estado allí, velado, y ahora se revelaba en todo su esplendor. Era de una belleza que quitaba el aliento, construido con la sustancia misma de la aurora y el crepúsculo, y emanaba una luminosidad serena y poderosa.

— ¡Al fin! —rugió el Sol, su voz ahora clara y estruendosa de emoción—. ¡El Templo de la Felicidad! ¡Dentro de él nacerá la Espada Sagrada!

Pero Lefky no sintió euforia. Al contemplar la belleza sublime del templo, solo un pensamiento heló su sangre: eso lo convertía en el blanco perfecto. Si Zangrid entraba allí, todos lo sabrían. El peligro se materializaba ante sus ojos.

Sin perder un segundo más, se despidió del Sol con un pensamiento de gratitud y salió del castillo como un vendaval. Caminó, tropezó y casi corrió sobre las nubes esponjosas, hasta encontrar un borde donde la nube *se adelgazaba. Desde allí, mirando hacia abajo con el corazón en la garganta, vio la escena que quedaría grabada en la historia.*

*Los Siete. Estaban todos allí, formados ante las puertas doradas del templo. Al frente, irradiando una autoridad natural, estaba **Zangrid**, el Caballero del Honor, su príncipe de alas luminosas. Tras él, la estampa formidable de **Relle** (Lealtad) y **Reim** (Respeto). Luego, **Land**, cuya valentía parecía teñida de una amargura que solo Lefky percibía, y a su lado **Nok** (Integridad), cuya espada ya brillaba con la Joya de la Generosidad, un destello único entre ellos. Cerraban la formación **Ajmed** (Fuerza), una montaña de determinación, y **Tertzal** (Dignidad), el hechicero ya transformado en caballero, su espada nueva pero firme en su mano. Un mosaico de poder, un arcoíris de virtudes hechas acero.*

¿Cómo habrán subido los demás?, se preguntó Lefky, acomodándose en la nube como una espectadora privilegiada y aterrada. Para Zangrid y Tertzal era su hogar, pero los demás... debían de haber escalado montañas de leyenda, cruzado puentes de luz, o haber sido llevados por criaturas aladas. Su mera presencia allí era un testimonio de su valor.

*El templo había aparecido porque los Siete estaban reunidos. Desde su escondite nuboso, Lefky alcanzaba a oír los cánticos marciales que salían del interior, una música de guerra sagrada, y veía el resplandor espectral que se filtraba por las puertas. Ignoraba que esa luz era el crisol, el corazón del templo, donde las espadas se unirían. Solo anhelaba verlos salir, verlo a **él** a salvo.*

Pero la espera se extendió, las horas se diluyeron en la luz perpetua del reino celestial. La tensión, la emoción y el agotamiento físico y emocional de la jornada pesaron sobre sus párpados. Luchó contra el sueño, aferrándose a la imagen de Zangrid, pero al final, el mullido abrazo de las nubes y el silencio expectante del cielo fueron más fuertes. Sin darse cuenta, su respiración se acompasó con el leve balanceo de la nube, y se hundió en un sueño profundo y reparador, allí, en el borde del mundo, soñando quizá con espadas de luz y con la mirada azul que había prometido amarla más allá del fin de todas las luces.

XXXI
Los Guardianes

Cuando Lefky despertó, la suavidad de las sábanas de seda plateada y la luz difusa que filtraba por las altas ventanas la desorientaron por completo. No estaba en la nube mullida, sino en la amplia y majestuosa habitación principal del Castillo de Cristal. Junto al balcón abierto, su amiga Nube se balanceaba suavemente, como si hubiera velado su sueño.

El recuerdo la golpeó: el templo, los caballeros, el sueño que la había vencido. Se incorporó de un salto.

— ¿Qué pasó? ¿Los caballeros? ¿Zangrid? —preguntó, la voz aún ronca por el sueño.

Nube se condensó en una forma más definida, sus contornos brillando con suavidad.

— Cuando los Siete salieron del Templo, ayudados por el Príncipe Zangrid y por los mismos rayos del Sol, ascendieron hasta aquí. Te encontraron dormida, abrazada a una de mis hermanas más esponjosas. Zangrid... —Nube hizo una pausa, como saboreando el recuerdo— se acercó con una delicadeza que enternecería a la roca más dura. Te tomó en sus brazos como si fueras el cristal más fino, y te trajo a su castillo. No despertaste ni una vez. Su mirada mientras te cargaba... era pura devoción.

Un alivio dulce y cálido inundó el pecho de Lefky, seguido de una oleada de amor tan intensa que le quemó la garganta.

— Siempre logra sorprenderme —susurró, llevándose una mano al corazón—. Lo amo con una fuerza que a veces me asusta.

— Y ese amor, Lefky, es correspondido con la misma intensidad. Brilla en él como un segundo sol —afirmó Nube con la certeza de quien observa desde las alturas.

Después de que Nube se desvaneciera en una caricia de brisa, Lefky se arregló con manos que apenas temblaban. Se vistió con el sencillo vestido blanco que realzaba el fuego de su cabello y la profundidad de sus ojos. Un brillo especial, una mezcla de esperanza renovada y determinación, iluminaba su rostro. Salió de la habitación decidida a encontrar a su príncipe, a borrar con una sonrisa la fría distancia de horas antes.

Siguió el eco de voces graves y el rumor de pasos hasta las altas puertas del salón principal. Al abrirlas lentamente, el espectáculo que encontró era propio de una leyenda. Los Siete Caballeros, imponentes con sus espadas aún enfundadas pero visibles, conversaban con la seriedad relajada de quienes comparten un peso sagrado. En un grupo aparte, como flores en un jardín de acero, estaban las princesas Zirconia, Acua y Eti. Y entonces vio a Jir. La guerrera caminaba con pasos largos y posesivos de un extremo a otro del salón, su mirada escrutando cada detalle, cada interacción, como una halcona vigilando su territorio.

En cuanto Lefky cruzó el umbral, un cálido revuelo la recibió. Relle, Nok y Tertzal se acercaron con sonrisas sinceras y saludos llenos de respeto. Tras ellos, Zirconia, Acua y Eti la envolvieron en un abrazo conjunto, un oasis de feminidad y apoyo. Los demás caballeros —Relle, Ajmed— la saludaron con una solemne inclinación de cabeza. Land mantuvo una distancia cortés, su mirada inescrutable. Y Jir... Jir solo clavó en ella una mirada gélida, cargada de una superioridad tan marcada que era casi un insulto silencioso.

Todos tomaron asiento alrededor de la inmensa mesa de cristal que parecía hecha de aire solidificado. Lefky, momentáneamente paralizada, se quedó de pie. Fue Zirconia quien, con suavidad, la tomó del brazo y la guio para sentarse entre ella y Acua. El asiento la dejaba lejos de la cabecera, lejos de él.

Y allí estaba Zangrid. Sentado en el lugar de honor, su espalda recta, su perfil tallado en una serenidad impasible. No la miró. No hizo un gesto hacia ella. Su actitud era de una frialdad glacial, una indiferencia que le partió el alma en dos. ¡Definitivamente algo había cambiado! La mirada que antes era un refugio de ternura, ahora era un muro de hielo azul.

Mientras los demás discutían logística, estrategias y el significado de las visiones dentro del templo, Lefky apenas podía concentrarse. Su mundo se había reducido a la fría espalda de Zangrid y a los gestos de Jir, que ahora, sentándose a su lado con familiaridad, le ofrecía una copa, le susurraba algo al oído con una sonrisa íntima. Un dolor agudo y punzante se enrolló alrededor del corazón de Lefky. No lo entendía. ¿Qué palabra fallida, qué gesto torpe, qué falta imperdonable había cometido para merecer este destierro silencioso?

Tan perdida estaba en su laberinto de dolor, que apenas notó cuando la reunión terminó y todos se pusieron de pie, dirigiéndose hacia la gran puerta que daba a las nubes. Se quedó sentada, sintiéndose invisible, un mueble más en el espléndido salón.

Entonces, una sombra se cernió sobre ella. Alzó la vista.

Era Zangrid. Estaba de pie frente a su silla, mirándola fijamente. En sus ojos verdes, tan fríos momentos antes, algo se quebraba. Por una fracción de segundo, le pareció ver el destello de una lágrima no derramada, un océano de tormenta contenido tras un dique de deber. Antes de que pudiera procesarlo, él extendió la mano.

Sin pensarlo, ella puso la suya en aquella palma familiar. Al contacto, una chispa eléctrica los recorrió a ambos. Él la levantó con suavidad y, en un movimiento fluido, la atrajo hacia su pecho, envolviéndola en un abrazo desesperado. Un abrazo que no era de bienvenida, sino de despedida; que no era de consuelo, sino de angustia compartida. Lefky se abandonó por completo, hundiendo el rostro en su túnica, inhalando su esencia a bosque y cielo, deseando con toda su alma que el tiempo se detuviera ahí, que ese instante de conexión feroz fuera su eternidad.

Abrazada a él, a su guerrero cargado de destino, una certeza la iluminó: el Templo había aparecido. La Espada Sagrada estaba al alcance. La carga sobre sus hombros era ahora un yugo de titanes. Tal vez esta frialdad, esta *distancia, era su forma de protegerla, de prepararse… o de apartarla del peligro que se cernía sobre el Elegido.*

Queriendo ser su fortaleza, no su carga, queriendo infiltrarle su propio valor, lo abrazó con todas sus fuerzas, como si pudiera transferirle el latido feroz de su corazón. Y las palabras, impulsadas por un amor que ya no cabía dentro de su pecho, escaparon en un susurro que solo él pudo oír, un juramento contra su piel:

— Te amo, Zangrid. Pase lo que pase, te amo.

Fue como si las palabras fueran un cuchillo. Él se separó bruscamente, soltándola. No la miró. Giró sobre sus talones y, con pasos largos y veloces, alcanzó al grupo de caballeros que ya salía, fundiéndose con ellos sin volver la cabeza.

Lefky se quedó inmóvil, petrificada. El aire donde él había estado estaba frío. El eco de su abrazo se convertía en fantasma. ¿Por qué no me lo dijo? La pregunta retumbó en el vacío de su mente. ¿Por qué esta vez el "yo también te amo" se ahogó en su silencio? Tal vez había hablado demasiado. Tal vez, en su abrumadora necesidad, había roto un hechizo de concentración, había sido… una distracción.

Sus pensamientos, negros y espiralantes, se quebraron cuando vio al grupo detenerse al borde mismo de las nubes, donde el mundo celestial se terminaba. Uno a uno, tomaron largas cuerdas de luz dorada que parecían hechas de rayos de sol solidificados y comenzaron a descender hacia la Villa del Sol, con la agilidad de guerreros entrenados.

El pánico, frío y súbito, le agarrotó el estómago. No era deportista, ni temeraria. La simple idea de un tobogán la había aterrorizado de niña. Ahora debía lanzarse al vacío, sostenida solo por un hilo de luz. Se acercó al borde y miró hacia abajo, la vista se le nubló, y los únicos sonidos que escuchó fueron los latidos salvajes de su propio corazón, martillando en sus oídos como un tambor de pánico.

De pronto, un brazo fuerte como el acero, familiar y ansiado, la rodeó por la cintura. No hubo tiempo para gritar. Sintió el despliegue poderoso de unas alas que no vio pero que sintió vibrar a su espalda, y sus pies perdieron contacto con la nube. Zangrid la había tomado. Volaban.

Pero este regreso a la tierra no era un paseo romántico entre estrellas. Era rápido, directo, silencioso. Y mientras el viento le secaba las lágrimas que no había sabido que estaban cayendo, Lefky supo, con una certeza que le heló la sangre, que no deseaba este regreso si no era para quedarse a su lado. Y cada vez tenía más miedo de que ese "para siempre" se estuviera desvaneciendo, como la estela de luz que dejaban atrás.

A pesar del silencio de plomo que los acompañó en el vuelo, la simple cercanía de Zangrid, el roce de su brazo alrededor de su cintura, infundió en Lefky una paz profunda y paradójica. Era un refugio en medio de la tormenta de su corazón. No descendieron en la Tierra del Sol, sino que se dirigieron a la Tierra de la Luna, hacia la penumbra azulada y misteriosa del Bosque Azul.

Mientras Zangrid caminaba al frente, una columna de determinación y poder, las princesas Zirconia, Acua y Eti formaron un círculo protector alrededor de Lefky. Con charlas animadas sobre las flores lunares y las leyendas del bosque, tejieron un escudo de normalidad y calor femenino, un intento tácito y bondadoso de distraerla de la sombra que la seguía: la altiva Jir, pegada al flanco de Zangrid como una segunda espada.

Finalmente, llegaron al corazón mismo del Bosque Azul. Allí, en un claro bañado por una luz que parecía filtrarse a través de aguas profundas, se alzaba un árbol como ningún otro. Su tronco era de plata antigua, y sus ramas, en lugar de hojas, sostenían cientos de medallas que colgaban como frutos de leyenda. Cada una era única, labrada con la efigie de criaturas majestuosas: dragones, grifos, serpientes aladas, osos de nieve... y en el centro, reluciendo con un fulgor familiar, Lefky vio medallas casi idénticas a la suya: el Unicornio de perfil noble, la promesa de pureza. Su mano voló instintivamente al colgante que pendía de su cuello, el legado de su abuela. ¿Qué conexión había entre este mundo y el suyo?

Los Siete Caballeros formaron un círculo alrededor del Árbol de las Alianzas. El aire se cargó de electricidad estática. Entonces, el árbol habló, *y su voz fue el crujir de miles de años, el susurro del viento en las hojas de todos los bosques:*

> — *¡Caballeros de las Virtudes Eternas! Honor, Lealtad, Respeto, Valentía, Integridad, Fuerza, Dignidad... En mis ramas duermen los Guardianes Antiguos, leales hasta la muerte. Elijan. Que su corazón guerrero reconozca al aliado de su alma. Pero elijan sabiamente, pues este vínculo forjará vuestro destino en la batalla que se avecina.*

Zangrid, el Caballero del Honor, no dudó ni un instante. Su mano se cerró alrededor de una medalla que mostraba un Pegaso de alas desplegadas. En el acto, un relincho que era un acorde de trueno y viento rasgó el cielo. Desde las nubes más altas descendió el magnífico corcel alado, su pelaje blanco como la nieve eterna, sus ojos inteligentes como estrellas. Aterrizó con elegancia junto a su príncipe, inclinando la cabeza en un juramento silencioso. Entre ellos fluía un entendimiento antiguo, como si siempre hubieran estado destinados a luchar codo con codo.

Land, el Caballero de la Valentía, escogió la medalla de un Dragón de escamas doradas y rojas. Antes de que la cadena tocara su armadura, un rugido sacudió las copas de los árboles. Desde los riscos de la Aldea de los Pintores, donde el fuego se mezcla con la creación, surgió la bestia. Era un torrente de músculo, fuego y poder ancestral. Se posó junto a Land, y el príncipe solar puso una mano sin temor en su escama, sellando un pacto de furia controlada.

Reim, el Caballero del Respeto, tomó con reverencia la medalla de la Serpiente Emplumada. El aire se densificó, y la criatura divina descendió en espirales de luz y plumaje iridiscente. Su mirada era sabia y antigua, y al colocarse junto a Reim, lo hizo no como un sirviente, sino como un igual, un consejero de batalla.

Ajmed, el Caballero de la Fuerza, palpó varias medallas, sintiendo su peso. Finalmente, eligió la del Gran Oso Pardo de las Montañas de la Luna. Un gruñido que era un terremoto anunció su llegada. La tierra tembló bajo sus patas cuando el oso, una montaña de músculo y pelaje, emergió de la espesura. Al encontrar a Ajmed, dio un golpe en el suelo que fue un saludo.

Luego, sus ojos oscuros encontraron a Lefky. Con una gracia inesperada en una bestia tan colosal, inclinó su enorme cabeza hacia ella en una reverencia profunda y deliberada. Lefky, conmovida hasta las lágrimas, correspondió el gesto, sintiendo el honor como un latido en el pecho.

Relle, el Caballero de la Lealtad, tenía la mirada fija en una medalla de plumas rojas de fuego: el Ave de las Tempestades. Cuando le llegó el turno, la tomó como quien recupera un tesoro perdido. Un canto que era tormenta y calma a la vez llenó el aire, y el ave de rojo pasión bajó en picada, sus alas extendidas como mantos reales. Se posó en el hombro de Relle y, al ver a Lefky, guiñó un ojo brillante, un destello de complicidad que le devolvió, por un instante, una sonrisa.

Nok, el Caballero de la Integridad, eligió al Grifo. Un grito agudo, mitad águila mitad león, resonó, y la criatura surgió de detrás de los árboles más altos. Mostró sus garras y su pico con bravura, pero al acercarse a Nok, su actitud se transformó en una deferencia absoluta, un reconocimiento a la rectitud inquebrantable de su caballero.

Con cada aparición, el corazón de Lefky se expandía de asombro y una emoción cercana al vértigo. Estos seres de leyenda no solo obedecían; reconocían. Y uno a uno, tras unirse a su caballero, volvían sus majestuosas cabezas hacia ella, la princesa terrenal, y le otorgaban una reverencia. No era un gesto protocolario; era un reconocimiento de su esencia, de la luz que llevaba dentro. Sin que ella lo supiera, desde su lugar al frente, Zangrid la observaba. Y en sus ojos, tras la máscara de comandante, brillaba una chispa de profunda satisfacción y un orgullo tan intenso que casi derretía su frialdad. Ellos, los Guardianes Antiguos, veían en ella lo que él veía.

Solo faltaba Tertzal. Su mano se dirigía hacia la medalla del Oso Blanco del Norte, cuando una voz cortó el aire como un látigo:

— *¡ALTO! ¡Tú, princesa terrestre!* —todos los ojos se volvieron hacia Jir, que señalaba a Lefky con un dedo acusador, su voz cargada de desprecio—. *¡Llevas colgando un robo! Esa medalla no te pertenece. ¡Solo los Caballeros consagrados pueden portar un símbolo de los Guardianes! ¡Devuélvela!*

El silencio se hizo absoluto, roto solo por el inquieto aleteo de las aves. Antes de que Lefky pudiera reaccionar, Jir se abalanzó, su mano buscando arrancar el colgante del unicornio del cuello de la joven. Lefky, sobresaltada, dio un grito ahogado y protegió la medalla con ambas manos, retrocediendo como si le hubieran intentado arrancar el corazón.

— ¡Era de mi abuela! —logró exclamar, su voz temblorosa por la indignación y el shock—. ¡Ella me la dio! ¡Viene de mi mundo, no del tuyo!

— ¡Mentira! ¡Es una ladrona y una intrusa! —rugió Jir, avanzando de nuevo.

La humillación, la injusticia y el miedo estallaron dentro de Lefky. Sin poder soportar más las miradas (¿de reproche? ¿de duda?) de los demás, giró y echó a correr, adentrándose ciegamente en el bosque azul, las lágrimas nublándole la vista.

— ¡Deténganla! —ordenó Jir, pero su mandato se quebró contra un muro de silencio y rostros graves. Nadie se movió. Furiosa, ella misma intentó perseguirla, pero un brazo firme como el acero, el de Zangrid, se interpuso bloqueándole el paso. El contacto fue una descarga de autoridad gélida.

Fue Zirconia quien rompió el hechizo de horror, su voz, usualmente tan serena, temblaba de ira contenida:

— ¡Zangrid! ¡Esa acusación es una infamia! ¡Lefky no es una ladrona, es un alma pura!

Acua, la flechadora, dio un paso al frente, su expresión era de hierro:

— Príncipe, la princesa ha sido públicamente vilipendiada y herida en lo más profundo. El dolor que debe estar sintiendo... Te pedimos permiso para ir tras ella. No puede estar sola así.

Zangrid cerró los puños con tal fuerza que los nudillos palidecieron. Cada fibra de su ser gritaba por correr tras Lefky, por enjugar las lágrimas que sin duda caían, por arrancar de cuajo la duda que Jir había sembrado.

Podía sentir la agonía de ella como una herida propia. Pero cuando habló, su voz fue la del comandante, plana y letal, dirigida a todos pero con la mirada clavada en el vacío que Lefky había dejado:

— Lo entiendo. Y cada segundo de esta demora me cuesta sangre. Pero la misión... la misión es primero. Tertzal, elige tu guardián. Ahora. Lo demás... tendrá que esperar.

Era una orden. Y en sus ojos, por un instante, se vio el destello de una tormenta personal, de un sacrificio desgarrador que solo él conocía. El corazón del grupo se partió en dos: el deber implacable y la empatía herida, con la figura de Lefky, sola y doliente, desapareciendo entre los árboles azules.

XXXI
La Melodía del Corazón

Llorando sin control, con el rostro bañado en un río salado de humillación y dolor, Lefky corrió. Atravesó el Jardín de las Flores como un fantasma, sin percibir los susurros de preocupación de sus amigas las rosas, sin ver los pétalos que se volvían hacia ella como manos suplicantes. Su mundo se había reducido al golpe de sus pies contra la tierra y al nudo desgarrador en su garganta. Siguió huyendo, internándose en la profundidad del Gran Bosque en la Tierra del Sol, hasta que el agotamiento físico quebró el ímpetu de su desesperación.

Jadeante, disminuyó la marcha. Caminó sin rumbo, durante un tiempo que perdió toda medida. Las preguntas zumbaban en su cabeza como avispas envenenadas: ¿Qué he hecho? ¿Por qué me odia? ¿Por qué el universo que amaba de repente me impugna tan cruelmente? Cada recuerdo de la reverencia de los Guardianes, seguido de la acusación de Jir, era un latigazo. Se sentía abrumada, como si la realidad misma se hubiera quebrado bajo sus pies.

Con las lágrimas aún dibujando senderos plateados en sus mejillas sucias, empezó a notarlo. Primero fue un susurro en el borde de su conciencia, luego una caricia tangible en el aire: una melodía. No era la música épica de las nubes o la alegre del Sol. Esta era suave, dulce, una canción de lamento y esperanza entrelazadas que parecía fluir directamente hacia las grietas de su corazón roto. Siguió el sonido, como una niña perdida sigue la voz de su madre, y sin darse cuenta, cruzó un umbral invisible.

Ante ella se abrió una aldea que parecía sacada de un sueño de poeta. No la había visitado antes. Era un lugar de una belleza tan serena y melancólica que por un instante, casi logró silenciar su tormenta interior. Todo aquí estaba impregnado de un romanticismo profundo y dolorosamente bello. No eran torres de guerra o palacios de hielo, sino estructuras esbeltas y gráciles, y sobrevolándolas, rodeándolas, bailando en el aire, había notas musicales físicas. Eran de colores tenues —lavanda, azul pálido, rosa desvaído— y giraban con una elegancia triste.

En los jardines pulcros, los aldeanos no reían ni conversaban. Vestían ropas discretas, largas capas y guantes, y sus rostros tenían un velo de melancólica inspiración. Escribían en cuadernos abiertos, y de las páginas, como lágrimas de alma solidificadas, se desprendían las notas musicales que luego ascendían a la danza aérea. Era la materialización de la nostalgia, del amor no correspondido, de la belleza que duele.

Lefky lo encontró extraño y perfecto. Este lugar, tan cargado de sentimiento, estaba en la Tierra del Sol, no en la de la Luna. Este mundo, una vez más, la sorprendía en su complejidad infinita.

Su mirada se posó en el pozo de la Gran Plaza. Allí, mujeres con vestidos de brocado fino y expresiones soñadoras, casi trágicas, recogían las notas que flotaban y, con un gesto de esperanza, las arrojaban al pozo. Muchas se atascaban en la boca del pozo, pero ellas insistían, una y otra vez, como un ritual de fe.

Intrigada, siguió a una joven aldeana que llevaba una canasta adornada con listones y pequeñas flores, llena hasta el borde de notas brillantes. La muchacha llegó a la orilla del río que serpenteaba junto a la aldea y, con un suspiro, vació su contenido en la corriente. Las notas se mezclaron con el agua, brillando como peces de luz por un momento antes de dejarse llevar.

— Creí que todas sus creaciones las enviaban por los pozos —dijo Lefky, su voz aún ronca por el llanto.

La aldeana se volvió, sorprendida, pero su mirada fue de inmediato comprensiva, como si reconociera el dolor en los ojos de la forastera.

— Así era. Pero los pozos están enfermos, envenenados por los embrujos. Ya casi nada logra pasar. El río... es una esperanza desesperada. —Señaló la corriente—. Atraviesa el Abismo. Las criaturas de allí pueden robarlas, o peor, corromper su belleza. Pero... ¿y si alguna logra pasar? ¿Y si una sola canción de amor llega intacta a un corazón necesitado? Debemos intentarlo.

La compasión, un sentimiento puro que surgió por encima de su propio dolor, llenó a Lefky.

— Deseo tanto poder ayudarles... —susurró, con una urgencia genuina—. Díganme, ¿hay algo que pueda hacer?

La joven aldeana la miró con una ternura que era un bálsamo. Se acercó y, de entre las notas de su canasta, tomó una que brillaba con un dorado especial, cálido y profundo.

— Tu deseo de ayudar ya es un regalo. No sé qué podrías hacer por nosotros... pero tú mereces esto. —Le tendió la nota dorada—. Es una melodía. Para ti.

Lefky la tomó con reverencia. Al acercarla a su oído, la música no solo sonó; se derramó dentro de ella. Era suave, romántica, una canción sin palabras que hablaba de resiliencia, de un amor que perdura a pesar de la distancia y el dolor. Le acarició el corazón herido, no para curarlo del todo, sino para recordarle que la belleza aún existía. Cuando la última vibración se desvaneció, la nota dorada se disipó en el aire como un suspiro.

— Gracias... —logró decir Lefky, con los ojos nuevamente húmedos, pero ahora por un motivo distinto—. Era... preciosa.

— Esa melodía te acompañará siempre. Vivirá en tu memoria, y podrás escucharla cada vez que tu corazón la necesite —explicó la aldeana, y luego añadió con una sonrisa secreta—: Porque, de hecho, fue tu propio corazón quien la inspiró. Solo la hemos tejido en sonido.

Lefky sonrió, verdaderamente sorprendida y conmovida. Después de un rato más de contemplar el conmovedor y persistente trabajo de los aldeanos, decidió continuar. Llevaba consigo una nueva tristeza, pero también un pequeño fragmento de esperanza dorada.

En cuanto salió del límite encantado de la Aldea de la Música, la realidad del mundo exterior la golpeó de nuevo. En el suelo, entre las raíces de un árbol antiguo, vio unos ojos de mujer, perfectamente delineados con sombras y malicia, que la observaban fijamente desde la tierra misma. Una voz siseante, incomprensible y llena de odio, le rozó la mente. Un escalofrío de miedo primitivo la recorrió.

Pero en ese mismo instante, su mirada se elevó hacia el cielo. Y lo que vio le heló la sangre.

Un rayo de oscuridad pura, rápido y silencioso como una serpiente negra, se disparaba desde las profundidades del Abismo. Su objetivo era claro, letal y desprevenido: Sol, que en ese momento bostezaba con placidez, desparramando su luz dorada sin sospechar la traición.

— ¡NO! ¡SOL, CUIDADO! —gritó Lefky con todas las fuerzas de sus pulmones, corriendo inútilmente, agitando los brazos. Pero su voz era un susurro perdido en la inmensidad celeste. El Sol no la oyó.

Sin embargo, alguien más sí.

Desde el otro extremo del firmamento, una silueta plateada se movió. Fue un destello, un acto de pura voluntad que desafió la física de los cielos. Luna, con una velocidad que Lefky jamás creyó posible, se desplazó en un arco de luz desesperada. No para atacar, no para desviar el rayo.

Para interponerse.

Se colocó justo en la trayectoria de la oscuridad, un escudo frágil y glorioso de plata y sombras, tomando en su propio ser el golpe destinado a Sol.

El rayo no era un ataque cualquiera. Era un hechizo de oscuridad pura, una lanza envenenada lanzada desde las entrañas del Abismo con un solo propósito: aturdir a Sol, apagar por unos segundos su feroz vigilancia, y abrir una ventana de tinieblas por la que las bestias sin rostro y las brujas más osadas pudieran ascender.

Luna, al interceptarlo, absorbió todo su veneno. Un grito silencioso, un quebranto de luz plateada, y su cuerpo etéreo cayó del cielo como un cometa apagado, estrellándose en lo profundo del Gran Bosque. Cuando Lefky llegó a su lado, la hermosa mujer plateada yacía inconsciente, su luz titilando débilmente como la llama de una vela a punto de extinguirse.

Entonces, el cielo rugió. Sol, comprendiendo la trampa y el sacrificio, saltó de su Aro Luminoso. Su descenso no fue un viaje, fue una caída furiosa. Al tocar el bosque, toda la vegetación se inundó de tonalidades rojas, escarlatas y carmesíes, como si el mundo hubiera sangrado en respuesta a su ira y su dolor.

— Yo me quedaré con ella —dijo Sol, su voz ya no era de fuego amistoso, sino un horno de furia contenida. Se inclinó sobre Luna con una ternura que contrastaba brutalmente con su furia. Luego, alzó su mirada incandescente hacia Lefky—. No quiero asustarte, pequeña flor, pero esto fue una trampa. Un señuelo. El objetivo real... era Zangrid. Los dioses oscuros ya no sospechan; saben. Saben que él es el Elegido, el único que puede empuñar la Espada que los sellará para siempre. Y han enviado a sus criaturas más viles con una sola orden: acabar con él, antes de que la Espada Sagrada nazca.

— ¡¡NO PUEDE SER!! —El grito de Lefky no fue sonido, fue el desgarro de su alma. Una angustia feroz le oprimió el pecho, robándole el aire.

Sin pensar, solo sintiendo un pánico visceral que anulaba todo lo demás, echó a correr. Sus piernas la llevaron a través del bosque, hacia la cabaña, hacia el último lugar donde la normalidad había existido. Su corazón, convertido en un tambor de terror, latía con una sola plegaria: "Que esté ahí. Que esté a salvo. Por favor."

Mientras, Sol, con una delicadeza sobrehumana, tomó entre sus brazos de fuego controlado el cuerpo inconsciente de la Luna. La llevó de vuelta al Aro Solar, y allí, rodeándola con su energía más pura y vital, comenzó a infundirle su propia esencia, reanimando su luz moribunda. Luego, desplegó su fulgor como nunca antes, iluminando no solo su tierra, sino extendiendo sus rayos más allá del horizonte, para bañar también la Tierra de la Luna en un día perpetuo y protector. Las Estrellas, horrorizadas, cruzaron la frontera celestial para reunirse alrededor de su señora herida.

— Ahora lo entiendo —murmuró Sol, su voz grave cargada de una tristeza cósmica al ver la palidez de Luna—. Esto nunca fue una guerra por territorio. Es una guerra por un corazón. Por el corazón del Elegido.

Lefky llegó jadeando a la cabaña. Vacía. Solo el eco de su desesperación contestó a sus gritos. Al salir, tambaleándose, se encontró con Nube. Su amiga ya no era una voluta juguetona; era una forma densa, gris y temblorosa, haciendo un esfuerzo sobrehumano para no disolverse en llanto.

— ¡Lefky! —su voz era un hilacho de viento roto—. ¡Las criaturas... una horda interminable... se lo llevaron! Las brujas no vinieron, su distracción falló, pero sus mascotas... oh, sus veloces y negras mascotas... lo envolvieron y se lo llevaron al Abismo. ¡Y no llevaba su espada! ¡Está indefenso!

— ¡¡¡NO!! —Esta vez el grito sí estalló, un sonido primal de dolor que rasgó el aire húmedo. Sintió que su corazón no latía, sino que estallaba en mil esquirlas de angustia.

Al ver el sufrimiento absoluto en el rostro de Lefky, Nube ya no pudo contenerlo. Se disolvió en una fina llovizna de pena, pero aún así, entre sollozos de vapor, logró articular:

— Es cierto... todo es cierto. Sube. Te llevo con los demás. Rápido.

El viaje fue un borrón. Nube la depositó en el mismísimo borde del Abismo. La escena era de pesadilla. Allí estaban los otros seis Caballeros, sus rostros demacrados por la derrota y la rabia, sus Guardianes gruñendo inquietos. Aldeanos de todos los reinos observaban, aterrados, la oscuridad que ahora se tragaba más que esperanza: se había tragado a su líder.

Y en el suelo, a un palmo del precipicio, yacía la Espada del Honor. Brillaba con una luz agonizante, inútil. Nadie podía tocarla. Era un recordatorio cruel y tangible de la ausencia de Zangrid, un trofeo que la oscuridad no pudo robar, pero una tumba para su esperanza.

Land se abalanzó hacia Lefky. Su usual arrogancia se había quebrado, dejando al descubierto una angustia genuina y devastadora.

— Lo intentamos, Lefky... lo juramos que lo intentamos. Pero eran una marea negra... y sin él... —su voz se quebró— sin el Elegido, la Espada Sagrada nunca despertará. Todo está perdido.

— ¡¡ENTONCES VAMOS POR ÉL!! —gritó Lefky, su voz desgarrada pero llena de un fuego desesperado—. ¡¡Aún respira, lo sé!! ¡¡Saquémoslo de ahí!!

— ¡No se puede! —la voz de Parle, la anciana, surgió cargada de una fatiga milenaria—. ¡Nadie entra a esa oscuridad y regresa! ¡Es el dominio de los dioses mismos! Su maldad... nos consumiría antes de dar un paso.

— Pero... ¿cómo? —suplicó Lefky, buscando una rendija de lógica en la locura—. ¿Cómo se lo llevaron?

Fue Relle quien respondió, limpiándose una sucia raya de lágrima en la mejilla.

— Mientras combatíamos la horda, una nube... una nube de oscuridad viva surgió. Se enroscó alrededor de Zangrid. Lo vi... sus ojos se nublaron al instante y cayó. La nube se contrajo y se hundió en el Abismo... con él dentro. Fue cuestión de segundos. La espada... es pura luz. La oscuridad no puede tocarla. Creemos que, al perder el conocimiento, su mano se abrió... y ella se quedó aquí. Abandonada.

— ¿Y qué... qué le harán? —la pregunta de Lefky era apenas un susurro aterrado.

Relle bajó la mirada. No había respuesta que no fuera un horror imaginable.

Entonces, el cielo no pudo contener más el dolor. Las nubes, todas las nubes, rompieron a llorar. Una lluvia torrencial, gruesa y fría, cayó como un manto de luto, lavando el barro de la batalla y mezclándose con las lágrimas de todos. Uno a uno, caballeros y aldeanos, abatidos, empezaron a retirarse bajo la cortina de agua. Hasta Jir, con el rostro duro como la piedra pero con una sola lágrima escapándosele, extendió sus alas y partió hacia las nubes, a llevar la noticia más devastadora al Reino del Norte.

En medio del diluvio, sintiendo que la locura y el dolor la ganarían, Lefky alzó la cabeza hacia el cielo gris y gritó con una firmeza que surgió de lo más profundo de su ser:

— *¡¡NUBE!! ¡¡DETÉN ESTA LLUVIA!! ¡¡AYÚDAME A BAJAR!!*

La lluvia amainó, convirtiéndose en un goteo triste. Nube descendió, sus contornos aún temblorosos.

— *Lo siento, Lefky... no puedo.*

— *¿Tú también les tienes miedo? —preguntó Lefky, con un dejo de amargura en la desesperación.*

— *No es miedo —respondió Nube, y su voz tuvo una cualidad sólida, de juramento—. Es una promesa. El Príncipe Zangrid me hizo prometerle que, si algo le ocurría, yo sería tu guardiana. Que no permitiría que nada del Abismo se acercara a ti. Y las promesas... las promesas siempre se cumplen. No puedo llevarte hacia el peligro. Te protegeré, incluso de ti misma.*

En ese momento, cuando la desesperación tocaba fondo, cuando el mundo entero parecía haberse rendido, sonó. No en sus oídos, sino en el centro mismo de su pecho, en el lugar donde guardaba su amor y su dolor. Era su melodía, la que le regalaron en la Aldea de la Música, la que su propio corazón había inspirado. No era una canción triste. Era una melodía de amor feroz, de coraje silencioso, de una promesa más antigua que cualquier juramento. Sonaba clara, nítida, insistentemente, como un llamado, como un recordatorio de quién era ella: no una espectadora, no una princesa a guardar.

Era la Princesa de las Flores. Y su flor, su sol, su universo, estaba en las tinieblas.

Y ella iría por él.

XXXIII
La Oscuridad

La desolación era un yugo de plomo sobre sus hombros. Lefky miró hacia el Abismo. No era una oscuridad común; era una nada absoluta, un vacío que parecía devorar la luz, el sonido y la esperanza misma. Pero en su corazón, una chispa negaba la rendición.

Corrió. No hacia atrás, sino hacia quienes encarnaban la frágil y tenaz belleza del mundo: sus Flores. Cayendo de rodillas entre ellas, les expuso su locura, su necesidad.

— ¡No podemos, Princesa Ceda! —gimió Clavel, sus pétalos temblando—. Y tú menos. Eres de un mundo sin magia... tu cuerpo es frágil como el cristal.

— ¡Quizá por eso! —imploró Lefky—. ¡Porque mi esperanza no es de aquí, quizá pueda resistir lo que vuestras raíces no!

— Sería tu fin —susurró Rosa, su aroma dulce teñido de temor—. La caída sola te destrozaría. Tus huesos se harían añicos antes de tocar el fondo.

— ¡Por eso pido ayuda! ¡Alguien debe saber cómo descender sin morir en el intento!

Tulipán, la más sabia, se inclinó hacia ella, su voz grave y llena de un amor desesperado:

— Escúchame, flor mía. Aunque hallaras la forma de bajar... el Abismo no es un lugar, es una fuerza. Una que corroe, succiona y destruye. Antes de siquiera vislumbrar el Castillo Negro, tendrías que cruzar tierras de pesadilla, plagadas de criaturas cuyo solo *aliento es maldad pura. Es un laberinto sin salida, tejido de odio. No podemos perderte. No te lo permitiremos.*

Las palabras de Tulipán fueron el golpe final a sus argumentos. Lefky salió del jardín, arrastrando un rastro de lágrimas que regaban la tierra estéril a su paso. Sus flores, rompiendo su sagrado confinamiento, la siguieron en una comitiva silenciosa y aterrada, hasta el mismísimo borde del precipicio.

Allí, de pie ante la negrura, Lefky sintió algo extraño: la oscuridad no solo daba miedo; era atrayente. Prometía el olvido, el fin del dolor. Las Estrellas, desde lo alto, bajaron todo lo que se atrevieron, pulsando con ansiedad. Sus Flores se apiñaron a un paso, listas para enredar sus tallos alrededor de sus tobillos si era necesario.

Su mirada pasó de la nada devoradora a la Espada del Honor, que yacía como una lápida luminosa. Y en ese instante, algo se quebró dentro de ella. No sería una princesa que lloraba en el borde del mundo. Sería algo más.

Sin volverse, sin dar una última sonrisa de despedida que pudiera delatarla, clavó los ojos en la oscuridad. Un viento helado y perverso la azotaba, empujándola y jalándola al mismo tiempo, como si el Abismo ya la reclamara. Pero entonces, en su mente, no vio la negrura. Vio los ojos claros de Zangrid. Vio su sonrisa bajo la lluvia de estrellas. Sintió el eco de su último abrazo desesperado.

Eso le dio valor. Eso le dio fuerza.

Con un suspiro que fue una plegaria y un adiós, dio un paso al frente y se dejó caer.

> — *¡¡¡NO, LEFKY!!!* —*El grito desgarrado de sus Flores y el pulso aterrado de las Estrellas se fundieron en un sonido que la persiguió en su caída.*

El vacío la tragó entera. No hubo transición, solo una súbita rendición a la gravedad de la desesperación. Cayó con una velocidad alucinante que le arrancó el aliento y le aplanó el corazón contra las costillas. El viento no silbaba; aullaba en sus oídos, un coro fúnebre de mil voces oscuras celebrando su descenso. Su vestido blanco, ahora una bandera de rendición, y su cabello rojo como un río de sangre al revés, flameaban frenéticos hacia el cielo que abandonaba, como si hasta las telas y los cabellos lucharan por regresar a la luz.

Era una caída libre hacia el olvido absoluto, un vértigo que desgarraba el alma. Con los brazos extendidos, levemente alzados, no en súplica, sino en un abandono total, su silueta parecía la de una doncella dormida en un sueño sin fin, entregada a un abrazo que no era de amor, sino de aniquilación. La paz de su postura era un engaño cruel, un último gesto de gracia antes del impacto.

Entonces, cerró los ojos. No por miedo al fondo que no podía ver, sino para entregarse por completo. No al destino, sino a él. A Zangrid. En la oscuridad detrás de sus párpados, solo había una imagen: sus ojos azules, su sonrisa. Y con ese rostro como único testigo de su final, **se** dejó caer, un sacrificio voluntario al corazón mismo de la noche.

De pronto, un tirón. Su caída se detuvo en seco. Sintió una presión suave pero firme en su cintura, sus brazos, sus piernas. Abrió los ojos, desorientada. Listones de luz, unos plateados y líquidos como lágrimas de luna, otros dorados y cálidos como rayos de sol, la envolvían, tejiendo una red que la sostenía y la elevaba, arrancándola de las garras de la oscuridad.

La luz la cegó al salir. Allí estaban, desgarrados entre el deber y el amor: Luna, aún pálida pero con sus brazos extendidos, los hilos plateados brotando de sus dedos, y Sol, su rostro una máscara de furia y angustia, sosteniendo los hilos dorados. Juntos la depositaron con infinita delicadeza en la tierra firme.

— ¡No te dejaré hacerlo, Lefky! —La voz de Luna no era un mandato, era un grito de terror maternal.

— ¡Ten piedad de mí, Luna, y déjame ir! —suplicó Lefky, las lágrimas brotando de nuevo, esta vez de frustración y anhelo.

— ¡No! ¡No puedo! ¡Es enviar a mi amiga al matadero!

— ¡Te lo suplico! ¡Déjame seguir! ¡No puedo dejarlo solo ahí abajo, no sé qué horrores esté sufriendo! ¡No puedo abandonarlo!

Luna forcejeaba consigo misma, sus ojos plateados brillando con lágrimas propias. Lefky se arrastró de rodillas hacia donde la luz de la diosa era más fuerte.

— ¡Compréndeme! ¡Lo amo! Su destino será el mío. Tú lo entiendes, lo sé que lo entiendes. —Lefky clavó su mirada suplicante en la de la diosa, y luego, por un instante, la desvió hacia Sol, que observaba con el ceño fruncido en un doloroso conflicto.

Luna siguió su mirada. Un silencio profundo cayó. La diosa de la noche cerró los ojos y un sollozo etéreo escapó de ella. Cuando los abrió, había una resignación trágica y una comprensión infinita.

— Sí... —susurró, y su voz fue el sonido de un corazón que se parte en dos—. Sí, querida amiga... te entiendo.

Fue un consentimiento silencioso. Luna miró a Sol, y en su intercambio de miradas hubo un acuerdo milenario, un pacto de dolor compartido. Entonces, actuaron.

No la soltaron para que cayera. La envolvieron. La luz plateada de la Luna se tejió alrededor de ella como una armadura de serenidad y sueños. La luz dorada del Sol la cubrió como un escudo de valor y vida. Juntas, formaron una cápsula resplandeciente. Con una lentitud agonizante, con la delicadeza de quien baja a un ser querido a una tumba, comenzaron a descenderla. No era una caída; era una inmersión ritual, un descenso bendecido y maldito a la vez.

El viaje fue eterno. La oscuridad presionaba contra la burbuja de luz, que titilaba valientemente. Finalmente, sus pies sintieron una superficie sólida, fría y húmeda. Las luces se retiraron, pero no del todo. Antes de desaparecer, se condensaron en un último y tenue halo alrededor de ella, un escudo protector hecho de su amor y su preocupación. Un frágil don contra la oscuridad absoluta.

Quedó sola. En el fondo del Abismo. El halo dorado y plateado era la única luz en una noche perpetua y opresiva. El aire era espeso, olía a tierra mojada, a podredumbre y a algo metálico: a desesperación.

Recordó las últimas y angustiadas palabras de Luna:

> — Para llegar a la Villa del Abismo, debes cruzar el Laberinto de los Susurros, donde las tormentas de los corazones humanos azotan sin piedad. Sus pozos están limpios de bien... y llenos de mal. Pasan el día enviando su veneno a tu mundo. Alerta, Lefky. Siempre alerta. No podemos seguirte. Rezamos para que nuestra luz... dure.

Rodeada por la nada, la inmensidad de su locura la golpeó. ¿Qué estaba haciendo? Una chica de otro mundo, en las entrañas de la maldad, buscando a un príncipe celestial. El miedo fue tan físico que la paralizó, congelándole la sangre.

Pero entonces, en la negrura, no vio monstruos. Vio sus ojos. Los de Zangrid, no de frío comandante, sino de cuando la miraba como si fuera el centro de todos sus cielos. Oyó, no el silbido del viento malévolo, sino el eco de su melodía, la de su corazón, sonando tenue pero persistente en su pecho.

No era la Princesa de las Flores. No era Ceda. En ese instante, era simplemente Lefky. Una mujer que amaba a un hombre más que a su propia vida.

Con esa verdad como única armadura, más poderosa que cualquier escudo de luz, dio el primer paso. Adentrándose en la oscuridad, hacia el laberinto, hacia el castillo, hacia él. Cada paso era una promesa. Cada latido, un juramento.

Iba a encontrarlo. O perecería en el intento.

Había avanzado apenas unos pocos pasos, cuando un milagro mínimo rasgó la opresión: a través de la bóveda impenetrable de oscuridad, unas *cuantas Estrellas fieles habían logrado filtrar, a fuerza de voluntad, unos hilos tenues de su luz. No iluminaban, sino que marcaban, como brújulas de plata en la noche eterna. Un agradecimiento profundo, cálido como un juramento, le inundó el pecho. No estaba completamente sola.*

Con esa chispa de valor, avanzó con cautela, hasta que el suelo y el aire cambiaron. Se encontró en el borde de un valle sumergido. No bajo agua, sino bajo un diluvio perpetuo y torrencial. Un río furioso, cuyas aguas negras y espesas rugían con la fuerza de mil desesperaciones, cercaba la tierra por completo. Pero lo peor no era la lluvia, sino la niebla: una bruma espesa, gris y gélida que no empañaba la vista, sino que pesaba sobre el alma. Era la angustia hecha aire, sofocante, aplastante. Cada inhalación era un esfuerzo, como si el propio dolor del mundo intentara ahogarla. Había llegado a la Tierra de la Tristeza.

Lefky luchaba por un aire que no llegaba a sus pulmones. No era lluvia lo que caía, sino una exhalación gélida del propio Abismo, un chorro continuo y espeso que no limpiaba, sino que ahogaba. Cada gota que le azotaba el rostro no era agua, sino un lamento líquido, frío como el mármol de una tumba y pesado como una culpa olvidada. El lodo bajo sus pies no era tierra, sino una masa viscosa y fría que se aferraba a sus botas con hambre de cadáver, intentando arraigarla a ese valle de pena perpetua.

En el centro de aquella depresión anegada, se alzaba el pozo. No de piedra, sino de una sustancia negra y pulsante, como un corazón ulcerado de la tierra. Alrededor, figuras se movían. No eran criaturas, **sino** *siluetas desdibujadas por la llovizna eterna, como ecos de personas a las que el dolor les había robado hasta la forma. Usaban cubos que no reflejaban la luz, hechos de pura ausencia, con los que recogían el torrente no del cielo, sino de los charcos de desesperación que se formaban a sus propios pies.*

Al acercarse Lefky, el sonido la invadió, se le coló por los oídos y se le instaló en los huesos. No era el golpeteo de la lluvia. Era un coro de agonía baja y constante: gemidos que no buscaban consuelo, sollozos sin lágrimas ya, suspiros que eran el último aire abandonando un pecho roto. Aquel líquido que vaciaban en el pozo era la savia envenenada de la tristeza, la quintaesencia de toda promesa incumplida y todo adiós sin retorno.

Una de las figuras alzó lentamente la cabeza hacia ella. No tenía ojos. Donde deberían estar, había solo hundimientos oscuros, húmedos, de los que parecía rezumar la misma sustancia gris de la lluvia. No había maldad en ese vacío, solo una tristeza tan absoluta y antigua que había disuelto hasta la última chispa de intención. No amenazaban; eran monumentos ambulantes al fracaso del consuelo.

Una punzada de lástima enfermiza, un dolor ajeno que se enredaba en su propio corazón como una hiedra venenosa, le oprimió el pecho. Era un sentimiento más peligroso que el miedo: la tentación de detenerse, de unirse al coro, de vaciar sus propios ojos en esos charcos y olvidar por qué había empezado a caminar.

Pero el fantasma de la mano de Zangrid en la suya, más caliente que todo el frío de ese valle, la tiró de un espasmo hacia adelante. Con un jadeo que fue casi un grito, arrancó los pies del lodo pegajoso y echó a correr. No hacia un destino, sino huyendo de la inmovilidad seductora, escabulléndose de aquel valle donde las lágrimas no caían, sino que se cosechaban.

Empapada no de agua, sino de la humedad fría de la desesperación ajena, emergió jadeante en una nueva pesadilla. Aquí no caía lluvia, sino que soplaban vientos. No eran brisas, sino mazazos de aire helado y voraz que venían de todas direcciones, golpeándola con una fuerza brutal. La levantaban del suelo, la empujaban hacia atrás, la hacían girar como una hoja seca. Era imposible avanzar, imposible orientarse. Era la Tierra de la Desolación. Y en ese momento, Lefky era la desolación hecha carne.

De las sombras alargadas y retorcidas que danzaban en el torbellino, no surgieron figuras: se materializó la ausencia misma. Eran las Sombras del Vacío, entidades cuya única esencia era el abandono consumado. No caminaban; flotaban, arrastrando consigo la quietud final que sigue al último suspiro. En lugar de sacos, sus formas parecían desgarradas en el centro, y desde esa hendidura invisible vertían los vientos devastadores directamente en un pozo central. Este no gemía; exhalaba un silbido largo y plano, el sonido del aire escapando de un pulmón para siempre vacío, la música del olvido absoluto.

Al detectar su presencia —un parpadeo de esperanza, un tenue calor en ese páramo de frío eterno—, no se volvieron. Se alinearon. Sus contornos, que no tenían rostros, parecieron orientarse hacia ella como brújulas negras hacia una última luz. No hubo grito, solo una onda de frío tan intenso que le quemó la piel y le heló el aliento en los labios. No era el frío del invierno, sino el de la nada, del lugar donde ni el calor del recuerdo puede sobrevivir.

Entonces, avanzaron. No con pasos, sino deslizándose, acortando la distancia con la implacabilidad de la marea negra. Lefky no corrió; reaccionó. Su cuerpo, pesado como el plomo de un ataúd, se puso en movimiento por un instinto animal más allá del miedo, el último espasmo de un alma que se niega a ser extinguida. Corrió no contra el viento, sino a través de él, sintiendo cómo cada ráfaga le arrancaba pedazos de su determinación, cómo el huracán no buscaba derribarla, sino disolverla, separar átomo por átomo su ser hasta que no quedara rastro de que alguna vez había amado, había esperado.

No había camino, solo la cegadora pared del viento y las sombras que se cerraban. Hasta que, no por vista sino por desesperación ciega, se arrojó contra lo que parecía una pared de roca... y cayó a través de una grieta tan estrecha que rasgó su ropa y su piel. No fue una salida, fue una expulsión, un ser vomitado por la Tierra de la Desolación después de haber probado su amargura.

Al otro lado, se desplomó. Jadeaba, pero el aire que entraba en sus pulmones era delgado, insípido, como si la propia capacidad de respirar con alivio hubiera quedado atrás. Se apoyó contra una roca, no fría, sino inerte, sin temperatura alguna, como si el concepto de calor nunca hubiera existido allí. Con un temblor que le recorría todo el cuerpo, alzó una mano y tocó el halo. La luz que la envolvía ya no era un resplandor, sino un parpadeo agonizante, un fuego fatuo que titilaba débilmente contra la oscuridad omnipresente. Se estaba apagando, consumiéndose en la lucha contra la desolación que acababa de atravesar.

Pero aún ardía. Un latido de luz, tenue y distante. Y en ese parpadeo final, no vio magia. Vio a Luna, pálida y ansiosa. Vio a Sol, conteniendo su furia para no quemarla. Vio el brillo tembloroso de sus Estrellas amigos. Ellos, desde un universo de distancia, atados a ella por hilos de luz cada vez más finos, aún luchaban. Aún no la abandonaban a la oscuridad.

Era el único peso en su corazón que no era de piedra: la culpa por arrastrarlos en su caída, y la gratitud infinita, desgarradora, porque en ese instante de absoluta vacuidad, no estaba completamente sola.

Poco después, el camino terminó ante una masa de oscuridad tan absoluta que parecía sólida: un lago negro. Sus aguas eran quietas, aceitosas, y no reflejaban nada; devoraban toda luz, toda esperanza de ver lo que había bajo la superficie. Un terror primitivo, el miedo a lo desconocido y a hundirse, se apoderó de ella. Buscó desesperadamente un puente, un paso, algo. No había nada. Era la Tierra del Olvido, y su prueba era clara: cruzar o retroceder.

Un movimiento en la orilla. Un pez de aspecto improbable, con escamas opacas y ojos demasiado humanos, nadó hacia ella. Saltó fuera del agua y cayó a sus pies, agitándose. Aunque su instinto era retroceder, algo en su mirada la detuvo. Se inclinó para devolverlo al lago, y al tocarlo, el pez habló con una voz que era un susurro de algo que casi se ha perdido.

— Si quieres pasar, debes nadar. Y debes hacerlo rápido. Cada segundo que tus recuerdos toquen esta agua, se disolverán. Primero los detalles insignificantes, luego los rostros amados, las promesas, la razón de tu viaje... hasta que no quede nada de ti. Mientras más tardes, más de tu esencia perderás.

— ¿No hay otro camino? —preguntó Lefky, un temor nuevo y más profundo que cualquier otro helándole la sangre.

— Ninguno. Nadar o rendirte.

Lefky miró hacia atrás, hacia el desolado páramo que acababa de cruzar. Luego, miró las aguas negras. En su mente, más clara que nunca, surgió la imagen de Zangrid. No solo su rostro, sino la sensación de su mano, el sonido de su risa, la promesa en sus ojos. Ese recuerdo era un faro en la oscuridad de su miedo.

— No puedo volver atrás —dijo, y su voz no tembló—. Debo continuar.

— Entonces debes pagar el precio —susurró el pez.

— ¿Quién eres? —inquirió Lefky, buscando un hilo de conexión.

— Un recuerdo —respondió la criatura.

— ¿De quién?

— Ya no lo sé.

La respuesta la entristeció más que aterró. Miró el lago de nuevo.

— ¿Y el pozo de este lugar? ¿Adónde envían este... olvido?

— Está en el fondo. Por eso los corazones de tu mundo se vacían. Olvidan la bondad, el perdón, la lealtad... el amor. Este lago alimenta esa amnesia del alma.

— Qué crueldad... —murmuró Lefky, pero su lamento fue interrumpido por el pez.

— Cuidado con los Devoradores de Memorias. Si te tocan, se llevarán todo al instante. Mira.

Señaló hacia el lago. De sus profundidades emergían siluetas oscuras, amorfas, que se deslizaban hacia la orilla con una lentitud inquietante. Se dirigían hacia ella.

El pánico la inundó. Dejó al pez en el borde del agua, cerró los ojos y respiró hondo. Una sola lágrima, caliente y cargada de todo su amor, de todos sus recuerdos de Zangrid, se desprendió de su mejilla y cayó con un suave plink en la superficie negra del lago.

— No quiero olvidar —susurró, apretando las manos contra su pecho, donde latía su corazón y su melodía.

Al abrir los ojos, dispuesta a lanzarse al agua y nadar con la furia de la desesperación, algo enorme surgió de las aguas justo frente a ella. Fue tan rápido que solo vio una boca oscura y enorme. Un grito se le escapó, y luego, oscuridad húmeda y presión. ¡Había sido tragada!

Pero antes de que el terror pudiera consumirla, la presión cedió. La luz —la tenue luz de su halo— regresó. Estaba de pie, en la otra orilla. Mojada, temblando, pero intacta. Frente a ella, en el agua, estaba el pequeño pez de nuevo.

— ¿Cómo...? —tartamudeó, sin entender.

— No fui yo —dijo el pez, y en su voz pareció haber un destello de algo que casi era alegría—. Lo hiciste tú. Con la lágrima. Lloraste por lo que temías perder, y eso... eso es más fuerte que el olvido que quieren imponerte. Te llevé a través de las profundidades, donde el tiempo no toca los recuerdos puros.

Una chispa de esperanza, feroz y brillante, nació en el pecho de Lefky. Tal vez, solo tal vez...

Antes de desaparecer en las oscuras aguas, el pez añadió:

— El agua de este lago es un veneno que tu mundo bebe a diario, sin saberlo. Quizá... algún día, todos los recuerdos que yacen aquí, puedan ser reclamados. Gracias por tu lágrima. Era... un buen recuerdo.

Y se fue. Lefky no tuvo tiempo de asimilarlo. A unos pasos, la tierra volvió a cambiar. No había paisaje, no había elementos. Solo un pozo en el centro de una llanura gris e infinita, y una sensación que se apoderó de ella antes de que pudiera dar un paso: Miedo. Puro, crudo, paralizante. Era la Tierra del Miedo, y su miedo era el campo de minas.

Creyendo que la quietud era segura, dio un paso cauteloso. Al instante, la tierra se estremeció con violencia sísmica. Un temblor brutal la derribó. El suelo se sacudía, se abría en grietas que no eran físicas, sino de pánico. Cuando se quedaba inmóvil, el temblor amainaba. Pero al intentar *levantarse, al mover un músculo con la intención de avanzar, la tierra rugía de nuevo, más fuerte, lanzándola contra el suelo con saña, haciéndola rodar, magullándola. Era un círculo vicioso de terror: el miedo la paralizaba, y cualquier intento de vencerlo provocaba un castigo que alimentaba ese mismo miedo. Cada caída era más dura. Cada intento, más doloroso. Y el pozo, silencioso e inmutable, la observaba desde el centro, esperando a que su voluntad se quebrara por completo.*

Llegó un momento, en que además de los fuertes golpes y raspones, se sentía muy mareada, tanto, que ya no quería levantarse, entonces optó por irse arrastrando hasta que logró llegar al pozo, ahí se puso de pie y se sostuvo de él. Tratando de indagar la clase de maldad que por ahí enviaban a su mundo, se asomó para ver el interior del pozo, era tan negro que se sentía un vacío que succionaba, escuchó terribles gritos humanos y en medio de esos alaridos, una voz tenebrosa la llamó por su nombre.

Antes de que pudiera asimilar el patrón del temblor, algo emergió del suelo mismo a escasos metros de ella. No surgió; se desgarró de la tierra, como si la pesadilla hubiera encontrado por fin una costura por donde brotar. Era una bestia sin forma definida, un amasijo de sombras densas y contornos que se retorcían, de la que emanaba un zumbido bajo y electrizante que hacía vibrar los dientes de Lefky. No caminó hacia el pozo; se arrastró, dejando un rastro de grietas negras y brillantes en el suelo, como si su mero contacto envenenara la realidad.

Al llegar al borde del pozo, no "depositó" nada. Vomitó. De su masa indistinta, expulsó convulsiones puras de terror: ondas sísmicas que no solo sacudían la tierra, sino que retumbaban dentro del cráneo de Lefky con ecos de pánico ajeno. Y junto con ellas, salieron los gritos. No eran sonidos del pasado, sino desgarrones vivos y presentes, chillidos agónicos y súplicas rotas que parecían ser arrancados de gargantas invisibles en ese mismo instante, y que se ahogaban al caer en el pozo.

La criatura no la vio. Estaba absorta en su regurgitación de horrores. Pero Lefky sintió su atención, una presión mental opresiva que barría el lugar como un radar de pesadilla. Sabía que si ese foco se posaba en ella, sería el fin. No habría persecución. Sería absorbida, convertida en otro de los gritos en su próximo vómito de agonía.

El miedo, ahora físico y agudo como un cuchillo, le inyectó una fuerza desesperada. No corrió. Se arrancó del suelo donde el pánico la había clavado. Cada paso no era avance, era una caída controlada hacia delante. El suelo, aún convulso, se abría bajo sus pies. Cayó, y el impacto le sacudió los huesos. Al intentar levantarse, una nueva sacudida, más fuerte, la derribó de bruces, llenándole la boca con el sabor a tierra y a polvo de miedo. Se levantó otra vez, las rodillas sangrando, la visión nublada por el dolor y las lágrimas.

Fue una sucesión interminable: tambalearse, caer, arrastrarse, levantarse con gemidos ahogados. Cada vez que se ponía de pie, era un desafío directo a la Tierra del Miedo, y esta respondía con redoblada violencia, como si intentara quebrar sus huesos para que no pudiera volver a intentarlo. No veía la salida. Solo sentía, en una intuición más profunda que la vista, un ligero decrecer de la opresión en una dirección.

Con un último esfuerzo que le arrancó un grito silencioso de sus pulmones, se lanzó en una carrera tambaleante y ciega hacia esa leve atenuación del horror. Y de pronto, el suelo se estabilizó. El silbido del viento de la desolación sustituyó el retumbar de los terremotos. Había traspasado un límite invisible. No había "salido" por una grieta. Simplemente, el miedo activo había cesado de perseguirla, dejándola al borde, magullada, jadeante y vacía, en el silencio relativo de la próxima pesadilla.

Herida, con el miedo como una segunda piel y el eco de los gritos aún vibrando en sus huesos, Lefky arrastró los pies por un corredor de roca oscura. De pronto, el túnel se abrió. Y ahí, injustamente, existía la belleza.

No era un parecido. Era una réplica perfecta y burlona del Reino de las Nubes. Cielos de seda azul, nubes esponjosas, el destello lejano del Castillo de Cristal. Y en el centro del claro, de espaldas a ella, estaba Zangrid. Su silueta, su postura, la forma en que la luz dorada acariciaba su cabello... era él. Un sollozo de alivio absoluto, ciego y estúpido, le desgarró la garganta. Olvidó todo, la lógica, el peligro, el Abismo. Corrió. Sus brazos se extendieron para un abrazo que había anhelado como el aire.

Sus dedos lo rozaron... y se desintegró. No se esfumó, sino que se quebró como un espejismo de azúcar, y de sus fragmentos surgió una cosa retorcida y grácil que soltó una carcajada —un sonido seco y múltiple, como cristales rompiéndose— antes de escabullirse entre las falsas nubes, riendo aún.

Lefky se quedó con los brazos abrazando el vacío, el corazón convertido en un puño de hielo. Entonces vio una nube solitaria, suave e inocente. La alcanzó con la punta de los dedos, buscando un consuelo, cualquier cosa real. La nube se contrajo y se petrificó al instante, convirtiéndose en una piedra afilada que la golpeó en el pecho con fuerza suficiente para arrancarle el aire. Después, una flor de pétalos de terciopelo rojo. Al intentar acariciarla, los pétalos se cerraron como mandíbulas y una espina venenosa y filosa se clavó en su palma, haciendo brotar sangre negra en ese mundo de mentira.

Era un lugar que se alimentaba de anhelo. Cada belleza era un anzuelo, cada esperanza un disparo directo al corazón. El paisaje perfecto comenzó a despelucharse, a revelar sus costuras podridas. Los colores se drenaron, las nubes se volvieron jirones de humo pútrido, el cielo se rasgó mostrando la roca negra y sudorosa del Abismo. Había entrado en la Tierra de la Deslealtad, donde la traición no era un acto, sino el aire mismo.

*Antes de huir, vio en el centro el inevitable pozo. Criaturas con sonrisas de hielo arrojaban al interior joyas que brillaban con promesas, oro que prometía felicidad, espejos que mostraban amores eternos. Una tristeza enfermiza la inundó al imaginar las manos en su mundo atrapando esos objetos, el brillo de la ilusión en sus ojos, y **el** desmoronamiento lento y venenoso cuando la esencia falsa se revelara, dejando solo ceniza y desconfianza en el alma.*

El dolor físico (el pecho magullado, la mano palpitante) era nada comparado con el desgarro espiritual. Pero en su mente, más fuerte que la decepción, latía una imagen verdadera: Zangrid, su Zangrid, en alguna parte de este infierno, sufriendo algo peor. Eso la puso en movimiento.

Vio un muro con una puerta sencilla de madera. Al acercarse, la puerta se evaporó. Otra apareció a la izquierda, luego una tercera, una cuarta... cada una se desvanecía al momento de la esperanza, burlándose de su necesidad de salir. Era un suplicio de falsas salidas. **Conteniendo las** lágrimas de frustración y el dolor que nublaba su mente, forzó sus sentidos. No buscó puertas. Buscó el engaño. Y lo encontró: en una sección del muro, lisa y desnuda, nunca aparecía una puerta. El truco era no ofrecer esperanza donde sí la había.

Se paró frente a esa pared imposible. Cerró los ojos, renunciando a la evidencia de sus sentidos, y confió en la lógica de la decepción. Y cayó hacia adelante, atravesando la piedra como si fuera humo, dejando atrás el sabor amargo de la traición en la lengua.

No hubo tregua. Al otro lado, el aire cambió. Olía a ozono quemado y rabia metálica. Ante ella se extendía la Tierra de la Venganza. No era un paisaje, era un campo de tormenta perpetua encerrado en una caverna. Rayos de energía livida, entre el púrpura y el rojo sangre, cruzaban el espacio en todas direcciones con un chasquido sibilante y agudo, dejando estelas de humo acre. En el centro, dos monstruos compuestos de energía pura y cicatrices antiguas alimentaban el pozo, del cual manaba un torrente de esos mismos rayos dirigidos hacia arriba, hacia su mundo.

Sabía que no podía rodearlo. Con el último resto de su valor —un valor frágil y gastado—, entró. Era una danza de la muerte. Esquivaba un rayo solo para sentir el látigo candente de otro en su brazo, en su costado, en su pierna. Cada impacto no solo quemaba la piel; inyectaba algo. Un enojo caliente y amargo comenzó a crecer en su pecho, un rencor sin objeto que ahogaba el miedo y el dolor físico, llenando el vacío con una furia poderosa y ajena.

Ya no solo esquivaba. Se enfureció. Con un grito que fue mitad dolor, mitad rabia, atrapó un rayo que pasaba cerca. La energía le quemó la palma con un dolor blanco y cegador, pero la furia era un anestésico más fuerte. Lo hizo girar sobre su cabeza, rebotando los otros rayos como una feroz doncella de la guerra, avanzando hacia el corazón del pozo, dominada por una ira que no le pertenecía.

En su arrebato, uno de sus rayos desviados impactó de lleno en uno de los monstruos generadores. La criatura cayó con un sonido apagado, un chisporroteo que se apagó. El sonido quebró el hechizo de la rabia en la mente de Lefky. Miró su mano humeante, vio a la criatura derrumbada, y *la* inmensa ola de furia se retiró de golpe, dejándola vacía, horrorizada de sí misma.

> — ¡No...! —gritó, y su voz era puro pánico. Corrió hacia la criatura caída, ignorando los rayos que ahora volvían a azotarla con toda su fuerza, quemándole la espalda, los hombros. El dolor físico era real, y era preferible a la monstruosidad que había sentido.

Se arrodilló junto al ser de energía herida, que palpitaba débilmente. Lo tomó entre sus brazos, sin importar que le quemara la piel ya lesionada. La otra criatura los observaba, inmóvil, sin atacar.

> — Lo siento... —susurró Lefky, y las lágrimas que brotaron eran suyas, puras, lavando la huella de la rabia ajena—. No fue mi intención... Nunca quise hacer daño.

La criatura herida abrió unos ojos que eran destellos de tormenta. Miró a Lefky, luego a su compañero. Hubo un parpadeo de comunicación silenciosa. Luego, ambas se levantaron y, con un último vistazo a la princesa humana que lloraba entre ellos, huyeron hacia las sombras, dejando de alimentar el pozo.

Lefky se levantó, temblando. El halo protector de Sol y Luna, esa tenue capa de luz que era su cordón umbilical con el mundo de arriba, parpadeó una última vez y se extinguió. La oscuridad del Abismo la cerró completamente. Ahora estaba verdaderamente sola, y la salida estaba al otro lado de un campo aún cruzado por rayos errantes.

Con la imagen de Zangrid como su única armadura, respiró hondo y se preparó para la última carrera a ciegas, dispuesta a quemarse viva con tal de salir de ahí. Pero entonces... los rayos se detuvieron. Quedaron suspendidos en el aire, como cristales de ira congelada, formando un pasillo silencioso y estático hacia la salida. Asombrada, Lefky miró alrededor. En una repisa alta del muro, vio a las dos criaturas. Sujetaban entre ambos un báculo de obsidiana que clavaban en la roca, y de cuya punta emanaba una onda que congelaba la energía de venganza. No la ayudaban con sonrisas, solo la observaban, cumpliendo una deuda extraña.

Un nudo de gratitud y pena le apretó la garganta.

— Gracias... —logró murmurar.

Y entonces corrió. Cruzó el campo de rayos petrificados, un bosque de relámpagos silenciosos, y se arrojó fuera de la Tierra de la Venganza. En el instante en que traspasó el límite, escuchó a sus espaldas el crepitar feroz que regresaba, la tormenta reanudando su danza eterna, ahora sin testigos.

Después de deambular una eternidad en la oscuridad absoluta —una oscuridad que ahora era parte de ella, metida en los pulmones, bajo la piel—, el agotamiento y el dolor comenzaron a reclamar su deuda. Cada herida era un grito sordo, cada quemadura un latido de fuego. Cuando vislumbró la siguiente tierra, un suspiro roto le anunció que había llegado a la Tierra del Rencor.

No eran volcanes de roca, sino úlceras abiertas en el suelo del Abismo, que vomitaban no lava, sino un fango espeso y hirviente de resentimientos antiguos. Ríos de esa ponzoña corrían con furia lenta hacia el pozo central. Y flotando en el aire, como ceniza maldita, había partículas que no eran inanimadas: eran huevos de rencor, minúsculas y pulsantes, que volaban hacia el pozo para infestar los corazones.

Instintivamente, Lefky aplastó ambas manos contra su pecho, como si pudiera proteger físicamente su corazón. Avanzaba pegada a la pared, reducida a una sombra temblorosa. Pero una de esas partículas, viva y con voluntad, aterrizó en el dorso de su mano. No era una mota; era una criatura diminuta y dentada que, al contacto, hundió unas fauces de aguja en su carne, no para alimentarse, sino para forzar que retirara la mano y dejar expuesto el pecho. Un grito agudo le escapó. Fue la señal.

De los flujos de fango y del aire mismo, enjambres de esas bestias mordelonas convergieron sobre ella. Un dolor nítido y multiplicado —como si le clavaran alfileres de hielo envenenado— estalló en sus manos, sus brazos, su cuello. No se defendió. Aferró sus manos al pecho con fuerza de moribunda, sellando su corazón bajo sus palmas sangrantes, y echó a correr.

Fue una huida ciega y agonizante, acribillada por diminutas mandíbulas que se aferraban a su piel. Hasta que, al cruzar un límite invisible, el último y más tenue destello de la luz de Sol y Luna —una chispa final de su mundo— parpadeó sobre su piel. Fue un suspiro de luz. Las criaturas diminutas chillaron con un sonido de cristal quebrado y se desintegraron en motas de polvo negro, cayendo de su cuerpo como una lluvia de suciedad.

Quedó de pie, jadeando. Agotada hasta la médula. Destrozada. La sangre trazaba mapas oscuros sobre su piel pálida, el temblor era constante, un zumbido de miedo puro en sus oídos. Pararse era una hazaña; avanzar, una locura.

Pero no se detuvo. Una fuerza, no de músculos sino de pura esencia, la empujaba desde dentro. Era la imagen de Zangrid, no como recuerdo, sino como una promesa física clavada en su alma. El deseo de salvarlo era un hilo de acero tirando de ella a través de la carnicería de su propio cuerpo. El dolor era un océano; su amor, el barco insumergible. Avanzó. Lenta, quebrantada, pero avanzó.

Cuando dejó atrás el último eco de las tierras nefastas, un miedo nuevo, primitivo y paralizante, la congeló en el acto de dar un paso. Allí, recortado contra una negrura más profunda, se alzaba el Castillo Negro. No era una construcción; era una presencia, una masa de odio solidificado, la raíz de todo el mal que había atravesado. Y Luna le había advertido: para alcanzarlo, debía cruzar su Villa, el patio de recreo de las brujas más crueles y las criaturas de colmillos y garras que nacieron de pesadillas.

Con el último combustible de su corazón —el amor convertido en terquedad desesperada—, dio el primer paso hacia el castillo. El camino era una avenida de sombras vivas. Y entonces, emergieron. No una, sino seis. Eran Espectros de la Desesperanza, cada uno una encarnación de un tormento diferente.

El primero se abalanzó, y no la tocó: absorbió. Lefky sintió cómo le succionaban la energía vital, el calor, la fuerza, dejándola más fría, más hueca con cada segundo. Escondido tras este, el segundo atacó con agujas largas y finas que surgían de sus garras, clavándolas en sus costados, su espalda, con una precisión traicionera que buscaba nervios, puntos de puro dolor.

Ella cayó de rodillas, un sonido seco y débil escapando de sus labios. El tercero, cobarde, le arrojó piedras filosas que la cortaron, la magullaron, sin acercarse. El cuarto, con un gesto de amargura infinita, derramó sobre sus heridas abiertas un líquido que no era agua, sino ácido de alma. Un dolor blanco, cegador, absoluto estalló en cada lesión. Le quemó el aire de los pulmones. Ahogándose en agonía, se desplomó por completo.

El quinto se acercó entonces. Los demás formaron un círculo a su alrededor. Este último espectro se inclinó sobre la princesa, que yacía en el suelo, apenas consciente, un hilillo de vida en sus ojos vidriosos. Extendió una garra oscura y gélida hacia su pecho. No para matarla. Para roerle el corazón, para devorar la última fuente de luz en ese lugar.

Lefky ya no podía moverse. No podía gritar. No podía ni siquiera temblar. Le habían robado la energía, sometido el cuerpo y quebrado los límites del dolor. Su mente, acorralada, solo tuvo tiempo para un último destello: los ojos de Zangrid. Y entonces, la oscuridad no del Abismo, sino del inconsciente, se la tragó entera. Su cuerpo, pequeño y destrozado, quedó abandonado en el suelo frío, rodeado por las sombras victoriosas, a las puertas mismas del Castillo Negro.

CONTINÚA SEGUNDA PARTE

DE

LA ESPADA SAGRADA

LAS PROMESAS

OTRAS OBRAS DE LA AUTORA

- HISTORIA DE UNA MIRADA *Kankis Lefky* Romance Contemporáneo

- SUEÑOS Y ROMANCE *Kankis Lefky* Romance Contemporáneo

EL LLAMADO DEL AMOR *Kankis Lefky* Romance Contemporáneo

- LA ESPADA SAGRADA *Blanca Shiroi* Fantasía épica

- LOS ANTIGUOS *Blanca Shiroi* Fantaciencia

- LA JOYA DE LA DONCELLA *Blanca Shiroi* Romance paranormal

- FLECHAS DORADAS *Blanca Shiroi* - Alta Fantasía

- GUARDIANES DE LA LUZ *Blanca Shiroi* - Romantasy

- CUENTOS DEL CASTILLO DEL CRISTAL *Blanca Shiroi*

BLANCA SHIROI, & KANKIS LEFKY

«Dos nombres, un mismo corazón de tinta y melodías»

Blanca Shiroi y Kankis Lefky son las dos caras de una autora que escribe **con la pasión de una soprano y el alma de una soñadora.**

Como **Blanca Shiroi**, teje sagas de **fantasía épica** (*La Espada Sagrada*, *Flechas Doradas*) donde el amor y la magia chocan contra profecías milenarias. Sus mundos, inspirados en mitos y la música clásica que adora, son un refugio para quienes buscan escapar a lo extraordinario.

Como **Kankis Lefky**, explora el **romance contemporáneo** (*Historia de una Mirada*, *El Llamado del Amor*) y la poesía, diseccionando el amor con ironía, sensibilidad y esos detalles que solo una observadora solitaria captaría. Sus palabras, como sus nocturnos favoritos, vibran entre la melancolía y la esperanza.

Mexicana, maestra de idiomas y eterna enamorada de las historias, cree que escribir es como cantar en un coro: cada voz (ya sea de fantasía o de realidad) tiene su propio eco.

Conéctate con ella en: ***EL JARDÍN DE LEFKY*** para descubrir qué mundo creará después.

www.ingramcontent.com/pod-product-compliance
Lightning Source LLC
LaVergne TN
LVHW021757060526
838201LV00058B/3132